COLLECTION FOLIO

Née à Londres de parents jamaïcains, Andrea Levy explore dans son œuvre les problèmes auxquels sont confrontées les minorités ethniques en Angleterre et le lien intime qui unit l'histoire britannique avec celle des Caraïbes. Elle est notamment l'auteur de *Hortense et Queenie*, couronné par les prestigieux Orange Prize for Fiction et Whitbread Novel Award, et d'*Une si longue histoire*.

À Amy, Ivy et Beryl.

PRÉFACE

Le livre que vous tenez entre vos mains est né d'un désir impérieux. Ma maman avait une histoire — une histoire qui lui pesait tant sur la poitrine qu'elle se sentait poussée, par quelque force plus puissante que sa volonté, à me la transmettre à moi, son fils. Son intention était qu'une fois que je connaîtrais ce conte je le raconterais à mon tour, plus tard, à mes filles. Et ainsi il se perpétuerait. La fable ne serait jamais perdue. À travers ses multiples narrations, elle pourrait même acquérir une majesté digne de rivaliser avec les légendes qu'on raconte en montrant les portraits ou les bustes dans toutes les belles maisons de maître sur cette île de la Jamaïque.

C'était là une ambition admirable de la part d'une noble vieille dame qui avait vécu nombre d'années dans des conditions difficiles. Ce désir commandait le respect.

Hélas pour ma maman, elle entreprit de me raconter sa chronique aux moments où j'étais le plus occupé. Cette adorable femme ne semblait jamais se lasser de s'adresser à moi : tôt le matin, dans la chaleur de midi, ou tard, tard le soir ; elle me suivait dans la maison pendant que je m'habillais ou faisais ma toilette ; pendant que j'attendais qu'on me serve mon repas ; pendant que je mâchais ; quand je repoussais mon assiette ; quand j'étais en pleine conversation avec ma femme ; et même sur mon lieu de travail, alors que mes employés requéraient mes ordres. J'avais honte de découvrir que je n'avais pas assez de temps à lui consacrer — que le plus souvent, je faisais seulement semblant d'écouter son bavardage, alors qu'en réalité pas un mot ne pénétrait mon oreille ou mon esprit. Oh, combien de fois n'ai-je pas acquiescé quand un vigoureux démenti de la tête était nécessaire ? Je ne m'étendrai pas ici sur les tracas que cela causa dans ma maison, mais soyez certains qu'ils furent nombreux. Non, passons plutôt à la solution qui finit par être trouvée.

Un livret — un petit opuscule. Les mots de ma maman imprimés sur du papier, dans des caractères composés à l'encre la plus noire pour faciliter la lecture. La couverture pourrait être ornée d'une gravure sur bois rustique — un cheval, une charrette ou un fagot de canne à sucre (car je connais un homme capable de les rendre avec une précision telle que vos yeux croiraient voir la chose en vrai).

J'expliquai à ma chère maman qu'une fois prononcés ses mots précieux seraient perdus pour tous sauf pour moi. Tandis que s'ils étaient consignés dans un très fin volume, j'aurais tout loisir de les étudier pendant mon temps libre, sans risque qu'ils s'égarent quand mon esprit inconstant déviait dans une autre direction. Mieux encore, les livres supplémentaires qui sortiraient des presses pourraient être vendus, et d'autres lecteurs, aux quatre coins de l'île, se délecter de son récit soigné.

Mais au début de sa vie, le simple fait d'écrire les lettres A B C aurait pu valoir le fouet à quelqu'un comme ma maman, car elle était née esclave. Aussi la perspective de transformer son récit en mots susceptibles d'être imprimés et lus inquiéta-t-elle beaucoup la pauvre femme. Elle se tourmenta et me suivit partout dans la maison et en ville pour partager avec moi son anxiété. Elle craignait de ne pas réussir à se faire comprendre sous cette forme ; et si elle commettait des erreurs ? La chose écrite demeurerait pour toujours, et tout le monde pourrait se moquer de ses fautes !

Cependant, je suis imprimeur. Et bien qu'il ne soit pas dans mon caractère ni dans mes habitudes de me vanter de mes succès, je dois expliquer que beaucoup — qu'ils soient noirs, blancs ou métis — me considèrent comme l'un des meilleurs imprimeurs sur cette île. Je suis particulièrement doué pour déchiffrer les textes les plus illisibles. Donnez-moi une page d'écriture qui paraît avoir été gribouillée par les pattes sales d'un insecte, et je l'imprimerai avec tout son sens, clair et précis. Montrez-moi des pâtés et des taches d'encre, et j'y verrai une forme. Que des brins d'herbe se couchent sous la brise et je trouverai des mots écrits dans leur ondulation.

Je fus donc en mesure d'assurer à ma précieuse maman que je serais pour elle le plus consciencieux des éditeurs. J'extrairais la vie de ses pattes de mouche afin que son récit coule dans le plus beau style de la langue anglaise. Et que cette assistance ne lui procure aucune honte, car dans certaines des plus prestigieuses maisons d'édition britanniques — je ne citerai que Thomas Nelson and Son ou Hodder and Stoughton — il est très courant d'offrir cette aide et ces encouragements discrets aux auteurs.

Elle accepta avec reconnaissance. Et renonça au plaisir de cuisiner son gruau de maïs, sa soupe de poisson et ses fruits à pain rôtis, de coudre et de rapiécer nos vêtements, et à d'autres tâches qui, avouons-le, étaient assez utiles à notre dynamique maisonnée, pour consacrer tous ses efforts à sa noble entreprise, le legs durable que serait un livre imprimé.

Le récit qui suit est l'œuvre de ma maman. Quoique intimidée par la tâche au début, elle prit de l'assurance au fil des mois et s'enhardit au point que mes conseils tombèrent souvent dans l'oreille d'une sourde. Je lui enjoignis de ne pas écrire certaines scènes de la manière qu'elle avait choisie. Mais, comme le plus brillant des élèves face à un maître dépassé, elle n'en fit bientôt qu'à sa tête. Et on a toujours intérêt à tomber d'accord avec une femme déterminée.

Un dernier mot d'explication s'impose ; bien que ce récit eût dû tenir dans les limites du format et du nombre de pages d'un fascicule ou d'un livret, il prit de l'ampleur. Cependant, laissez-moi conclure cette intervention pour que puisse enfin commencer l'histoire de ma mère.

THOMAS KINSMAN.

Éditeur-imprimeur
Jamaïque, 1898.

PREMIÈRE PARTIE

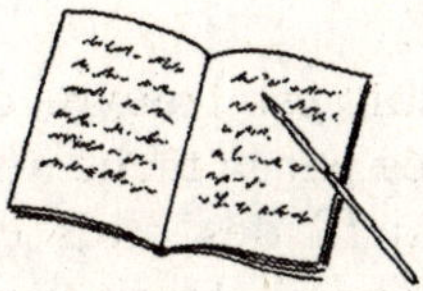

Chapitre premier

À peine commencé que c'était déjà presque fini. Kitty sentit si peu l'intrusion du contremaître Tam Dewar qu'elle décida de croire qu'il la bousculait seulement par-derrière, comme l'aurait fait n'importe quel Blanc brutal, grognant et ahanant, s'ils s'étaient retrouvés pressés l'un contre l'autre au milieu d'une foule. Sauf que cette fois, lorsqu'il finit par se retirer, il lui fourra un coupon de toile jaune et noir chiffonné dans la main en cadeau. Pour elle, ce fut plus contrariant que l'acte grossier — car elle fut obligée de se demander si elle devait ou non être reconnaissante à ce Blanc pour sa molle offrande…

*

Lecteur, mon fils prétend que le début de ce récit est trop inconvenant. Je vous demande pardon, mais votre conteuse possède un franc-parler et peu d'encre. Disserter sur la nature des arbres quand tout le monde sait qu'ils sont verts et luxuriants sur cette île, ou des oiseaux, à l'évidence très nombreux et braillards, ou gâcher de précieux mots pour se plaindre de la chaleur impitoyable du soleil, ce n'est pas raisonnable et ce n'est pas de mon goût. Autant le confesser sans délai, afin que vous puissiez décider si mon histoire sera de nature à vous intéresser. Dans le cas contraire, passez votre chemin, car il existe plein de livres pour vous si vous aimez que les mots dégoulinent comme le crottin tombe du derrière d'une mule.

Approchez de n'importe quelle étagère gémissant sous le poids des livres, et là, vous trouverez des ouvrages reliés de cuir et estampillés d'or, dont le contenu vous emmènera vagabonder parmi les boniments et les fadaises de l'esprit de quelque femme blanche. Vous y verrez des arbres à profusion, des oiseaux de toutes les couleurs et, oh ! un chaud, chaud soleil. À peine aurez-vous ouvert le livre que cette *missus* blanche vous aura raconté toutes les nombreuses tribulations de sa vie sur cette plantation sucrière en Jamaïque. Deux pages sur la rareté de la viande de bœuf. Cinq autres sur son désir d'avoir un nouveau chapeau pour porter avec sa splendide robe en taffetas rose. Pas de beurre, mais encore cette abominable purée d'avocat ! voilà une épreuve méritant certainement les dix pages qui lui sont consacrées. Trois chapitres ne sont pas de trop pour se lamenter sur le sort d'une femme blanche à l'esprit éclairé qui se retrouve perdue dans une société trop bornée pour elle. Quant à l'indolence et à la bêtise de ses esclaves (pensez à vous munir d'un mouchoir pour essuyer vos larmes), seul le besoin de sommeil l'aura empêchée de rédiger plusieurs tomes supplémentaires pour donner son avis sur ce sujet des plus fâcheux.

Et tous ces malheurs afin qu'il y ait du sucre pour adoucir le thé et noircir les dents des Anglais. Si vous ne me croyez pas sur parole, je vous invite à feuilleter vous-mêmes ces ouvrages. Je l'ai fait. Et j'ai été choquée qu'une activité aussi enrichissante que la lecture permette à une stupide *missus* blanche de farcir ma tête de ses idioties.

Donc, je ne m'inquiéterai pas trop de vous perdre si vous affectionnez ce genre d'histoires. Mais restez si vous voulez entendre un récit de ma composition.

J'écris, une tasse de thé sucré posée à côté (quoique pas assez sucrée à mon goût, mais c'est un plaisir dispendieux, ici sur cette île sucrière) ; la lampe éclaire suffisamment la feuille de papier devant moi ; la fenêtre est ouverte, et une brise me rafraîchit la nuque. Mais attendez... un insecte agaçant a décidé de se jeter sans relâche contre ma lampe. Il ne servira à rien de le chasser, vu qu'il est persuadé que de la lumière vient le salut. Mais son bourdonnement incessant m'empêche de me concentrer. Je viens donc de l'écraser sur un livre ouvert. Dès que j'aurai balayé sa dépouille ensanglantée de la page (car il s'agit d'un livre que lisait mon fils), je poursuivrai mon récit.

Chapitre 2

July naquit dans un champ de canne à sucre.

Sa mère, courbée en deux, frappa une tige épaisse avec sa machette, mais un coup ne suffit pas à la rompre. Épuisée, elle se redressa pour laisser le puissant torrent de pluie déverser sa fraîcheur apaisante sur son visage et son cou. Elle cligna des paupières et s'essuya le front de sa paume. Lorsque la poussière abrasive des feuilles dentelées lui tomba dans les yeux, elle pencha la tête en arrière pour que l'averse les purifie de son baume. Puis elle s'accroupit pour saisir de nouveau la base de la tige et la frapper encore.

Elle était tellement occupée à débarrasser la canne de ses feuilles — même dans l'humidité de la pluie, leurs bords friables volaient autour d'elle comme du duvet de chardon — qu'elle ne s'aperçut pas qu'un enfant était sorti de son ventre. July naquit juste là — glissant, ensanglantée et tremblante, sur une couche de paille piquante.

Tandis que July était allongée, sans défense, sur le sol, elle vit le cauchemar des hautes cannes qui se dressaient en désordre autour d'elle, sombres et menaçantes, et sentit le poids mouillé d'une robe de lainage rêche balayer son corps nu. Puis elle aperçut — arrachant une longue tige, l'agitant dans l'air, la tranchant et la débarrassant de ses feuilles avant de la lancer un peu plus loin — la formidable femme noire qui était sa mère. Ses bras, fléchis dans l'effort, étaient aussi robustes que les jambes d'un cheval au grand galop. Son cou épais paraissait minutieusement sculpté dans du bois. Sa poitrine nue, dégoulinante de pluie et de sueur, brillait comme une laque.

Cette femme colossale était toujours absorbée dans son travail, inconsciente d'avoir perdu quelque chose. Lorsque July poussa un braillement furieux qui agita la canne et terrorisa les oiseaux, sa mère, la machette levée, s'arrêta soudain pour s'interroger sur l'origine de ce cri désespéré et vit pour la première fois son enfant couchée là. Elle nettoya sa lame et la glissa à sa ceinture. D'une main, elle dénoua le foulard qui entourait sa tête, et de l'autre, prit son nouveau-né au creux de sa paume. En un instant, July était emmaillotée, au chaud et en sécurité, dans le foulard, et arrimée au mur solide du dos de sa mère, alors que celle-ci, saisissant la machette à sa ceinture, se remettait à la tâche.

*

Ainsi s'achève l'histoire de la naissance de July — une histoire plus saisissante que toutes les légendes de ce coquin d'Anancy, l'homme-araignée. Dans certains récits, ce n'était pas la pluie qui tombait sur le corps tendre et nouveau-né de

July, mais le soleil, dont la chaleur ardente cuisait le sang de l'accouchement en une croûte dure et rugueuse sur sa chair nue. D'autres fois, c'était un vent qui soufflait avec une force telle que sa mère devait l'attraper par une jambe avant qu'elle ne soit emportée loin du champ de canne, au-dessus de la grande maison et jusque dans les nuages. Tandis que dans une autre version, un tigre à six pattes et au long museau pointu reniflait bébé July en la prenant pour de la nourriture. Quels que fussent les sommets glorieux atteints par son épopée, July déclarait toujours qu'elle était née dans un champ de canne à sucre.

Pourtant, lecteur, je ne peux laisser pareille invention ornementale entacher mon récit, car plus loin dans votre lecture, vous serez peut-être tenté de m'accuser de tromperie alors que ce que je dis est authentique, même si les faits pourront vous sembler tout aussi ridicules. Au risque d'être taxée de banalité pour ce qui suit, voici la vérité vraie sur la venue au monde de July — et vous pouvez me croire sur parole.

*

Kitty, la maman de July, accoucha dans sa case. Pendant huit longues heures, elle l'arpenta — cinq pas dans un sens, cinq pas dans l'autre. En gardant toujours les paumes pressées sur les reins, car elle avait peur que la protubérance de son ventre ne la précipite par terre. Sa chemise de grosse toile, tellement imprégnée de sueur qu'on l'aurait dite de gaze, lui collait à la peau comme un pansement. Par moments, elle arrêtait ses déambulations fiévreuses pour poser les mains haut sur le mur, faire porter son poids sur ses bras et haleter avec la rage d'un chien fou.

La transpiration de Kitty transformait la terre sous ses pieds en une couche de boue glissante. Si bien que Rose, la femme qui l'assistait, lui demanda de se baisser un peu pour lui permettre de lui essuyer le visage et le cou avec des chiffons — car Kitty mesurait près d'un mètre quatre-vingts et Rose pas plus d'un mètre vingt. Celle-ci avait eu deux enfants en son temps — l'un était né raide comme du pain dur et l'autre avait été vendu avant qu'elle ait fini de l'allaiter. Mais c'était à elle qu'on recourait le plus volontiers pour les accouchements à la plantation, car les bébés nés par ses soins se développaient avec une vigueur digne du rejeton le plus gâté d'une *missus* blanche. Kitty ne voulant pas se baisser pour laisser Rose l'essuyer, celle-ci fut obligée de sauter, comme une pauvre esclave domestique chargée d'épousseter une étagère haut perchée.

Kitty refusa aussi de sentir le bouquet de brindilles que Rose agitait autour d'elle. « Allez, sens, ça ti calme », insistait Rose.

Quand, à la fin, elle lui fourra sous le nez le bouquet à l'odeur âcre, Kitty suffoqua. Elle arracha les brindilles de la main de Rose et les jeta par terre. À la vue de la peau de chèvre avec laquelle Rose voulait frotter son ventre secoué de coups de pieds, Kitty s'écria : « Touche-moi pas ! Touche-moi pas ! » Heureusement, Rose se baissa juste avant que la main de Kitty ne fouette l'air pour l'envoyer valser à l'autre bout de la case — car elle y mit une telle énergie que la minuscule Rose se serait certainement retrouvée enfoncée dans le clayonnage du mur.

Puis Rose la supplia d'avaler au moins quelques bouchées du fruit à pain mis de côté pour elle. Comme Kitty refusait, Rose les mangea elle-même en répétant sur tous les tons, de l'ordre à la supplique, que Kitty devait s'accroupir sur la natte afin de soulager les douleurs de son accouchement. Rose l'implora pendant plus d'une heure, jusqu'au moment où Kitty, hurlant plus fort qu'un jeune coq avant l'aube, s'écria : « Chut, miss Rose, je supporte plus ton jacasserie ! »

Au même instant, elle tomba à genoux et, son ventre lourd balayant le sol de terre battue, rampa sur sa couche. Bientôt son matelas de bagasse fut trempé de sa sueur — il glouglouta alors qu'elle se tortillait, au supplice, pour trouver une position plus supportable. Mais au moins, Rose pouvait maintenant atteindre toutes les parties du corps de Kitty dont elle avait besoin pour pratiquer ses soins légendaires. Criant par la porte de la case, elle ordonna à des enfants d'aller remplir un seau à la rivière. Et maugréa ensuite en voyant le fond d'eau que ces bons à rien lui rapportèrent, avant de les chasser de la hutte. Puis Rose plongea un chiffon dans le seau et pressa l'eau fraîche sur les lèvres sèches et gercées de Kitty.

Deux heures passèrent encore avant que celle-ci se mette à mugir. À genoux sur la paillasse, les mains collées au mur, elle hurlait que cette douleur était pire que tout ce qu'elle avait jamais enduré. Allez viens, commandeur, fouette-la, marque-la au fer rouge, brûle-la, car Kitty était sûre qu'aucune souffrance d'origine humaine ne pourrait plus jamais la blesser. Ce mal-là lui était infligé par un zombie, qui plantait ses griffes en elle pour permettre à l'enfant de naître.

« Sûr que je suis morte, miss Rose, gronda Kitty. Sûr que je suis morte !

— Le petiot li vient, l'arrive, murmura tendrement Rose.

— Le petiot li vient pas. Sûr que je suis morte », gémit Kitty.

C'est alors que le contremaître, Tam Dewar, entra dedans la case en criant : « Qu'est-ce que c'est que ce boucan ? Taisez-vous, bon sang ! Vous me donnez mal à la tête. »

Dérangé dans son souper par le vacarme de tous les diables parvenu à ses oreilles, il respirait fort comme un homme à bout de nerfs. Du moins jusqu'à ce que la puanteur de la case de Kitty ne l'assaille. Son visage, plissé de rage, se tordit en une grimace de dégoût — comme s'il mâchait de la viande avariée. Il posa sa lanterne par terre pour pouvoir sortir son mouchoir, dont il se couvrit le nez et la bouche avant de s'exclamer à travers le tissu : « Qu'est-ce que vous fabriquez, là-dedans ? »

Rose fit une petite révérence devant le contremaître et répondit : « L'accouche, *massa* — bientôt », pendant que Kitty s'allongeait en vitesse sur la paillasse et se couvrait du mieux qu'elle pouvait avec sa chemise humide. Elle se força à se tenir tranquille et leva les yeux vers la face tordue de Tam Dewar. À la lumière de la lanterne, sa bouche paraissait encore plus déformée et son crâne chauve donnait plus que jamais l'impression d'être couvert d'une coquille d'œuf. Mais Kitty ne put rester silencieuse très longtemps, car un petiot de la taille de la lune poussait pour sortir d'elle. Elle lâcha un cri si perçant que Tam Dewar tomba à genoux et tressaillit comme si c'était lui qui souffrait le plus.

« Silence, silence, je te dis ! » s'exclama-t-il d'une voix grinçante, avant d'ordonner à Rose : « Fais-la taire. »

Rose regarda l'homme, l'air perplexe.

« Bourre-lui la bouche de chiffons, allez, allez ! »

Rose plongea un chiffon dans l'eau du seau et le passa sur les lèvres de Kitty. Mais Tam Dewar poussa un soupir agacé. « Pas comme ça ! » Il lui prit le chiffon des mains et l'enfonça dans la bouche de Kitty. « Comme ça, idiote, comme ça.

— L'accouche, *massa*, l'accouche », protesta Rose, tandis que Kitty s'étranglait pour loger la boule de tissu dans sa bouche. Puis elle planta les dents dans le doigt du contremaître, qui l'empêchait de respirer.

« Saleté », gémit-il. Il dégagea son doigt et leva la main pour frapper Kitty à la tête. Mais Rose s'interposa. « L'accouche, *massa*, l'accouche, *massa*... » car elle avait vu que le Blanc s'apprêtait à frapper Kitty. « Pitié, *massa*, pitié, pas li battre, *massa*, l'accouche. »

Tam Dewar repoussa la petite silhouette de Rose et se prépara de nouveau à gifler Kitty pour l'impertinence qui l'élançait encore dans le bout des doigts. Pendant que Kitty, se recroquevillant dans l'attente du coup, entourait d'un bras son ventre rond et tendait une main ouverte pour le maintenir à distance. À cet instant, Tam Dewar s'immobilisa. Il la contempla un moment et laissa retomber sa main. Puis il s'agenouilla près de

Kitty, paumes levées, murmurant « chut, chut » pour la calmer. « Ma sœur m'a envoyé de la confiture de fraises d'Écosse, lui dit-il doucement. Elle est très bonne. Délicieuse. J'étais justement en train d'en manger, mais tu faisais tellement de bruit... Je ne supporte pas le bruit. J'ai une douleur à la tête dont je ne peux pas me débarrasser. Tu dois te taire. »

Il leva la lanterne pour montrer à Kitty son visage sombre. Elle vit une trace de confiture de fraises sur la joue du contremaître et sentit l'odeur sucrée de la friandise sur son haleine. Il se détourna, comme dans l'intention de s'en aller, puis se pencha de nouveau vers elle. « Silence, Kitty, ou je sortirai le fouet, je te jure que je le ferai, parce que je ne supporte pas ce bruit. »

Kitty ne lui répondit pas, mais mordit dans le tissu qu'elle avait toujours dans la bouche, pour n'émettre aucun son qui risquât d'altérer l'humeur du contremaître. Car elle avait réussi à vivre sans sentir la lanière de son fouet pendant quatre ans. Cependant, cet affreux *bakkra* avait conçu l'enfant qu'elle était en train de mettre au monde, et s'il ne partait pas en vitesse, elle allait se redresser, l'attraper par la jambe, le faire tournoyer au-dessus de sa tête et le lancer, telle une tige de canne, si loin, si loin qu'il atterrirait la tête la première sur un tas de bagasse dans quelque autre île dont elle avait entendu parler. Mais elle se contenta de serrer plus fort les dents pendant que, pressant son mouchoir sur son nez, il s'apprêtait à partir. Il fit deux pas avant de se rappeler quelque chose. Pointant le doigt vers ses deux esclaves chacune à son tour, il dit : « Et faites bien attention à ce petit bébé — il vaudra beaucoup d'argent. »

Quand la petiote sortit enfin du ventre de Kitty, elle lâcha une exhalation si puissante que les arbres ployèrent comme au passage d'un ouragan. Tam Dewar, que cet immense cri fit sursauter, frappa du poing sur la table, renversant sa précieuse confiture de fraises, qui se répandit par terre.

Chapitre 3

Ainsi donc, lecteur, la fille unique de Kitty est enfin venue au monde. Kitty l'appela July, car quand elle était gamine, miss Martha, qui surveillait le travail des enfants de la troisième équipe, s'était un jour hasardée à lui apprendre à écrire les mois de l'année. Même si sa petiote était née en décembre, la Kitty adulte ne se souvenait plus que du mouvement gracieux du bras de miss Martha quand elle traçait les courbes fluides du mot *July*[1] dans la terre. Kitty murmura doucement le mot « July » à l'oreille de sa petiote, et sa fille devint July.

Et quelle enfant braillarde, coléreuse et turbulente que cette petite-là. La langue rose frémissante et les gencives sans dents dans la bouche hurlante de July étaient plus familières à sa maman que les bras et les pieds du bébé. À voir l'agitation permanente de cette toute jeune créature, Kitty se persuada que la petiote avait été arrachée à une existence plus favorisée. Qu'elle se révoltait contre l'injustice qui faisait mainte-

1. Juillet. (*Toutes les notes sont de la traductrice.*)

nant d'elle une esclave dans une case étouffante, dans un berceau trop petit, avec pour mère une femme noire à la peau abîmée n'ayant pas la moindre idée de la raison pour laquelle sa petiote vociférait comme ça.

Kitty passait la plus grande partie de ses nuits à arpenter sa case pour essayer d'apaiser le cœur de cette maudite enfant. Puis au moment où, le bébé enfin calmé, elle fermait les paupières pour dormir, la note aiguë soufflée dans la conque par le commandeur l'obligeait à les rouvrir. Et alors que Kitty s'apprêtait à nourrir July pour pouvoir commencer sa journée de travail, celle-ci décidait qu'il était temps de dormir comme une souche. Mais une fois qu'elle avait attaché l'enfant endormie dans son dos et s'était mise à la tâche dans la deuxième équipe — tâche qui consistait à dégager et emporter les résidus de canne broyée du moulin à la case à bagasse — Kitty sentait les poumons de sa petiote se gonfler doucement, et July se réveillait pour réclamer à manger.

Oh, prenez pitié de la pauvre Kitty, car nul son n'irritait davantage ses compagnons de labeur que le hurlement constant de l'enfant accrochée à elle du matin au soir. Tous, dans cette deuxième équipe, convenaient que même le grincement strident des cabrouets qui transportaient la canne des champs au moulin — oui, même la vieille charrette conduite par Cornet Jump — n'était pas aussi pénible.

Les cris du commandeur, Mason Jackson, qui ordonnait aux infortunés esclaves de décharger les monceaux de canne des cabrouets étaient certes perçants, mais ils ne vous cassaient pas les oreilles comme le faisait cette petiote. Et les ahanements plaintifs qu'exhalaient miss Anne et miss Betsy, quand les fagots de canne coupants s'entassaient haut sur leurs têtes endolories, paraissaient presque mélodieux en comparaison. Tout comme le frottement de leur démarche traînante lorsqu'elles trimbalaient les tronçons de canne là où ils allaient être broyés.

Le grincement du moulin de bois qui tournait laborieusement et le clip-clop las des sabots des bêtes dont Benjamin Brown guidait la vaine progression en rond ne lui parurent plus jamais aussi sonores. Même le bruit de succion du jus écœurant qu'on extrayait en écrasant les tiges, ou le caquetage de miss Betsy et miss Sarah pendant qu'elles ramassaient la bagasse sur le sol autour de lui ne mettaient pas ses nerfs à aussi rude épreuve.

Et Dublin Hilton, le raffineur (celui qui savait si le sirop allait cristalliser simplement en le regardant ou en inhalant ses vapeurs), vous dira que ni le crépitement des flammes sous ses chaudières, ni le bouillonnement du sucre, ni le grondement lourd des barriques qu'on faisait rouler une fois remplies n'empêchaient les hurlements de cette petiote d'atteindre ses oreilles.

Au vrai, de l'avis de la deuxième équipe au complet, seul le claquement du fouet en cuir du commandeur, qui dictait où emporter quoi, était plus irritant que le vacarme infernal émis par la minuscule créature attachée au dos de miss Kitty.

« Un pitit coup de rhum dessus la langue, miss Kitty, lui criait Peggy Jump, de la première équipe, depuis sa porte, à la fin de chaque journée.

— Secoue doucement la petiote, suggérait Elizabeth Millar.

— Va voir l'homme Obeah — sûr que l'est envoûtée », disait miss Fanny, l'amie de Kitty.

Mais ce que ses voisins ne voyaient pas, c'était que parfois, au plus profond de la nuit, Kitty réussissait à calmer July en chantant une chanson douce à son oreille. « Mama ti tient, mama ti berce, pitite fille à moi. » July tournait alors ses yeux noirs vers Kitty, et ses lèvres imitaient le mouvement de la bouche de sa maman qui chantait. L'enfant, captivée, s'accrochait à Kitty — ses petits bras se serraient autour de son cou tandis qu'elle bavait de tendres baisers mouillés sur sa maman.

Kitty faisait sauter sa précieuse petite fille sur ses genoux, et July gloussait d'une joie sans mélange qui tintait aussi gaiement que le gazouillis des oisillons dans un nid. Dans ces moments-là, il n'y avait plus ni coups, ni jurons, ni insultes, car July regardait sa mère avec une expression d'amour si profond que Kitty en avait chaud au cœur. « Mama ti tient, mama ti berce, pitite fille à moi. » Parfois, dans cette tendre rêverie, tout allait bien. C'est-à-dire jusqu'au moment où Kitty tentait de reposer July dans son berceau, parce que alors la bouche de la friponne s'ouvrait soudain, grande comme un trou où planter la canne, et elle se remettait à hurler.

Chapitre 4

Mon bien-aimé fils, Thomas, m'a prévenue, quand j'ai commencé à dérouler cette histoire dessus le monde, que même s'ils n'ont peut-être pas l'impact d'un poing ou d'un fouet, les mots possèdent un pouvoir néanmoins capable de faire éclater l'homme le plus corpulent en sanglots balbutiants.

Ce matin, mon fils a cru bon de réitérer sa mise en garde, tout en agitant vers moi l'index de sa main droite. Alors, peut-être pensez-vous qu'il revient à une mère de remuer le doigt devant son enfant et pas l'inverse. Mais sachez, lecteur, que si mon fils a été extrait de mon corps avec force agitation et douleur, je dois vous révéler qu'il n'a pas toujours connu les bienfaits de l'amour maternel. Vous voudrez donc bien excuser cette petite erreur de sa part. Et même si c'est au visage de sa vieille et bienveillante maman qu'il agite son doigt, il est en droit de le faire s'il l'estime nécessaire.

Mais oublions ça et retournons à mon histoire. Car je dois tout de suite changer le décor, pour propulser ce récit quelques années plus tard.

Allez, venez, lecteur, ne vous souciez plus de la grossièreté de mon fils, contentez-vous de me suivre de près.

*

Il y a une voiture sur les hauteurs, vous la voyez là-bas, à une courte distance. La chaleur qui monte de la terre la fait onduler et osciller, tel un reflet pris dans l'eau. Mais plus elle se rapproche, plus sa forme se précise. Plusieurs enfants noirs gambadent à côté. Tandis que la voiture accélère, leurs petites silhouettes avancent plus vite et plus résolument, comme si leur progression faisait partie d'une course qu'ils étaient tous obligés de disputer. En comprenant qu'ils n'ont aucune chance de gagner contre un cheval, les enfants finissent par s'arrêter. Ils se mettent à faire des bonds et à agiter les bras, pendant que la voiture s'éloigne de leur jeu.

Le cheval alezan qui tire le cabriolet sautille sur la terre creusée d'ornières, pareil à un chat sur des pierres chaudes. Le maître de la plantation appelée Amity, M. John Howarth, tient les rênes. Il garde ses robustes jambes écartées pour s'arc-bouter en conduisant, et le bord de son large chapeau blanc bat au rythme de l'avancée cahotante de la voiture. Sa passagère est sa sœur, Mme Caroline Mortimer. D'une main, elle s'évertue à tenir une ombrelle afin de protéger sa délicate peau d'Anglaise du méchant soleil du matin, pendant que de l'autre elle s'accroche, effrayée, au bord du cabriolet pour garder son équilibre, sans cesser de houspiller son frère : « Je t'en prie, va moins vite… Je t'en prie, fais attention… Je t'en prie, John, arrête de fanfaronner. »

Caroline Mortimer habite la grande maison de la plantation avec son frère et sa jeune épouse, Agnes, depuis deux semaines, et déjà l'ardeur du soleil jamaïcain la rend aussi molle qu'un chaton aux heures les plus chaudes de la journée. Caroline a vécu vingt-trois étés sur cette terre, tous passés jusqu'ici dans l'ombre mouchetée d'un pommier en bordure d'un gazon anglais où, aux heures les plus chaudes de la journée, de petites gouttes de sueur odorantes perlaient à son front. Le navire sur lequel elle a effectué la traversée jusqu'en Jamaïque l'a secouée et ballottée si durement à travers l'océan qu'à son arrivée elle s'est plainte à son frère que, eût-elle été arrimée au dos d'une baleine, le périple n'eût pas été plus pénible. En fait, elle répéta si souvent sa lamentation que, après avoir amusé son frère au début, elle ne lui arrachait plus à présent que cette exclamation : « Oui, bon, maintenant tu es là. »

Son appétit, qu'elle avait craint de ne jamais retrouver après l'éprouvant voyage — durant lequel aucune nourriture préparée de main d'homme n'avait pu rester suffisamment longtemps dans son estomac pour lui fournir les nutriments indispensables —, lui revenait. Solide et aventureux, avec ça. Songez donc, elle trouvait que la mangue, si sucrée et juteuse, était le plus délicieux des fruits. Certes, elle avait un goût de pêche trempée dans de la térébenthine et sa texture fibreuse l'obligeait à tirer sur les petits filaments coincés entre ses dents pendant plusieurs heures, mais Caroline n'était pas de ces personnes timorées et trop effarouchées pour se lancer dans de nouvelles expériences. Et les confitures, quel délice ! Tout le monde sait que les confitures antillaises sont les meilleures du monde. Goyave, gingembre, oseille, et même citron vert. De loin les plus savoureuses que Caroline eût jamais goûtées.

« Tu préféreras bientôt la confiture de fraises anglaise, comme nous tous, lui dit son frère.

— Jamais, jamais, jamais ! » répliqua Caroline en riant. Puis elle demanda : « Pourrions-nous avoir du punch ? » Et quand il lui expliqua qu'on n'en buvait plus beaucoup par ici, elle tapa de son pied chaussé de satin rose en protestant : « Et pourquoi donc ?

— Ce n'est pas à la mode, lui répondit son frère, pour le regretter dès que la voix de Caroline s'éleva, perçante comme un volet grinçant sur ses gonds.

— Au diable la mode ! Tout le monde en Angleterre parle du punch jamaïcain, et j'aimerais y goûter. En plus, le rhum coupé à l'eau qu'on boit ici est beaucoup trop léger. »

La voyant enfourner à toute heure grenades, papayes, sapotilles et corossols dans sa bouche avide, avec ses gros doigts collants, son frère la mit en garde : « Tu manges trop de fruits, Caroline. Ce n'est pas bon pour la santé sous ce climat. » Et il lui conseilla, jusqu'à ce qu'elle ait recouvré des forces après son voyage, de songer à manger davantage de porc.

« Du porc ! Enfin, John, on peut manger du porc n'importe où », gazouilla Caroline. Non... en revanche elle était prête à goûter un peu de tortue. Dans un jour ou deux, pourquoi pas ? Ça avait l'air délicieux, servi dans la carapace retournée. Car ne mangeait-elle pas du lapin, des tripes et de la tête de cochon au pays ?

« Si la tortue est considérée comme de la nourriture raffinée dans cette contrée étrangère, je dois y goûter, ne serait-ce qu'une fois », dit-elle à son frère.

Elle voulait tout goûter — oh oui, tout. Bien qu'elle eût quitté le deuil depuis peu, elle avait envie d'expérimenter les nouveautés, peu importait qu'on le lui déconseillât. Apportez le canard, la pintade, la carangue noire, car Mme Caroline Mortimer avait hâte de ronger leurs os et leurs arêtes. Et même les fruits à pain destinés à la table des esclaves.

« Et pourquoi pas ? » demanda-t-elle à son frère, qui répondit sévèrement que plusieurs de ses esclaves avaient reçu le fouet pour avoir mangé de la terre : se proposait-elle de goûter ça aussi ?

Caroline était dotée d'un long nez pointu qui, s'il conférait à sa silhouette une certaine distinction vu de l'autre côté d'une pièce sombre, se révélait cependant incapable de sentir ce qui se passait à son extrémité. De sorte qu'il y avait souvent quelque chose collé au bout, dont elle n'avait absolument pas conscience — la tache jaune du pollen de l'hibiscus qu'elle était en train d'admirer ou un barbouillage de crème laissé par le lait qu'elle buvait ; il arrivait même que, pareille à une goutte de pluie accrochée à l'extrémité d'une feuille, une coulure de morve y pende et s'y balance pendant un certain temps. Et c'était ce nez insensible, commençait à craindre son frère, qu'elle fourrerait avant peu partout dans la plantation appelée Amity.

*

Il y avait pourtant une curiosité que Caroline Mortimer abordait avec une inquiétude qui ne lui ressemblait pas. Les Noirs. Avant qu'elle embarque pour sa traversée, son frère lui avait écrit pour l'enjoindre d'amener une femme de chambre — une jeune femme solide, respectable, digne de confiance, voire d'un caractère pieux. Et son frère de poursuivre en l'avertissant que les Noirs ne donnaient pas toujours le genre de domestiques auxquels Caroline s'était peut-être habituée.

Cette extraordinaire missive avait non seulement fait rire Caroline, mais lui avait aussi fait regretter que son défunt mari n'eût pas été là pour la lire. Car Edmund Mortimer avait toujours été grandement exaspéré d'entendre le frère de sa femme se vanter, lors de ses trop fréquentes visites, du nombre d'esclaves qu'il possédait dans les Caraïbes et de combien, parmi ceux-là, s'affairaient d'un bout à l'autre de sa grande maison. Avec un moulinet de la main et un air pénétré, il déclarait à sa sœur et à son beau-frère : « Oh, il y en a plus de cent cinquante sur la propriété et, disons, trente ou davantage dans la maison. »

L'irritation d'Edmund Mortimer atteignait des sommets quand le frère de Caroline, observant la bonne à tout faire ni très propre ni très soignée servir à table, considérait leur situation avec une certaine condescendance. Et voilà maintenant que John lui conseillait d'amener cette misérable fille de l'autre côté de l'océan. De la vêtir des vêtements qu'elle-même ne mettait plus pour la faire passer pour une femme de chambre, alors qu'il avait — combien ? — deux cents esclaves ou davantage à ses ordres ! Edmund se serait sûrement retourné dans sa tombe si, compte tenu de sa corpulence au moment de l'enterrement, il n'avait pas pris toute la place dans le cercueil.

À son arrivée dans cet endroit qu'elle avait si souvent imaginé et avec ô combien d'impatience, Caroline s'était donc attendue à croiser plusieurs Noirs dans la maison, ainsi qu'on le lui avait laissé entendre. Mais elle n'avait pas prévu, lorsque s'ouvrirait la porte de la belle demeure, de se retrouver entourée par un essaim de visages noirs. Pendant que son frère, sous la véranda, expliquait à un négrillon déguenillé où emmener Mary — la fameuse domestique, très mal en point après la traversée — trois femmes noires s'interrompirent dans leurs tâches pour observer Caroline.

L'une d'elles — portant sur la tête un foulard de madras rouge vif et autour de la taille un tablier tellement constellé de taches qu'il ressemblait à une carte — mâchonnait quelque chose, la bouche ouverte. Une autre se cura le nez puis s'essuya le doigt sur le haillon crasseux qu'était sa jupe, tout en penchant la tête bizarrement afin de mieux voir à travers un œil injecté de sang, tuméfié et à moitié clos. La troisième, une grande créature dégingandée, avait le corselet de sa robe défait, qui pendouillait à sa taille, laissant ses bras, pareils aux branches d'un arbre mort, complètement nus. Aucune ne portait de chaussures.

Caroline, en rien perturbée par l'air hostile de ces esclaves, les regarda courtoisement, croyant qu'elles allaient bientôt faire la révérence puis peut-être lui offrir un rafraîchissement. Elle retirait déjà son bonnet, certaine qu'elles voudraient le lui prendre pour aller le poser quelque part. Mais elles n'en firent rien. Au lieu de cela, leurs yeux, qui pour Caroline ressemblaient à des billes brillantes roulant dans la suie, se mirent à l'étudier lentement, du bout de ses bottines de cuir brun jusqu'en haut de sa tête blonde et charnue. Puis, ouvrant grand les bras, la créature dégingandée dit : « Eh ben, voyez voir comme l'est large ! » Et Caroline de faire un grand pas pour s'éloigner d'elles — pas à cause de cette insolence dédaigneuse, mais par crainte de leurs dents qui, maintenant qu'elles riaient d'elle, apparaissaient blanches et pointues comme des bêtes sauvages.

C'est alors qu'une poule passa en courant à côté d'elle, battant des ailes, caquetant et glissant sur le parquet ciré. Une jeune négresse la pourchassait, bras écartés pour saisir le cou du volatile, tout en hurlant : « Attrapez-la vite, attrapez-la ! » Une deuxième poule surgit bientôt, semblant pourchasser la fille. Les trois femmes se joignirent aussitôt au tumulte, tout le monde courant dans tous les sens jusqu'à ce qu'on ne sache plus qui pourchassait qui.

Caroline se colla contre le mur, de crainte d'être attrapée, plumée et bridée au milieu de ce remue-ménage. Puis deux garçons à peine vêtus déboulèrent de Dieu sait où pour entrer dans la danse. Quand soudain, un cri aussi puissant que le craquement d'un arbre foudroyé résonna :

« Ma poule l'a partie ! Rattrapez ma poule ! » Une Noire, pas plus grande qu'une enfant mais à la peau ridée comme un fruit sec, apparut, tapant sur un seau en métal avec un grand fendoir. Si elle n'avait pas continué à hurler, encore et encore, « Où l'a partie ma poule ? » Caroline aurait eu du mal à croire qu'une créature aussi minuscule fût capable de faire un tel raffut.

Et bientôt, Caroline ne vit plus que des Noirs, pareils à des ombres solides caracolant devant elle. Oh, combien étaient-ils à l'assaillir ? Et d'où sortaient-ils tous ? De fissures dans un mur, de trous dans le parquet ? Habitaient-ils, empilés les uns sur les autres, dans une armoire ? Ou filaient-ils comme des lézards sous la maison ? Où ? Où ? Caroline enrageait que le Seigneur ne lui eût donné que deux mains ! Car que devait-elle faire ? Se couvrir les oreilles pour se protéger de ce vacarme épouvantable ou plutôt le nez ? Car la puanteur de leurs corps tourbillonnants était aussi nauséabonde que celle d'une mule dégoûtante en pleine chaleur.

Lorsqu'il finit par arriver, son frère parut traverser ce tohu-bohu sans y prêter attention. « Viens, je vais te montrer ta chambre », dit-il. Puis, remarquant l'effroi imprimé sur le visage de sa sœur comme dans un dessin satirique, il cria : « Taisez-vous ! Silence ! Vous m'entendez ? » avant de guider Caroline par le coude à travers la courte brèche dans le chahut.

*

Après quelques jours sur l'île, Caroline fut amenée à demander à son frère si ses fameux deux cents esclaves ou davantage habitaient réellement autour et à côté d'eux dans la grande maison. Croyant qu'elle n'était pas sérieuse, il lui adressa un petit sourire narquois. Mais la question de Caroline était sincère. Car il semblait n'y avoir aucun endroit, dans cette imposante demeure, où trouver la solitude. Aucun coin où ne se cachât pas quelque Noir. Aucune pièce où un Noir n'effectuât quelque tâche. Aucune fenêtre offrant une autre vue que celle de ces noirauds occupés à quelque méfait. Même les placards, quand on les ouvrait, paraissaient ne pas contenir grand-chose d'autre que des négrillons qui, tels des insectes pris au piège, l'observaient du dedans.

Et pourtant, en dépit de tous ces esclaves domestiques qui tourbillonnaient autour d'elle tous les jours, Caroline découvrit que les sommer d'obéir était une entreprise épuisante pour laquelle elle n'était absolument pas douée. Ils se contentaient de la regarder, captivés, comme les enfants, le soir de Guy Fawkes, attendant le début du feu d'artifice.

Molly, la fille à l'œil tuméfié, fut chargée par son maître de jouer temporairement le rôle de femme de chambre auprès de Caroline. Et « jouer » était bel et bien le mot. Car la gamine semblait ne rien savoir de ce qu'on attendait d'elle. Songez donc, tous les matins cette simplette essayait d'incarcérer Caroline dans son corset de lin à pois en le lui passant dans le mauvais sens ; aucun ordre en langue anglaise ne parvenait à le lui faire placer correctement sur ses épaules. Quant aux rubans au bas de la robe, elle se contentait de s'amuser avec, tel un chaton avec de la laine, incapable qu'elle était de faire le nœud le plus simple, sans parler d'une boucle délicate.

Elle peignait les cheveux comme on démêle les franges récalcitrantes d'un tapis, et versa un plein seau d'eau froide sur Caroline qui était assise, nue, dans la baignoire, attendant qu'on lui apporte de l'eau chaude. Quand Caroline appela son frère pour se plaindre, l'esclave, dont la chevelure était plus emmêlée que de la laine à carder, se jeta à ses pieds et s'accrocha à ses jambes en l'implorant : « Je fais une pitite bêtise, *massa*. Je le fais plus, *massa*. J'apprends. La *missus* l'est bientôt très contente de moi », afin d'échapper à son châtiment.

La belle-sœur de Caroline, Agnes, étant née créole sur cette île, n'avait aucune difficulté à obtenir l'aide nécessaire. On lui présentait ses vêtements bien repassés le matin, on lui apportait une cruche d'eau pour sa toilette, on retirait et on lavait son vase de nuit, on balayait sa chambre quand elle n'était pas là à risquer de s'étouffer avec la poussière et on lui ouvrait ses volets au lever du jour.

Mais Caroline remarqua qu'Agnes savait diriger ces esclaves dans leur propre langue étrange. Elle braillait sur ces Noirs aussi fort qu'ils se braillaient les uns sur les autres. Agnes attendait un enfant et, quoique de carrure frêle, elle ne laissait pas la rondeur à sa taille l'entraver quand elle réprimandait ses esclaves. Songez donc, elle sautait partout avec l'énergie d'une possédée — battant des bras, tapant du pied, son épaisse chevelure rousse se libérant de son nœud tandis qu'elle rabrouait, criait, frappait dans ses mains et vociférait pour se faire obéir.

Cette épuisante tâche accomplie, Agnes s'étendait sur son divan, les bras ballants, trop fatiguée pour les soulever. Elle était alors incapable de répondre aux questions les plus simples sans que sa voix se teinte de lassitude, quand elle ne se mettait pas à ronfler doucement — parfois au beau milieu d'une phrase de Caroline.

Lors de sa première rencontre avec Agnes, dans le salon frais de la grande maison, sa belle-sœur avait proclamé, dans une rafale de mots qui avait laissé Caroline quelque peu étourdie, que sa famille était écossaise. À l'exception de ses cheveux flamboyants, d'une profusion de taches de rousseur sur son visage et son cou (qu'elle affichait volontiers au lieu de les dissimuler par des préparations cosmétiques) et d'une abondance de garniture en tartan sur et autour des fauteuils du salon, Caroline ne décela rien d'écossais en cette vigoureuse jeune femme.

« Vous devez leur montrer qui l'est le maître et qui l'est l'esclave. Pour pas leur laisser la possibilité de vous rouler. C'est qu'ils sont malins », dit Agnes en l'instruisant sur la direction des esclaves. Prenant l'exemple de Molly, Agnes appela la fille et montra son œil au beurre noir. « L'a serré ma chaussure si fort que j'ai crié. Comme l'est assise à mes pieds, je l'y ai baillé un bon coup. Croyez-vous que l'a serré encore ma chaussure aussi fort ? Non, non, non, car l'a appris. »

Poussant Molly en avant pour que Caroline puisse mieux inspecter la contusion laissée par l'empreinte de la chaussure, Agnes ajouta : « Soyez ferme. Ces Noirs, ils sont comme des pitits enfants — suffit de leur montrer ce qui l'est bien et ce qui l'est mal. »

Et, toutes les nuits depuis son arrivée sur l'île, Caroline avait été contrainte d'écouter les halètements, les fessées et les gloussements qui s'infiltraient par-dessus les murs de la chambre de son frère dans la sienne. Car dans cette grandiose maison, qui regorgeait de tant d'ornements vulgaires — songez donc, même l'argenterie était dorée —, les murs des chambres ne montaient même pas jusqu'au bois des avant-toits. Le vacarme grotesque des créatures nocturnes, avec leurs grattements incessants, ne parvenait pas à couvrir les bruits lascifs qu'Agnes — oh oui, Agnes — faisait toutes les nuits. Son frère, comprit alors Caroline, avait été bien avisé de n'avoir jamais amené sa femme en Angleterre, car avec de telles manières grossières et obscènes et sa ridicule façon de parler, elle se serait fait interner.

Après deux semaines en compagnie d'Agnes — durant lesquelles une simple petite broderie ou une composition florale semblaient un trop dur labeur pour sa belle-sœur, qui passait tant d'heures à dormir sur son divan que Caroline finit par croire que, telle une chauve-souris, elle ne s'animait peut-être que la nuit — Caroline dut bien admettre qu'elle s'ennuyait. Elle commença même à regretter la compagnie de Mary, sa femme de chambre, qui n'avait jamais proféré plus de trois mots sensés depuis qu'elle était à son service : elle, au moins, restait éveillée. Mais Mary, encore très malade, était soignée dans une case obscure, pas plus grande qu'une niche, par une grosse Noire qui veillait sur son corps faible, suant et haletant, aussi farouchement qu'un chien sur un os. Quant à la compagnie de son frère John, elle ressemblait de plus en plus à un mirage de chaleur, car chaque fois que Caroline l'approchait, il disparaissait purement et simplement. Jusqu'au jour où, avec la détermination d'un trappeur, Caroline s'arrangea pour le coincer sous la véranda de la maison.

« John, pouvons-nous aller nous promener sur la propriété ? l'implora-t-elle.

— Nous promener, Caroline ? Tu n'y penses pas ! Nous ne sommes pas en Angleterre. Au bout de deux pas, tu succomberais à la chaleur. Personne ne se promène, ici, répondit son frère.

— Une promenade à cheval, alors — je sais encore monter.

— Le terrain est beaucoup trop dangereux. De plus, je n'ai aucun cheval qui pourrait supporter ton… »

Il avala prudemment les mots se référant aux impressionnantes mensurations de Caroline.

« Oh, John, je t'en prie, fais-moi visiter les environs, je souhaite voir mon nouveau foyer, et comprendre comment tout cela fonctionne », insista-t-elle, sa voix montant suffisamment dans les aigus pour faire réentendre le gond grinçant.

*

Aussi, lecteur, laissez-moi attirer de nouveau votre attention sur cette route traversant la plantation appelée Amity — sur le cabriolet, le cheval alezan et le cheminement cahotant de John Howarth et de sa sœur Caroline, assise à côté de lui. Le long de ce chemin qu'allait bientôt emprunter la voiture, marchait une imposante esclave noire. Sur la tête, elle portait un panier en paille rempli d'un méli-mélo de racines de manioc doux, posé si adroitement qu'on l'aurait dite coiffée d'un chapeau très orné. Sa jupe, autrefois rayée jaune et noir, n'était plus, après avoir été lavée des années durant dans une rivière, battue contre un rocher et séchée au soleil, qu'un écho de son lustre d'antan. Mais l'enfant marchant à côté d'elle était vêtue d'une robe faite dans le même tissu et, comme un coupon de drapier, cette miniature montrait la toile presque dans ses couleurs d'origine.

La fillette s'arrêta pour examiner une pervenche rabougrie qui s'efforçait d'éclore au bord du chemin. Elle la cueillit et l'agita doucement, dans l'espoir que la femme s'arrêterait pour contempler les pétales violets. Mais celle-ci ne s'était pas aperçue que l'enfant ne marchait plus à son côté. « Maman », appela la fillette. Et alors que sa mère se retournait en entendant l'appel, la petite courut vers elle, la main tendue.

La femme, se baissant pour regarder la fleur serrée dans la main de sa fille, pencha à peine la tête, pour maintenir le panier en équilibre. Elle sourit puis se redressa et se remit en marche. Mais la fillette tira de toutes ses forces sur la jupe de sa mère pour la retenir — plantant fermement ses pieds nus dans la terre afin d'avoir un appui solide. Bien qu'elle ne tirât que d'une main, la jupe commença pourtant à se tendre, prête à se déchirer. La femme, donnant une petite tape à la main de la fillette pour lui faire lâcher prise, fut bien obligée de s'arrêter pour s'occuper d'elle.

Elle retira le panier de sa tête, le posa délicatement par terre et prit la fleur entre ses doigts. Elle la porta à son nez puis au nez de l'enfant. Plaçant les mains en coupe autour des épais doigts de sa mère, la petite inhala profondément pour sentir le parfum. Et tandis que sa maman lui balayait la joue avec les pétales délicats, toutes deux fermèrent les yeux dans la rêverie de la douce caresse. Enfin, la femme se redressa, reposa le panier de racines sur sa tête et reprit sa marche, pendant que la fillette, curieuse, lambinait pour trouver d'autres fleurs à cueillir.

« Oh, c'est adorable », dit Caroline en découvrant cette petite dans sa robe à rayures noires et jaunes, assemblant tendrement un bouquet de fleurs violettes. Cependant que son frère ne voyant que deux esclaves, marchant en cette fin de matinée sur une route qui menait par-delà la vallée et hors de ses terres, nourrissait des préoccupations d'un autre ordre.

« Eh, toi ! Arrête-toi ! » ordonna-t-il à l'esclave au moment où le cabriolet arrivait à sa hauteur. Et c'est alors que Kitty se tourna pour regarder son *massa*.

« Où vas-tu ? demanda-t-il.

— J'ai le billet, *massa*. Moi et ma petiote. J'ai la permission, *massa*. »

John Howarth tendit la main pour que Kitty puisse lui montrer son billet de route. Elle sortit un bout de papier jauni et fripé des plis de la ceinture de sa jupe, qu'il faillit déchirer en le lui arrachant des mains.

« Où vas-tu ? Il est trop tard pour le marché, dit-il.

— Siouplé, *massa*, je vais à Unity Pen.

— Pour quoi faire ?

— Pour vendre mes fruits. »

Caroline descendit de voiture et s'avança vers la fillette. Penchée sur elle, elle observa les petits doigts noirs qui cueillaient les belles fleurs. La petite, qui paraissait âgée d'à peine huit ans, avait de grands yeux bruns, de bonnes joues rondes, et portait un foulard blanc sur la tête. Caroline s'agenouilla près d'elle, et cette dernière se tourna pour l'observer. Si sa peau n'avait pas été noire comme du cirage, elle aurait ressemblé à l'une des poupées préférées de Caroline dans son enfance. Un autre « Oh, adorable » s'échappa en un soupir de sa bouche. La fillette lui fourra son bouquet sous le nez pour qu'elle puisse humer son parfum. Et Caroline fut stupéfaite de se voir ravie par une petite négresse. « Oh, merci, ma chérie », dit-elle en reniflant les fleurs. Puis elle interpella son frère : « John, comment s'appelle celle-ci ?

— Comment diable veux-tu que je le sache ?

— Mais elle est adorable. Tu ne trouves pas, John ? » s'exclama Caroline, avant d'ajouter : « Tu m'as dit qu'elle s'appelait comment, déjà ? »

Ordonnant d'un hochement de tête à Kitty de répondre à la question de sa sœur, John Howarth lâcha les rênes et descendit du cabriolet. « Dis à ta maîtresse le nom de l'enfant. »

Kitty répondit dans un murmure : « July. »

Caroline, qui n'entendit pas, insista : « Comment s'appelle-t-elle ? » Ce à quoi John Howarth répliqua avec impatience : « July, Caroline. Elle a dit July ! Comme le mois !

— Mais ce n'est pas un vrai nom, ça », fit Caroline, tandis que son frère demandait à Kitty : « Et toi, tu t'appelles comment ? »

Sa réponse, adressée doucement aux pieds d'Howarth, le fit rire. « Kitty. C'est bien ce que je pensais. Oui… oui, je m'en souviens, maintenant. » Puis appelant sa sœur : « Caroline ! Viens ici, j'ai quelque chose d'amusant à te montrer. »

Quand Caroline rejoignit son frère, elle se trouva obligée de lever la tête vers l'esclave. Car Kitty était grande, et rares étaient ceux qui la regardaient dans les yeux. Au vrai, même le *massa* n'avait pas cette licence. Après avoir observé Kitty — jusqu'au fond des narines de son large nez aplati, autour de ses lèvres épaisses et au-delà de ses épaules amples et robustes, Caroline se pencha pour murmurer à l'oreille de son frère : « Est-ce que c'est une femme ?

— Absolument, répondit-il en riant.

— La mère de cette enfant ?

— Je pense. »

Caroline se demanda quel homme sur cette terre voudrait coucher avec une créature aussi répugnante. Et comment une bête laide au point de bloquer le soleil avait pu mettre au monde une fillette aussi mignonne.

Son frère parlait toujours et agitait le bras vers son esclave, afin que Caroline puisse prendre toute sa mesure. « Le plus drôle, avec celle-ci, c'est que quand on l'a achetée, elle s'appelait Petite Kitty. Elle était bébé à son arrivée de chez les Campbell à Nutfield. Je l'ai eue pour pas cher parce qu'on ne pensait pas qu'elle survivrait. Guy Campbell s'est cru très malin de m'avoir vendu un canard boiteux. Petite Kitty ! Et maintenant, regarde-la, dit-il en riant de nouveau. Crois-moi, Caroline, ton frère est le meilleur planteur de toutes les Caraïbes. »

Pendant que Caroline écoutait son frère tresser ses propres lauriers, July s'avança et plaça sa jeune main dans la paume de la femme blanche. Sentant ce contact avec une négresse, Caroline retira prestement sa main. Puis, baissant la tête, elle vit le doux visage de July levé vers le sien ; ses grands yeux liquides. Elle fondit et serra les petits doigts offerts.

Les yeux de Kitty abandonnèrent les pieds de son *massa*, qu'ils n'avaient pas quittés depuis le début de la rencontre, pour se poser sur sa fille. Elle regarda July tendre le délicat bouquet de fleurs vers la Blanche comme elle l'avait fait plus tôt vers sa maman.

« Vois-tu, poursuivit John Howarth, c'était un pari. Ce n'est pas comme avec un chien — ils ne naissent pas avec des grosses pattes qui peuvent donner une idée de leur taille définitive. En réalité, ce n'était pas seulement de l'astuce, mais aussi de la chance. Heureusement que Guy Campbell est reparti dans le Perthshire, parce que s'il la voyait maintenant, il en mangerait son chapeau. »

Kitty fit un pas en avant pour pouvoir arracher la main de July de l'étreinte de Caroline. Mais John Howarth cria : « Reste où tu es ! » Puis, pointant le doigt vers elle, il ajouta : « Montre tes jambes à ta maîtresse. »

Kitty ne bougea pas.

« Soulève ta jupe et montre-lui tes jambes. » Comme Kitty n'obéissait toujours pas, il s'agaça : « Oh, sacredieu ! » avant de saisir le tissu usé de la jupe de Kitty et de le relever presque jusqu'à la taille. Kitty détourna la tête au moment où John Howarth faisait signe à sa sœur. Il se mit à frotter la jambe de Kitty de haut en bas en disant : « Viens sentir ces muscles. »

Caroline resta une nouvelle fois bouche bée devant les jambes si noires et puissantes de Kitty qui, semblables au tronc d'un arbre, semblaient avoir poussé de la terre ferme.

« Allez, Caroline, je la tiens, elle ne va pas te mordre. Viens sentir leur force. » Caroline, que July n'avait pas lâchée, fit un pas en avant pour frôler de ses doigts le mollet de l'esclave. Mais Kitty ne se tourna pour regarder que lorsqu'elle sentit la petite main de July imiter celle de la Blanche. « C'est le travail dans les champs de canne, ils sont faits pour ça. Celle-là doit appartenir à la première équipe — qui coupe la canne, creuse les trous, répand le fumier, des tâches qui nécessitent un peu de force. Quoique avec un enfant... les mères qui allaitent rejoignent d'habitude les plus faibles dans la deuxième équipe. Le travail y est plus facile — alimenter le moulin, ramasser la bagasse, ce genre de choses. »

Caroline se redressa et demanda : « Et cette petite fille travaille ?

— Dans la troisième équipe, à sarcler et apporter de l'eau aux esclaves occupés aux champs. Pas grand-chose. Pour les enfants, c'est plutôt comme un jeu. Mais celle-ci, ajouta John en frappant les cuisses de Kitty, regarde-moi ça ! Dewar, le contremaître, dit que quand les négresses se penchent dans les champs, leurs seins pendouillent et ballottent tellement qu'on dirait des bêtes à six membres. »

John se mit à rire jusqu'à ce que sa sœur réplique : « Oh, je t'en prie, ne sois pas si vulgaire.

— Tu t'imagines mettre des bas de soie sur ces jambes-là, Caroline ? Certains, en Angleterre, prétendent que c'est ce qu'il faudrait faire. »

Kitty s'écarta pour échapper à son contact, mais il la ramena sans ménagement à l'endroit où il l'avait placée. Puis il lâcha sa jupe, souriant toujours avec gaieté. Alors qu'il remontait dans le cabriolet pour se remettre en route, John Howarth agita la main vers Kitty en disant : « Allez, tu peux partir, maintenant. » Mais Kitty ne fit pas un mouvement, car elle voyait que sa fille demeurait sous l'empire de Mme Caroline Mortimer ; sa main tenait toujours la sienne, et elle ne la quittait pas des yeux.

« Allez, ouste », insista John Howarth.

Kitty appela July d'une voix pressante qui se brisa dans sa gorge. Mais sa fille n'y prêta pas attention, trop occupée qu'elle était par sa nouvelle camarade de jeux. Elle gambada aux pieds de l'Anglaise, répandant les fleurs par terre devant elle.

« Oh, elle est adorable », dit encore une fois Caroline.

Son frère, impatient d'en finir avec ce tour de la propriété, s'exclama : « Bon, alors prends-la. »

Kitty fit face à son maître.

« Allez, Caroline. Dépêche-toi. Il ne faut pas rester au soleil.

— Je peux la prendre ? » demanda-t-elle.

Kitty essayait d'avaler assez d'air pour respirer.

« Oui, si ça t'amuse. De toute façon, on la lui aurait bientôt prise. Ça l'encouragera à en avoir un autre. Ces négresses sont des mères épouvantables.

— Elle me tiendra compagnie, dit Caroline. Je pourrai la dresser pour la maison ou pour être ma femme de chambre.

— Ou du moins essayer, répondit son frère. Mais presse-toi, la chaleur devient insupportable. »

Kitty s'avança pour arracher July à l'étreinte de Caroline. Mais celle-ci lui tapa sur les mains en criant : « Qu'est-ce qu'elle fait ? »

John Howarth brandit sa cravache vers Kitty, ses intentions se reflétant sur son visage féroce. « Va-t'en, dit-il, et laisse l'enfant à ta maîtresse. »

Kitty, lâchant sa fille, ne put que dire : « Mais la petiote va à Unity Pen, *massa*. J'ai le billet.

— Tais-toi ! s'écria John Howarth. Ta maîtresse que voici l'emmène. Elle vivra là-bas à la grande maison. Maintenant, retourne à tes affaires. »

Caroline eut du mal à monter en voiture, car elle tenait fermement July, et l'enfant avait l'odeur nauséabonde des Noirs ; il lui était difficile de la soulever tout en détournant le nez de cette puanteur. Alors qu'elle s'installait avec l'enfant sur le siège, Caroline demanda : « Tu ne penses pas qu'Agnes la trouvera adorable ?

— Les petites négresses ne font plus sourire ma femme », répondit-il, tandis que le cabriolet s'éloignait vivement de Kitty.

Chapitre 5

Lecteur, venez avec moi regarder par une fenêtre de la grande maison. Mais laissez-moi vous installer à l'intérieur de cette belle demeure, dans une pièce caressée par une brise nocturne rafraîchissante. Reposez-vous là, dans un fauteuil bien rembourré au tissu de soie doux au toucher, dans la lueur fantomatique de plusieurs bougies à la cire d'abeille la plus délicate, qui embaument l'air d'un parfum sucré.

Prélassez-vous un moment. Peut-être songez-vous à commencer une réussite sur la petite table à jouer. À moins que vous ne désiriez prendre une boisson fraîche. Bâillez tout grand et étirez-vous, car il est tard. Faites ce que bon vous semble. Tout ce que je vous demande, c'est qu'une fois passé ce moment d'oisiveté, vous tourniez de nouveau la tête vers cette fenêtre.

Ne vous souciez pas des jalousies en bois qui laissent la brise charrier à l'intérieur le coassement rauque des créatures de la nuit. Ni de cette haute fenêtre cintrée dans le mur du fond qui, de jour, offre une vue dégagée sur la pelouse jusqu'à l'horizon, mais scintille la nuit d'un noir si intense qu'on s'y reflète comme dans un miroir. Non, concentrez-vous seulement sur la petite ouverture. Voyez comme la vie végétale bloque toute vue à l'exception de celle du feuillage épais qui se presse contre elle. Au premier coup d'œil, certaines palmes ressemblent à des doigts collés à la vitre. Venez, regardez de plus près, car au milieu de cette nature indisciplinée, si vous faites très attention, vous verrez qu'il y a bien là des doigts charnus et écartés. Les doigts de la main droite de Kitty, penchée anxieusement vers la fenêtre pour apercevoir sa fille unique, July, dans la pièce.

« Prends pas cet air abattu, parce que ta petiote, elle fera son pipi dessus un trône, avait roucoulé miss Rose quand Kitty était revenue sans sa fille. À la grande maison, l'ont une chaise en bois fin pour s'asseoir dessus — dos droit et tout — et ils font ce qui l'ont à faire. Et ça tinte comme la pluie dessus une calebasse quand ça tombe dans la cuvette. Pis quand c'est fini, ils ferment un couvercle en bois par-dessus — pour pas qu'y a d'odeur pour leur gâcher la journée. Ils sont tellement bien dans la grande maison ! C'est la place de miss July. Elle sait bien qu'elle est la petiote du contremaître Dewar, mais l'a regarde jamais. Dans la grande maison elle sentira qu'elle est la fille d'un Blanc. Viens t'asseoir dessus cette cuvette pour faire ton pipi, qu'ils vont lui dire. Tu devrais être contente. Miss July dans la grande maison ! Tu te rends compte, elle va l'avoir des chaussures ! »

Pourtant, tous les soirs, Kitty se faufilait sans bruit sur le sentier défoncé, traversait furtivement le jardin, escaladait un mur de pierre bas puis se frayait un chemin à travers cette végétation emmêlée. Devant la fenêtre, elle s'efforçait de garder une forme de feuille et de ne pas apparaître comme une affreuse esclave des champs qui n'avait tellement rien à faire à cet endroit qu'on irait sûrement chercher le fouet si on la surprenait. Et là, elle attendait — observant un lieu si sublime qu'elle n'osait plus respirer de peur que l'air soit trop noble pour elle.

DEUXIÈME PARTIE

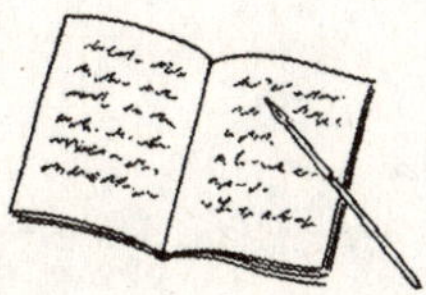

Chapitre 6

Je croyais faire des progrès en écriture.

« Trop brouillon, maman. Tu dois être plus soigneuse, se plaignit mon fils Thomas. Regarde les taches d'encre sur tes doigts. Et vois comment ta main sale laisse des traînées sur toute la feuille.

— C'est la plume qui dégouline comme ça, l'informai-je.

— Ce n'est pas la faute de la plume si tu mets trop d'encre dessus, répondit-il.

— Tu me reproches de gaspiller l'encre ? lui demandai-je.

— Non, bien sûr que non.

— Alors, est-ce la quantité de papier que je risque d'utiliser qui te contrarie ?

— Rien ne me contrarie, maman. Je te conseille seulement de faire un peu attention et de tapoter le bec de la plume sur l'encrier pour retirer l'excès d'encre qui pourrait sinon se répandre sur la feuille.

— Mais je n'y suis pour rien, si ça dégouline et que ça tache — c'est de l'encre de mauvaise qualité, lui dis-je.

— Cette encre est parfaitement normale.

— Alors, pourquoi elle dégouline ?

— Parce que tu dois tapoter le bout de la plume, avant de la poser sur le papier. »

Et cette dispute tourna ainsi en rond. Lecteur, je ne suis pas le genre de femme à rester dans un foyer où je ne suis plus la bienvenue. Je me levai de mon bureau et quittai la pièce. Saisissant mon sac, j'y fourrai seulement les quelques possessions que j'avais apportées dans cette maison tant d'années plus tôt — mon carré de dentelle et mon assiette blanc et bleu cassée. Je n'emporterais rien de ce que m'avait donné mon fils. Il ne trouverait sur moi ni le chapeau du dimanche à plumet, ni les nouveaux souliers Common Sense, ni même une bobine de soie à broder.

Thomas, me voyant si résolue à quitter sa maison, appela aussitôt Lillian. Chaque fois qu'il se montre injuste avec moi, il appelle sa femme au secours. Elle doit livrer tous ses combats à sa place, comme si elle était sa maman et lui son petiot.

Elle pénétra dedans ma chambre comme un vent mugissant et me prit le sac des mains. On se bagarra comme des chiffonnières, toutes les deux ! Je suis une vieille, vieille femme et elle n'a pas plus de quarante ans, mais elle se battait furieusement. Seule la peur d'abîmer encore plus mon assiette me fit rendre les armes.

« Miss July, s'il vous plaît, reposez votre sac, dit-elle. C'est la maison de votre fils et vous êtes la bienvenue ici. Vous le savez. Thomas ne voulait pas vous fâcher. »

Eh bien, lecteur, quoique j'aie vécu des épreuves beaucoup plus rudes qu'une bagarre avec Lillian — qui, croyez-moi, n'aurait pas fait le poids si nous avions eu le même âge — je n'en souffre pas moins. Tous mes os donnent de la voix. Même le plus petit d'entre eux parle le langage de la douleur. Mais je le supporte aussi bien que le peut une vieille femme. Pourtant, cette querelle m'envoya au lit avec un mal de tête aussi douloureux qu'un cœur brisé. Même les excuses de mon fils m'élancèrent les oreilles. Je crus l'heure de la délivrance arrivée ; que mon créateur, qu'il soit Dieu ou diable, désirait entendre mon histoire, non pas écrite sous la forme d'un stupide livre, mais chuchotée à son oreille.

Cependant, une petite soupe calalou et quelques bouchées de ragoût de chèvre me ravigotèrent grandement. Maintenant, de retour à mon bureau, je suis en meilleure forme que lorsque j'en ai été arrachée.

Alors que j'écris, je me rends compte que si je tapote le bout de cette plume neuve — un bel instrument en ébène que mon fils a fait venir de Montgomery Ward, en Amérique — contre le bord de l'encrier, qui contient une nouvelle bouteille d'encre d'un noir brillant, il n'y a plus de coulures sur la page. Au vrai, c'est beaucoup plus facile à lire.

« Marguerite, Marguerite ! » Voici Caroline Mortimer qui appelle July. Elle avait décidé de nommer son esclave Marguerite, car elle aimait bien la façon dont le nom butait sur sa langue comme un trille. Cependant, seule Caroline Mortimer, en regardant le visage de July, y voyait une Marguerite. Et ainsi nous devons retourner à mon histoire.

*

Caroline Mortimer était allongée sur son divan, trop affaiblie par la chaleur de la mi-journée pour trouver la force de sonner. « Marguerite ! » cria-t-elle de nouveau, avant de succomber à l'effort nécessaire à son hurlement. Lecteur, de nombreuses années ont passé. Caroline vivait dans la grande maison de la plantation appelée Amity depuis maintenant huit ou peut-être neuf ans. À présent, la chaleur du soleil jamaïcain la rendait aussi molle qu'un chaton du lever au coucher du soleil. Elle n'avait plus le cœur à lutter contre sa tyrannie languissante. Une simple petite broderie ou une composition florale étaient un trop dur labeur pour elle.

Couchée sur son divan, elle regrettait que la haute fenêtre — avec sa vue dégagée sur la pelouse jusqu'à l'horizon — n'apporte pas dans la maison une brise rafraîchissante, au lieu du pénible vacarme des Noirs qu'elle entendait en permanence. Le bourdonnement cadencé des chansons que les esclaves chantaient aux champs, le braiment d'une mule, le martèlement des pas, le claquement d'un fouet, le galop d'un cheval, un cri perçant, le grincement d'une charrette cheminant lentement. Et, si proche que c'était comme un tourment continuel à l'intérieur de sa tête, le fracas et les bavardages des esclaves domestiques indolents qui vaquaient… à quoi vaquaient-ils, d'ailleurs ? « Marguerite ! » cria-t-elle une fois encore.

*

Dans la cuisine, le majordome, Godfrey, se réveilla de sa sieste, passa la langue sur sa lèvre supérieure pour humecter sa bouche sèche, avant de balancer doucement le pied vers July en disant : « *Missus* t'appelle.

— Tout à l'heure. Je suis occupée », répondit July en levant les yeux de sa couture.

Lorsque le cri retentit de nouveau, si strident que la cuisinière, Hannah, émit un « tsst » dans sa somnolence, Godfrey se pencha sur sa chaise pour inspecter ce que faisait July.

« Qu'est-ce que tu as là ?

— La robe de *missus*. La réclame, répondit July.

— Alors, va lui donner, dit Godfrey.

— Je peux pas, l'est pas prête — l'a encore trois boutons. »

La cuisine, comme dans toutes les maisons de maître de l'île, était une grande case sombre dotée d'une large cheminée et de jalousies de bois aux fenêtres, aménagée à une courte distance derrière la demeure principale. Godfrey passait de la cuisine à la maison en trois enjambées, car c'était un homme grand aux longues jambes. July, qui était moins élancée, y allait en six pas, tout comme les deux autres bonnes, Molly et Patience. Pour Hannah, la cuisinière, c'était une longue, longue marche pénible. Elle redoutait toujours d'être convoquée à la grande maison, pour écouter la liste des nourritures que ces gros pleins de soupe voulaient se mettre sous la dent. À l'âge avancé de soixante ans, Hannah ne supportait pas de faire d'autre mouvement que le sempiternel tour de sa cuisine. Cependant, pour n'importe quelle *missus* blanche, telle Caroline Mortimer, le trajet en sens inverse, qui la verrait passer de la maison à la cuisine, était un voyage d'une distance incommensurable — de celles séparant la Terre de la Lune.

« Miss July, tu peux retirer cette dentelle pour mi la donner ? demanda Molly. La fera joli dessus ma robe. » Elle avait quitté la fenêtre par laquelle elle regardait, de son bon œil, quatre poules picorer le sol poussiéreux.

« *Missus* verra que l'est plus sur son corsage », répondit July.

Molly suçota ses dents. Elle n'aimait pas July. Je pourrais expliquer que July l'avait privée d'un travail facile, la petite négresse crasseuse — habituée aux seuls travaux des champs — étant devenue la femme de chambre préférée de la *missus* et se vantant en plus d'avoir un papa blanc alors que Molly avait la peau plus claire qu'elle. À seize ans, July était à présent une jeune femme au caractère bien trempé, aux yeux noirs rusés, au nez osseux et aux lèvres fines, qui affichait souvent un sourire insolent ; une jeune femme assommante au teint sombre que Nimrod (l'ancien palefrenier d'Amity devenu un homme libre) faisait toujours semblant de ne pas remarquer, quoiqu'il parlât d'elle tout le temps. Mais la vérité, c'est que Molly méprisait quiconque possédait deux bons yeux.

« Alors, faut me bailler les boutons que t'es en train d'enlever », dit-elle, avant de retourner à sa contemplation.

Patience entra dans la cuisine, portant trois œufs emprisonnés dans le pli de son tablier. « *Missus* appelle », proclama-t-elle à la cantonade. Patience ressemblait tant à son papa, Godfrey, qu'il fallait la regarder à deux fois. Car au premier coup d'œil, on aurait pu croire que c'était Godfrey habillé en femme.

Godfrey avait été un bel homme séduisant dans ses jeunes années, et il arborait encore ce charme comme une fleur autrefois flamboyante ses couleurs passées. Malgré ses cheveux blancs, ses épaules voûtées et sa démarche ralentie, il demeurait fringant. Car ses yeux brillaient toujours de joie, quelles que fussent les farces ou la méchanceté dont ils étaient témoins. Son dos large avait vécu quarante-cinq ans en esclavage, et il avait servi des Blancs pendant trente ans comme domestique. Il existait néanmoins une partie de Godfrey qui, pour avoir trop servi, avait vieilli plus vite que les autres — son organe mâle. Au vrai, il était usé. Hardi, alerte et prêt à l'action dès l'âge de dix ans, jour et nuit à la manœuvre pendant presque trente-quatre saisons sucrières, il pendouillait maintenant, mou et épuisé. Aucun postérieur féminin ample et ferme ne réussissait à lui rendre son ancienne vigueur. Même dans son autre fonction, il demeurait paresseux. Autrefois, ses giclées auraient pu éteindre un incendie. Alors qu'aujourd'hui Godfrey n'avait même plus la force de rester debout, comme un homme se doit de le faire, pour uriner ; il lui fallait s'asseoir patiemment sur une bassine, car son membre sans vie se contentait de crachouiller comme un petiot qui perce sa première dent.

« *Missus* appelle », répéta Patience, s'adressant cette fois à July. Mais elle ne reçut aucune réponse, car au même moment, un petit garçon entra dedans la cuisine en criant : « L'a pris l'œuf. Je veux mon œuf. C'est mon œuf. L'a pris mon œuf. Mon œuf. L'a pris l'œuf. C'est mon œuf, mon œuf, mon œuf ! Je veux mon œuf...

— La ferme, Byron, s'écria Godfrey, tandis qu'Hannah, tirée de son sommeil, se redressait brusquement comme une femme enterrée vivante.

— Byron, tu sors de ma cuisine. Une fois, deux fois..., hurla Hannah.

— Je veux mon œuf. L'a mon œuf. L'a pris mon œuf... »

Byron était un des boys aux ordres de Godfrey. Il débarrassait les tables, balayait la cour, allait chercher de l'eau, tuait les rats. Son visage était toujours tellement mobile que si on avait demandé à Godfrey à quoi il ressemblait, une fois répondu que le gamin avait le teint clair, plus clair encore que feu sa chère épouse (Dieu ait son âme, et surtout qu'il la garde !), il n'aurait décrit qu'un flou indistinct. Car Byron ne restait jamais tranquille assez longtemps pour que Godfrey puisse mémoriser ses traits.

« Byron, je veux plus entendre tes bavardages », dit Godfrey, mais le boy était déjà parti. À sa place entra pesamment la grosse chienne brune appelée Lady, qui posa sa tête fatiguée sur les genoux de Godfrey puis son derrière flasque sur la robe de la *missus* que reprisait July. Pour sûr, la mousseline et la gaze blanches traînant sur le sol de terre et de brique étaient plus douces qu'un tapis pour la vieille bête poussiéreuse et fatiguée.

« Marguerite ! » entendit-on encore, et tous, dans la cuisine — y compris, si vous tendez l'oreille, le chien —, émirent un petit grognement.

« July, va la voir tout de suite, s'écria Godfrey. Elle me donne mal à la tête. »

July essaya de dégager la robe de sous le flanc du chien, mais l'animal, apathique quoique déterminé, s'accrochait à l'étoffe en mouvement. Une patte griffue se planta dans le tissu puis, comme celui-ci remuait toujours, la deuxième patte le transperça à son tour. « Lady, lâche ça, la rabroua July. Monsieur Godfrey, vous pouvez enlever le chien dessus la robe ? » Godfrey commença par tapoter la tête indolente de Lady, puis lui donna un bon coup de pied dans l'arrière-train pour la chasser.

July souleva la robe pour mieux l'inspecter. Eh bien ma foi, c'était une horreur. Non seulement le chien avait laissé l'empreinte de son derrière sur la jupe comme un cœur de cible, mais ses pattes boueuses avaient dessiné un motif qui n'avait rien à faire sur la mousseline blanche. Ce n'étaient pourtant pas les seuls outrages subis par le vêtement. Car après être passés entre les mains impitoyables de Florence et Lucy, les deux blanchisseuses, toujours en train de papoter même si personne ne les comprenait, les nombreux volants, fanfreluches et falbalas de la robe étaient tout aplatis. Et bien qu'elles fussent faites de l'étoffe la plus douce, les manches avaient été tellement amidonnées qu'elles paraissaient raides comme des bouts de bois. Les bras rigides étaient tendus en avant comme si la robe suppliait qu'on l'étreigne. Il ne restait plus aucun bouton de nacre aux poignets — car ceux que le battage frénétique de Florence et Lucy n'avait pas propulsés dans les airs, telles des balles de fusil, avaient succombé aux délicats coups de ciseaux de July.

Quant au col de dentelle qui s'enroulait autour du cou comme une pèlerine, il avait tout bonnement disparu. Peut-être avait-il été emporté par le courant de la rivière, à l'insu des deux lavandières, sur un radeau bouillonnant de savon, de bleu ou d'amidon, à moins qu'on ne le retrouve bientôt sous le matelas où dormait Molly qui, feignant la stupéfaction, s'écrierait : « Comment l'est arrivé là ? » Inutile de demander combien de crochets de sécurité et de baleines de métal étaient encore à leur place sous la robe, car il n'en restait plus un seul.

Alors que July levait le vêtement dans la lumière et tournait le corsage pour inspecter la doublure, suivant la trace effilochée de plusieurs de ses coutures passepoilées défaites, elle déclara : « Monsieur Godfrey, je vais mi faire fouetter. L'est fichue. »

Et Godfrey, souriant, répondit : « Je me fais pas de bile, miss July. »

Et voici pourquoi.

*

July fit une entrée si fracassante dans la chambre où sa *missus* était allongée, raide de fureur et d'impatience, que les verres posés sur le buffet d'acajou vibrèrent et tintèrent, comme si un carillon de cloches annonçait son arrivée. Elle se précipita vers l'endroit où Caroline était couchée et, avant que sa *missus* ait le temps d'inspirer pour se lancer dans ce qui devait être une longue réprimande hystérique, tomba à genoux et brandit la robe en s'écriant : « *Missus*, la robe, l'est fichue ! Elles ont tout abîmé la robe. L'est fichue,

fichue. Oh, battez-moi, *missus*, allez, battez-moi ! La robe l'est fichue, fichue, fichue. Allez, prenez le fouet et battez-moi. Je supplie *missus* ! »

Aucun mot n'avait passé les lèvres de Caroline, pourtant elle avait la bouche ouverte quand elle se redressa vivement sur son divan. « Qu'y a-t-il, Marguerite ? Qu'y a-t-il ? » July grimpa dessus la banquette et colla la robe au visage de sa *missus*. Cette dernière poussa un cri et tendit brusquement sa main potelée — soit pour tenir l'esclave mugissante à distance, soit pour empêcher les manches raides de la robe en quête d'affection de la frapper à la tête.

« *Missus*, allez, battez-moi », s'écria July en saisissant la pantoufle que sa maîtresse avait au pied. Levant bien haut le soulier de satin rose, elle s'en frappa la tête. « Allez, *missus*, battez-moi », supplia-t-elle. Elle fit mine de donner la pantoufle à sa maîtresse, mais quand celle-ci voulut l'attraper, July la lança vite à l'autre bout de la pièce en hurlant : « Oh, *missus*, oh, *missus* ! Regardez pas la robe — l'est tout abîmée. » Puis July se jeta à plat ventre par terre sur le vêtement et enfouit son visage dans l'étoffe. Battant des jambes et des bras, elle lâcha un cri assourdissant : « L'est fichue, *missus*, fichue ! » avant de s'effondrer en un tas de sanglots.

« Calme-toi, Marguerite ! Que s'est-il passé ? demanda la *missus* d'une voix si stridente que Lady, la chienne, remua là-bas dans son sommeil. Montre-moi la robe, montre-la-moi tout de suite ou je te fouette… je le ferai vraiment… Tu m'entends ? Tu m'entends ? Je le ferai… »

En réalité, July savait que sa maîtresse ne la fouetterait pas, vu qu'elle n'avait pas de fouet. Si coups il devait y avoir, il reviendrait au *massa* de s'acquitter de cette tâche. Mais ces derniers temps, John Howarth ne flagellait plus. Depuis que sa femme, Agnes, était morte, cinq semaines seulement après l'arrivée de Caroline en Jamaïque, il n'avait plus l'énergie de battre quiconque, car aucun crime, dans son esprit affligé, ne semblait le mériter.

Le contremaître, Tam Dewar, était quant à lui toujours prêt à manier son fouet industrieux. Mais Amity était une plantation animée, avec beaucoup, beaucoup, beaucoup d'esclaves indolents, fourbes, rusés, stupides et sournois. La dernière fois que Caroline Mortimer avait exigé que July soit châtiée (pour avoir laissé sa maîtresse toute seule dans la maison pendant une nuit entière), Tam Dewar s'était plaint — tout en chiquant du tabac qui obscurcissait son haleine à mesure que son discours s'éternisait — qu'il ne pouvait pas être partout à la fois. Dans une giclée de postillons rances, il avait finalement laissé entendre que la maîtresse ferait bien d'apprendre à manier son propre fouet.

Caroline avait donc essayé une fois d'utiliser celui d'Agnes, un instrument en peau de daim et au manche couleur ocre brun, que son frère lui avait légué à la mort de sa femme. Mais alors qu'elle le projetait vers le dos de July qui s'en allait (parce qu'elle avait cette fois renversé le contenu d'un pot de chambre par terre, si je m'en souviens bien), Caroline s'était envoyé la lanière de cuir dans l'œil. Après ça, le fouet avait disparu. Et malgré une fouille en règle menée par tous les esclaves domestiques, personne ne trouva jamais où July l'avait caché.

La punition préférée de la maîtresse consistait à frapper violemment July sur la tête avec sa chaussure. Elle était capable de la pourchasser dans une pièce, quoique en sautillant et en clopinant, pendant plusieurs minutes pour porter son coup. Ces fois-là, July bondissait, se dégageait et virevoltait pour lui échapper. Car elle savait que la chaleur tropicale aurait tôt fait d'épuiser cette *missus* au gros derrière, qui tomberait évanouie sur le divan. Mais Caroline Mortimer était du genre retorse. À tout moment, elle était susceptible de se précipiter sur July pour frapper. Car une punition non administrée pesait sur sa maîtresse comme le souvenir d'un délicieux dîner laissé intact.

Parfois, quand la *missus* était trop lasse pour infliger une vigoureuse réprimande, il lui arrivait de gifler July. La plupart du temps, il s'agissait d'une claque du plat de la paume. Mais en certaines occasions, quand July ne remarquait pas la menace dans les yeux de sa *missus* — ces deux vauriens, incolores et vigilants, qui se plissaient en deux fentes minuscules —, elle n'avait pas le temps d'esquiver le retour de frappe.

Un jour, sa maîtresse lui avait planté une aiguille dans le dos de la main, et July avait conservé le souvenir de cette première blessure plus longtemps que celui de toutes celles qui lui décorèrent le bras par la suite. Car elle lui avait été administrée au tout début, quand July n'était encore qu'une enfant de neuf ans, aussi fidèle à sa *missus* blanche bien-aimée qu'un poussin tout juste sorti de l'œuf à la poule.

July était très désireuse d'apprendre à coudre et à broder joliment quand elle était encore cette petite fille. À l'époque, elle adorait complaire à sa maîtresse ; voir ses joues roses de Blanche se gonfler en un sourire si large qu'elles semblaient occuper toute la pièce alors que Caroline piaffait, surexcitée. Comme le jour où July avait pour la première fois plié le genou en une révérence parfaite. Pour sûr, sa *missus* en avait braillé plus fort qu'un cochon pris au piège. « Marguerite, tu es une bonne, bonne, bonne négresse. »

Le problème, cependant, ne venait pas tant de la nécessité d'enfiler dans l'aiguille pointue un soupçon de fil plus fin que ses cheveux. Ni du fait que, la première fois que July avait cousu quelque chose pour sa maîtresse, elle avait commencé comme elle avait vu sa mère le faire — avec de larges points que Kitty exécutait toujours en décrivant un grand moulinet de son bras robuste afin que le long fil serre bien le tissage grossier de la toile de Penistone. Ni du froncement de sourcils de la *missus*, qui, en voyant ce généreux mouvement, avait agité le doigt en disant : « Non, non, non, pas comme ça », avant d'insister pour qu'elle fasse les points les plus petits possible sur son tissu délicat. Ni des piqûres de l'aiguille, aussi cuisantes qu'une morsure de rat, chaque fois que ses yeux s'écartaient de sa progression délicate. Non. Le problème, c'était le temps que July devait passer assise, presque complètement immobile, dans la chambre de sa *missus*, pour exécuter cette tâche. La journée entière ! Or, July avait des jambes qui ne voulaient pas qu'elle reste là.

Car elles avaient l'habitude de passer leur journée à la tête de la troisième équipe des enfants esclaves — dont les seaux de bois se balançaient dans leurs poings serrés pendant qu'ils marchaient, glissaient, sautaient et traînassaient en descendant à la rivière, gazouillant comme des oisillons. July, assise avec sa maîtresse, faisait un point, deux points, trois points, avant que ses jambes se mettent à s'agiter. Quatre points, cinq points, et les voilà qui se levaient pour s'en aller. « Tu as fini ? » lui demandait sa maîtresse. July, docile comme un chien battu, se rasseyait sur son siège et se remettait à l'ouvrage. Un point, deux points, trois points, et elle pensait à ces enfants dépenaillés de la troisième équipe, qui transportaient leur ravitaillement d'eau vers les pièces de canne de Dover et de Scarlett Ponds. Avec leurs seaux remplis à ras bord, leur avancée était aussi lente qu'une procession funéraire, et c'est vrai qu'ils grognaient comme de vieilles biques et devaient redoubler d'efforts pour maintenir leurs vaisseaux débordants assez loin du sol de manière à porter, et non traîner, l'eau qui tanguait d'un bord et de l'autre jusqu'aux bouches assoiffées des esclaves coupant la canne.

Six points, sept points, huit points, et elle écoutait les bruits familiers portés par la brise soufflant sur la haute fenêtre : la mélodie d'une chanson de travail ; était-ce Ned, le mulet, qui brayait ? Les voilà qui grimpent tous vers Virgo ; et ça, sûr que c'est l'affreux commandeur qui fait claquer son long fouet. Tiens, est-ce que c'est le *massa* que j'entends, au galop sur son cheval ? Pourquoi qu'ils crient comme ça ? Oh, sûr qu'ils doivent courir pour rattraper la charrette ! Et ses jambes se remettaient à danser.

Qui s'étonnera que July, au lieu de raccommoder la poche du vêtement (dans laquelle sa maîtresse avait fait un petit trou avec un ongle mal taillé), ait pris les ciseaux pour la retirer purement et simplement ? Puis, cachant le morceau d'étoffe sous sa jupe, elle annonça gaiement à sa *missus* : « J'ai fini. »

Sa maîtresse, inspectant le raccommodage, fourra la main dans la poche jusqu'au coude, avant de comprendre que ça n'allait pas du tout. Après avoir tourné la robe sur l'envers pour que ses yeux voient ce que sa main savait déjà, elle jeta le vêtement par terre et saisit July par le poignet. Puis elle attrapa une aiguille, la brandit comme un poignard et planta quatre fois le bout pointu dans la main écartée devant elle.

« Chaque fois que tu feras une bêtise en cousant, lui dit sa *missus*, je serai obligée de te punir, sinon, tu n'apprendras jamais. » Puis elle lui piqua la main deux fois supplémentaires. Et July hurla comme un homme sous les coups d'un martinet.

« Maman ! Maman ! Maman ! » cria-t-elle en sautant sur place. La petite poche découpée s'échappa de sa cachette et flotta jusqu'au sol. Aussitôt, le visage de la *missus* emplit toute la pièce tandis qu'elle se penchait sur July en criant : « Ta maman a été vendue. Vendue, tu m'entends ? Maintenant, tu es à moi. » Et ses joues gonflées étaient rouges comme un piment alors que July appelait encore une fois sa mère.

À cette époque-là, on trouvait toujours July assise dans un coin de la cuisine, derrière la pierre de cheminée, sous l'étagère portant les tas chancelants de casseroles et de marmites, recroquevillée en une boule aussi serrée que le permettaient ses bras et ses genoux, en train de renifler et de pleurer. Le besoin qu'elle avait de sa mère devint pour elle une douleur aussi aiguë que la faim. Chaque fois que quelqu'un entrait dans la cuisine — occultant la lumière éclatante à la porte comme un nuage devant le soleil —, elle levait la tête, pleine d'espoir. Elle voulait tant voir sa maman, là devant elle ; sa maman, suçotant ses dents et roulant ses grands yeux, agacée ; criant à July que sa bouillie était prête et qu'il fallait balayer la case car le vent y avait apporté des monceaux de bagasse pendant qu'elle était au champ et tsst ! July devait venir, venir tout de suite.

Quand elle fermait fort les yeux, elle sentait sa maman lui faire signe de s'éloigner de la chaleur étouffante du four de la cuisine en lui frappant la cuisse : « Vite, July, vite avant que la *missus* vient te chercher. » Ou lui tendant sa poupée en bagasse — avec sa jupe en vichy raide et son œil en perle bleu — pour inciter July à rentrer à la maison faire ses corvées d'un « Peg ti réclame ! ».

Mais quand elle ouvrait les yeux, elle ne voyait que des inconnus qui lui criaient : « Allez, petite négresse, on va te renvoyer aux champs si tu te tiens pas correctement. » Cependant, peu importait qui July frappait, griffait, insultait ou sur qui elle crachait ; jamais elle ne fut renvoyée chez elle. Elle s'enfuyait de la grande maison presque tous les jours à l'aube et cherchait le chemin du village des Noirs — pour se retrouver entourée d'arbres menaçants ou perdue au milieu des herbes hautes qui lui chatouillaient le menton. Avec, pour seule conséquence de sa désobéissance, d'être pourchassée par les chiens hargneux et pleins de boue du commandeur, puis ramenée par les cheveux jusqu'à sa maîtresse.

Espérant se perdre, puis être oubliée dans la rosée de la nuit, elle se cachait dans les écuries avec les chevaux. Puant le crottin, et tellement couverte de la paille dans laquelle elle s'était roulée qu'elle ressemblait à sa poupée le lendemain matin — et on ne la renvoyait toujours pas.

Et July comptait les jours : un jour, deux jours, trois jours sans voir sa maman. Quatre jours, cinq jours, six jours, et sa maman ne venait toujours pas. Sept jours, huit jours… elle comptait jusqu'à ce que tous les nombres qu'elle avait appris soient passés. Puis elle recommençait : un jour, deux jours, trois… et elle était toujours là.

*

Caroline Mortimer était fermement résolue à faire de July (ou de Marguerite, comme elle croyait qu'elle s'appelait) une femme de chambre ; telle la dinde choisie pour la table de Noël, July avait été élevée, capturée puis gavée pour cet usage. Car Mary, la Blanche avec qui Caroline avait traversé un océan (sur les instructions de son frère), était morte quelques semaines après son arrivée à la plantation.

Le *massa* avait chargé Florence et Lucy de soigner ce sac d'os tremblant de fièvre et secoué de terribles maux de ventre pour la remettre en état de totale obéissance révérencielle. Mais Mary, venue d'un endroit appelé Cork pour servir Caroline Mortimer, avait été obligée, sur le navire qui l'avait amenée d'Angleterre, de chier accroupie, le derrière par-dessus bord. Or personne, hormis sa maman, n'avait jusqu'ici vu ses deux fesses, et Mary estimait que personne, hormis sa maman, ne le devait jamais. Bien qu'elle eût veillé à vider le pot de chambre de Caroline à la mer tous les matins pendant ce long voyage, Mary s'était rarement autorisée à déverser sa propre merde et l'avait gardée en elle assez longtemps pour lui coller une affection mystérieuse. À la fin, elle avait pris congé des soins méticuleux de Florence et Lucy, ainsi que de la vie, en vomissant une substance brune fétide qui pendant tout ce temps aurait dû sortir par l'autre trou.

Elle fut enterrée au moment même où Agnes Howarth et son petit étaient inhumés. La *missus*, morte en donnant naissance à un fils n'ayant vécu que deux jours sur cette terre, eut droit à une longue procession d'endeuillés, qui bloquèrent l'allée du cimetière avec leurs attelages et leurs esclaves, au point que trois des plus belles femmes (arrivées depuis peu d'Angleterre et vêtues de lainage noir pour le service religieux) s'évanouirent dans la chaleur de midi.

Mary, la servante, fut ensevelie à quelque distance derrière la cuisine, près du jardin vivrier de Florence et Lucy. Car Caroline avait décidé, au nom de son frère en deuil, qu'un enterrement chrétien ne serait pas nécessaire pour son ancienne bonne à tout faire. Si bien que les deux Noires coiffèrent leurs plus beaux foulards rouges et, se chamaillant tout du long pour savoir si une Blanche aurait besoin de rhum pour son voyage de retour, chantèrent non seulement un chant funèbre, mais aussi un nouveau cantique alors qu'elles la déposaient dans un trou et la livraient aux bras accueillants de feu l'épouse de Godfrey. Ce dernier n'assista pas à l'événement, craignant — la terre devenant plus fine au-dessus des os de sa femme — qu'elle ne trouve une raison de le réprimander depuis l'au-delà.

Et ô combien de larmes Caroline Mortimer n'avait-elle pas versées à cette époque ! Pas de chagrin après la perte soudaine de sa belle-sœur, de son neveu et de sa bonne, car elle n'était proche d'aucun des trois. Non. Elle sanglotait : « Je déteste cette maison et je déteste cette île, Marguerite... Qu'est-ce que je fais ici ?... Est-ce pour ça que j'ai quitté l'Angleterre ?... Mon frère ne me connaît plus... Oh, pourquoi dois-je rester ?... Parce que je n'ai pas le choix, voilà pourquoi. » Elle se retrouvait sans une seule compagne, sans une amie dans le monde entier, et encore moins dans cette misérable île de la Jamaïque, à l'exception d'une petite Noire appelée Marguerite.

Elle pouvait donc menacer tant qu'elle voulait, mais jamais Caroline Mortimer n'aurait ordonné à un milicien ou à un militaire d'emmener July pour lui briser les membres sur la roue ou la clouer au pilori. À maintenant seize ans, July n'avait pas peur d'être renvoyée aux champs, malgré les fréquentes menaces de cette idiote de Blanche. Car que ferait alors Caroline ?

Qui d'autre que July pourrait aider la *missus* quand elle passait en revue les Noirs pour faire le tri entre les malades et les simulateurs ? Agnes étant décédée, John d'humeur si mélancolique qu'il ne quittait pratiquement plus sa chambre ou son lit, et le contremaître affirmant que la tâche ressortissait au maître ou à la maîtresse, il revint donc à Caroline d'examiner les esclaves qui espéraient, grâce à la maladie, échapper à leur travail. Gris de poussière, leurs vêtements en lambeaux, ils défilaient en une longue procession ; et cette foule pitoyable, atteinte de maux supposés, toussait, gémissait et boitait jusqu'à la grande maison le lundi matin pour subir l'inspection de Caroline, qui tremblait et suait à leur simple vue. Elle insistait toujours pour que July demeure à son côté. Et, chaque fois qu'un esclave présentait sa plainte, July chuchotait à l'oreille de sa maîtresse : « Non, lui l'a seulement la gueule de bois après avoir bu trop de rhum », ou : « Le noir dessus cette langue, là, c'est pas la maladie, ça s'en va si on frotte », ou « Attention, *missus*, le pian ! » en tendant un mouchoir parfumé à la violette que sa maîtresse agitait sous son nez durant l'épreuve.

Et qui d'autre que July saurait qu'il fallait verser presque une barrique de sucre dans le café matinal de la *missus* ? À moins, elle grimaçait comme une enfant battue ou geignait que c'était trop amer. Ou qu'elle aimait sa sangria non pas avec un jus de citron vert, mais corsée avec le zeste d'un citron. Et qu'elle exigeait du poisson salé, des ignames et du porc séché à la table du petit déjeuner, mais pas de langue en saumure, dont elle ne supportait ni l'aspect ni le goût. Et on devait lui masser le dos une fois qu'elle avait bu ses sels d'Epsom afin de faire passer, sous forme de rot ou de pet, le vent qui l'indisposait tant. Qui d'autre que July la *missus* pouvait-elle appeler pour l'extraire de sa chaise en rotin quand elle se perçait sous sa forte pression ? Et elle réclamait uniquement July pour la soigner quand, avec un bouton persistant au menton, elle était obligée de garder le lit.

De sorte que ce jour-là, lorsque July cessa de pleurer et releva la tête pour obéir enfin à l'ordre de sa *missus* et lui montrer les dommages causés à sa robe de fine mousseline, son visage était humide de vraies larmes, ses mains implorantes tremblaient, elle avait la respiration haletante, et pourtant, tout comme Godfrey, elle ne se faisait pas trop de bile.

Chapitre 7

« Je veux de la soupe de tortue et de la soupe de légumes. » Telles furent les premières instructions données par Caroline Mortimer à Hannah, la cuisinière, pour la préparation du dîner de Noël. « Des tourtes au mouton et au pigeon, évidemment, et de la pintade », poursuivit-elle.

Lecteur, peut-être connaissez-vous les planteurs antillais et leur appétit légendaire. Peut-être avez-vous même dû les recevoir à votre table et regarder vos domestiques aller et venir à toute vitesse pour les servir. Dans ce cas, vous savez aussi combien de pauvres créatures ont dû être sacrifiées pour satisfaire leur gloutonnerie.

Ce dîner devait rassembler douze personnes à la table de John Howarth pour fêter Noël et peut-être, en cette année 1831, provoquer en lui ce changement d'humeur que sa sœur Caroline avait si souvent appelé dans ses prières. Car il demeurait — tant d'années après que sa femme, Agnes, eut hurlé à la mort durant cet accouchement inutile — le veuf le plus malheureux de toute l'île.

Pendant que la *missus* énonçait ses ordres, Godfrey garda la tête inclinée. Cette attitude soumise donnait l'impression qu'il écoutait les paroles de sa maîtresse alors qu'en réalité il observait par la fenêtre un arbre au loin. Au milieu des branches, il distinguait le jupon de coton blanc de la *missus*. Après que July l'eut négligemment laissé par terre ce matin-là, une forte brise l'avait soulevé et accroché dans cet arbre, où il battait fièrement, tel un pavillon sur le mât d'un navire. Godfrey reporta vite les yeux sur sa maîtresse, qui disait « il nous faut le meilleur fromage », de peur qu'elle suive son regard et découvre Byron, sous le commandement de July, en train d'essayer de décrocher le triste vêtement avec un bâton.

« Un jambon blanc et une dinde, ou peut-être deux, continuait la *missus*, et de la tortue servie dans sa carapace si on ne peut pas faire autrement, mais ne pourrait-on pas plutôt aller chercher du bœuf en ville ? Du canard braisé — quatre si possible. Et du fromage, ai-je déjà mentionné le fromage ? »

Mais les instructions de la maîtresse ne s'arrêtaient pas là. Sinon, pour sûr, aucun planteur jamaïcain n'aurait considéré ce dîner comme une fête. Des bougies devaient être disposées aux quatre coins de la pièce. « J'ai vu ça à la plantation Prosperity, dit la *missus* à Godfrey. Plus de deux cents bougies allumées dans une pièce plus petite que notre salle à manger. Et le mari d'Elizabeth Wyndham produit moins de barriques par an que mon frère. Apporte toutes celles que tu trouveras. Et le cochon, il a été tué ?

— Oh, oui, *missus*.

— Eh bien, faisons-le rôtir au lieu de le saler, s'il peut se garder. » Il y aurait de la bière, du vin, du porter, du cidre, du brandy et du rhum, de la pastèque, des mangues, des papayes, des sapotilles, des corossols, des fruits de la passion. « Et assure-toi que les confitures viennent d'Angleterre. Fraises et quetsches. Ne servez pas de confiture de goyave, de gingembre ou cette horrible gelée d'oseille. J'en ai tellement assez des confitures jamaïcaines. »

Hannah n'écoutait plus, tant son besoin de crier : « Et moi de préparer tout ça ! Espèce de gloutonne, va ! » à l'intention de sa *missus* devenait irrépressible. Hannah avait parcouru la vaste distance séparant la cuisine du salon de la grande maison et se tenait, lasse et misérable, tout près de la porte. Le soleil qui imprimait des ombres bien découpées sur le parquet — étincelant à travers les verres en cristal et brillant sur le plateau d'argent — la faisait ciller et larmoyer, car elle n'était pas habituée à une lumière aussi aveuglante. Évitant le visage de Caroline Mortimer, elle gardait les yeux résolument fixés sur ses mains jointes — ces deux griffes usées et calleuses étant les seules choses qui ne l'agaçaient pas dans cette pièce. Mais alors que sa maîtresse s'adressait au plafond, comme si elle lisait une liste sur une feuille céleste tenue là-haut par un ange, Hannah levait les yeux de temps en temps, fascinée par les boucles blondes qui rebondissaient de part et d'autre de la tête de la *missus* comme des petits oiseaux picorant ses épaules.

« Il nous faudra aussi du plum-pudding, dit-elle à Hannah, avant d'ajouter : Te rappelles-tu comment on fait ? »

Du plum-pudding, songea Hannah. Du plum-pudding... du plum-pudding. Voyons voir, comment faire le pudding ? Des fruits, un peu de mélasse, de la farine de maïs, des œufs et beaucoup de rhum. On écrase. On verse cette purée dans le ridicule moule rond que la *missus* lui avait donné le premier Noël après son arrivée, et on met au bain-marie jusqu'à ce qu'il n'y ait plus d'eau. Quand c'est dur, c'est que c'est prêt.

« Je ne veux pas qu'il soit comme celui de l'année dernière. Ça n'avait rien d'un plum-pudding. Le pudding doit être léger, pas compact comme un médecine-ball. Je pourrai te montrer au besoin », dit Caroline Mortimer.

Devant cet outrage, Hannah faillit la regarder dans les yeux. La dernière fois que la *missus* avait traversé cette trouée entre la maison et la cuisine, ç'avait été pour expliquer à la cuisinière que la pâte pouvait être légère et comestible, et non solide comme les cailloux qui bordaient le jardin, si les doigts papillonnants qui soulevaient la farine aéraient le mélange puis intégraient la matière grasse en pliant et en roulant la pâte avec délicatesse, comme une maman déposant un bébé dans son berceau. Hannah avait inspiré profondément puis retenu son souffle pendant toute la durée de la leçon. Jusqu'à ce que la *missus*, pareille à une braise grésillante projetée d'un feu sur un tapis en soie, soit retournée à sa juste place, Hannah avait été incapable d'expirer. Et elle n'avait pas assez de poumons pour voir cette maudite *missus* postillonner une fois encore dans son domaine.

« Oh, miss Hannah va vous faire ça très bien, *missus*. Vous verrez. Le plum-pudding sera parfait », l'assura Godfrey, tout en calmant la frayeur intense d'Hannah d'un clin d'œil ironique.

Attentif aux instructions de la *missus* concernant ce dîner, le soleil s'était immobilisé dans le ciel en attendant qu'elle en ait fini — Godfrey en était sûr. Ce n'est qu'une fois tous les ordres donnés — incluant les airs que les musiciens devraient jouer au moment où les invités retireraient leurs solides chaussures de voyage pour enfiler des pantoufles — que l'astre se réveilla pour reprendre sa course dans le ciel. Puis, alors que Godfrey disait : « Siouplé, *missus*, je vais avoir besoin de beaucoup d'argent pour les courses » — comptant sur ses doigts afin de calculer la somme nécessaire avant de l'annoncer à la *missus* —, l'astre se mit à galoper. De longues ombres glissèrent silencieusement sur le parquet comme dans un spectacle de lanterne magique pendant qu'il attendait que Caroline reprenne son souffle et murmure : « Combien ?

— Le prix que ça coûte, *missus*. Faut beaucoup d'argent pour tout ça. Et l'aura de la bagarre et du bazar en ville ; quand le bateau arrive, les gens se jettent dessus comme des corbeaux dans le sorgho, lui dit Godfrey.

— Mais pourquoi tout est-il si cher ?

— Écoutez-moi, *missus*, écoutez-moi bien, dit Godfrey, joignant les mains en un geste de prière. Les belles bougies, celles en cire d'abeille que *missus* préfère, ça coûte six shillings et huit pennies la boîte. Si je dois remplir la pièce, faut l'acheter beaucoup, beaucoup de boîtes. Mais les bougies en suif, ça coûte un shilling et un penny…

— Du suif ? Pour que ma salle à manger sente l'abattoir ? Il s'agit d'une réception raffinée, pas d'une fête de fin de moisson pour les nègres.

— Alors, c'est six shillings et huit pennies la boîte. »

La maîtresse contempla le visage de Godfrey, une fois encore réduite au silence. Cependant, il savait ce qui l'inquiétait : elle allait devoir supplier son frère de lui donner davantage d'argent pour ce festin. Monter les marches de l'économat. Frapper doucement à la porte. Attendre sous les yeux des Noirs qui l'observeraient du jardin, de la cuisine. Une fois qu'elle serait autorisée à entrer, on lui crierait de refermer la porte derrière elle. Au bout d'un moment, tous entendraient la voix du *massa* hurler à travers les murs en pierre de l'économat, retrouvant assez d'énergie pour tonner : « C'est trop cher, Caroline, beaucoup trop cher ! » Aucune supplication pitoyable, impliquant la plantation Prosperity ou les bougies à la cire d'abeille, ne réussirait à le faire taire. Quand la porte de l'économat se rouvrirait, la *missus* — le visage rouge, et sanglotant dans son mouchoir — redescendrait lentement les marches.

« Mon frère dit que tu me voles. Comment tout peut-il être si cher ? » demanda-t-elle.

Et Godfrey, soutenant son regard sans se démonter, répondit doucement : « C'est pas que les choses sont chères, c'est que vous avez pas les moyens de les acheter. »

Soudain, la *missus* balança son poing et frappa Godfrey si durement dessus l'oreille qu'il chancela. Le coup ne lui avait pas fait mal. En vérité, il avait connu pire. Il n'était pas non plus faible

— il aurait pu lui briser le poignet en cas de besoin. C'est la surprise de voir sa maîtresse le battre qui l'avait fait reculer comme un idiot — car le coup était parti avec une rapidité si vigoureuse que Caroline elle-même parut stupéfaite de sa force. Non, ce qui le fit véritablement souffrir le martyre fut l'expression dans les yeux d'Hannah. Cette vieille femme — sa compagne de tant d'années, avec qui il partageait souvent une bonne pipe de tabac le soir — le regardait avec pitié.

« Comment oses-tu me contredire ? s'exclama Caroline Mortimer. Je sais que tu me voles. Bon, obtiens-moi un bon prix ou je te ferai fouetter. » Godfrey se redressa et, une fois encore, inclina la tête respectueusement devant sa maîtresse.

Elle sortit de l'argent d'une petite bourse et le compta dans sa main. Puis, donnant les pièces à Godfrey, elle déclara : « Et veille à dresser la table avec la belle nappe en lin. Du lin irlandais… Elizabeth Wyndham en sera verte de jalousie. »

*

Dès l'instant où July avait ouvert les yeux ce jour-là, on l'avait mise au travail. Elle avait même dû réveiller Molly ! D'habitude, c'était Molly qui la réveillait en lui tapant l'oreille jusqu'à la faire tinter comme une cloche. Mais ce jour-là, July se pencha au-dessus de la bouche ouverte d'une Molly endormie — ses ronflements libérant tout un tas d'odeurs désagréables à la face de July — et laissa délicatement tomber un petit caillou dans sa gueule béante. Molly se réveilla en s'étranglant dans le noir — trop occupée à tousser pour réaliser que la petite pierre n'était pas arrivée là toute seule.

July alla à la cuisine, où Patience plaça dans ses mains très agitées un plateau d'oranges amères et leur ordonna, à Molly et à elle, d'aller nettoyer le sol de l'entrée. À July qui est femme de chambre ! Mais il n'y eut aucun soutien à attendre de Godfrey, qui accueillit toute protestation en secouant la tête, car ce n'était pas un jour ordinaire. July fut donc bien obligée de se mettre à genoux. La coupure sur son pouce la brûlait tandis qu'elle faisait pénétrer le jus des quartiers d'oranges dans le parquet de bois — elle souffrait autant que si on lui avait frotté une plaie avec de la saumure, mais dut pourtant cirer jusqu'à ce que le sol brille comme le soleil sur l'eau. Et, pendant tout leur polissage, Molly insista pour taper sa brosse en paille de coco par terre en chantant faux et à tue-tête : « Un moustique plonge dedans la soupe, deux moustiques plongent dedans la soupe. » Ce qui rendit ce pénible travail encore plus rude, et non pas plus simple comme le prétendait cette idiote de Molly.

Douze personnes conviées à un grand festin suffisaient à perturber la lente routine de la cuisine, dans la maison triste à pleurer du *massa*. Mais arracher les deux blanchisseuses, Lucy et Florence, à leur domaine qu'était la rivière — pour les planter dans un coin de la cuisine surchauffée, où elles se trémoussèrent sur leurs pieds nus, écarquillant les yeux devant le tas de volailles, de lapins et de tortues massacrés pour être cuisinés — relevait de la cruauté.

Car ces deux femmes, en tentant d'obéir aux ordres bizarres qu'on leur aboyait, se tassaient chaque fois comme si les mots les frappaient. Et Hannah avait beau leur crier de soulever la farine de leurs doigts papillonnants et de rouler la pâte avec délicatesse dans un souci de légèreté, Lucy et Florence traitaient cette mixture comme un sous-vêtement sale à nettoyer. Elles la battaient, la tapaient, la brandissaient au-dessus de leur tête et la fracassaient contre une pierre.

Hannah avait peu de temps à consacrer à la pâtisserie, car tous les colporteurs se présentèrent ce jour-là dedans sa cuisine, en une file empressée et néanmoins paresseuse, pour vendre leurs articles.

La femme à la peau si noire qu'elle en était bleue s'écria « V'là les mangues » en s'avançant vers la porte dans sa jupe rayée aux couleurs criardes, un panier sur la tête. Montrant à Hannah les plus belles mangues de son jardin vivrier, elle se pencha en douce vers la vieille cuisinière pour lui chuchoter ce qu'elle avait entendu de la bouche du prédicateur, à savoir qu'ils seraient bientôt tous libres. Murmurés à l'oreille, mais prononcés vite, les mots échappèrent en partie à Hannah — notamment quelque chose à propos du roi et du *massa* —, mais elle hocha la tête en feignant d'avoir compris.

La mulâtresse qui avait acheté sa liberté et une charrette le même jour et qui vendait des boîtes en cèdre pleines de gâteaux au glaçage rose, blanc et jaune — celle qui économisait pour se payer une mule afin de ne plus avoir à pousser et tirer sa marchandise —, avait entendu que le roi en personne avait dit qu'il n'y aurait plus d'esclaves.

Le pêcheur, avec ses barriques pleines de crevettes bleu-gris, qui aspergea d'eau les pieds d'Hannah lorsqu'il sortit les crustacés frétillants pour l'inspection, n'avait rien entendu. Au vrai, cet homme maigrichon, avec une jambe plus courte que l'autre, n'allait même pas à l'office en ville. Mais la métisse libre, qui récurait sa peau brune pour l'éclaircir et disait à qui voulait l'entendre « Jamais j'ai pas été une esclave », celle qui se déplaçait dans une charrette tirée par une mule à moitié morte et faisait tournoyer son ombrelle pendant qu'on levait à la lumière ses conserves de goyave et de citron vert, sa gelée de gingembre et ses piments au sherry pour les examiner, affirma que tous ces bavardages ne rimaient à rien — que les *massas* blancs étaient corrects et que le roi n'avait jamais dit qu'ils seraient libres.

Ils furent nombreux à se présenter à la cuisine ce matin-là avec leurs ignames, leurs plantains, leurs artichauts, leurs ananas, leurs oranges, leurs fromages et leurs grains de café. Ils vinrent pour aiguiser les couteaux, réparer les marmites et livrer les dizaines de boîtes de bougies à la cire d'abeille. Mais ce jour-là, Hannah n'avait pas de temps à perdre en papotages à propos de ce qu'ils avaient entendu dimanche à l'office — qui se tenait en ville, devant chez le forgeron, et où tout le monde se rassemblait pour écouter le prédicateur parler de libération. Pensez donc, avec tous les camelots qui arrivaient, elle avait à peine le loisir de fumer quelques pipes de tabac filandreux avec eux.

Godfrey, assis sur sa chaise à côté de la cuisine, surveillait de près le défilé des marchands, car c'était à lui de les payer pour leurs produits et leurs services. Il protégeait de sa main en coupe la bourse de cuir qu'il tenait sur ses genoux. Après chaque transaction, il comptait l'argent restant — ses lèvres silencieuses articulant la somme sans qu'il regarde les pièces. Heureusement qu'il avait déjà les cheveux blancs, parce que cette journée était éprouvante pour lui. Où était passé Byron ? Il l'avait envoyé chercher de l'eau depuis déjà un bon bout de temps, et le garçon n'était toujours pas revenu. Et il y avait encore la table à dresser, les bougies à placer, la cour à balayer, les chiens à attacher.

Quand July apparut en disant : « Monsieur Godfrey, c'est pas une nappe que vous m'avez donnée, c'est un drap de lit », il lui répondit, avec un mouvement de main insouciant : « Va la mettre dessus la table.

— Mais c'est un drap, monsieur Godfrey.

— Comment tu le sais ? »

July inspira. Elle s'apprêta à répondre à cette question très simple — car faire la différence entre un lin délicat pour la table et un simple drap de coton pour le lit était à la portée d'un nègre des champs —, puis esquissa un sourire en sentant la ruse de Godfrey.

« Miss July, c'est-y un drap de lit que tu as là ? demanda-t-il de nouveau.

— Non, monsieur Godfrey, c'est une belle nappe, répondit July.

— Va donc la mettre dessus la table », lui dit Godfrey.

C'est alors qu'un cochon passa en courant devant lui, poursuivi par le chien. « Quoi, le cochon l'a pas encore été tué ? s'écria-t-il soudain. Attrapez le cochon ! Où est miss Patience ? Attrapez le cochon ! » Aussitôt, Patience apparut, pliée en deux, déployant son tablier pour essayer de coincer l'animal hurlant contre le mur de la cuisine. Tandis que miss Hannah, se tenant devant la porte, une casserole à la main, dit : « Quoi, l'est pas encore mort, le cochon, monsieur Godfrey ? » Et Godfrey, donnant un coup de pied au chien pour l'éloigner du chaos, appela : « Byron ? Où l'est passé ce garçon ? Pourquoi que le cochon l'a pas encore été tué ? Byron ! »

Chapitre 8

Caroline Mortimer était déterminée : elle ne laisserait rien lui gâcher son dîner de Noël. Mme Pemberton, de Somerset Pen, et ses deux cousins d'Angleterre avaient envoyé un message disant qu'ils ne pourraient honorer sa table. Pourquoi ? Caroline ne le saurait jamais, car le petit Noir qu'on avait dépêché avait coincé le billet contenant la précieuse explication dans la ceinture de son pantalon. Le gamin avait couru si loin, si vite, que sa maudite sueur avait transformé le mot en une tache grise dégoulinant sur le beau papier vergé de Mme Pemberton.

« Qu'est-ce que ça disait, mon garçon ? » lui avait demandé Caroline.

Et devant le révérend Pritchard, le pasteur anglican, John était intervenu d'un ton beaucoup trop brusque : « Oh, bon sang, Caroline, regarde-moi ce sauvageon, crois-tu vraiment qu'il sache lire ? »

Mais Caroline avait ignoré d'un rire ce reproche, ainsi que l'expression de malaise de l'homme d'Église.

Puis, au coucher du soleil, les saisissantes teintes roses du crépuscule avaient tellement enflammé le ciel qu'Henry Barrett, le vieil administrateur assommant d'Unity, avait cessé de boire à grand bruit sa bière (son troisième verre), pour faire remarquer qu'ils semblaient tous pris sous un drap imprégné de sang fluidifié. « Belle orientation que vous avez là, néanmoins », ajouta-t-il en se rendant compte de l'image épouvantable qu'il avait produite sur son auditoire. John, se rappelant un coucher de soleil semblable, le soir de la mort de sa femme, chuchota bruyamment à l'oreille de Caroline : « Quel imbécile ! »

Et, oh ! Caroline Mortimer avait reçu l'assurance de Godfrey — non pas une, mais deux, voire trois fois — que le groupe de musiciens engagé pour jouer de jolis airs tels *Whither My Love* ou *The Red, Red Rose*, savait également interpréter correctement *Douce Nuit*. Godfrey avait réclamé un shilling supplémentaire, afin qu'ils renoncent à une mascarade Junkanoo en ville. Cependant, le chahut qu'ils firent tandis que les invités changeaient de chaussures ne ressemblait à aucun air reconnaissable. Pendant toute la mélodie, un affreux Noir aux dents proéminentes, placé au premier rang, frappa son tambourin comme s'il voulait faire fuir les corbeaux d'un champ. Et pourtant, la nuit était assez douce pour certains : le vieux Noir accroché à son triangle semblait dormir.

« Ma chère, tout le monde sait que ces esclaves musiciens jouent mieux endormis qu'éveillés », avait déclaré Elizabeth Wyndham, de Prosperity, avant de lever les yeux au ciel à l'intention de son mari, sans crainte que Caroline ne surprenne cette indélicatesse. Charles Wyndham lui suggéra de s'adresser à lui la prochaine fois qu'elle aurait besoin de musique : il s'arrangerait pour faire venir de la caserne voisine une des fanfares de la brigade ou se renseignerait pour savoir s'il y avait un navire au port pouvant leur fournir d'excellents musiciens militaires ou civils. « Les nègres ne savent pas jouer de la musique civilisée, lui dit-il.

— Certains jouent un peu à l'oreille », fit remarquer Tam Dewar. Tout pimpant, ses rares cheveux bien lissés sur le crâne comme s'ils étaient dessinés à la plume d'oie, le contremaître avait eu l'intention de la réconforter. Mais son sourire, qui se voulait aimable, rappela à Caroline sa jument grise lorsqu'elle découvrait ses gencives et ses dents noircies.

Evelyn Sadler, la maîtresse squelettique de Windsor Hall, y alla de son commentaire frappé au coin du bon sens : « Mais ils ne connaissent pas les dièses et les bémols. De ce point de vue, ils sont comme des petits enfants.

— J'ai connu pire », intervint son mari George. Là-dessus se termina cet échange, mais non le boucan fait par les Noirs. Et, une fois que le coucher de soleil eut fini d'éclipser la décoration élaborée de Caroline, tous les invités admirent, alors qu'ils prenaient place à table, que cette profusion de bougies rendait la pièce tout à fait magique… quoiqu'un petit peu chaude.

Godfrey tapa dans ses mains — signal qu'il était temps de servir. Comme aucun de ses maudits gamins n'apparaissait de la cuisine, il se planta sur le seuil et hurla comme un bonimenteur de foire : « Byron, le manger, tout de suite ! Tu m'entends pas taper ? » Elizabeth Wyndham y trouva une fois encore matière à lever les yeux au ciel. Mais bientôt, tous les plats — une dinde au pot très appétissante, un jambon, une bonne grosse pintade, plusieurs tortues et canards braisés, des tourtes au mouton et au pigeon dont la pâte semblait acceptable et une belle abondance de fruits — furent disposés sur la table.

Alors certes, Henry Barrett se recula sur sa chaise, coinça sa serviette sous son menton et se lança dans ce qui était pour lui une conversation, mais qui tinta comme un lugubre sermon aux oreilles des autres. « Vous avez tous entendu, je pense, que les Noirs se sont persuadés que le roi leur avait donné leur liberté. Ça laisse augurer des problèmes. » Alors certes, John, le frère de Caroline, lui suggéra de garder ce sujet épineux pour le moment où les dames auraient quitté la pièce. Et l'autre, vidant bruyamment un plein verre de vin, acquiesça : « Tout à fait, tout à fait », avant de continuer son oraison, ne s'interrompant que pour enfourner d'épaisses tranches de jambon dans sa bouche énergique. « Ils se figurent que nous seuls, planteurs, nous dresserons entre eux et une sorte de paradis sur Terre, une fois qu'ils seront libres. Qu'est-ce que vous dites de ça, Howarth ? Ces prédicateurs leur ont mis dans la tête qu'ils valent autant que l'homme blanc. Les baptistes. Ce ne sont qu'une bande de… Mieux vaut ne pas le dire en présence de ces dames, hein, Howarth ? S'il y a des troubles, je les attends de pied ferme. Une bonne occasion de remettre tous ces nègres à leur place… »

Certes, Molly renversa la moitié de la soupe de légumes par terre alors qu'elle scrutait la table pour trouver un endroit où poser la soupière. Et Evelyn Sadler murmura à l'oreille de son mari :

« Oh, non, encore de la dinde ! » Et pourtant rien, non, rien de rien n'allait gâcher cette soirée tant attendue par Caroline Mortimer. Pas même George Sadler raillant, pour l'amusement de tous : « Le garçon au triangle vient de se réveiller », lorsque le vieux musicien buta contre une chaise au moment où le groupe reçut l'ordre de quitter la pièce.

Mais, lecteur, suivons l'exemple des musiciens et fuyons cette salle à manger. Car je crains que vous ne pardonniez jamais à votre conteuse de vous imposer les boniments et les fadaises d'une compagnie aussi médiocre. Si vous aviez dû rester souper à cette table, vous vous seriez vite senti aussi las que les convives de Caroline Mortimer. Rien n'allait lui gâcher son dîner mais, avant qu'elle croque dans la pâte de la tourte au pigeon de Florence et Lucy, battons en retraite dans la cuisine pour voir ce qui s'y passe.

*

Sur le carré de terre derrière la cuisine — invisible tant de la maison que de l'économat, caché derrière une rangée d'orangers et bordé de citronniers et de tamariniers, là où les poules se promenaient en liberté mais où les cochons et les chèvres étaient attachés — se tenait un bruyant rassemblement d'esclaves. Laissez-moi faire une correction. Car certains de ces Noirs savent maintenant lire. Et si par hasard ils découvraient qu'on les qualifiait d'esclaves dans cette publication, j'aurais des soucis à me faire. Non. Le bruyant rassemblement était composé de domestiques. Car nul, dans cette troupe hautaine, n'aimait se voir rappeler qu'ils étaient en réalité la propriété des Blancs.

Vêtus de leur bel uniforme — mousseline blanche pour les femmes, pantalon de toile blanc pour les hommes, gilet en chintz vert et rouge pour tous —, les plus jolis-jolis étaient, sans aucun doute, les domestiques de la plantation Prosperity.

Quand ce groupe de voisins entra dedans la cour près de la cuisine, les Noirs d'Amity détournèrent le regard du soleil couchant qui rougeoyait là-haut, pour s'extasier sur ces hôtes en grande toilette. La bouche de July saliva, car ils lui firent l'effet de friandises. Bien sûr, celle de Molly esquissa une grimace méprisante, mais celle d'Hannah s'ouvrit toute grande devant les deux, trois, quatre... Oh, Seigneur, pourquoi tant de domestiques ?

Parce qu'il n'était pas question pour le maître de Prosperity et sa femme grincheuse de parcourir la courte distance jusqu'à Amity — par la route de la ville qui montait la colline — autrement que dans leur calèche, conduite par leur palefrenier. James était un petit homme robuste, renommé à des kilomètres à la ronde pour sa capacité à purger toute maladie du cheval le plus mal en point. Bien qu'elle flattât la vanité de son propriétaire, cette calèche n'était pas adaptée au terrain, puisqu'elle avait une roue défectueuse qu'il fallait surveiller. De sorte que James ne pouvait la conduire sans être accompagné de ses boys. Il avait besoin que Cecil et Sam descendent pour dégager la voie et, de temps en temps, pour taper sur les boulons de la roue récalcitrante avec un marteau.

Leur maître ayant entendu des rumeurs selon lesquelles la route ne serait peut-être pas sûre à la nuit tombée, il avait ordonné à Giles — son esclave capable de loger une balle entre les deux yeux d'un bœuf emballé à n'importe quelle distance — de suivre la calèche dans la vieille charrette, armé d'une carabine et d'un gros bâton. Pendant tout le trajet jusqu'à Amity, Giles avait bruyamment rabroué Bailey, le conducteur de la charrette, qui n'avait qu'un bras, pour qu'il ne fasse pas cahoter la « sapwé machine ». Giles avait mal à la tête. Les jours précédents, il avait participé à une mascarade ; le visage blanchi à l'argile, il s'était pavané dessus la pointe des pieds, tendant le doigt ici et là en aboyant : « Il commence à prendre ? Il commence à prendre ? » en une imitation de son *massa* blanc en train d'inspecter les chaudières à la sucrerie.

En plus, bien que tous les domestiques interrogés par Elizabeth Wyndham lui eussent répondu « Je sais pas, *missus*. Je l'habite très loin moi aussi », cette *missus* avait continué à les questionner sur l'état du terrain à Amity. Faudrait-il enjamber des flaques d'eau, patauger dans la boue, ou le sol serait-il dur comme des planches ? À la fin, Clara dut accompagner sa maîtresse pour porter non seulement ses chaussures en chevreau, en satin et en cuir, mais aussi ses bas de soie, son châle et son coffret de bois contenant tout son attirail de coiffure au cas où ses boucles se détendraient dans la brise humide.

Clara n'était pas seulement femme de chambre, mais aussi une quarteronne. Sa maman, une jolie mulâtresse, avait été la gouvernante de son papa, un officier de marine originaire d'Écosse.

Son papa était mort juste avant de pouvoir les affranchir, sa mère et elle. Les papiers étaient signés ; elle les conservait dans une boîte, au cas où vous voudriez les voir. Donc, bien qu'elle fût encore une esclave, certains jours et dans une certaine lumière, sa peau paraissait plus claire que celle de sa maîtresse. Et hautaine avec ça ! Lorsqu'on lui ordonna de faire le trajet dans la charrette entre un Giles bien imbibé de rhum et Bailey, le moricaud manchot, elle poussa des cris, s'évanouit et dut être ranimée avec des sels. Clara insista pour amener Mercy, sa propre servante (une négresse stupide qui suçait encore son pouce quand personne ne la regardait, mais Clara n'y pouvait rien si on lui avait donné celle-là), pour l'aider à transporter toutes les affaires de sa *missus* et crier à Giles de parler correctement, de crainte de voir Clara s'évanouir de nouveau.

De tous les serviteurs venus des environs — dont deux de Windsor Hall, Frederick d'Unity et le domestique de Tam Dewar arrivé du bout du chemin — c'était Clara qui fascinait July. Elle ne la quittait pas des yeux.

« C'est ma robe qui vous plaît tant, ou mon beau visage clair que vous regardez comme ça ? » lui demanda Clara.

July haussa nonchalamment les épaules, mais continua de la contempler, bouche bée, comme si Clara était une fleur bleue s'épanouissant dans un buisson de fleurs jaunes. Car le bout du nez de Clara pointait vers le haut comme celui d'une femme blanche — bien qu'elle inclinât ce délicat appendice pour poser sur July un regard méprisant, on voyait encore les trous noirs de ses narines. Ses lèvres étaient si fines qu'elles semblaient avoir été brodées sur son visage au point de bourdon. Et quand elle s'installa sur une chaise, ce fut avec la noblesse d'une *missus* montée en amazone sur un cheval gracieux. July portait sa plus belle tenue — un nouveau mouchoir de tête bleu, son corsage de coton bleu pâle orné de dentelle et de deux boutons de nacre, tombés peu de temps plus tôt du vêtement de sa *missus* —, mais à l'ombre de la distinction de Clara, elle se sentait aussi miséreuse qu'une dinde à moitié plumée.

Sans réfléchir, July s'exclama : « Ma *missus* m'a baillé du tissu pour mi faire une nouvelle robe » à la face orgueilleuse de Clara.

« Une de ses vieilleries ? répliqua Clara, agacée. Je supporte pas de porter des rebuts. »

Il s'agissait en effet d'une robe de coton usée, dont la couleur était passée du vert bouteille à un gris fatigué. Pour avoir auparavant enveloppé la maîtresse dans toute sa corpulence, l'horrible cotonnade, une fois décousue et mise à plat, s'étendait sur des kilomètres !

« Non ! rétorqua July. De la mousseline blanche très fine, d'un bateau qui l'arrive juste d'Angleterre. »

Le bruit que fit Clara en suçotant ses dents était aussi délicat que le pépiement d'un petit oiseau. « Vous dites pas la vérité. Votre *massa* l'a pas l'argent pour vous donner de la mousseline blanche.

— Mon *massa* l'a plein, plein d'argent, répondit July.

— C'est pas ce que j'ai entendu dire.

— Si, c'est vrai. Il fait plein de barriques. Et on vient de la ville pour les acheter. Et il garde tout son argent dans un grand coffre. L'arrive même pas à le soulever. Il doit appeler M. Godfrey pour l'aider. Mais même à deux ils arrivent pas à porter ce coffre, tellement l'est plein de pièces. » July s'interrompit pour regarder Clara et vit deux yeux verts moqueurs lui renvoyer son regard.

« Vous me dites pas la vérité, parce que votre maîtresse s'habille n'importe comment. Aucune *missus* blanche digne de ce nom porte du coton à rayures, dit Clara, agitant la main pour se débarrasser de July.

— Mais votre *missus* à vous, l'a une tête horrible, répondit July.

— Comment vous osez insolencer ma *missus* ? » dit Clara. D'indignation, elle se leva de sa chaise, et July se dépêcha de prendre sa place. Croisant les bras, elle planta ses pieds dans le sol, comme une racine pivotante, afin qu'on ne puisse pas la déloger. L'autre, encore plus irritée, se mit à hurler comme une lavandière : « Eh ben, votre *missus* l'a un gros, gros derrière ! » Et oh, comme July désirait ces boutons dorés sur le corsage de Clara, qui scintillaient au milieu de l'escarmouche. Elle lui en aurait peut-être arraché un, avec la main ou les dents, si Byron n'avait pas accouru vers elle en disant : « L'ont fini l'entrée. M. Godfrey vous demande de venir. »

Malgré toutes les bougies qui éclairaient le groupe de domestiques quand ils entrèrent dans la salle à manger, aucun des convives, pas même Caroline Mortimer, ne prêta attention à ce défilé de rapaces précautionneux qui commencèrent à débarrasser les assiettes. Godfrey, posté près de la table, désignait d'un mouvement silencieux de la main ce qui devait être retiré, et où l'emporter. Ne laissant que des fruits au centre de la table et y posant deux plateaux de fromage, il s'inclina puis sortit de la pièce à reculons. (S'il avait exécuté un saut périlleux ou sauté en l'air en tapant des talons, lecteur, personne n'en aurait fait mention parce que personne ne l'aurait vu.)

Les restes du festin quittèrent cette haute table de salle à manger pour rejoindre une table basse posée sur quatre grosses pierres dans la cour à côté de la cuisine jusqu'à ce que, ployant sous le poids de la nourriture au risque de se casser par le milieu, elle doive être consolidée avec une cinquième pierre. Et une fois encore, Molly renversa la soupe par terre — la soupe de tortue, cette fois — en cherchant un endroit où poser la soupière.

Godfrey, qui attendait de pouvoir enfin remplir son verre d'une bonne rasade de tord-boyaux, suçota ses dents alors que Giles, James et deux des musiciens — abrutis par le rhum et discourant, la bouche pâteuse, sur leur liberté prochaine — se repassaient ses bouteilles à présent vides. Godfrey appela July : « Tu peux prendre Byron et aller nous chercher du rhum ? » July, les joues gonflées de tourte au pigeon, hocha la tête et partit en courant pendant que Godfrey lui criait : « Ou tout ce que tu trouveras. Tu reviens pas les mains vides, tu m'entends ? »

*

Lorsque July se livrait d'ordinaire à ses chapardages, la salle à manger, avec le seul chandelier de cuivre sur la table, les deux bougeoirs sur le buffet, et son maître et sa maîtresse qui mâchaient leur nourriture en silence, était parfaitement lugubre. La réserve d'alcool du *massa* étant ouverte pour ce grand, grand dîner, July songea à se glisser, ni vu ni connu, comme un fantôme, vers le meuble qui la contenait. Mais toutes ces bougies la privaient de ses coins d'ombre. Elle devait avancer avec précaution — aplatie pour se fondre dans le motif sur le mur. À un moment, croyant que sa *missus* l'avait repérée, elle s'immobilisa, et le frémissement d'une flamme de bougie brûla l'extrémité de son foulard. Mais en fait, la tête de sa *missus* reposait seulement sur sa main, et ses paupières tombaient dans son effort pour rester attentive au discours du vieux raseur d'Unity. Son *massa*, tout en ponctuant de hochements de tête le bavardage du monsieur, tapait mollement sa cuillère contre une carafe vide devant lui. Tandis que les autres invités, sans prêter la moindre attention au bonhomme, continuaient de boire et de manger tout ce qu'ils pouvaient. À l'exception d'un seul — car si les yeux de July ne la trompaient pas, le *massa* de Windsor Hall dormait profondément.

Les musiciens, qui jouaient maintenant dans la cour pour le groupe de domestiques, donnèrent les premières notes d'une chanson. Finis, le vacarme ou les airs impossibles à reconnaître — le murmure d'une douce mélodie pénétra par la fenêtre ouverte. Car comme la plupart des esclaves musiciens, ils se plaisaient à mal jouer uniquement pour des oreilles blanches.

Patience avait promis à July, quand le groupe interpréterait un bon quadrille, de lui enseigner tous les pas des lanciers. Or c'était un quadrille que July entendait. Seule la difficulté de distinguer sa main droite de la gauche l'avait jusque-là empêchée d'exécuter parfaitement cette danse. Une fois ce problème réglé, elle danserait mieux que Molly — avec un seul œil, Molly perdait son partenaire à chaque tour, ce qui désorganisait la figure pour tout le monde. July désirait retourner à la cuisine avant la fin du morceau parce que Cupid, le vieux musicien, lui avait promis de la laisser taper sur son tambourin et parce qu'elle avait envie de reprendre de la tourte.

À la fenêtre, Byron susurra si fort : « Miss July, vous êtes là ? », qu'elle craignit que Tam Dewar l'eût entendu. Car soudain le contremaître déclara : « Non. Nous n'aurons pas de problème avec les Noirs ici. Il y en a des bons et il y en a des mauvais... » Bien que Byron fût dissimulé comme une ombre sur du velours noir, July retint son souffle, puis elle agita la main par la fenêtre pour lui faire signe de se taire et d'attendre.

Des hordes de créatures nocturnes, attirées par les flammes des chandelles, tombaient sur le meuble de bois à côté d'elle — brûlées et fumantes, elles dégageaient une odeur de viande cuite. Alors que le vieux bavard d'Unity disait : « Eh bien, j'espère que vous avez raison, monsieur Dewar... », July saisit une bouteille sur le buffet et la glissa vite fait par la fenêtre. La deuxième bouteille qu'elle souleva était déjà vide. Elle la secoua puis la reposa. Mais deux autres, bien pleines celles-là, voguèrent bientôt par-dessus le rebord de la fenêtre pour tomber dans les petites mains de Byron.

Pas trop, et uniquement des bouteilles ouvertes, avait insisté Godfrey lorsqu'il avait enseigné à July ce petit stratagème. De cette façon, le *massa* ne savait jamais ce qui avait été bu par ses invités ; et toute accusation de vol était formulée avec hésitation, ce qui permettait à Godfrey d'écarquiller les yeux en affichant cet air indigné bien rodé.

July agitait une autre bouteille : était-elle pleine ou était-ce le verre qui pesait lourd ? Entendant le glouglou du liquide, elle s'apprêtait à la glisser par la fenêtre quand l'homme endormi se réveilla soudain. Il l'observa avec un regard si perçant que July eut l'impression qu'un doigt toquait à l'intérieur de son front.

« Qu'est-ce que tu fais là ? » cria-t-il. July se tint aussi immobile que son souffle de plus en plus haletant le lui permettait, dans l'espoir qu'il la prendrait pour un portrait sur le mur.

« Que fais-tu ? » demanda-t-il encore une fois. Et toute la tablée se retourna vers l'endroit où elle se trouvait. July, sortant de la maigre obscurité, tenait la bouteille comme si elle s'apprêtait à servir les invités.

« Ah, Marguerite, Dieu merci, dit sa *missus*. Nous apportes-tu le dessert ? Nous l'attendons depuis des heures.

— Oui, où est le dessert ? renchérit le *massa*. Dis à Godfrey que ces dames attendent leurs sucreries depuis un bon moment. »

Mais l'homme de Windsor Hall déclara : « Vous ne voyez pas qu'elle est en train de vous voler ? »

Une querelle éclata autour de la table. July savait qu'elle en était la cause, mais elle n'arrivait pas à suivre ce que les Blancs disaient d'elle, car un bruit semblable au fracas d'une vague sur des cailloux lui remplissait les oreilles. Sa *missus* rougissait, écarlate d'indignation. Les yeux de son *massa* roulaient dans leurs orbites, fâchés. Tam Dewar, regardant vers la fenêtre, se leva.

« Viens ici, ma fille », dit quelqu'un. Mais qui ? July ne savait pas exactement. Était-ce sa maîtresse ? Devait-elle tomber à genoux et la supplier de ne pas la faire fouetter ?

« J'ai dit : viens ici. » C'était l'homme de Windsor Hall. Celui qui venait juste de se réveiller pour exposer son crime. Il lui fit signe d'approcher d'un geste plein de colère, pendant que sa maîtresse hochait la tête pour lui commander d'obéir. July aurait voulu s'enfuir en courant pour aller se cacher dans l'écurie avec la jument grise. Monsieur Godfrey, criait une voix dans sa tête, monsieur Godfrey, venez me tirer de là.

« Viens ici tout de suite, négresse ! » L'ordre retentit une fois encore, proféré d'un ton irrité. Aveuglée par les larmes, July s'avança en faisant des pas aussi petits que le lui permettaient ses pieds. Elle finit pourtant par arriver à côté du bonhomme. L'haleine chargée d'alcool qu'il lui souffla au visage l'étourdit quand il demanda : « Qu'est-ce que tu fabriquais ? » Puis, alors que ses postillons de mauvaise humeur séchaient sur la joue de July, elle sentit sa main, discrètement, à l'insu des autres invités, tâtonner à l'arrière de sa jupe. Tripotant une couture, tirant sur le tissu, grattant comme un petit rongeur cherchant un coin sombre. Ses doigts humides trouvèrent bientôt l'ouverture du vêtement et s'enfoncèrent à l'intérieur. Plaçant la paume sur ses fesses nues, il lui malaxa la chair en disant tranquillement : « Alors, que faisais-tu ? Tu volais, n'est-ce pas ?

— Je vole pas, *massa*, je vole pas », répondit July. Il avait un ongle cassé qui lui écorchait la peau alors qu'il tâtonnait pour trouver d'autres trous à combler.

« Tu es une petite voleuse, n'est-ce pas ? dit-il, chuchotant presque à son oreille.

— Oh, allez, laissez-la partir pour que les femmes puissent avoir leur dessert, dit le révérend Pritchard, de l'autre côté de la table.

— Pas avant qu'elle ait admis être une voleuse », lui répondit le *massa* de Windsor Hall.

July restait aussi immobile que possible sous l'étreinte du bonhomme, car les doigts de sa main grossière commencèrent à lui piquer et lui pincer les fesses. Mais soudain, on entendit une bruyante cavalcade venant du dehors.

Les portes de la salle à manger s'ouvrirent avec une force telle que presque toutes les bougies agonisantes s'éteignirent. Deux hommes, en tenue bleue de miliciens, firent irruption dans la pièce, apportant avec eux l'odeur de fumée de bois et de bouse de l'air nocturne. July était sûre qu'ils étaient venus pour l'emmener — au pilori ou à la roue à Rodney Hall. Elle se tortilla pour échapper à l'emprise de l'homme, dont l'ongle déchira la couture fragile de sa jupe quand il retira prestement sa main.

July plongea sous le buffet et passa les bras autour de ses pieds de bois. Elle s'y agrippa aussi fort que le serpent qui y était sculpté, de peur que quelqu'un essaie de l'attraper.

Mais personne ne vint. Ils ne lui jetèrent même pas un regard.

« Des troubles ont éclaté. » Une voix profonde et rauque s'adressait à toute la tablée. « De sérieux troubles. Des Noirs incendient des plantations dans l'ouest. Tous les hommes présents ici doivent rejoindre la milice. »

Aussitôt, de nombreux pieds passèrent devant la cachette de July en claquant sur les lattes du parquet. Les grosses bottes marron de Tam Dewar sortirent les premières, suivies des chaussures noires pleines de boue des miliciens. Les pantoufles du *massa* d'Unity esquissèrent un pas de danse quand il dit : « Le jour est venu. Le jour est venu. » Les petits pieds nus de Byron entrèrent dedans la pièce, poursuivis par les quatre pattes du chien, qui aboyait et se cognait contre les meubles. La musique s'arrêta. On cria des noms affolés — Clara, Giles, James. De l'autre côté de la fenêtre, les sabots des chevaux martelèrent la terre, et les roues des voitures craquèrent.

Seule la maîtresse de July, Caroline, resta assise à table. Le *massa,* se penchant tout près du visage de sa sœur, lui murmura d'un ton autoritaire et pressant de ne pas s'inquiéter ; que tout rentrerait dans l'ordre très vite ; qu'il reviendrait dès que possible ; et que, d'ici là, elle ne devait pas quitter la maison. Est-ce qu'elle comprenait ? « Oui, parfaitement », répondit-elle avec fermeté. « Les Noirs veilleront à ce qu'il ne t'arrive pas de mal », lui dit John Howarth, avant de lui fourrer un petit pistolet dans la main et de l'embrasser sur le front. « Bon, où est Marguerite ? » demanda-t-il. Et, avant que July ait pu réagir, le visage inquiet de son *massa* avait trouvé sa cachette. « Marguerite, sors de là, dit-il, tirant sur la jupe fragile de July. Viens t'occuper de ta maîtresse. Elle a besoin de toi. » Puis il gagna la porte en cinq longues enjambées.

Tandis que July s'extrayait en rampant de sous le buffet, elle entendit sa maîtresse soupirer. S'approchant pour se tenir à son côté, elle lui dit : « Pas l'avoir peur, *missus*. Je suis là, *missus*. »

Mais sa *missus* se mit à pleurer doucement. Puis, lors d'une pause hésitante, alors qu'elle s'essuyait le nez du revers de la main — qui tenait toujours le pistolet —, elle dit : « Marguerite, c'est un drap de lit qui a été disposé sur la table, pas la nappe de lin irlandais. Mon Dieu, Elizabeth Wyndham va bientôt raconter partout qu'il y avait un drap souillé sur ma table pendant tout cet abominable dîner. »

Chapitre 9

Parfois, mon fils m'embrouille avec toute sa science et son éducation, au point que je ne sais plus si j'ai raison ou tort.

« Mais tu parles de l'époque de la guerre Baptiste, qu'il me dit. Le soir du dîner interrompu de Caroline Mortimer, dans ton histoire, correspond à la révolte de Noël, quand les troubles ont commencé. » Et il se mit ensuite à me bombarder d'ordres furieux.

Je devais préciser, me dit-il, si l'incendie des plantations avait débuté à Salt Spring quand le commandeur noir avait refusé de fouetter sa propre femme. Ou bien à Kensington Pen, là-haut près de Maroon Town. Je devais écrire tout ce que je savais sur Sam Sharpe, le chef de cette rébellion — sur son caractère et sur son physique. Et insister sur le fait que tous les Noirs croyaient avoir été affranchis par le roi d'Angleterre ; qu'ils avaient juré de ne plus travailler jusqu'à ce que cette liberté soit effective ; qu'ils avaient fait le serment de l'arracher à l'emprise illégale des planteurs s'ils ne la leur accordaient pas de leur plein gré. Et je ne devais surtout pas oublier d'ajouter que le bruit des conques et des cornes qui avaient retenti à Old Montpelier et Shettlewood Pen avait réussi à faire fuir la milice.

Tant et tant de recommandations se bousculèrent hors de la bouche de mon fils — trop pour que je gâche mon encre noire avec ça — que je finis par lui dire « chut », parce qu'il me donnait mal à la tête avec ses exigences.

Voyez-vous, lecteur, ce n'est pas que votre conteuse soit indolente ou qu'elle paresse quand il y a du travail à accomplir. Non. La raison pour laquelle je n'ai pas grand-chose à raconter sur ces réalités tient à la nature de ces temps anciens ; car les nouvelles ne voyageaient pas comme elles le font aujourd'hui. La plupart étaient transmises par la bouche de petits garçons débraillés qui, après avoir couru très loin avec des informations, s'efforçaient de se les rappeler pendant qu'on leur donnait à manger des ignames. Ou alors, elles se colportaient par la brise à ragots — les papotages qui traversaient l'île en passant d'une oreille à l'autre.

Aujourd'hui, en cette époque plus moderne, je peux écrire une lettre à ma table, et quelqu'un qui est trop loin pour qu'on coure jusqu'à lui lira son contenu dans la semaine. Et figurez-vous qu'un appareil appelé téléphone peut porter des paroles jusqu'à des oreilles lointaines dans le temps qu'il faut aux lèvres pour les murmurer. Mon fils prétend que, grâce à ce téléphone, on peut même discuter avec quelqu'un qui se trouve dans un autre district — vous pouvez être à Falmouth, pourtant ce que vous dites fera hausser les sourcils de quelqu'un à Kingston. Mais il s'agit à l'évidence d'une extravagance, et le fait d'appeler Lillian à son secours pour qu'elle confirme ses dires ne les rend pas vrais pour autant. S'il y avait eu une telle invention à l'époque de la guerre Baptiste (comme l'appelle mon fils), je suis sûre que j'aurais su au même moment ce qui se passait partout. Mais il n'y en avait pas.

Donc, si vous voulez un compte rendu plus détaillé de ce qui est arrivé, vous pourriez peut-être étudier le petit livre que mon fils m'a récemment apporté. Il est écrit par un pasteur baptiste du nom de George Dovaston et a pour titre : *Faits et documents relatifs à la grande rébellion des esclaves en Jamaïque (1832)*.

Bien que je n'aie rien vu de ce qui est raconté dans les pages du pasteur, et que ce que j'ai vu de mes yeux n'apparaisse pas dans son récit, mon fils m'assure que son exposé est très bon. Parcourez-le si vous le souhaitez. En revanche, ne lisez pas l'opuscule du planteur John Hoskin. Car cet homme est un imbécile qui fait porter aux seuls fils de Ham et aux hommes de Dieu la responsabilité des événements. Aucun de mes lecteurs ne devrait considérer cette période sous cet angle. Je connais ce genre de personnage, et je sais qu'il est aveugle à tout ce qui n'est pas son propre intérêt. *Conflit et changement. Point de vue de la maison de maître sur les esclaves, l'esclavage et l'Empire britannique* : voilà l'ouvrage qu'il faut éviter à tout prix. Mais si vous le lisiez quand même et que vous vous surpreniez à hocher la tête, parce que vous êtes d'accord avec les fanfaronnades de ce monsieur, alors allez-vous-en — je ne veux plus de vous comme lecteur.

Ce que je sais, c'est que quand ces incendies s'allumèrent comme des phares dans les plantations et les enclos à bestiaux, quand les régiments se mirent en route et que les milices se formèrent, quand les esclaves jurèrent sur la Sainte Bible de combattre les Blancs avec des machettes, des bâtons et des fusils, quand les balles étincelèrent comme des lucioles mortelles et que des pieds noirs et nus s'enfuirent à travers les hautes herbes, les bois et les champs — à Amity tout ce que votre conteuse entendit fut le bruit que faisait miss Hannah en rongeant l'os du jambon de la *missus*.

Chapitre 10

« Aucun gros nègre noir passera, *missus* », dit July, brandissant les poings pour montrer à sa maîtresse ces deux redoutables armes — qui n'étaient, hélas, pas plus grosses que des prunes bien mûres.

Pendant trois jours, Caroline Mortimer était restée seule dans la grande maison avec ses domestiques pour toute compagnie. Au début, trop occupée à se déchaîner contre Godfrey à cause du drap de lit sale sur la table et à agiter le doigt vers July en affirmant que si elle avait été en train de voler, comme l'en avait accusée le *massa* de Windsor Hall, elle avait eu de la chance qu'il ne l'ait pas punie de sa main, la *missus* avait ignoré sa situation délicate.

Mais alors que s'étiraient les heures humides et poisseuses sans qu'aucun visage blanc apparaisse pour lui donner une opinion civilisée sur les événements, alors que l'horizon, à l'ouest, se teintait d'un léger trait de lumière rose vibrante, alors que le mugissement d'une conque résonnait d'abord au loin, puis tout près, alors que les chiens hurlaient de-ci et de-là, alors que la lune commençait une fois encore à voiler la vue familière d'une étrange mélancolie, et qu'elle n'avait toujours pas de nouvelles de son frère, Caroline prit enfin conscience qu'il y avait peut-être matière à s'inquiéter.

« Il n'y a toujours pas de nouvelles ? demanda-t-elle à July.

— Faut pas avoir peur parce que vous êtes toute seule, avec aucun Blanc pour vous rassurer — pas de *massa*, pas d'ami, pas de *bakkra*, répondit July. Aucun nègre l'approche, *missus*, quand mes deux poings sont levés comme ça. » À cet instant, le visage de Caroline trahit une telle frayeur qu'elle rappela à July un cochon juste avant qu'il ne se fasse trancher la gorge par une lame aiguisée ; elle avait les yeux exorbités de celle qui va bientôt rencontrer son Créateur. Mais sa maîtresse n'avait pas encore poussé le grognement de rigueur.

Alors, portant soudain la main à son oreille, July dit dans un murmure sonore : « Écoutez, *missus*, écoutez. Un cheval approche. » July courut ensuite à la fenêtre et colla son visage et ses mains sur la vitre. « Je vois pas qui c'est qui l'arrive, *missus*. Mais faut pas vous inquiéter, cria-t-elle. Parce que, regardez, j'ai mes deux poings levés. Je les laisse pas vous enlever, *missus*.

— C'est mon frère ? » demanda la *missus*.

Tandis qu'elle scrutait le noir de la nuit, July distingua la forme floue du cheval et du cavalier. Après avoir disparu derrière les briques solides de l'économat, la petite silhouette resurgit près de la cuisine, et le cavalier fut saisi dans un éclair de lune — il était tout de blanc vêtu.

Nimrod. Ce ne pouvait être que Nimrod. Oh, quelle joie July ressentit. Nimrod était venu de la ville !

Comme un spectacle d'ombres sur un mur, la forme noire de Byron courait pour saisir le cheval de Nimrod tandis que ce dernier, brillant comme une étoile, mettait pied à terre, tapotait la tête du garçon et éloignait Lady, la chienne, qui lui faisait fête. La haute silhouette maigre de Godfrey entra dans le tableau — la main tendue. Nimrod tapa dans le dos de Godfrey et se pencha pour lui parler à l'oreille, puis se redressa quand Molly arriva en bondissant, aussi excitée que la chienne.

« Non, c'est pas un *massa* blanc. C'est un nègre », persifla July. Mais Caroline Mortimer ne hurla pas de peur comme July l'avait espéré ; au lieu de ça, elle se précipita sur elle et lui noua les bras autour de la taille. Elle serra si fort que July suffoqua, manquant d'air autant que sa maîtresse effrayée.

« Lâchez-moi », protesta July. La soie trempée de la robe de sa *missus*, son fort parfum épicé, la chair chaude et moite de ses amples bras l'enveloppèrent dans une mollesse poisseuse. July gigota pour se dégager, mais sa maîtresse s'accrocha encore plus fort. Et July regretta de lui avoir fait si peur. Car Molly essayait de séduire Nimrod pendant que July était engluée comme un papillon de nuit dans de la confiture.

« *Missus*, lâchez-moi pour que je vais voir qui c'est », dit-elle. Mais sa *missus* resserra encore sa prise. « Faut pas vous inquiéter, *missus*, parce que je vais tourner la clé dedans la porte. » Caroline laissa échapper un gémissement étouffé, pour acquiescer ou protester, July n'aurait pu le dire.

« Seulement jusqu'à ce que le nègre l'est reparti, dit-elle doucement. Je reviens bientôt vous libérer. »

*

Même à la lueur trouble du clair de lune, July savait que Nimrod la dévorerait des yeux. Peu importaient ses guenilles de travail grises, qui puaient la vache qu'elle avait traite pour le punch chaud au lait et à la cannelle de sa *missus*. Ou ses cheveux, raidis par la crasse, s'échappant de son horrible foulard vert par plusieurs trous dans le tissu usé. Alors qu'elle s'avançait, roulant des hanches, vers Nimrod, elle savait qu'il allait incliner la tête en feignant un salut ordinaire — comme il ferait avec Molly ou Patience — mais qu'il gonflerait la poitrine pour retenir le message dans sa gorge jusqu'à ce qu'il doive le tousser : « Ah, miss July », hum, hum, « bonjour », tellement il l'admirait.

Certes, Nimrod n'était pas grand — pas plus grand que July —, car ses jambes étaient arquées comme s'il attendait que le cheval dont il venait de descendre revienne se glisser sous lui. Mais il marchait d'un pas fier, parce qu'il était un homme libre. Autrefois palefrenier à Amity, il avait acheté sa liberté de nombreuses saisons plus tôt, présentant deux cents livres en pièces et billets au *massa* bouche bée.

July lui trouvait la peau noire comme du charbon et le nez trop épaté. Seulement, il n'était pas un esclave. Il obligeait maintenant les Blancs à le regarder dans les yeux — quoique l'un des deux eût tendance à vagabonder, si bien qu'on ne savait pas lequel regarder quand il parlait. Malgré tout, en tant qu'homme libre, il méritait ce respect.

Il avait les cheveux fournis devant, et un trou de la taille d'un souverain qui brillait au soleil derrière. Et sa cicatrice à la lèvre, séquelle d'une punition de Tam Dewar, apparaissait comme un défaut à July du temps où il était encore la propriété d'un Blanc. Mais aujourd'hui que Nimrod était un homme possédant son propre nom — un nom choisi et non pas imposé — cette marque irrégulière lui conférait un air courageux. Nimrod Freeman ou Monsieur Freeman, voilà comment tous les Blancs devaient s'adresser à lui, sans quoi il ne leur donnait rien de ce qu'ils voulaient obtenir. Car tels le vent, le soleil ou la rivière vive, tels le poisson volant ou le scarabée sous une pierre, l'araignée dans sa toile ou le crabe qui file de biais sur le rivage, Nimrod était libre. Et il dit en effet « Miss July », hum, hum, « bonjour », lorsqu'elle approcha.

« B'soir, monsieur Freeman.

— Miss July, vous savez bien qu'il faut m'appeler M. Nimrod », la corrigea-t-il, se levant de sa chaise mais inclinant la tête vers July, comme s'il devait se faire plus petit pour prononcer ces mots. Il ne lui adressa pas de clin d'œil, car tous ceux d'Amity étaient là, mais il haussa les sourcils deux fois vers elle comme pour suggérer une certaine complicité entre eux au moment où il l'invitait à s'asseoir. Se rasseyant, il s'éclaircit ensuite la gorge avec un nouveau « hum, hum » pour poursuivre le récit qu'il avait commencé à l'intention du groupe rassemblé là : Godfrey et Hannah, suçotant leur pipe ; Molly, dévorant à grand bruit une pomme d'amour rouge ; les lavandières, Florence et Lucy, installées un peu à l'écart et tendant l'oreille pour mieux entendre ; Byron, bien sûr, assis, presque immobile, tout en inspectant une croûte sur son genou ; même Patience était venue.

« Bon, je continue », dit Nimrod, et July eut l'impression qu'il la regardait droit dans les yeux d'un regard intense… sauf que Molly eut la même impression. « Trois Blancs ils viennent chercher le Noir qu'ils appellent Le Colonel — lui, l'est le chef de ce groupe qui a mis le feu à la case à bagasse là-haut à la plantation Providence — les flammes, elles ont tout léché jusqu'à ce qu'il reste plus que les pierres brûlées qui ressemblaient à un sourire aux dents noircies dans cet espace vide. Et les v'là qui rentrent dedans la case du charpentier, et qui regardent par ici, et qui regardent par là. Mais ils voient pas les cinq Noirs qui sont cachés.

— Cinq, vous dites ? l'interrompit Godfrey.

— Cinq, répondit Nimrod.

— Et où c'est qu'ils se cachaient ?

— Dans le placard, dit Nimrod.

— Cinq hommes dans un placard. Sûr que c'est un sacré grand placard », fit remarquer Godfrey.

Hannah, suçotant ses dents, intervint : « Taisez-vous, monsieur Godfrey », avant de faire signe à Nimrod de poursuivre.

« Soudain, v'là qu'ils sortent de leur cachette pour sauter dessus ces Blancs. Ils leur prennent leurs coutelas. Leur attachent les mains. Leur bandent les yeux et les conduisent à la sucrerie. Et là... » Le regard de Nimrod passa d'une personne à l'autre — autant que ses yeux le lui permettaient — en ajoutant : « Ils balancent ces Blancs dedans le sucre bouillonnant comme si c'étaient trois morceaux de chaux. »

July ouvrit la bouche tout grand. Au moment où Nimrod se pencha vers elle, la petite touffe de poils sur son menton s'agita comme celle d'une chèvre broutant de l'herbe. Il conclut dans un murmure très audible : « Seuls leurs chapeaux flottaient dessus le sirop. »

July aurait voulu lui tirer la barbichette pour le supplier de lui raconter le début de l'histoire, pendant que tous les autres demeuraient silencieux, dans le frisson de cette horreur.

Tous, sauf Godfrey qui, après avoir reniflé bruyamment, déclara : « Et où qu'était le raffineur, quand ils ont balancé trois hommes dans sa chaudière de vesou ? »

Nimrod se cala dans sa chaise, croisa les bras et leva les yeux vers le ciel pour répondre, avec un gros soupir : « L'était soûl.

— Le raffineur l'était soûl, vous dites ? » répéta Godfrey. Tout le monde, même Patience, suçota ses dents en regardant Godfrey, car il assombrissait cette épopée.

« Monsieur Godfrey, le raffineur s'était soûlé avec le rhum qu'il avait volé aux magasins », répondit Nimrod. Et toutes les bouches s'ouvrirent, sauf celle de...

« Et vous dites que tout ça se passe alors qu'on est assis là ? demanda Godfrey.

— Dieu m'en est témoin. Que le Seigneur me foudroie sur-le-champ si je dis pas la vérité. »

Nimrod leva les bras pour permettre à Dieu de le déclarer menteur en le faisant frire devant l'assemblée. Comme aucun éclair de feu ne frappa, il poursuivit : « Écoutez-moi, l'île flambe. On se bat partout, et les Blancs détalent comme des lapins. On dit que la milice l'a tellement peur qu'ils sont prêts à payer les marrons contre une paire d'oreilles de rebelle. » Nimrod se pencha en avant et attrapa Byron. « Et ils se fichent qu'il y a pas de tête au milieu. Qui c'est qui me donnera un penny pour celles-ci ? » demanda-t-il en tirant sur les lobes du garçon. Et oh ! tout le monde se mit à crier... sauf Godfrey.

Tandis que Nimrod se redressait sur sa chaise, croisait les bras et souriait, July remarqua qu'il avait encore perdu des dents depuis la dernière fois qu'elle l'avait vu : son sourire était aussi mutilé et triste qu'un des vieux peignes de la *missus*. Mais au moins, ces horribles mâchoires étaient celles d'un homme libre.

« Alors, maintenant, on l'est tous libres ? demanda Molly.

— Euh, eh bien... hésita Nimrod.

— On l'est ou on l'est pas, monsieur Nimrod ? » demanda Godfrey, d'un ton profondément agacé.

Avant de répondre, Nimrod leva délicatement une fesse de sa chaise et, avec une grimace d'intense concentration, lâcha un pet retentissant. Puis, pouffant de rire, il agita la main là en bas pour éloigner de lui la mauvaise odeur. Le dégoût assombrit le visage de tous. Sauf de Nimrod, qui trouvait ça très amusant. Une fois la puanteur dissipée, il recouvra suffisamment son sérieux pour dire : « Eh bien, comme vous savez, monsieur Godfrey, moi, je suis un homme libre. »

Et ces mots avaient à peine franchi sa bouche de travers que Patience s'écriait : « Retenez-les ! »

July se leva d'un bond pour se jeter entre Godfrey et Nimrod. Tous les domestiques d'Amity étaient bien exercés à cette manœuvre, mais il se trouve qu'en cette occasion July était la plus proche et donc la mieux placée pour l'exécuter. Elle étendit largement les bras entre eux et les regarda l'un après l'autre. Molly se mit en position, prête à saisir Nimrod s'il s'avisait d'attaquer, et Patience fit la même chose du côté de Godfrey.

Car ces deux hommes ne pouvaient jamais rester longtemps en présence l'un de l'autre sans se disputer. Premier exemple : la querelle qui avait éclaté à propos d'une partie de cartes. Godfrey avait agité une carabine à la face de Nimrod en menaçant de lui réduire la cervelle en bouillie pour les cochons s'il refusait d'admettre avoir triché. Il y avait aussi eu les semaines de bouderie, de ronchonnement et de chamailleries quand Nimrod, qui était encore le palefrenier d'Amity, avait reçu du *massa* un boy pour s'occuper de sa mule — ce qui en faisait trois aux écuries — alors que Godfrey n'en avait plus qu'un seul en cuisine. Et, oh, lecteur, ça me revient, mais me croirez-vous ? La folie qui vit ces deux hommes se chicaner pour décider lequel des deux miss Clara, la métisse d'Unity, trouvait le plus séduisant. Tout le monde, excepté ces deux bouffons querelleurs, savait que miss Clara aurait préféré se rouler dans du crottin de cheval puis parcourir la grand-rue toute nue plutôt que de se montrer aimable avec l'un ou l'autre. Pourtant, en essayant de régler ce différend, ils finirent tous deux avec des yeux au beurre noir et des nez en sang.

Nimrod prenait Godfrey pour un imbécile. Car voilà un homme à la peau claire qui avait autant d'occasions qu'il y a de cosses sur un tamarinier d'adoucir sa situation. Mais avait-il jamais écouté ses paroles pleines de bon sens ? Un esclave ne peut pas voler son maître. Le souffle que Nimrod gaspillait en explications aurait été mieux employé à attiser une brise rafraîchissante sur l'île. « Monsieur Godfrey, tout ce qui l'est à votre *massa* l'est à vous. Quand vous prenez quelque chose à votre *massa* pour votre usage personnel, li perd rien. Parce que vous aussi, vous êtes sa propriété. C'est juste un transfert. Tout ce que vous avez aujourd'hui l'appartient à votre *massa*. Vous, vous en avez juste un peu l'utilité. Quel mal y a ? » Pourtant, au lieu de remercier Nimrod pour son saint raisonnement, Godfrey parlait seulement de vol, de juges, de moulin de discipline et de coups de fouet. Tsst ! Et où est-ce que sa vertu l'avait mené ? À rester esclave des Blancs qui avaient volé et enchaîné sa liberté. Et regardez, maintenant, l'idiot a travaillé si lentement à sa libération que des nègres devaient finir la tâche à sa place avec du feu et une machette.

Godfrey, de son côté, ne supportait pas que Nimrod — noir comme le péché, laid, sournois, rude, grossier et pas plus grand qu'une fille — soit libre. Car Nimrod avait acheté son affranchissement par la duplicité. Il avait chapardé — derrière le dos du *massa* et sous ses yeux — pour amasser ce précieux argent. Nimrod était célèbre en ville pour les bals qu'il donnait. Au vrai, il était connu comme le premier organisateur de ces soirées. Godfrey l'avait dit au *massa*. Il l'avait aussi informé que les couteaux, fourchettes, assiettes et chandelles utilisés pendant les fêtes de Nimrod venaient tous des magasins d'Amity, comme le vin, les alcools et souvent une ou deux bouteilles de champagne. Godfrey avait montré au *massa* les cartons que Nimrod avait imprimés en guise d'invitations (et d'onéreux tickets d'entrée) pour ses hôtes réguliers — une foule immorale de toutes les couleurs —, les conviant une fois encore à son « club » (dans une rue malfamée en ville) pour une soirée « de quadrilles et de réjouissances ». Godfrey avait même demandé au *massa* s'il avait jamais noté que, les jours où son cheval semblait avoir besoin de beaucoup de repos, son beau gilet de soie damassé et sa veste de lin disparaissaient souvent, pour reparaître plus tard, ayant grand besoin d'être nettoyés. Cependant, le *massa* ne prêtait aucune attention aux révélations de Godfrey — il levait même les yeux au ciel devant tant de ridicule. Car John Howarth était parfaitement convaincu que son fidèle palefrenier, Nimrod — avec ses jambes arquées, ses yeux qui louchaient et son sourire idiot et édenté —, était beaucoup trop stupide pour élaborer des stratagèmes aussi tortueux. Et rien de ce que disait Godfrey ne réussit à ébranler l'opinion du *massa*.

Godfrey était loyal et, oui, il avait récemment commencé à voler un peu la *missus* en prétendant que certains produits étaient plus chers qu'ils n'étaient en réalité. Mais à quoi ça l'avançait ? Il était toujours esclave, et Nimrod avait la liberté de lui péter à la figure.

Et pourtant ces deux hommes en guerre recherchaient la compagnie l'un de l'autre, car ils se considéraient comme des frères. Vu qu'à Amity peu savaient comment se comportaient des frères, « frères », dans cette cuisine, en était venu à désigner deux hommes en conflit violent et permanent.

Mais là, Godfrey fit signe à Patience et à July de se rasseoir, car il n'y aurait pas d'échange de coups ni d'insultes ce jour-là. Puis il contempla Nimrod et sourit. Dans le silence qui suivit cette curieuse trêve, on entendit la voix de la *missus* appelant Marguerite. Nimrod, percevant ce miaulement rauque mais plaintif, fronça les sourcils. « Quoi, votre *missus* l'est encore là ? demanda-t-il.

— Pourquoi pas ? répondit Godfrey.

— Le *massa* a rejoint la milice, et la *missus* l'est toujours là ? Elle est pas en sécurité, déclara Nimrod.

— Allons, l'a déjà eu plein, plein d'émeutes comme ça, dit Godfrey.

— Non, monsieur Godfrey, l'a jamais eu d'émeutes comme ça. »

Godfrey soupira.

« C'est des histoires.

— Monsieur Godfrey, laissez-moi vous dire — j'ai pas vu un Blanc en ville depuis plusieurs jours.

— Tiens donc.

— C'est vrai. On dit qu'ils sont tous partis.

— Partis ! répéta Godfrey. Comment ça ?

— On raconte qu'ils sont tous partis en bateau après le début des troubles. L'ont emballé leurs affaires et quitté l'île, parce qu'ils ont peur des Noirs qui vivent tout autour d'eux. » Godfrey suçota ses dents pendant que Nimrod le regardait comme on regarde un ami sincère.

« C'est vrai, monsieur Godfrey. L'île flambe. » Godfrey, voyant l'inquiétude de Nimrod, se pencha en arrière et bâilla.

« Vous avez pas peur ? demanda Nimrod.

— De quoi je dois avoir peur ?

— Que ces Noirs qui se battent pour leur liberté, ils viennent ici avec leur fusil et vous demandent de les rejoindre. Ils disent pas "Ah, siouplé" tout gentil-gentil. "Ah siouplé, venez aider à brûler et foutre par terre cet endroit jusqu'à ce qu'on est libres." Ils disent : "Vous venez ou on brûle votre maison, vous venez ou on tue votre *missus*." »

Godfrey, observant Nimrod en silence, accueillit ses paroles sans s'émouvoir. « S'ils viennent chercher la *missus*, ils peuvent la prendre », dit-il.

July s'exclama : « Monsieur Godfrey, dites pas ça ! », et s'en étonna elle-même. L'idée de voir sa maîtresse aux mains d'une bande de Noirs l'alarmait soudain. Tout d'un coup, elle imagina Caroline Mortimer, le souffle rapide et haletant, ses joues rondes toutes rouges, gonflées et mouillées de larmes, ses yeux bleus exorbités et suppliants, ses bras tendus et ses doigts grassouillets écartés comme un bébé qui veut être consolé, sa voix effrayée geignant : « Marguerite, Marguerite, aide-moi, s'il te plaît », tandis que ses boucles blondes s'agiteraient. Dans cette vision du rapt de sa maîtresse, July se laissa aller à l'inquiétude. Car si quelqu'un devait pousser sa *missus* dans une chaudière de sucre jusqu'à ce que son jupon flotte à la surface du vesou, c'était elle et pas quelque nègre vengeur. « Mais ils vont faire bouillir ma *missus* dedans le sucre, s'écria-t-elle.

— Miss July, faut qu'elle va en ville, dit Nimrod. L'a un navire dans la baie. Elle doit embarquer. Elle sera en sécurité là-bas.

— Marguerite ! Laisse-moi sortir ! les interrompit encore la voix de la *missus*, aiguë comme le cri d'une chauve-souris.

— Allez lui dire qu'elle doit aller en ville, miss July, sur le bateau », répéta Nimrod en regardant Godfrey pour voir s'il était d'accord. Mais Godfrey, bâillant une fois encore, se contenta de se soulever de sa chaise pour lâcher un long pet sonore.

Chapitre 11

« Oubliée ! s'écria Caroline Mortimer. On m'a oubliée ! » Elle faisait les cent pas devant July, tempêtant si fort que son souffle éteignit deux bougies.

« Ils m'ont tous abandonnée à mon sort, Marguerite. Ils se fichent complètement de ce qui m'arrive. » July se dépêcha de rallumer les bougies alors que sa *missus* criait : « Comment veux-tu que je voie ce que je dois emporter, Marguerite, si tu n'arrives pas à faire de la lumière dans cette chambre ? Est-ce qu'il y aura à dîner sur le bateau ? » Elle interrogea July de son regard pressant, les yeux écarquillés. July se tenait immobile — n'osant pas hausser les épaules de peur que sa *missus* n'éclate encore en ces sanglots qui leur faisaient perdre du temps. « Oh, mais pourquoi est-ce que je te pose la question ? » s'exclama sa *missus*, avant de répondre elle-même par ce cri du cœur : « Parce qu'on m'a oubliée, voilà pourquoi, complètement oubliée, et que j'ai besoin de conseils. »

Elle se rongeait les ongles, les mains tremblantes. « Vais-je avoir besoin d'une tenue habillée,

Marguerite ? Ou est-ce que mon élégante robe de tous les jours, avec un petit accessoire, suffira ? Bon, Marguerite, tu es tout ce que j'ai, qu'en penses-tu ? » July, peu au fait des habitudes mondaines, n'eut d'autre solution que de hausser les épaules. Sa *missus* se mit alors à fulminer. La voici qui grondait à la face de July, qui hurlait dans son dos, qui passait à côté d'elle en sanglotant, et puis, soudain, elle se planta devant July et lui pointa un pistolet sur la tête.

« À quoi me sert-il ? » demanda-t-elle. July se baissa vivement tandis que la *missus*, agitant l'arme, hurlait : « Mon frère m'a abandonnée ! On m'a oubliée. Et je ne sais même pas comment marche ce machin », avant de laisser tomber le pistolet par terre.

July, faisant un pas vers elle, voulut une fois encore assurer sa *missus* qu'elle serait en sécurité et avec d'autres Blancs sur le bateau dans la baie. Mais avant qu'elle ait pu ouvrir la bouche, Caroline reprit : « Et qui me dit que tu n'es pas en train de me mentir pour que je quitte cette maison et que tu puisses nous voler tout ce que nous possédons ? Qui t'a parlé de ce bateau ? Qui est venu ? »

Alors que July prononçait les mots « M. Nimrod », sa *missus* s'immobilisa soudain, comme changée en statue de sel.

« Nimrod est ici ? » dit-elle avec un léger froncement de sourcils.

La croyant calmée à la pensée que Nimrod n'était pas loin, July acquiesça. Mais sa *missus* reprit, d'une voix presque douce : « Il a commencé mon jardin, Marguerite. Il a empoché tout l'argent pour cette tâche, bien sûr, mais je ne l'ai pas revu depuis des semaines. Le terrain est envahi par toutes sortes de mauvaises herbes. Mon frère dit que Nimrod doit avoir du travail plus urgent que mon pauvre jardin. Mais j'ai payé Nimrod pour s'en occuper, et maintenant mon frère ne veut plus en entendre parler. Nimrod est-il venu pour finir mon jardin ?

— Non, *missus*, répondit July, l'a pas parlé de votre jardin. »

Le gros soupir que poussa la *missus* éteignit deux autres chandelles. « On m'a oubliée, gémit-elle. On m'a abandonnée, seule au milieu des Noirs. »

*

Caroline Mortimer trépignait en marmonnant inlassablement : « Oh, on m'a oubliée ! Suis-je obligée de partir ? Dois-je partir ? » pendant qu'elle attendait près de la porte, avec ses bagages, que Godfrey amène la voiture. « Où est Godfrey ? » demanda-t-elle à July, puis elle cria : « Allez, Godfrey, partons. »

Godfrey monta sans se presser les marches de la maison et posa la lanterne qu'il tenait afin d'avoir les deux mains libres pour se gratter la nuque.

« Dépêche-toi, Godfrey. Prends ces bagages », dit Caroline. Godfrey contempla le sac, la petite malle et la valise de toile posés entre lui et la *missus*. Cette dernière, avec un soupir exagéré, montra de nouveau les affaires qu'elle voulait voir Godfrey emporter.

Mais Godfrey, se grattant toujours la tête, dit : « Vous voulez que je mette ça dedans la voiture et que je vous emmène en ville ?

— Évidemment, dans le cabriolet. Et je suis pressée.

— Donc, vous voulez que je les hisse dedans le cabriolet et que je vous emmène en ville ?

— Godfrey, ne fais pas l'idiot. Tu sais bien que je dois aller en ville pour ma propre sécurité, jusqu'à ce que ces troubles soient passés. Allons, en route. »

Et Godfrey, baissant les yeux vers la *missus*, suçota bruyamment ses dents avant de déclarer : « Alors, vous devez me payer, *missus.* »

July se plaqua la main sur la bouche pour retenir sa surprise et son rire. Tout ce que la *missus* trouva à répondre fut : « Qu'as-tu dit ?

— Je dis, commença Godfrey, qui faut me payer pour que je vous emmène en ville.

— Payer ? » répéta la *missus*. Elle fronça les sourcils vers Godfrey puis lança un regard interrogateur à July pour obtenir une explication à son attitude. Mais July resta silencieuse — la bouche figée en une grimace comme une enfant dans l'excitation du jeu.

« Ne sois pas ridicule, Godfrey, dit Caroline. Bon, charge les bagages ou je te ferai punir pour ça. »

Godfrey soupira. Il entra dans le hall en passant devant la *missus* et s'assit dans un des fauteuils en bois du *massa*. « Alors, allez-y, punissez-moi, *missus* », dit-il, posant d'abord une jambe, puis l'autre sur l'accoudoir du fauteuil du planteur, comme s'il attendait que quelqu'un vienne lui retirer ses bottes.

Caroline tapa du pied. « Quand mon frère apprendra ça, tu seras fouetté dans la cour. » Godfrey se rongea un ongle. « Je lui dirai de ne rien t'épargner. Le martinet. Utilise le martinet, je lui dirai ! Il te fouettera comme un nègre. Tu verras. »

Godfrey posa tranquillement la tête sur le dossier du fauteuil. Il prit une inspiration profonde et s'adressa au plafond : « *Missus*, si ceux qui se battent pour libérer les nègres me trouvent dessus la route avec vous, je l'aurai la gorge tranchée autant que vous. Donc, faut me payer pour que je vous emmène. »

Caroline tira brusquement July pour la planter face à Godfrey. « Dis-lui, Marguerite, dis-lui qu'on m'a oubliée ici, et que je dois aller en ville. »

Elle secoua July si violemment que Godfrey intervint : « Lâchez-la, *missus*. Laissez-la tranquille.

— Alors, tu es prêt à installer mes bagages dans le cabriolet et à m'emmener en ville ? »

Et Godfrey répondit : « Bien sûr. »

Caroline tira sur sa jupe pour se donner une contenance et dit « Bien », tandis que Godfrey poursuivait : « Dès que vous me payez, on se met en route.

— Debout ! Debout ! » Dans sa rage, Caroline sauta deux fois sur place. « Fais ce qu'on t'ordonne ! » Et elle essaya de frapper Godfrey de son poing fermé. Mais Godfrey la saisit par les poignets et serra si fort que le visage de la *missus* se contracta en une grimace. Sa bouche s'ouvrit en une agonie silencieuse pendant que Godfrey se levait du fauteuil. La dominant, il lui tordit les poignets jusqu'à ce que la douleur oblige la *missus* à tomber à genoux devant lui. Alors que, vaincue, elle s'effondrait, toute molle, par terre, Godfrey la lâcha.

July fit un mouvement vers la *missus*, mais Godfrey cria : « Stop ! »

Il se rassit et commença à jouer avec son ongle, pendant que Caroline Mortimer, frémissant à ses pieds comme un poisson sorti de l'eau, relevait lentement la tête, s'essuyait le nez d'un revers de main et demandait doucement : « Combien ? »

*

Non, décréta Godfrey, sa femme de chambre Marguerite ne pouvait pas accompagner Caroline Mortimer dans cette équipée en ville. Pourquoi ? Parce que Godfrey en avait décidé ainsi. Et, ah oui, un point que la *missus* devait se rappeler : sa femme de chambre ne s'appelait pas Marguerite — son nom était July. Trois fois, Godfrey le lui fit répéter. La première fois que la *missus* fut obligée de le dire, July pouffa de rire, puis elle se mordit la lèvre et contempla ses pieds quand Godfrey insista pour que la *missus* le prononce en la regardant en face, plus fort, et encore plus fort.

Godfrey renvoya d'un geste le cabriolet tiré par le cheval alezan que Caroline avait réclamé. Il décida que la charrette et la mule seraient plus adaptées et chargea Byron d'aller les chercher. Lorsqu'il ordonna à la *missus* de se coucher à l'arrière de la charrette, elle lui demanda si c'était vraiment nécessaire. Il ne répondit pas, mais le regard mauvais qu'il lui lança la fit s'étouffer aussi sûrement que s'il lui avait plaqué la main sur la bouche.

« Va chercher une couverture pour couvrir la *missus* », dit-il à July. Non, pas celle de son placard, mais la vieille qu'on utilisait dans la cuisine et... eh bien, qu'elle pousse le chien, s'il était dessus. La *missus* et ses biens étaient couchés sous la couverture puante dans la charrette quand, dans un couinement étranglé par des reniflements pleurnichards, Caroline se plaignit à Godfrey d'être mal installée. Mais alors qu'il grimpait d'un bond juvénile dans la carriole, il se contenta de crier à la Blanche de se taire et de rester immobile et silencieuse comme la mort.

« Allez, hue ! » ordonna Godfrey à la mule. Mais la bête endormie n'obéit pas avant de sentir le coup de cravache sur son dos. « Hue ! » répéta Godfrey. Et la mule commença à clopiner lentement pour quitter Amity.

*

Si July avait su alors — au moment où le majordome, assis le dos droit, entraînait la pesante carriole sur le chemin, dans la brume rosée du matin — qu'elle ne reverrait plus jamais Godfrey, peut-être — oh, lecteur, peut-être — aurait-elle agité la main pour lui dire adieu.

Chapitre 12

Oh, quel calme enveloppa cette maison ! Sans *missus* ni *massa* à l'intérieur, les lattes de bois du parquet s'étirèrent et bâillèrent, puisque aucun pas lourd n'allait les marteler. Les fauteuils poussèrent un soupir, puisque aucun gros derrière n'allait les écraser. Les volutes de poussière qui tournoyaient dans les rayons du soleil flottaient doucement pour aller se poser par terre. Et maintenant qu'on ne leur demandait plus de faire bonne impression, les rideaux aux fenêtres s'affaissaient.

July parcourut l'étendue du parquet ciré de l'entrée en glissade sur son tablier sale. Jamais elle n'était allée si loin d'un seul élan. Elle faillit appeler Molly pour qu'elle assiste à son exploit… puis s'arrêta. Godfrey n'étant plus là pour voir ses bêtises, si elle se tenait à l'écart de la cuisine et du bon œil de Molly, à cet instant, elle était libre.

En scrutant la surface du plateau d'argent dans la salle à manger, July se découvrit un nez gros comme un jambon, et ses lèvres serrées lui parurent aussi charnues que les roulés au chocolat de miss Hannah. Dans la grande cuillère de service, elle-même et le monde entier se reflétaient à l'envers, puis à l'endroit quand elle la retournait. Tête en bas, tête en haut, tête en bas, tête en haut. Et lorsqu'elle frappait la cuillère sur les verres posés sur le buffet, ils tintaient. Les grands verres faisaient bong, et les petits chantaient ting. Bong, ting, bong, ting.

Ces drôles de dessins au mur, que le *massa* appelait des cartes, ressemblaient aux motifs qui décoraient le corsage blanc de la *missus* lorsqu'elle avait renversé son thé dessus. Ce n'étaient pas de vraies peintures, puisqu'elles n'avaient pas d'yeux sévères pour la suivre quand elle passait. Pas comme ce portrait de la *missus* morte dans le salon ; celle-là n'arrêtait pas de la regarder, et protesta même au moment où July lança les coussins du fauteuil de sa maîtresse par terre et sauta de l'un à l'autre afin de sentir la douce soie s'immiscer entre ses orteils. July dut quitter la pièce sous le regard désapprobateur de la *missus* morte.

Le miroir dans la chambre à coucher suffoqua quand le visage noir de July y apparut. Seuls des peaux blanches et des yeux bleus sans pitié s'y miraient d'ordinaire. July, se poudrant le visage avec la houppette de sa maîtresse, éternua pour évacuer la puanteur qui lui remonta dans le nez, avant de fuir le regard scrutateur de ce miroir.

Si c'était sa maison, décida July, elle n'aurait pas un vaisselier si haut, qui ne lui permettait pas d'admirer facilement les belles assiettes qui y étaient exposées. Elle dut aller chercher une chaise à l'autre bout de la salle à manger et se dresser sur la pointe des pieds pour atteindre ne fût-ce que la première étagère. Non, elle garderait ces jolies assiettes bleu et blanc à portée de main, afin de pouvoir se plonger à loisir dans les histoires qui y étaient contées — voler avec ces oiseaux qui montaient en flèche par-dessus l'arbre qui ombrageait la maison bâtie près du pont qui enjambait la rivière où voguait le bateau. July, sirotant l'air dans une tasse, dressa le petit doigt comme le faisaient les Blancs lorsqu'ils portaient cette merveille de porcelaine à leurs lèvres maigres.

Mais oh, July était épuisée — toute cette liberté l'avait grandement fatiguée. Se laissant tomber sur le divan de sa *missus*, elle s'écria : « Marguerite, va me chercher du thé ! » Sa voix fit le tour de la pièce sans trouver personne pour obéir à son ordre. « Marguerite, où est mon thé ? » Personne ne vint. Elle soupira. Oh, pfff, oh, pfff — quelle vie difficile que celle d'une Blanche sur cette île.

Puis, alors qu'elle se reposait, très mélancolique, elle entendit « Ah, miss July », hum, hum, « bonjour ».

Elle faillit mordre dans les oiseaux de la jolie tasse tant Nimrod l'avait surprise. Et elle avait toujours le petit doigt en l'air quand il ajouta, tout sourire : « Qu'est-ce que vous faites là, miss July ? »

*

Le gilet blanc de Nimrod était maculé de taches vertes, et son pantalon portait les empreintes de ses mains sales. Bien qu'il se tînt devant elle, July voyait encore la porte close entre ses jambes arquées. Son sourire très, très édenté se voulut charmeur, mais n'y parvint pas — car tandis qu'un de ses yeux demeurait fixé sur le visage de July, l'autre se baladait de haut en bas de son corps et où bon lui chantait. Malgré tout, c'était un homme libre qui se tenait au-dessus d'elle et semblait prêt à l'avaler toute crue. July reposa la tasse et, regardant résolument l'œil auquel il fallait apprendre à bien se tenir, dit : « Apporte-moi du thé et dépêche-toi. » Nimrod se gratta la tête et fronça les sourcils un très court instant, avant que ses dents solitaires ne cherchent de nouveau à séduire. Puis il s'inclina bien bas.

Si Nimrod plaça correctement couteau, fourchette, cuillère et assiette blanc et bleu en bout de table pour July, elle dut tout de même le punir. Parce qu'il était trop lent. C'était un nègre borné et indolent. Elle prit la cuillère et le frappa à la tête. Il jappa — Ah ! — de douleur et lui promit de faire des progrès. Et pourtant, il ne tira pas la chaise assez loin pour qu'elle s'asseye puis ne la repoussa pas assez près pour qu'elle puisse manger.

« Tu es un nègre très stupide, et je te ferai fouetter ! » s'écria July.

Et Nimrod se tassa devant elle en disant : « Pardon, *missus*. »

L'orange sur l'assiette n'était pas épluchée. « Et je dois la manger comment ? » lui demanda July. Quand Nimrod se pencha pour peler le fruit avec un couteau, elle lui frappa de nouveau la tête avec sa cuillère. « Tu es trop près de moi, nègre », lui dit-elle. Et, alors qu'il faisait un bond en arrière, elle cria : « Et ce fruit ? Dois-je le peler moi-même ? » Lorsqu'il se pencha pour faire une nouvelle tentative, elle lui donna une claque sur l'oreille. « Tu me désobéis ?

— Non, *missus*, répondit-il, le souffle court.

— Comment oses-tu m'adresser la parole quand je suis à table ? » dit-elle, avant de lui redonner un coup de cuillère.

Le verre que Nimrod remplit de vin déborda, et son contenu couleur de prune noire dégoulina sur la table. « Fais attention, nègre, c'est notre meilleur vin », fut-elle obligée de crier.

Nimrod tomba à genoux devant elle en suppliant : « Frappez-moi pas, *missus*, frappez-moi pas !

— Mais je le dois, dit July, lui tapant la tête, ou tu n'apprendras jamais. » Ses doigts, encore collants à cause de l'orange, s'enroulèrent autour du pied du verre et le portèrent à sa bouche assoiffée. Elle avala deux gorgées, avant de crachouiller et de tousser. C'était infect. Elle n'avait jamais rien goûté d'aussi amer. « Tu essaies de m'empoisonner, nègre ? » demanda July.

À travers ses yeux pleins de larmes, elle distinguait seulement le visage effrayé de Nimrod. Elle toussa encore et encore. Puis le vin s'adoucit peu à peu pour remplir sa gorge de chaleur. Elle lécha les gouttes poisseuses sur ses lèvres. Puis prit une autre gorgée, qui lui parut plus sucrée. Puis encore une autre. Jusqu'à ce que Nimrod, inclinant la tête, lui propose de la resservir.

Bientôt, July fut prise de l'envie de chatouiller Nimrod sous le menton. Elle se pencha pour attraper sa barbichette et sentir le contact de ces poils piquants, mais son coude manqua la table — et sa main ne saisit rien du tout. Elle trouva ça très, très, très drôle. Tellement drôle qu'à force de se tortiller de rire elle glissa de sa chaise et se retrouva par terre. Et soudain, tout fut noir, car son mouchoir de tête lui était tombé sur les yeux.

Le dessous de la table était aussi sinistre qu'un ciel d'orage. « Allez, remets-moi à ma place », s'écria July, car elle n'avait pas la force de se relever. Elle était collée au sol. Alors que Nimrod lui entourait la poitrine pour la soulever, elle dit : « Apporte-moi encore du vin, nègre. » Et alors qu'il la rasseyait sur sa chaise, elle essaya une nouvelle fois de lui attraper la barbiche. Mais la rata. Il lui tendit le verre de vin qui tangua jusqu'à ce que le doux et précieux liquide se renverse sur sa jupe.

« Je suis jolie, monsieur Nimrod ? » lui demanda-t-elle au moment où il reprenait le verre pour le remplir. Il ne répondit pas, ce qui fut très, très vexant pour elle. Cet homme s'agitait dans tous les sens — le voici d'un côté, puis le voilà de l'autre. Il lui donnait le tournis. « Asseyez-vous, asseyez-vous, monsieur Nimrod, dit-elle, arrêtez de bouger pour que je sais votre réponse. » Et Nimrod, qui ne s'assit pas comme elle le lui ordonnait mais s'affairait encore à Dieu sait quoi, s'écria qu'elle était plus jolie que toutes les femmes blanches qu'il connaissait.

« Plus jolie que miss Clara ?

— Miss Clara. Tsst ! Vous l'êtes plus belle que Clara », répondit-il de l'autre côté de la pièce. Ce qui, pour July, était très, très agréable à entendre, parce que miss Clara n'était pas noire comme elle, et elle était si jolie. Oh, oui, miss Clara était raffinée.

Et Nimrod avait plein de femmes en ville, car miss Hannah en parlait, mais jamais en présence de Nimrod. L'une d'elles, une femme au visage revêche, possédait une maison dans laquelle il y avait des petiots aux jambes arquées partout, avait dit miss Hannah.

« Monsieur Nimrod, vous avez combien de petiots ? » lui lança July.

Il était dans la pièce, mais elle ne le voyait pas. En revanche, elle sentit l'haleine qu'il soufflait dans sa nuque ; il se trouvait derrière elle et levait la bouteille. « Dites-moi », insista-t-elle. Mais il se contenta de suçoter longuement ses dents, et se mit à parler... il parlait d'un poney. Un poney. Un poney de Shettlewood. Son poney de Shettlewood. Nimrod parlait de son poney de Shettlewood. Même les Blancs, ils ne possèdent pas d'aussi belles bêtes, disait-il. Et il paraissait si sérieux, avec son œil obéissant posé sur July alors que l'autre, braqué sur sa poitrine, paraissait si comique. July ne put s'empêcher de pouffer de rire. Et son nez se mit à couler. Alors elle l'essuya sur sa jupe. Puis elle voulut lui demander s'il la laisserait faire un tour dessus — sur le poney. Elle ouvrit la bouche pour lui poser la question, mais oublia ce qu'elle voulait dire, car Nimrod expliquait que si elle était sa femme, elle pourrait venir lui rendre visite en ville. Ce qui était très, très, très drôle, même si July ne se rappelait pas pourquoi.

Et Nimrod lui dit qu'il parlerait à son *massa* de l'affranchir, parce qu'il était un Noir important en ville, un homme libre. Puis il mentionna de nouveau le poney. Ce qui rappela à July une chanson que miss Rose lui avait apprise et qu'elle se mit à chanter. Ça faisait la, la, la, di doum, di doum. Non. C'était di doum, di doum, la, la. Est-ce qu'il lui tenait la main ? Nimrod avait-il pris sa main dans la sienne ? Ils couraient à travers la maison, et elle avait du mal à suivre, tant les murs bougeaient.

Le lit, lui, était frais et doux. Elle s'y laissa tomber en souhaitant dormir. Mais… Mais… C'était la chambre du *massa*. Le grand, grand lit du *massa*. Non, non, non, ça ne plairait pas au *massa* de la voir dans son lit. Il détestait l'odeur des nègres. Le *massa* la ferait fouetter. « *Massa* veut pas de nous dans son lit », dit-elle à Nimrod.

Et Nimrod répondit : « L'a pas de *bakkra* ici — on les a chassés de cette île. C'est l'homme noir qui commande maintenant. » Et sa façon de la regarder avec son œil rusé était très, très, drôle.

Les oreillers étaient moelleux, et quand July ferma les yeux, elle se mit à voler. Elle alla jusqu'au plafond puis descendit en planant, dévia puis piqua vers le bas. « Je vole dedans la chambre, monsieur Nimrod. Je suis un oiseau. » Mais quand elle rouvrit les yeux, elle était de retour sur le lit.

Et Nimrod était là, appuyé sur un coude. « Mais vous êtes très belle, miss July. »

À ces mots, sa poitrine se souleva avec un hoquet et elle demanda : « Vous voulez vous marier avec moi, monsieur Nimrod ? » Et il avait un regard tellement sérieux qu'elle ne put que rire, surtout quand Nimrod se pencha sur elle pour presser ses lèvres sur les siennes.

*

July ne fut pas réveillée par les ronflements de Nimrod qui lui soufflait son haleine fétide au visage. Ni par les ruades incessantes de l'âne aux sabots fendus sûrement coincé à l'intérieur de sa tête et qui lui tapait, tapait, tapait dans le crâne pour sortir. Non. Ce fut la voix du *massa*, John Howarth, hurlant : « Oh, Caroline, fiche-moi la paix, pour l'amour du ciel. Tu es rentrée à présent. Que veux-tu de plus ? » qui la tira brusquement du sommeil.

Un oreiller de plumes sous sa tête, le soleil matinal qui traversait les persiennes, une cuvette bleue sur la table de chevet, une horloge, un tapis, une commode : elle était toujours couchée, sans permission, dans le lit du *massa* ! Elle entrouvrit les lèvres pour réveiller Nimrod, mais sa bouche était aussi sèche qu'une barrique de farine. « Monsieur Nimrod », croassa-t-elle — car sa voix avait le ton bourru du diable. Elle dut le secouer.

Réveillé en sursaut, il posa sur elle le regard méchant de ses deux yeux, avant de tendre l'oreille et d'entendre tout d'un seul coup. Avec la rapidité d'une créature ailée, ces deux clandestins bondirent hors du lit et se précipitèrent dessous, au moment même où le *massa* ouvrait la porte à la volée en criant : « Caroline, je t'en prie, as-tu la moindre idée de la gravité de ce qui se passe ici ? Oh... oh... oh... La ferme ! » Puis il claqua la porte derrière lui.

Deux cadavres n'auraient pas pu demeurer plus immobiles que Nimrod et July sous ce lit. Tandis que le *massa* arpentait la chambre — ses bottes répandant de la terre qu'il réduisait en poussière alors qu'il allait et venait, allait et venait —, ils restèrent figés, aux aguets comme des fugitifs.

Pendant tout ce temps, le *massa* marmonna une lamentation de mots confus. Ce monologue, parfois ponctué de « C'est intolérable » et de « Comment ont-ils pu ? », n'en finissait pas. Quand le *massa* s'arrêta soudain de marcher, July n'osa pas regarder Nimrod de peur de surprendre de la crainte dans ses yeux face à cette situation délicate. Le *massa* racla une chaise par terre puis s'y assit lourdement, juste devant eux. Et Nimrod, d'un mouvement presque imperceptible des épaules, parvint à faire savoir à July qu'il ne comprenait pas le comportement du *massa*.

Prise au piège de ce silence étouffant, July commença à s'inquiéter — combien de temps devraient-ils rester dissimulés ? Elle avait envie de faire pipi. Mais le *massa* ne bougeait pas. Les traits d'ombre projetés par les jalousies s'avançaient petit à petit vers eux sur le parquet. Et le *massa* ne bougeait toujours pas — sa respiration était parfois lourde et chargée de soupirs, parfois légère et rapide comme s'il était poursuivi.

Un gecko passa sur les têtes de July et de Nimrod. Et le *massa* restait assis. Il remua légèrement son pied gauche, croisa une jambe pardessus l'autre puis la décroisa. Le gecko repassa sur leur tête en sens inverse. Et le *massa* restait assis.

July se mit à frétiller. Elle avait besoin de se dégourdir les membres, de trouver de l'air qui ne soit pas chargé de l'haleine puante de Nimrod. Elle avait besoin d'un peu d'humidité pour ses lèvres desséchées. Mais Nimrod, posant une main sur son épaule, la tint fermement. Et leurs yeux, se rencontrant enfin dans l'obscurité anxieuse de cette grotte sous le lit, se demandèrent en silence : Que fait-il ? Quand pourrons-nous sortir de là ?

Puis le *massa* se remit à marmonner. Il tripotait quelque chose. Ils entendirent un cliquetis puis le grattement d'un ongle sur du bois. Soudain, il y eut un bang ! si sonore et si retentissant que Nimrod et July, secoués par cette explosion, se cognèrent tous deux la tête contre le sommier.

Un coup de feu ! C'était un coup de feu ! Et le *massa*, comme un bœuf assommé au merlin, s'écroula par terre. Sa tête heurta le sol, à portée de main de l'endroit où July et Nimrod étaient cachés. De la fumée sale s'exhalait de sa bouche ouverte. Ses yeux écarquillés les regardaient avec une expression sombre et choquée, comme s'il venait de découvrir qu'ils étaient dissimulés là. Mais ce n'était pas le cas. Car un épais jet de sang qui jaillissait de sa nuque dégoulinait sur son visage noirci et sur le parquet.

Chapitre 13

Courez ! Courez ! Filez loin d'ici. Problèmes en vue ! Problèmes de Blancs ! Fuyez ! Mais le temps manquait. Caroline Mortimer était déjà sur le seuil — le visage livide, la bouche ouverte, le souffle court. Coincées sous le lit, les jambes de Nimrod s'agitèrent en une parodie de course, et July se trémoussait toujours d'envie de faire pipi.

Voyant son frère allongé par terre, Caroline décida de le croire ivre ; après tout, ça n'aurait pas été la première fois. Il y aurait sûrement une explication simple à la chaise renversée et à la détonation caractéristique d'un pistolet (car elle connaissait maintenant bien ce son) ; de même qu'à cette traînée grise de fumée qui obscurcissait la pièce. « John, demanda-t-elle, presque gaiement, que s'est-il passé ? »

C'est alors que Tam Dewar entra en scène. Il la bouscula en passant, tomba à genoux à côté de son frère et retourna le corps sur le dos. Puis il tendit l'oreille vers la poitrine de John Howarth, avant de retirer le pistolet de ses doigts. Ce fut seulement quand le contremaître, prenant la tête inerte entre ses mains, contempla, horrifié, l'affreuse lésion — le cratère noir et ensanglanté qui avait été l'arrière de la tête — que l'innocente chimère de Caroline Mortimer s'évanouit. Ses jambes se liquéfièrent. Traversant la chambre en titubant, elle se laissa tomber sur le lit et n'entendit pas le contremaître déclarer son frère mort car elle était trop occupée à hurler : « Allez chercher le médecin ! Que quelqu'un coure le chercher ! Marguerite, vite ! Marguerite ! Où est Marguerite ? Elle doit aller chercher le médecin. Marguerite ! »

Molly arriva et prit la mesure de la situation plus vite que ne l'avait fait la *missus* avec ses deux bons yeux. « Le *massa* l'est tué », s'écria-t-elle. Tandis que Byron, les globes oculaires exorbités comme ceux d'une grenouille, entrait et sortait en courant de la pièce en proclamant : « *Massa* l'est mort, *massa* l'est mort. » Ce qui attira Florence et Lucy à la porte. « Mort, mort, l'est plus », annoncèrent-elles par-dessus leurs épaules à on ne savait qui, qui le transmettrait au suivant. C'est Patience qui intercepta le message affolé. Elle se précipita dans la chambre en demandant d'une voix forte : « *Massa* John ? *Massa* John l'est mort ? Mort, vous dites, *massa* John ?

— Arrêtez de vous ébahir ! s'exclama Caroline, et allez chercher le docteur. »

Le chien aboya férocement après le contremaître, qui s'affairait sur le corps du *massa*. Et Molly, que toute cette agitation faisait sourire, dit : « Seigneur, l'a la tête en bouillie, *missus*. En bouillie.

— La ferme ! Taisez-vous, tous autant que vous êtes », éructa Tam Dewar. Il tapa du pied puis décocha un coup au chien pour le chasser. Il attrapa Molly par la peau du cou et la projeta vers la porte ouverte. Elle atterrit, étourdie, contre le chambranle. Quant à Patience, il la percuta, la poussa et la propulsa dans la même direction. Elle bouscula Molly, et toutes deux déguerpirent à quatre pattes. Il donna un coup de botte si brutal dans le derrière de notre petit Byron que le garçon décolla du sol et pleura ensuite pendant plusieurs heures. Il brandit le poing vers Florence et Lucy, car elles étaient hors de sa portée. Une fois la pièce débarrassée des Noirs, il referma la porte sur eux dans un formidable claquement.

July, coincée par le renflement du derrière de sa *missus* qui écrasait le lit, dut se résoudre à relâcher sa vessie. Pendant que Nimrod, sans un bruit et sans un mouvement, sans respirer ni faire un geste, lui ordonnait de ne pas signaler sa présence mais de rester immobile… rester immobile… complètement immobile.

« Il est mort, madame Mortimer. » Alors même que le contremaître levait vers Caroline ses deux paumes épaisses, marbrées du sang de son frère, elle demanda faiblement : « Vous êtes sûr ?

— Il s'est tiré une balle dans la tête.

— Il a fait quoi ?

— Il s'est suicidé, madame Mortimer.

— Suicidé, vous dites ?

— Oui.

— Êtes-vous en train de me dire qu'il a fait ça lui-même ?

— Exactement.

— Sornettes. Mon frère n'aurait jamais commis un acte aussi peu chrétien, monsieur Dewar », l'informa Caroline. La chambre empestait comme une échoppe de boucher — il n'y avait pas assez d'air. Était-ce le contremaître qui sentait aussi mauvais ? Caroline se leva et s'avança vers la fenêtre. Elle le devait, sous peine de s'évanouir. Mais la puanteur la suivit.

« Regardez ! Regardez par vous-même », dit-il. Du bout de sa botte, il retourna la tête de John Howarth afin qu'elle puisse mieux voir cette abominable blessure. « La balle est entrée par ici, poursuivit-il, comme si son frère était une tête de bétail fraîchement abattue, et ressortie par là.

— Ne le touchez pas. Comment osez-vous le toucher ? Laissez-le tranquille. »

Caroline se précipita pour monter la garde devant le corps de son frère.

« Il a mis le pistolet dans sa bouche, ajouta le contremaître.

— Jamais il n'aurait fait une chose pareille. Jamais. C'est contraire à la volonté de Dieu.

— C'est la meilleure façon de procéder, et il le savait forcément », lui dit le contremaître.

Caroline était résolue à réfléchir posément à cette situation. Son frère était mort. D'une balle dans la bouche. Peut-être de sa propre main. De sa propre main ! Oh, mon Dieu ! Elle devait donner des instructions à ce contremaître sur ce qu'elle attendait de lui. Car c'était lui l'employé de son frère, et non l'inverse. Mais d'abord, elle, sa sœur aimante, affectueuse et endeuillée, allait le serrer fort contre sa poitrine affligée, essuyer son pauvre front et poser un doux baiser d'adieu sur sa joue. Elle préparerait son âme mélancolique pour l'éternité de cet au-delà en lui lavant le visage de ses larmes douloureuses. Mais, oh, mon Dieu, quel spectacle sanglant il offrait. Caroline Mortimer ne put se résoudre à regarder son corps dégoûtant, et encore moins à l'étreindre.

« Il vous laisse dans une sacrée pagaïe », fit remarquer le contremaître. Face à la vérité crue de cette affirmation, les genoux de Caroline flanchèrent, et elle retomba sur le lit en sanglotant.

*

Si Tam Dewar avait été un gentleman — l'égal de son frère et d'elle, et non pas le fils d'un pêcheur écossais de basse extraction sur qui, en Angleterre, elle n'aurait pas daigné poser les yeux et dont elle aurait encore moins sollicité l'avis —, Caroline Mortimer aurait peut-être été tentée de lui demander pourquoi, d'après lui, son frère avait été amené à commettre un acte aussi sacrilège que le suicide. Et si le désespoir et la douleur de la mort avaient encore eu le pouvoir de troubler l'âme de Tam Dewar, au lieu d'être son pain quotidien, peut-être aurait-il pu alors considérer comme un acte de charité chrétienne de révéler à Caroline Mortimer ce que son frère et lui avaient vu après avoir quitté sa table pour rejoindre la milice.

Il aurait peut-être commencé par lui raconter leur déconcertante chevauchée à travers la ville, quand John Howarth et lui étaient partis retrouver leur régiment, stationné près de Hope Hill. Il n'y avait aucun vendeur ambulant sur la route. Pas de visages noirs invitant bruyamment ces *massas* blancs à acheter leur sorgho ou leur maïs, leurs noix, leurs gâteaux, leurs fagots de petit bois, leurs piles de canne, leurs rubans de couleur ou leurs pots rudimentaires, leurs patates douces, leurs ignames, leurs baies et leurs haricots. Et même cette drôle de vieille dame, assise, une dinde sur la tête, à l'angle de la grand-rue, demeura invisible, alors qu'elle était toujours là, en toute saison, ployant sous le poids de son précieux volatile.

Le forgeron noir, installé sur le boulevard, à côté des tonneliers — qui possédait lui-même trois esclaves — avait fermé boutique et inscrit à la craie sur sa porte : « Parti visiter ma sœur. » Le magasin de conserves, l'épicerie et toutes les cases à blanchisserie étaient déserts. Il n'y avait pas de marmites fumantes sur les feux le long du quai ; pas de groupes de Noirs bruyants en train de discuter et de mâcher leur nourriture.

Aucune foule agitée ne se bousculait, fébrile, aux portes du palais de justice, pas plus qu'on n'entendait les cris perçants accompagnant la vente et l'achat de l'infortunée moisson humaine qui s'y échangeait d'habitude. Il n'y avait pas d'enfants déguenillés en train de tourmenter des chiens ou des poulets sur la place. Pas de Blancs, coiffés de chapeaux de paille ou de bonnets à bride, qui descendaient la rue en évitant de souiller leurs belles chaussures dans les flaques d'eau ou le crottin, et en détournant le nez à la vue des nègres. Leurs esclaves domestiques n'étaient pas là non plus, collés à leurs talons, à marchander pour eux ou à se faire réprimander pour un prix trop élevé.

Même les trois métisses qui travaillaient à la pension dans King Street n'étaient pas à leur fenêtre, en train de se moquer des affreux chapeaux qui passaient devant elles.

Toutes ces absences enveloppaient la ville d'ordinaire animée d'une tristesse troublante qui, songea le contremaître — et peut-être même John Howarth —, se drapait autour de ces rues élégantes comme une lourde cape de velours noir.

*

Ils convergèrent des quatre coins du district, des plantations, des domaines, des fermes, des églises et de la ville, tous les soldats de la milice intérieure de Trelawny, pour se rassembler sous le commandement expert du capitaine Shearer. Ces hommes blancs avaient chargé leurs pistolets ; ils disposaient de poudre sèche en abondance. Les esclaves rebelles incendiaient les cases à bagasse là-bas au domaine Castle. Attention, les mit-on en garde, ils sont nombreux — quarante, cinquante, les informations étaient imprécises. Cent ou deux cents, dit quelqu'un, armés de mousquets, de fusils de chasse, de carabines et de pistolets volés, et hurlant : « C'est la guerre ! La guerre ! La guerre ! » On prétendit que ces nègres rebelles venaient de Montego Bay, où ils avaient pris d'assaut une caserne — et fait main basse sur les armes. Balivernes, affirma le capitaine Shearer, car les Noirs n'auraient jamais été suffisamment habiles.

La milice avait ordre de châtier les coupables — tous les meneurs et les auteurs de ces incendies — sans merci. Quant à ceux qui se rendaient — s'ils se livraient et suppliaient, suppliaient,

suppliaient, peut-être obtiendraient-ils le gracieux pardon de Sa Majesté pour leurs crimes. Mais une mort certaine attendait les Noirs qui auraient la bêtise de résister.

Les quarante hommes blancs de la milice intérieure de Trelawny chevauchèrent jusqu'au domaine Castle en une phalange. Parmi eux se trouvaient des planteurs dont les familles venaient de Canterbury, de Bloomsbury et de Camden Town ; des administrateurs qui parlaient de leur foyer à Bristol, Whitstable et Fife ; des contremaîtres de Galway, Great Yarmouth, Cardiff et Bow ; des pasteurs et des vicaires dont les familles s'inquiétaient pour eux à Exeter et Norwich, Saint-Austell et Sheffield ; des comptables qui avaient récemment fui les filatures du Lancashire, les mines de Glamorgan et un asile à Glasgow. Tous avançaient vers les installations sucrières de la plantation, résolus, les mâchoires saillantes.

Bientôt ils virent de puissantes flammes — dévorant une case à bagasse à la vitesse d'un dragon léchant de l'amadou. L'épaisse et âcre fumée des feuilles de canne sèches qui crépitaient les entourait, leur obstruant la gorge et les aveuglant. Soudain, des détonations de mousquets retentirent à leur gauche et derrière eux. Ping, ping. Ce n'étaient pas quarante Noirs, ping, pas cinquante. Ping, ping, ping. Il y en avait un millier. Peut-être dix mille !

La milice intérieure de Trelawny était encerclée — chancelante, prise au piège. Ces Blancs, chargés de protéger la propriété, les femmes, les enfants et les êtres chers, étaient des hommes de la terre — oh, cette vérité gronda dans les tripes de chacun d'eux —, ils n'étaient pas des soldats, pas des militaires. Du sang-froid ! dut leur ordonner le capitaine Shearer. Du sang-froid !

C'est alors que la lumière de l'incendie répandit une clarté dorée sur cette nuit noire, comme si le soleil venait de se lever. Et l'on vit, surpris dans leurs misérables cachettes, les quelques vieux nègres incendiaires. Ces esclaves apparurent, aussi exposés que des musiciens sous les feux de la rampe, accroupis pour pointer leurs vieux fusils de chasse.

Le bruit des milliers de mousquets, c'était le bambou qui brûlait — l'air contenu dans les tiges tout autour explosant sous la chaleur. Sacrebleu, et eux qui avaient cru entendre des tirs d'armes à feu ! Mais ils découvraient maintenant que ces nègres révoltés ne tenaient que des armes rouillées, grinçantes, au bois pourri, inutiles — des trucs du siècle passé qu'il fallait une heure pour recharger —, que ces chapardeurs avaient cachées sous leurs toits ou dans leurs cases pendant des années. Oh, quel soulagement ! Ce n'étaient pas ces rebelles en haillons qui terrifiaient la vaillante milice intérieure de Trelawny — c'était l'éclatement du bambou !

Bang, bang, bang — et ces quelques vieux esclaves tombèrent, raides morts, par terre.

Bang, bang, bang, leurs silhouettes se découpant contre la lumière, ils faisaient des cibles aussi faciles que des pots sur une palissade. Quelques-uns se précipitèrent hors de leur cachette pour aller se perdre dans les hautes herbes, mais furent pourchassés et abattus comme des sangliers grondants. D'autres rampèrent pour aller baiser les pieds de tout milicien qui voudrait bien les épargner. Tremblants, les yeux écarquillés d'effroi, puant la merde et arguant qu'ils avaient été contraints, à la pointe de la baïonnette, de prendre part à la lutte, ils furent réquisitionnés pour éteindre l'incendie avec des seaux remplis de terre.

Ensuite, ils furent tués quand même, ces Moïse, Cupidon et Ebo Jim, car qui accepterait de les reprendre après ça ? Quand les esclaves se rebellent, ils ne sont plus bons que pour les asticots. De plus, les propriétaires seraient dédommagés pour la perte de leur propriété.

Les bambous fumaient encore, mais les esclaves rebelles du domaine Castle avaient été réprimés. Et maintenant ils se pavanaient, ces vaillants hommes blancs de la milice intérieure de Trelawny — pas des soldats, pas des militaires, mais, oh, une force redoutable sur cette île.

*

Plus tard, alors que John Howarth et Tam Dewar rentraient à leur quartier pour le regroupement, ils se trouvèrent séparés du corps principal de la milice et chevauchèrent avec deux autres hommes, qui se gargarisaient de l'épisode du domaine Castle jusqu'à en faire un vrai récit héroïque. À un tournant de la route, là où elle rétrécit pour n'être presque plus qu'un sentier, ils entendirent une femme crier. Une Blanche. La plupart des Blancs sur cette île sont persuadés que le cri d'une Blanche est très différent de celui d'une négresse : il est plus doux, plus aigu et possède un rythme plus mélodieux, même s'il est chargé d'une semblable terreur. Et si l'on peut ignorer le braillement d'une négresse, la milice ne pouvait rester sourde aux hurlements d'une Blanche. Aussi quittèrent-ils la route dans une certaine hâte.

Bientôt, face à eux, devant une petite maison au jardin soigné, ils découvrirent la femme. Une rousse, que Howarth voyait souvent dans la paroisse, et qui lui rappelait tellement sa défunte épouse Agnes qu'en deux occasions il avait été obligé de la saluer quand elle l'avait surpris en train de l'observer.

En cet instant, elle beuglait et faisait des bonds, enragée. Puis soudain, elle attrapa ses cheveux détachés et emmêlés, tomba à genoux, martela le sol de ses poings avant de se relever, bras écartés, implorante. Devant elle, attaché à une chaise, affalé d'un côté et immobile, se trouvait son mari — le missionnaire baptiste de cette paroisse —, M. Bushell. Lui qui avait les cheveux blonds et le visage rose était à présent tout noir, car on avait enduit son corps maigre et nu de goudron gluant. Et les plumes tachées de sang qui frétillaient sur lui, de la tête aux orteils, lui donnaient l'air, au premier coup d'œil, d'un Noir fraîchement corrigé.

Les deux jeunes fils du missionnaire, vêtus de leurs chemises de nuit rayées, se cramponnaient l'un à l'autre à la porte de leur maison, trop stupéfiés par le spectacle pour pleurer. Neuf femmes blanches, corpulentes et mal fagotées, encerclaient la scène, à cheval. L'une d'elles, soufflant bruyamment, essayait d'attraper au lasso l'homme assis. Les petits garçons tressaillaient chaque fois que la boucle s'abattait et frappait leur père comme un fouet. Quand, après plusieurs tentatives maladroites, la corde finit par atteindre sa cible, elle se tendit pour renverser le missionnaire qui heurta le sol dans un nuage de poussière et de gravillons.

Howarth mit pied à terre. Il courut vers le missionnaire et le libéra de la corde avant qu'on puisse le traîner le long de la route. « Que se passe-t-il, ici ? » lança-t-il aux cavalières.

Ce furent cependant les notes graves d'une voix d'homme qui lui répondirent. « Ne vous mêlez pas de ça, Howarth. Il n'a que ce qu'il mérite. C'est lui qui est à l'origine de ces soulèvements d'esclaves. On lui donne une leçon. C'est notre affaire. »

La femme du missionnaire tomba à genoux, évanouie. Soudain, scrutant une à une les assaillantes, Howarth comprit qu'il ne s'agissait pas de femmes mais d'hommes blancs harnachés de jupes, de corsages et de bonnets à bride pour se camoufler.

Vous devez savoir que plus tôt ce jour-là, à l'entrée de Belvedere Pen, John Howarth et ses compagnons étaient passés devant les corps en décomposition de seize esclaves morts. « La puanteur était perceptible d'assez loin — à proximité, elle était presque insoutenable », témoigna plus tard un de ses compatriotes.

Ces esclaves, qui avaient été abattus par une autre milice pour une bonne raison, comme cela serait aussi établi, pourrissaient au soleil depuis plusieurs jours. Au moment où John Howarth était arrivé sur les lieux, les corneilles, dans une tempête agressive d'ailes noires, arrachaient les tendons, picoraient les croustillantes entrailles séchées et nettoyaient proprement l'os d'une jambe. Il avait chassé les oiseaux ; lancé son cheval ruant dans la bagarre jusqu'à ce que les corneilles s'envolent, barrant le ciel comme un éclair — et ne laissant plus qu'un linceul sale de mouches et d'asticots en train de festoyer. Puis il avait coupé court à la discussion entre les miliciens qui se disputaient pour savoir qui devait enterrer ces Noirs en déclarant la tâche inutile. Ils avaient repris la route, et les oiseaux avides étaient revenus sur le lieu du carnage.

À mi-chemin entre la ville et Shepperton Pen, ils avaient croisé une esclave nue, attachée par les bras à un cocotier. Comme ses pieds ne touchaient pas le sol, elle tournoyait lentement dans la chaleur du soleil. Semblable à de la viande juteuse en train de rôtir sur une broche, elle était offerte aux corbeaux qui lui donnaient des coups de bec. Chaque fois qu'elle crachait et battait des pieds pour les chasser, elle se mettait à tournoyer plus vite. On l'avait battue — avec un bâton ou une cravache courte — avant de la pendre, car sa peau, noire et poussiéreuse, était déchiquetée par endroits, ce qui créait un motif moucheté pareil au miroitement du soleil. John Howarth avait froncé les sourcils, brièvement, en se demandant quel crime avait bien pu commettre cette femme pour recevoir une telle punition publique. Puis il avait poursuivi sa route.

Le planteur avait pourtant secoué la tête avec une légère contrariété en voyant le châtiment infligé à un jeune Noir qu'ils avaient croisé. L'enfant devait sûrement porter des messages à des esclaves rebelles — un crime —, il n'y avait aucun doute là-dessus dans son esprit. On l'avait enfermé dans une barrique qu'on avait transpercée de plus de vingt-cinq longs clous enfoncés au marteau dans la carcasse. Le garçon, toujours prisonnier du tonneau, avait ensuite été roulé du haut d'une colline. Howarth jugeait cette punition quelque peu... absurde.

Mais ce jour-là, l'acte qui le fit douter de son Dieu, pour avoir permis une telle barbarie dans le monde qu'il connaissait, l'acte qui le fit suffoquer devant la cruauté de ses semblables tandis qu'une juste colère fermentait dans son ventre jusqu'à le faire se sentir nauséeux, honteux et dégoûté, fut le spectacle qui s'offrait à lui en cet instant : neuf hommes blancs habillés en femmes.

Pour John Howarth, ces aphrodites immondes montées sur leurs chevaux souillaient le nom des planteurs de la Jamaïque. Le fait qu'ils utilisent les colifichets du sexe faible en un déguisement diabolique les désignait tous comme des êtres sans cœur et sans pitié, des êtres dépravés. Neuf gentlemen vêtus de corsages et coiffés de bonnets à bride, poussés à humilier, tourmenter et torturer un Blanc devant ses enfants, devant sa femme. À couvrir de goudron et de plumes un homme de Dieu. Un missionnaire. Un chrétien ! Pour John Howarth, cette cruauté dépassait la raison. C'était une honte.

« Arrêtez-vous tout de suite ! hurla-t-il à ce groupe grotesque, vous vous conduisez comme des sauvages.

— Laissez-nous, Howarth. Mêlez-vous de ce qui vous regarde », lui répondit-on avec irritation. Et bien que John Howarth eût en face de lui une grosse catin couronnée d'un turban bleu d'où une plume se balançait comme un excrément d'un derrière, il identifia immédiatement la voix : c'était ce vieil administrateur assommant d'Unity, celui-là même qui avait dîné à sa table quelques jours plus tôt.

« Monsieur Barrett, je vous reconnais et ce ne sont pas des manières de gentleman. Quoi que cet homme ait fait, il ne mérite pas ça », lui cria Howarth.

Soudain, il y eut une grande agitation. « De quel côté êtes-vous, Howarth ?... Et ne donnez pas de noms... Fichez le camp ! » lui cria-t-on de la troupe de messieurs en jupons.

Et parmi ces visages en colère, Howarth reconnut celui de George Sadler — cet idiot de Windsor Hall — portant un chaperon retenu par un foulard rouge. Avaient-ils tous quitté sa table pour dévaliser les armoires de leurs femmes en vue de cette odieuse mascarade ? « N'avez-vous aucune compassion ? N'avez-vous pas honte ? C'est un homme de Dieu », plaida Howarth.

Quelqu'un cracha par terre à sa gauche avant d'affirmer : « Cet homme ne vaut pas mieux qu'un nègre. » Howarth bondit pour le désarçonner. Le tirant de toutes ses forces par la jambe, il le fit dégringoler par terre dans un enchevêtrement de jupes et de tissu déchiré.

Dans la bagarre qui suivit, Howarth saisit une touffe emmêlée de la perruque de l'homme, révélant l'économe d'une plantation voisine, qui le regarda d'un air piteux... avant de lui asséner un coup de poing atrocement douloureux au visage. Howarth tituba en arrière, se tenant le nez pour recueillir le jet de sang qui en jaillit comme s'il débordait d'une cruche. Un autre individu, qui avait mis pied à terre, releva ses jupes avec la délicatesse d'une mère maquerelle avant de le frapper à coups de pied. « Laissez-nous, on s'occupe de ça. Il l'a bien cherché », cria quelqu'un en agitant un pistolet devant le nez d'Howarth.

Tam Dewar dut extraire son patron de la mêlée. Pareil à un petit garçon arraché à quelque bêtise par sa gouvernante, Howarth sentit son contremaître le soulever du sol et le porter jusqu'à son cheval, pendant qu'il continuait de maudire ces neuf gentlemen et de les traiter de fils de putains.

Étourdie, la femme de M. Bushell, les voyant s'éloigner alors que son mari gisait toujours, comme mort, hurlait : « Revenez, monsieur Howarth, revenez ! Aidez-le. Je vous en prie, aidez-le. » Mais Howarth, obligé de se tenir penché sur sa monture afin d'empêcher son nez de couler, dut poursuivre sa route.

*

Évidemment, Tam Dewar ne souffla mot de ces incidents à Caroline Mortimer. Ignorante de ce que son frère avait vécu pendant ces quelques journées sanglantes de la guerre Baptiste, Caroline ne voyait aucune bonne raison justifiant son désespoir fatal. En réalité, il lui avait semblé parfaitement à son aise lorsqu'il l'avait retrouvée.

Elle avait été abandonnée sur le quai, en ville — comme un chien errant ! —, par Godfrey, qui, après lui avoir montré du doigt le navire sur lequel elle devait embarquer, avait déguerpi Dieu sait où. Son frère, découvrant qu'on l'avait laissée toute seule en ces temps difficiles, était peut-être un peu agité. Car quand elle avait entrepris de lui raconter, en détail, ce qui lui était arrivé une fois à la merci des esclaves domestiques, il s'était bouché les oreilles et l'avait suppliée de se taire. Mais ça, il le faisait depuis qu'elle était petite fille.

Non. Si Caroline avait vu son frère déprimé au point de ne pas quitter son lit pendant des semaines, ces derniers temps, il avait recommencé à se lever du bon pied — elle en était sûre. De sorte que lorsque Tam Dewar, avec quelque témérité, commença : « Si votre frère a attenté à sa vie... », elle répondit : « Mais il ne l'a pas fait, monsieur Dewar. » Lorsqu'il insista : « Mais s'il l'a fait... », elle pensa mettre un terme à ce dialogue d'un sévère et définitif : « Mais il ne l'a pas fait ! »

Caroline Mortimer, en effet, ne pouvait ignorer que, le suicide étant un crime tout autant qu'un péché, elle risquait de perdre tout ce qu'ils possédaient sur cette île. Songez donc, lorsqu'elle vivait encore à Londres, sa voisine, Jane Glover, avait dû dire adieu à sa maison, à ses perspectives d'avenir et jusqu'au dernier des pennies qu'elle gaspillait jadis en chapeaux de soie voyants, quand son père avait été retrouvé pendu à une poutre. Tous les biens de Jane Glover avaient été saisis ! Islington n'avait parlé que de ça pendant plusieurs mois. Le corps de son père s'était même vu refuser une sépulture à côté de celle de sa femme dans le cimetière de St Mary. Caroline revoyait encore l'expression d'angoisse sur le visage de Jane Glover lorsqu'on l'avait emmenée, en charrette, chez une cousine où elle allait devenir simple femme de chambre !

*

À présent, lecteur, et quoi que Caroline Mortimer ait pu raconter à propos de l'épisode suivant de cette histoire — puisqu'elle donna sa version personnelle de cette journée à la milice, à plusieurs magistrats, juges, et à quiconque honora sa table —, je vais vous dire ce qui s'est véritablement passé ensuite dans cette chambre à coucher. Et ne doutez pas de moi, car souvenez-vous que mes témoins sont toujours cachés sous le lit.

Quand Caroline ordonna — pour la cinquième fois — à Tam Dewar d'aller chercher le médecin pour s'occuper de son frère, le contremaître hurla : « Grand Dieu, madame, regardez-le, il n'a plus de tête ! » Là-dessus, il s'agenouilla, en état de grande agitation, pour lui montrer une fois encore l'absence de crâne sur la personne de son frère.

Alors, July fit-elle un bruit de gorge pour déglutir ou inspirer de peur ? Nimrod remua-t-il l'épaule ou agita-t-il son pied engourdi ? À moins que, avec cet odieux contremaître, ce ne fût seulement l'odeur des nègres. Qui peut le savoir ? Mais quelque chose détourna le regard de Tam Dewar du cadavre du *massa*, et il jeta un coup d'œil sous le lit. Et là, dans le noir, il vit deux grands yeux — l'un qui lui rendait son regard, l'autre non.

Avant même que Nimrod ait compris qu'il était découvert, Dewar l'avait saisi par la peau du cou. « Sors de là ! » s'écria-t-il en le tirant sans ménagement de sa cachette.

Caroline Mortimer, voyant ce Noir extrait de sous le lit comme un bulot de sa coquille, suffoqua de surprise, au point qu'on eût dit qu'elle exhalait son dernier soupir. Mais ensuite, avec plus de talent qu'une comédienne sur scène, elle changea d'expression et s'écria : « Ah, c'est lui qui l'a tué. Je l'ai vu. Je l'ai vu. » Elle tenait son histoire.

July, toujours dissimulée sous le lit, regarda le contremaître se bagarrer avec Nimrod, qui gigotait et se débattait pour se libérer. Soudain, voulant le faire tenir tranquille, Dewar lui asséna un coup de poing qui résonna comme un maillet sur du bois. Nimrod roula des yeux tel un ivrogne et cracha un filet de sang et de salive. Puis il s'écroula, aussi mou qu'une poupée. Et July écouta la *missus* parfaire son histoire.

« Je l'ai vu. Il... il... s'est avancé vers John, qui était assis... » July vit la *missus* redresser la chaise, s'asseoir dessus et battre des pieds, tout excitée. « Il s'est glissé derrière mon frère et l'a tué, ici. » La *missus* se tapota la nuque plusieurs fois, jusqu'à ce que le contremaître intervienne : « Non. Il faut que votre histoire tienne debout. » Et la *missus* répliqua : « Ce n'est pas une histoire, monsieur Dewar. C'est la vérité.

— La vérité, madame, c'est qu'il s'est tiré une balle dans la tête. Je le sais, et vous le savez aussi.

— Je ne permettrai pas que vous me parliez sur ce ton...

— Mais vous pouvez trouver un coupable, poursuivit le contremaître sans lui prêter attention. Seulement, pour sauver votre peau et votre plantation, il vous faut raconter l'histoire comme je vais vous la dire. »

July entendit la *missus* s'étrangler, alors que le contremaître poursuivait : « Maintenant, madame, écoutez-moi. Votre frère a été tué par-devant. Ce nègre a tué votre frère par-devant. Quiconque a jamais tenu un pistolet s'en rendra compte en voyant la blessure. »

La *missus* acquiesça d'une petite voix : « Bien sûr, par-devant. C'est ce que je voulais dire.

— Dans la bouche. Le nègre lui a tiré dans la bouche.

— Oui, dans la bouche, monsieur Dewar. »

Et July entendit le contremaître affirmer : « Et vous avez tiré sur le coupable alors qu'il essayait de s'enfuir.

— Moi ?

— Oui, vous. Avec votre ridicule petit pistolet à crosse de nacre. Vous, vous l'avez tué ! Je suis arrivé juste après que vous avez tué ce nègre. »

Et la *missus* s'écria : « Tué ! »

July était sûre que Nimrod allait bientôt camper ses deux pieds dans le sol pour se dresser fièrement devant ces Blancs. Il allait les regarder tous les deux dans les yeux en déclarant — avec un « hum, hum » — qu'il en avait assez entendu de cette histoire fantaisiste, avant de les informer qu'il n'était pas le genre de nègre qu'ils pouvaient manipuler à leur guise. Non. Il était un homme libre. Nimrod Freeman. Ou Monsieur Freeman, pour eux.

Sauf que Nimrod se tenait lamentablement silencieux, saisi de tremblote, comme un bouffon qui louche. Quand le contremaître, armant son pistolet, cria : « Cours vers la porte, nègre », Nimrod laissa échapper un sanglot plaintif et s'agrippa, poltron, aux genoux du contremaître. Se débattant pour se débarrasser de ce Noir accroché à lui, Dewar, de plus en plus en colère, le frappa durement à la tête avec la crosse de son pistolet. Nimrod s'effondra, balafré et plein de sang. Puis le contremaître le visa à la nuque. Mais avant de replier le doigt sur la détente, il dit à la *missus* : « N'oubliez pas, vous avez abattu ce nègre au moment où il s'échappait. »

La *missus* l'implora avec une panique froide : « Mais... mais... ne le tuez pas !

— Pourquoi pas ? » demanda le contremaître.

Et, regardant autour d'elle comme si la réponse flottait quelque part sur cette île, elle répondit : « Il n'a pas encore fini mon jardin. »

Le contremaître, dévisageant la *missus* comme s'il y avait quelque sagesse cachée dans sa déclaration, lâcha bientôt un rire méprisant tout en levant les yeux au ciel. Puis il pointa de nouveau son pistolet.

Avant que toute pensée ou toute raison aient pu la retenir, July avait jailli de sous le lit et enjambé le cadavre du *massa* pour charger le contremaître — se fracasser contre lui de tout son être et le clouer au sol avec une force terrible. Il y eut un bang ! aveuglant lorsque la balle qu'il destinait à la tête de Nimrod explosa dans le plafond. La *missus* hurla, tandis que des débris de bois, d'ardoise, de pierre et des bouts de choses vivantes délogés par le coup de feu la bombardaient d'en haut. Reculant pour échapper à cet assaut, elle trébucha sur le contremaître et s'effondra sur lui. Écrasé sous son ampleur, il évacua tout l'air de sa poitrine comme un gros soufflet.

July s'était attendue à être punie sur-le-champ. Mais, bouche bée devant cette confusion, elle comprit que l'entrelacs de *missus* et de contremaître mettrait un petit moment à se dénouer. Aussi attrapa-t-elle Nimrod par la poitrine, pour le traîner hors de la pièce. Puis elle claqua la porte de la chambre et tourna la clé dans la serrure.

*

Nimrod pesait son poids. Oh, comme July dut s'échiner ce jour-là à le porter le plus loin possible de la grande maison. Elle le traîna, le tira, le poussa pour qu'il tienne sur ses jambes. Le souffle court, elle l'implorait : « Oh, monsieur Nimrod, siouplé, marchez. Un pas, monsieur Nimrod, un pas. » Et une fois, peut-être deux, le bonhomme plaça un pied devant l'autre dans un effort pour avancer. Mais la plupart du temps, il s'accrocha à son cou, aussi lourd qu'un chargement de bûches. Cependant, July réussit à le transporter jusqu'au jardin, sur le sentier et à travers une prairie d'herbes hautes, jusqu'à ce qu'elle sente l'odeur des feux de bois en provenance du village des Noirs et entende les cris des enfants en plein jeu.

Bientôt, elle se retrouva face à deux esclaves des champs qui pilaient du maïs avec un mortier. Elles s'interrompirent pour la dévisager. July laissa finalement Nimrod s'affaler par terre au moment où l'une des femmes disait : « L'est de la grande maison », pendant que l'autre, l'œil soupçonneux, lançait par-dessus son épaule : « Venez, vite, vite ! Venez vite ! » Une petite troupe eut tôt fait de les rejoindre, et tous observèrent July — cette arrogante esclave domestique venue leur jouer un tour en pénétrant chez eux avec cet homme ensanglanté et très amoché.

Puis une vieille femme assez petite pour regarder un chien dans les yeux s'avança et demanda : « Vous êtes la petiote de miss Kitty ? » Les jambes de July se dérobèrent sous elle quand elle entendit le nom de sa mère. Cette femme connaissait encore sa maman, alors que cette dernière avait été vendue par la *missus*. July tomba lourdement à genoux.

« Je suis miss Rose — vous me reconnaissez pas ? » demanda la femme, avant de se tourner vers le groupe. « C'est la petiote de miss Kitty, miss July. Je l'ai tirée avec mes mains dedans ce monde. La petiote de miss Kitty — la petiote de miss Kitty l'est revenue. »

Chapitre 14

Lecteur, quel est l'intérêt de perdre du temps à repasser les jupons ? Un jupon est un vêtement que personne ne doit voir. Un petit pli dans la dentelle ou sur les nœuds ne révélera pas la paresse de celle qui le porte, puisque personne ne le saura à part elle. Et pourtant, la femme de mon fils, Lillian, est très exigeante en matière de jupon.

Alors que mon fils et moi étions tranquillement assis ce matin-là — et qu'il dévorait les pages que vous venez de lire —, Lillian commença à faire tout un plat à propos des sous-vêtements chiffonnés et froissés de ses trois filles. Si tous les jupons de la maisonnée ne sont pas repassés à chaud et à plat, Lillian ne ferme pas l'œil de la nuit ; car elle s'imagine qu'elle sera jugée là-dessus. Mais pas moi.

Je suis sûre que vous aussi, lecteur, vous trouvez certaines tâches domestiques assommantes : épousseter les bibelots en porcelaine sur une étagère, peut-être, retaper les coussins ou repriser délicatement un bas. Mais avant que vous ne refermiez ce livre en pestant contre votre conteuse pour s'être tant écartée de son histoire, retournons-y afin que vous puissiez comprendre la raison de cette digression de vieille dame. Car c'est à ce moment de mon récit, lecteur, que nous devons retrouver Kitty, et faire de nouveau un petit bout de chemin avec cette esclave des champs qui est la maman de notre July.

Bien des années plus tôt, Kitty s'était laissé persuader par l'inlassable insistance de miss Rose qu'il n'était pas prudent de risquer la fureur du *massa* en empruntant tous les soirs le chemin accidenté pour escalader le mur de pierre et se cacher comme un zombie devant la fenêtre de la grande maison. « Ta petiote l'a pas été vendue, miss Kitty, lui disait miss Rose. L'est là à voir le soleil se lever et se coucher dans le même ciel que nous. Tu veux te retrouver au pilori pour ça ? Réfléchis-y, miss Kitty, et économise tes larmes. Tu croiseras peut-être ta petiote par hasard un jour ou l'autre. »

En quoi elle avait raison. Kitty avait aperçu July en plusieurs occasions au cours des huit ou neuf années écoulées. Collée à la fenêtre de la grande maison, elle avait d'abord surpris sa fille, attachée à un pied de table par un long ruban jaune au poignet. Puis une fois, de loin, elle avait cru voir July entrer dans la maison en bataillant avec un panier de linge mouillé. Plus récemment, en route vers le marché du dimanche, Kitty avait pensé reconnaître July, agitant un long bâton pour ramener des poules dans le poulailler. Mais jamais, depuis ce jour où elle avait caressé la joue de sa fille avec le doux pétale violet d'une fleur, elle ne s'était trouvée suffisamment près pour la toucher, lui parler ou échanger un regard avec elle.

Eh bien, à l'instar de votre conteuse avec le repassage des jupons, Kitty jugeait nombre de travaux pénibles sur la plantation sucrière appelée Amity. À vrai dire, il lui aurait fallu beaucoup, beaucoup moins de temps pour dresser la liste des tâches agréables. Aucune, pourtant, ne la rebutait autant que le fumage des terres.

Les cannes, une fois plantées dans des trous calibrés creusés à cet effet, comptent parmi les plantes les plus gâtées de toutes les Caraïbes. Elles doivent être nourries comme des bébés au sein, afin de bien grandir avec leur sucre chéri. Dans ce but, la crotte qui dégouline à grand bruit du derrière des bêtes — qu'elles soient vaches ou mules — est ramassée et prisée comme un trésor fumant. Plusieurs mois par an, Kitty et toute la première équipe devaient transporter le fumier du derrière de l'animal jusqu'aux champs de canne. Là, il fallait le répandre à la base des tiges, afin que les plantes puissent s'abreuver de ce nutriment fétide.

Une partie de cette cochonnerie était récoltée dans les enclos, puis chargée à la pelle dans des paniers suspendus de chaque côté d'un mulet. L'animal, ignorant ce qu'il transportait, trottinait, aussi heureux de ce chargement que de tout autre. Mais les paniers d'osier remplis de bouse — qui débordait et dégoulinait —, c'est à la manière habituelle des esclaves que Kitty les emportait vers les pièces de canne de Dover, de Virgo, et même jusqu'à Scarlett Ponds — c'est-à-dire sur la tête. Le poids ne la gênait pas, car Kitty était capable de porter beaucoup plus lourd, beaucoup plus loin. Alors certes, l'odeur aurait fait s'évanouir notre *missus* blanche à la première inspiration. Mais le Seigneur, en fabriquant le nez, avait conçu un organe astucieux ; bien que Kitty fût d'abord prise à la gorge par cette puanteur atroce, après une bonne quinte de toux et quelques profondes inhalations, l'air tout entier autour d'elle, qu'il soit doux ou vif, se mettait à sentir la merde, donc le problème était réglé.

Pour sa pauvre langue, hélas, il n'y avait pas de tel compromis. Si par malheur un morceau tombait dans sa bouche ouverte — ce qui arrivait quand elle tournait la tête, qu'une brise soufflait ou qu'elle s'efforçait de reprendre haleine en grimpant la colline qui menait à Virgo —, il lui brûlait si fort la langue qu'elle craignait qu'il y perce un trou. Le crottin était âpre comme du citron rance et lui donnait des haut-le-cœur. Tout ce qu'elle ingurgitait après, que ce soit le casse-croûte dans le champ de canne ou son gruau une fois son travail terminé, avait le goût non pas des aliments mais… eh bien, des dégueulis putrides qui tombent du derrière d'une mule.

Et si le fumier s'insinuait dans ses yeux — car le jus brun de ces déjections passait à travers le tressage du panier pour dégouliner sur le visage de Kitty — sa brûlure, oh ! lui faisait venir des larmes qui l'aveuglaient.

À la fin de la journée, Kitty s'agenouillait dans la rivière — l'eau clapotant sur ses épaules, autour de son cou — et elle se frottait avec des feuilles de pompon soldat pour débarrasser sa peau de cette saleté. Mais voyez-vous, lecteur, le crottin s'accrochait, si bien que le courant glissait sur elle comme sur la fourrure d'un ragondin. Et il en allait de même avec les quelques vêtements qu'elle possédait ; elle avait beau les battre dans la rivière, impossible de les débarrasser de leur puanteur. Au marché du dimanche, personne ne s'approchait pour examiner les racines de manioc doux ou les citrons verts de Kitty, à part les mouches. Celles-ci l'encerclaient comme une brume — la chatouillaient en tentant de fouiller l'intérieur de son nez, de sa bouche, de ses yeux humides et de ses oreilles. Au vrai, pendant le fumage, Kitty se faisait l'effet d'être de la merde sur pattes.

Ainsi en allait-il ce jour-là. Kitty et son équipe avaient quitté la pièce de canne appelée Virgo et rentraient au village en une file irrégulière, avançant aussi lentement que des ânes boiteux — car Kitty avait parcouru les trois kilomètres séparant l'enclos à bestiaux du champ six fois dans la journée. Comme d'habitude, les mouches s'agglutinaient autour d'elle, même si elle leur donnait de grandes claques pour les éloigner. Le soleil qui lui rôtissait le dos l'endormait, au point que, sans y prendre garde, elle ne cessait de poser la tête sur l'épaule de Peggy, qui marchait à côté d'elle. « Miss Kitty, j'ai fini mon travail pour aujourd'hui. Je peux pas ti porter maintenant », lui dit sa compagne plusieurs fois, avant que Kitty entende sa prière.

Sur le chemin qui suit les pierres de bornage — juste avant que Kitty pénètre dedans le village — une brise de papotis lui parvint aux oreilles. Des Noirs de la deuxième équipe, accroupis dans la cour au milieu des cases, lui crièrent qu'ils avaient entendu dire que Pitchy-Patchy était venu de la ville. Que ce personnage de mascarade — échappé du Junkanoo de Noël — se trouvait dans la cour du moulin, tout déguenillé, où il grognait pour effrayer les petiots dans l'espoir qu'on lui lancerait des mangues.

Puis, sous le toit de chaume de la cuisine du commandeur, elle vit un groupe d'hommes — parmi lesquels deux tonneliers, mais pas le commandeur. Tous discutaient de la situation. Non, dirent-ils à Kitty, ce n'était pas Pitchy-Patchy qui était tombé des herbes hautes, mais deux personnes fuyant cette guerre de lutte pour la liberté embrasant l'île — un tout petit homme, éreinté et boiteux, et une jeune fille qui se dressait fièrement et les suppliait de les aider. La discussion qui animait ce groupe, d'après ce que Kitty comprit, visait à déterminer s'il fallait chasser ces étrangers de mauvais augure ou les prendre en pitié. Cependant, dans cette querelle bruyante, tous étaient d'accord pour affirmer : « Problèmes, va l'avoir des problèmes. »

Sur le chemin menant chez Kitty, les feux allumés devant les cases avaient été laissés sans surveillance, car tous les habitants s'étaient rassemblés dans la cour du moulin. Ils étaient partis ouvrir de grands yeux devant le spectacle morbide de ces deux visiteurs impromptus. Kitty dut chasser trois cochons qui avaient plongé leur groin dans les marmites abandonnées.

Ezra, appelant Kitty pour bavarder, la retint longtemps, longtemps. Il n'avait que les incendies et le carnage à la bouche. « Mais nous, l'est des bons nègres, répéta-t-il encore et encore à Kitty. On se bagarre pas pour la liberté comme ils nous disent. Nous, on cède pas, miss Kitty, on cède pas. »

Quand Kitty finit par arriver à sa case, elle était trop fatiguée pour s'inquiéter de toute la pagaïe autour d'elle. Elle n'avait qu'un désir : s'accroupir dans la rivière et se récurer avec des feuilles de pompon soldat.

Cependant, remontant péniblement le chemin vers elle, voici qu'arrivait miss Rose. Boitant — ce qui ne l'empêchait pas de donner des coups de pied agiles aux poulets sur son passage —, miss Rose finit par se laisser tomber sur la pierre devant le feu de miss Kitty. Puis elle reprit suffisamment son souffle pour murmurer très fort : « Miss Kitty, ta petiote l'est là. Miss July l'est là. La fille de mauvais augure qui l'est arrivée en portant le blessé dessus son épaule, c'est miss July, toute grandie. Et elle dit que le *massa* l'est mort. Le *massa* John l'est mort ! »

*

Bon, tout le monde savait que les grands mots étaient aussi rares dans la bouche de Kitty que le bœuf dans sa marmite, mais en apprenant que sa fille, qui lui avait tant manqué au fil des années, venait de tomber des herbes hautes — les cheveux tout hérissés et pleins de chardons, la peau griffée à vif, la robe déchirée en lambeaux et couverte de boue et de ronces, les yeux fous comme ceux d'un animal traqué, portant un homme éclopé, à la tête fendue, qui tremblait dans ses bras tandis qu'elle hurlait à ceux qui approchaient trop près que le *massa* était mort —, Kitty était restée debout sans ciller ni respirer pendant si longtemps que miss Rose l'avait crue changée en pierre. Miss Rose le jura — sur la Bible, si quiconque doutait de son témoignage.

Mais Ezra, lui, raconta que Kitty s'était effondrée comme si on lui avait coupé le jarret. Qu'elle avait atterri le derrière par terre, si lourdement que tous les poulets autour d'eux s'étaient envolés. Tandis que Tilly — dont la course effrénée d'une case à l'autre répandit si loin les mots « *massa* l'est mort » que même les esclaves de London Town ne tardèrent pas à les répéter — raconta que Kitty avait commencé à s'agiter en répétant « Ma petiote, ma petiote », dès qu'elle avait eu vent de la querelle qui faisait rage dans la cour du moulin pour décider s'il fallait cacher ces étrangers « de mauvais augure » ou les dénoncer aux *bakkras*.

Tous trois étaient néanmoins d'accord sur un point : quand Kitty — puant autant qu'un tas de fumier au soleil — les avait quittés ce jour-là pour aller retrouver July, elle était partie d'un pas si déterminé qu'elle avait posé son pied nu dans le feu sans ressentir la moindre douleur.

La maison de Cornet Jump se trouvait sur le chemin qu'emprunta Kitty ce soir-là, et il fut convaincu que c'étaient ses pas qui avaient fait vibrer sa maison. Mais sa femme, Peggy, soutint que le tremblement de terre qui avait tant secoué leur modeste case était survenu au moment de l'attaque de la milice. C'étaient ces Blancs, montés sur des chevaux, qui avaient chargé le village noir — dix, vingt, trente —, combien, elle l'ignorait. Le grondement de leurs chevaux au galop avait renversé la cruche de lait posée sur la table, et elle s'était fracassée sur le sol de terre battue.

Bessy avait alors fait irruption chez eux en criant : « Fuyez, fuyez, miss Peggy ! Les Blancs l'arrivent. Les *bakkras* vont nous massacrer ! »

Peggy raconta que Bessy avait poussé la porte de leur case avec une telle force qu'elle l'avait réduite en morceaux. Debout sur le battant inutile, Bessy lui avait appris que les miliciens cherchaient les deux intrus, car ils avaient tué le *massa*. Peggy se souvint de s'être alors précipitée par-dessus les ruines de la porte pour attraper Kitty et l'empêcher d'aller à la cour du moulin — pour l'obliger à fuir dans les champs de canne avec elle. Mais miss Kitty s'était dégagée pour pouvoir continuer sa route vers le moulin.

Cornet affirma pourtant que la porte de sa case avait cédé quand le commandeur, Mason Jackson, avait donné un bon coup de pied dedans en soufflant dans la conque pour rassembler tout le monde dans la cour ; le commandeur rêvait en effet de fracasser cette porte depuis que Cornet avait osé y poser un verrou.

Comme un nid de fourmis rouges dans lequel un petit garçon agite une branche de bouleau, le village fut saisi d'une furieuse agitation. À en croire Giles Millar, les miliciens déboulèrent au milieu des Noirs à toute allure. L'ouragan d'hommes blancs lancés au galop déferla sur les chemins de terre. Battant l'air avec des cravaches, des branches, des coutelas, ils cinglaient quiconque — homme, femme, enfant ou bête — fuyait devant eux. Les sabots de leurs chevaux déchaînés mettaient à bas les murs de terre et de brindilles des cases aussi facilement qu'on croque dans un biscuit sec.

Après un crépitement et une déflagration, Mary Ellis se retrouva non plus cachée sous l'étagère dans un coin de sa case, mais étouffant, impuissante, sous les débris, les yeux fixés sur la lune. Tous ceux qui furent surpris sans abri pour se protéger, rapporta Mary, filèrent par les chemins en hurlant. Ils couraient à perdre haleine au milieu des cochons qui grognaient, des poulets qui battaient des ailes et des chiens affolés.

Une chèvre, en ruant, renversa une marmite d'eau, laissée à bouillir, sur deux enfants nus. Appelant leur mère à grands cris, ils glissèrent sur le liquide brûlant et se firent piétiner par la chèvre en folie. Et une vieille femme recroquevillée, la tête dans les bras, reçut un coup de sabre ; sa main sectionnée vola, paume ouverte, devant elle.

L'incendie fut allumé, à en croire James Richards, par un jeune Blanc, tête nue, qui pénétra à cheval dans le village en brandissant très haut une torche enflammée à l'extrémité goudronnée. Il lança son bâton de feu sur le toit de la cuisine de James. Whoosh ! La cuisine et la maison avaient disparu. Les flammes bondirent alors pour raser toutes les cases à portée de leurs langues avides.

Dublin Hilton confirma que le cavalier était blanc et tête nue, mais précisa que ce *bakkra* s'était servi de la flamme de la torche pour incendier plusieurs cases dans un même galop — comme s'il allumait une rangée de chaume sur une pièce de canne.

Miss Kitty ? Dublin Hilton ne se rappelait pas avoir vu Kitty, contrairement à James Richards. Celui-ci se souvenait qu'elle avait désarçonné un

Blanc ; le *bakkra* avait levé son fouet pour la frapper, mais elle avait saisi la lanière de cuir, puis l'avait enroulée autour du bonhomme pour le faire basculer par terre. Faux, dit Elizabeth Millar, car tout n'était que chaleur, fumée et obscurité quand les cases avaient brûlé. Qui aurait pu reconnaître miss Kitty dans cette confusion ? Et un nègre qui faisait tomber un Blanc de son cheval ? Quelle idiotie — ils auraient tous été pendus pour ça.

Wilfred Park affirma avoir trouvé miss Kitty en train de marcher à la lisière du village en direction du moulin, au milieu d'une marée de créatures : lézards, grenouilles taureaux, araignées, cigales, cafards, scorpions, serpents, escargots, qui grouillaient autour de ses pieds. Wilfred, voyant cet exode de bestioles sortir de leurs cachettes pour fuir avec elle en courant, sautant, glissant et rampant, avait demandé à Kitty s'ils étaient tous libres à présent — comme l'avait dit M. Bushell, le missionnaire. C'est alors qu'un gros bâton s'était abattu sur sa tête, et avant que miss Kitty ait pu lui répondre, tout était devenu noir.

Cependant, Wilfred était un simplet. D'après sa voisine, Fanny, il n'avait pas été frappé par un bâton mais par un cheval au galop. Fanny avait dû traîner un Wilfred étourdi dans la fosse d'aisance pour s'y cacher, tandis que deux autres chevaux bondissaient au-dessus d'eux. Les picotements de la vie fourmillant dans ce trou puant n'avaient pas tardé à réveiller Wilfred. Mais Fanny avait bel et bien vu Kitty courir vers le moulin au milieu des bestioles qui fuyaient le roussi des flammes et la brûlure de la fumée, exactement comme Wilfred l'avait dit. Kitty courait en tenant sa jupe mouillée remontée sur sa bouche ; elle toussait, s'étranglait, crachait et prenait de grandes goulées d'air, mais restait concentrée sur sa course.

Qui aperçut Kitty ensuite ? Samuel Lewis. Il la vit passer subrepticement au milieu des jambes des chevaux des Blancs, attachés dans la cour des installations sucrières. Samuel avait été capturé alors qu'il tenait une torche allumée (dont il se servait, avait-il juré, pour attraper des écrevisses dans la rivière) et accusé d'avoir mis le feu à la case à bagasse. Le jeune milicien qui l'avait ligoté lui avait interdit de bouger sous peine de se voir couper la tête. Samuel était donc assis, tout à fait immobile, le dos au mur de la sucrerie, quand il avait vu Kitty.

À ce moment-là, peu de Noirs étaient parqués là (rien à voir avec la pagaïe qu'il y aurait un peu plus tard dans cette cour), d'après Anne Roberts et Betsy, qui avaient été attachées ensemble pour avoir lancé des pierres. Le pilori n'était même pas ouvert, parce que c'était le docteur qui avait la clé. Et les miliciens, qui avaient peur de rester seuls avec des nègres grossièrement ligotés, criaient : « Trouvez ce foutu docteur. Où est ce foutu docteur ? » quand la détonation d'un fusil retentit.

C'est là qu'ils virent Kitty — se dressant soudain au milieu des jambes des chevaux, avec l'audace de Nanny Maroon. Les deux miliciens nerveux pointèrent leurs pistolets tremblants sur son dos en fuite, mais Kitty était tellement résolue à atteindre le moulin qu'elle n'avait peur de rien.

« Miss Kitty ? Elle vole, oh, elle vole. Ses pieds, ils touchent plus terre ; je la vois monter dans l'air comme une flèche. Donnez-moi le Livre pour que je mets la main dessus. Elle vole, je vous dis ! » raconta miss Sarah.

Sarah rampait du moulin à la sucrerie dans le but de détacher Anne et Betsy. Mais alors elle vit Tam Dewar, le contremaître, arriver à cheval dedans la cour. Les étrangers, « la fille très, très sale et l'homme très, très mal en point », étaient retenus par le commandeur, qui s'enfuit dès qu'il vit Dewar approcher.

Plus tard, Mason Jackson, le commandeur, jura ses grands dieux qu'il n'avait pas fui. Il avait reconnu le cheval de Dewar, déclara-t-il, à la tache blanche sur ses naseaux, qui brillait au clair de lune. Il avait vu Tam Dewar obliger ces deux étrangers à reculer contre le mur de pierre du moulin. La fille, qui tenait toujours l'homme sans forces, ne pouvait pas avancer sous peine d'être piétinée par les sabots du cheval. Elle était coincée. Le commandeur s'en était allé ensuite et n'avait rien vu d'autre.

Mais miss Nancy, qui était cachée dans un buisson à proximité, rapporta que la fille suppliait, suppliait, suppliait le contremaître. « L'a pas tué le *massa*, l'a pas tué le *massa* ! » répétait-elle encore et encore. Elle implorait, puis pleurait, puis hurlait, puis sautait d'un côté, bondissait de l'autre, avant de recommencer à supplier.

Benjamin Brown — un bouvier, observant la scène de l'intérieur du moulin — savait que les suppliques de la jeune fille n'auraient pas plus d'effet sur ce contremaître que le cri d'une chauve-souris. Une fois qu'il les eut acculés, Tam

Dewar descendit de cheval et arracha l'homme de l'étreinte de la fille en un seul mouvement. Puis, tenant le Noir à bout de bras tel un chiffon puant, il se mit à le secouer violemment, comme si toute la poussière du monde s'était logée à l'intérieur de ses os. Et il hurlait : « Ne me regarde pas, nègre ! Ne me regarde pas ! »

L'étranger ne lutta pas, d'après Sarah, sauf qu'il continua de fixer Dewar. Mais la fille — oh, elle cracha, griffa et boxa le contremaître. Jusqu'au moment où, d'un unique coup de son poing marteau, il la frappa si fort au visage qu'elle s'écroula. Puis le contremaître pointa son pistolet vers la tête de l'homme et... boum ! Sarah raconta que le visage du Noir explosa simplement — il éclata en fragments qui, pareils à une pluie de sang, retombèrent bientôt tout doux, tout doux par terre.

Benjamin vomit. Nancy courut, courut, courut.

Le contremaître balança les restes inertes du Noir, comme s'il s'agissait d'un morceau de canne broyé dans le moulin. La fille, aussi ensanglantée qu'un porc à l'abattoir, attrapa Dewar par les chevilles pour implorer grâce. Il la saisit par les cheveux pour l'immobiliser pendant qu'il réarmait son pistolet. « Non, *massa*, non, *massa*, pitié, *massa*, pitié. » Elle se débattit sauvagement. Un esprit rebelle en elle luttait pour sa survie. Le contremaître avait du mal à la tenir. « La ferme, saleté de négresse, la ferme, tu es morte ! » Quand le contremaître leva la main pour la frapper avec son pistolet, Kitty bondit.

« Elle s'est jetée dessus le contremaître comme un souffle de vent », témoigna Sarah. Mais Sarah ignorait pourquoi Kitty risquait sa vie pour la jeune fille. Car elle la prenait pour une esclave domestique hautaine qui de sa vie n'avait jamais senti le soleil lui brûler le dos, ni la terre lui durcir les mains comme un pied de cochon. Elle ne savait pas qu'il s'agissait de la fille volée à Kitty.

Benjamin, lui, le savait. Et ce qu'il savait aussi… « July était la petiote du contremaître Dewar. Plein de fois l'avait culbuté Kitty — plein, plein, plein de fois quand l'était arrivé à Amity. » Benjamin travaillait avec Kitty du temps où elle portait bébé July attachée à son dos. Dans la deuxième équipe, il avait ramassé la bagasse avec Kitty et grincé des dents en entendant les hurlements incessants du bébé. Il reconnut July à ses cris — il le jura. « Si je l'ai reconnue, sa maman, miss Kitty, l'a forcément reconnue aussi. C'est pour ça qu'elle a couru à son secours — couru, couru ! »

*

Ce qui se passa ensuite a été raconté de tant de façons par tant de gens — dont certains n'étaient pas dans le coin à ce moment-là, et d'autres même pas encore nés — qu'il est difficile à votre conteuse de savoir quelle version rapporter. Une chose est sûre : Kitty saisit Tam Dewar avant qu'il ait pu de nouveau frapper July. Elle se jeta sur lui avec une telle force que, pris de court, il la lâcha. Kitty, d'un ton pressant et anxieux, ordonna à July de courir — vers le champ de canne, vers le bois, n'importe où du moment qu'elle filait. Et July, revoyant sa maman perdue, fut tellement stupéfaite que, à part sa bouche qui s'ouvrit lentement, elle cessa tout mouvement.

Kitty dut taper du pied pour réveiller sa fille, elle dut la chasser — une fois, deux fois, en criant : « Cours, July, cours ! » Tout cela est certain.

Mais Kitty, dans cette bagarre impitoyable qui l'opposa à Tam Dewar, lui taillada-t-elle les chevilles avec sa machette comme s'il était une tige de canne ? L'attrapa-t-elle par le cou pour le faire tournoyer dans l'air et le fracasser par terre avec un bruit sourd ? Lui cogna-t-elle la tête sur une pierre jusqu'à ce qu'elle s'ouvre comme une noix de coco ? Lui tordit-elle les bras dans le dos jusqu'à les sentir se briser ? Le roua-t-elle de coups de pied ? Lui sauta-t-elle dessus ? Lecteur, nous ne le saurons jamais car personne ne le vit. Alors qu'un peu plus tôt tout le monde avait tout vu, malgré l'obscurité et la fumée, soudain, personne ne se souvenait plus de rien. Personne ne vit Kitty attaquer Tam Dewar. Personne.

Tout ce qu'on sait, c'est que Tam Dewar fut retrouvé, pas encore mort, mais gisant dans la cour du moulin, la clavicule fracturée, le crâne fendu, les chevilles brisées, les bras cassés et les côtes fêlées. Blessures dont il mourut deux jours plus tard — saisi de spasmes, vomissant et bouillant plus fort que du vesou.

Et le milicien qui captura Kitty — qui la ligota et la bâillonna ce jour-là — rapporta que l'esclave était assise, sans bouger, dans la cour, à quelque distance du cadavre d'un Noir libre, mais à côté du corps mutilé du contremaître d'Amity. Et que quand on l'arrêta, cette négresse maléfique souriait.

Chapitre 15

Lorsque July revit sa maman, celle-ci portait autour du cou un large collier du fer le plus noir. Les chaînes qui y étaient reliées lui serraient si fort les poignets que ses mains étaient maintenues dans une position de prière. Le visage blessé de sa maman avait enflé jusqu'à atteindre la taille d'un fruit à pain — elle avait les yeux contusionnés et les paupières closes, les joues tuméfiées, la lèvre inférieure fendue et la langue si gonflée qu'elle ne pouvait plus fermer la bouche. Les fers à ses chevilles l'obligeaient à boiter et à traîner les pieds alors qu'on la conduisait vers le gibet érigé sur la place du marché.

Bien qu'elle ressemblât plus à une bête qu'à une femme, Kitty n'en avait pas moins l'air déroutée. Car elle n'avait pas compris que son procès pour le meurtre de Tam Dewar avait déjà eu lieu et que la sentence avait été prononcée. Elle croyait avoir seulement traversé la salle du tribunal. Et que le spectacle des Blancs qu'elle avait entraperçus — assis en rang, s'éventant dans la chaleur de la salle et lui criant « Diablesse, diablesse ! » — n'était que le début de l'épreuve. Pourtant, on avait tiré sur ses chaînes pour la faire sortir avant qu'une déclaration solennelle n'exige qu'elle fasse l'effort de lever la tête.

Si bien que quand elle se retrouva à l'extérieur du tribunal, elle demanda au geôlier qui l'entraînait : « Qu'est-ce que vous faites de moi ? »

L'homme blanc lui tira les cheveux pour lui redresser la tête afin qu'elle voie les trois cadavres raides se balançant sur le gibet devant elle. « Tu veux la liberté, pas vrai ? dit-il. Voilà le genre de liberté qu'on va vous donner, à tous les démons comme toi. Pigé, la négresse ? »

Bacchaus, le bourreau noir au regard vide, appuya une échelle contre la potence, puis monta pesamment les barreaux de bois pour détacher ceux dont le tour était passé. Les trois fruits humains tombèrent sur le tas de cadavres en train de pourrir au-dessous. Il y avait eu tant de pendaisons ce jour-là que la pile gênait la chute. Il faudrait pourtant attendre le soir pour qu'on amène des Noirs de la prison afin qu'ils déblaient les cadavres de ces « combattants de la liberté » pleins d'espoir, qui maintenant suppuraient en un amoncellement de mâchoires pendantes et de membres brisés sous ces poutres fatales.

Le bourreau vérifia la trappe de l'échafaud — ouvrant le lourd battant pour repousser tout corps entravant le mécanisme — avant de faire signe au geôlier d'amener Kitty. Quand on lui retira le collier de fer, Kitty remua la tête en une bienheureuse libération, avant que le nœud coulant ne l'emprisonne de nouveau fermement. Puis elle resta là à attendre. Car ce gibet était prévu pour trois et ne pouvait pas fonctionner avant d'être au complet.

Il fut un temps où la ville entière se pressait pour assister au châtiment des esclaves qui avaient causé des problèmes non seulement aux Blancs avec leurs incendies et leur agitation, mais aussi au roi d'Angleterre dans cette guerre Baptiste. À présent, les esclaves domestiques, les nègres de jardin et les marchands ambulants qui commerçaient au marché ne prenaient plus la peine d'interrompre leurs marchandages pour s'inquiéter de l'âme de ceux qui sortaient du tribunal. Pas plus qu'on ne pouvait persuader les Blancs de rester dans la chaleur pour regarder des Noirs recevoir cinq cents coups de fouet ou être pendus au gibet. Car ces châtiments duraient depuis si longtemps — du matin au soir, chaque jour et le suivant — que tout le monde en ville, les Noirs, les métis et les Blancs, s'était lassé.

« Vous avez été jugés coupables des pires crimes possibles et devez être pendus jusqu'à ce que mort s'ensuive. » Les deux hommes qui venaient d'entendre prononcer ces mots au tribunal furent placés de part et d'autre de Kitty sur le gibet. L'un était condamné pour avoir incendié et réduit en cendres la maison de son contremaître. L'autre, hélas, allait perdre la vie pour avoir seulement contemplé, bouche ouverte, les flammes.

Quand enfin la trappe s'ouvrit sur cet échafaud surchargé, July, cachée dans un coin de la place, observa Kitty qui battait des pieds et se convulsait au bout de sa corde, poussait du coude et se cognait contre les deux hommes sans vie qui se balançaient, tels des morceaux de viande, à côté d'elle. Sa maman lutta. Sa maman s'étrangla. Jusqu'au moment où, enfin immobile, sa maman pendit, toute petite et noire comme une cosse vide sur un arbre.

TROISIÈME PARTIE

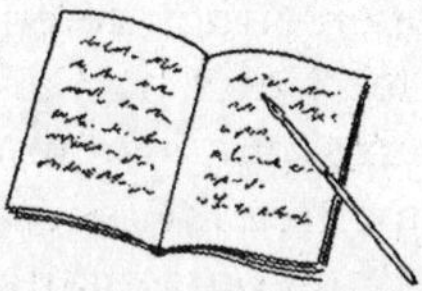

Chapitre 16

Le cercueil traversa Falmouth, juché bien haut sur les épaules de six hommes. July et Molly marchaient au milieu de la procession, en compagnie de Noirs et de métis à la peau claire — les loqueteux, les vulgaires, les tapageurs, les élégants, les bariolés, les égarés, les dépenaillés de la paroisse et tous ceux qui étaient rongés par les soucis. À la tête de cette foule bigarrée se tenaient, dans un silence solennel, un pasteur baptiste blanc et sa famille. Dans la cour de la chapelle, tous s'arrêtèrent alors que le pasteur pointait le doigt vers la lune, puis s'écriait d'une voix grave et forte : « L'heure est proche. Le monstre agonise. »

Certains tombèrent à genoux, d'autres marmottèrent des prières d'une respiration haletante ou se balancèrent au rythme d'un cantique chanté à voix basse. Jusqu'au moment où le pasteur leva les bras au ciel en proclamant : « Le monstre est mort. Les Noirs sont libres ! »

Bien qu'il fût minuit, l'allégresse qui monta de la foule brilla comme une aube pour illuminer ce splendide événement. Quand le cercueil portant les mots « L'esclavage colonial est mort le 31 juillet 1838, à l'âge de deux cent soixante-seize ans » fut descendu en terre, une joyeuse brise souffla, née des exhalaisons d'enthousiasme qui explosèrent sans retenue. Quand les menottes, les chaînes et les colliers de fer furent jetés dans cette tombe et se fracassèrent sur la dépouille de l'esclavage, la terre trembla. Car en cet instant si longtemps espéré, comme un seul homme, tous les esclaves sur cette île se libérèrent du fardeau de leur asservissement.

Alors que le pasteur demandait que les mercis au Dieu tout-puissant pour cette délivrance résonnent plus fort que les trompettes de Jéricho, et que les hourras pour la nouvelle reine d'Angleterre qui les avait libérés secouent les murs des bâtiments de London Town, Molly fit une chose des plus étranges : elle jeta les bras autour de July et l'étreignit avec ferveur. Et puis...

Chapitre 17

Je ne peux pas aller plus loin ! Lecteur, mon histoire s'achève ici. Refermez ce livre et retournez vaquer à vos occupations. Vous avez entendu tout ce que j'avais à raconter à propos d'une existence passée sur cette île sucrière. Cette maudite plume ne laissera plus de pâtés ni d'éclaboussures d'encre en faisant revivre notre personnage, July. Je la repose une fois pour toutes.

En cette journée poussiéreuse et très, très chaude, votre conteuse a souffert une angoisse et un affront qu'elle ne peut tout simplement pas supporter. Mon fils, Thomas, est venu me voir dans un état de grande agitation — la veine palpitante sur sa tête frétillait et enflait comme si elle était sur le point de sortir de lui. (Mais son visage demeurait aussi impassible que s'il avait voulu s'enquérir de ma couleur préférée — est-ce le rouge ou le bleu ? Mon fils est en effet comme ça ; il ne soufflera pas un mot de ce qu'il a sur le cœur — il doit vous montrer d'autres signes.)

Je ne m'inquiétai pas, car je le croyais contrarié à cause du bruit et du tapage qui avaient récemment retenti dans notre foyer. Lillian et ses filles, Louise, Corinne et May, ont depuis peu pris l'habitude de se quereller à propos de la moindre petite chose. Vous n'avez jamais entendu ça, lecteur.

Ce matin, ces trois petites pestes m'ont accueillie à table, leur grosse lippe tellement boudeuse que j'en ai eu l'appétit coupé. Et pourquoi ? Parce que leur maman leur demande de mettre un ruban rose dedans leurs cheveux, alors que la mode est au jaune. Dans ce cas, mettez des jaunes, leur dis-je. Elles n'en ont pas de jaunes, pleurnichent-elles, avant de taper, de claquer et de fracasser toutes les portes dans la maison. Au vrai, les planchers ne sont pas les seuls à trembler quand il y a autant de raffut. Donc, je pensais que mon fils avait eu des mots avec Lillian et les petiotes à propos de cette histoire.

En entrant dans ma chambre, mon fils brandit les pages que vous venez de lire et les agita devant mon visage. Quel ne fut pas mon étonnement lorsque je compris que moi — sa vieille et frêle maman —, j'étais la cause de sa mauvaise humeur. Ma deuxième surprise fut la question à laquelle il me somma de répondre : « Et le fils que July a mis au monde ? »

C'était dit de manière si brusque que mes oreilles crurent entendre une farce de petit démon. Je répondis donc : « Ka ou ka di ? »

Il expira l'air en un soupir ; car mon fils est un tel gentleman qu'il préfère que sa mère évite de parler de cette manière fruste mais dise plutôt « Je te demande pardon ? », comme si j'étais une arrogante *missus* blanche. « Oh, pardonne-moi, mon fils, mais ai-je bien entendu tes propos ?

— Maman, reprit-il, July a donné naissance à un fils qu'elle a ensuite abandonné devant la porte de la maison du pasteur baptiste. Pourquoi n'en parle-t-on pas dans ton histoire ? »

Lecteur, ces mots me giflèrent plus durement que n'aurait pu le faire sa main. Qu'exigeait-il de moi ? Voulait-il me dicter ce que j'écris sur ces pages ? Je suis sûre que dans ces maisons d'édition en Angleterre, celles dont mon fils parle avec tant de trémolos dans la voix, ces Blancs écoutent d'une oreille avide ce que le narrateur a à raconter. Ils ne disent pas : « Oh, et si vous nous parliez de la diablerie de cette personne-ci, ou de la très, très mauvaise action de ce personnage-là ? » Ils sont contents de l'histoire qu'on leur livre. Mais pas mon fils.

C'est un récit de ma composition. Que je raconte pour me divertir. C'est à moi d'imaginer ce qui arrive à July. Mon fils ferait mieux de réserver son courroux pour ces parties de sa maisonnée qui méritent de voir de quel bois il se chauffe : telle fut ma réponse.

« Maman, qu'il me dit, ne me prends pas pour un idiot. C'est l'histoire de ta vie, pas une invention, je le vois bien.

— Non, c'est faux.

— Si, c'est vrai.

— C'est mon invention, lui dis-je.

— Non, c'est ta vie vécue, qu'il me dit.

— Oh, non, pas du tout.

— Oh, si, tout à fait. »

Cette dispute se poursuivit bien trop longtemps pour mon estomac délicat. Et le doigt de mon fils s'agita devant moi sans discontinuer. Ce n'est pas à un fils de menacer sa mère du doigt, mais l'inverse ! Et il fulminait, ordonnant que je lui dise pourquoi il avait été abandonné, et que je parle vrai.

Parfois, ses exigences à mon égard sont aussi contraignantes que le corset qu'ils m'obligent à porter pour que j'aie l'air d'une dame.

Mais je dois obéir à mon fils. Sinon, je risque un matin de retrouver ma valise — avec mon morceau de dentelle et mon assiette cassée — dehors, et mes vieux os douloureux mis pareillement à la porte. Mon fils a beau secouer la tête, sa vieille mère a lu cette éventualité dans ses yeux.

Je dois donc confirmer, à cette page, que July donna en effet naissance à un fils. Après les terribles douleurs de l'accouchement — car July était encore une jeune fille dont le corps n'avait pas la largeur suffisante pour expulser facilement l'énorme tête de cet enfant — le fils de Nimrod vint au monde.

Il n'avait pas les jambes arquées (contrairement à son père) et, jusqu'à maintenant, ce fils a tous ses cheveux. Cependant, à cette époque, quand elle regardait ce minuscule nouveau-né, July trouvait que c'était le plus laid de tous les enfants à la peau noire qu'elle avait jamais vus. Voilà, c'est la pure vérité — mon fils est-il content ? Sa maman avait esquissé une grimace de dégoût en découvrant que son enfant était noir comme un nègre. Et même si mon fils souhaite maintenant supplier sa conteuse de modifier ce détail fidèle, hélas, ce n'est plus possible.

July n'avait pas l'intention de nourrir ce petit bâtard. Mais elle ne voulait pas non plus l'abandonner, miaulant sur un monticule de bagasse ou gémissant dans les bois. Elle n'avait ni la force de l'étouffer, ni assez de volonté pour le noyer dans le courant de la rivière. Après avoir caché son fils au monde entier durant deux jours, July prit la décision de le laisser au pasteur. Car cet homme affirmait, disait-on, que même les esclaves hideux, aux lèvres épaisses et au nez plat comme une meule, étaient les enfants du bon Dieu. Aussi emmaillota-t-elle son petiot dans un linge, lui noua-t-elle son mouchoir rouge sur la tête et, par une nuit sans lune, elle emprunta le chemin caillouteux menant à la maison du pasteur baptiste. Aucune hésitation ne fit palpiter sa poitrine au moment où elle déposa son bébé sur une pierre près de la porte. Le prédicateur le recueillerait — elle en était sûre. Et, lecteur, c'est précisément ce qui advint.

*

Alors allez-y, demandez à mon fils de vous raconter cette époque. Se martèlera-t-il la poitrine d'un poing rageur ou essuiera-t-il les larmes d'affliction dans ses yeux embués en songeant à la perte de sa maman ? Non, absolument pas. Il vous chantera plutôt la joyeuse mélodie de la douce vie vécue avec le pasteur anglais, James Kinsman, et sa très, très bonne et sainte épouse Jane. Vous imaginiez pouvoir retourner vaquer à vos occupations avant que mon fils vous ait tout raconté ? Eh bien, n'y pensez plus.

Mon fils commencera par vous dire que M. Kinsman et sa femme trouvèrent une nourrice pour l'allaiter. Il vous contera ensuite à quel point cette alimentation princière lui donna des forces (et une haute stature, ajoutera-t-il à n'en pas douter — même si, à ce jour, mon fils n'est pas grand). Il fut baptisé Thomas — comme un des douze apôtres de Jésus-Christ — dans la chapelle à la sortie de la ville. Même s'il fut prié de coucher dans la case des domestiques des Kinsman, mon fils vous assurera qu'il était considéré comme un membre de la famille au même titre que leurs deux fils, James et Henry. Bien sûr, on attendait de lui qu'il travaille pour sa pension, mais ses corvées — balayer la cour, nourrir les poules — n'étaient pas plus pénibles que celles d'un boy. Et, le dimanche, on lui permettait de souper à la table familiale. Mon fils n'était pas un esclave ; il fut un homme libre dès sa deuxième année.

« Le salut des sauvages » : telle était la mission de M. Kinsman. Il croyait que le plus noir des Noirs pouvait passer de l'état de païen à celui d'homme éduqué sous sa tutelle et celle de Dieu. Mon fils reçut une éducation chrétienne dans l'école de M. Kinsman, lequel s'était engagé à écrire un article sur les progrès de son apprentissage pour le *Baptist Magazine* de Londres. Lors de son premier jour de classe, mon fils reçut une paire de chaussures du plus beau cuir. Encore aujourd'hui, elles sont pendues à un crochet au mur de son bureau. Des chaussures sur un mur ! Il refuse de les jeter, car ces deux minuscules brodequins de cuir craquelé recèlent tous les souvenirs précieux qu'il possède des Kinsman et de sa scolarité.

Oh, voyez comme les yeux de mon fils brillent de joie pendant qu'il vous raconte le temps passé chaque jour, du lever au coucher du soleil, à l'école de la mission baptiste. Il lisait la Bible avec distinction et précision, et était capable de rédiger des compositions très calées sur la géographie profane et sacrée. Tous les mercredis, il avait un devoir portant sur l'interprétation des Antiquités bibliques suivi d'une interrogation — en vue de son examen général — sur les symboles, les personnages, les paraboles et les passages les plus remarquables de la Bible. Mon fils pouvait réciter les paroles de deux cent trente-huit cantiques — c'est-à-dire tous ceux contenus dans le *Sunday Scholar's Companion*. Et son arithmétique allait jusqu'à la maîtrise des fractions.

La fête de l'école avait lieu tous les ans dans la cour de la chapelle, à l'ombre des orangers, où des gens de toute la paroisse venaient observer le miracle des petits Noirs savants de l'école de la mission baptiste. Même July y alla une fois pour voir. Et mon fils — vêtu d'une culotte blanche et ses chaussures aux pieds, les mains jointes, la tête haute, la bouche grande ouverte comme un crapaud et la poitrine gonflée — menait le chœur des petits visages noirs qui chantait joyeusement *Dieu éternel, nous regardons vers Toi*.

Lorsque M. Kinsman eut achevé son article pour le *Baptist Magazine*, il le publia sous le titre : *L'arbre planté avec la main droite du Seigneur : De l'effet remarquable de la bonne éducation chrétienne sur un enfant noir trouvé dans l'île caribéenne de la Jamaïque*.

Mon fils faisait la fierté de ce pasteur baptiste. Demandez-lui donc. Avec une humble hésitation (de courte durée), mon fils vous dira que M. Kinsman et sa très, très bonne épouse Jane semblaient souvent trouver plus de satisfaction en lui qu'en leurs propres fils. Lorsque, une fois leur tâche missionnaire accomplie, il fut temps pour James Kinsman et sa famille de retourner à Londres, nul dans ce foyer n'aurait pu concevoir de quitter l'île sans emmener mon fils. Et quand il fit la traversée pour l'Angleterre en compagnie de la famille, à bord d'un navire appelé *Apolline*, ce n'était pas en tant que domestique, oh non, il était « Thomas Kinsman, le petit prodige noir ».

*

Mon fils ne laissera échapper aucune plainte ni aucune pleurnicherie en chantant l'histoire de ses jeunes années. Cependant, lecteur, peut-être serez-vous tenté de juger durement July. Mais si votre conteuse vous racontait la vie avec elle à cette époque, vous n'entendriez pas de douce mélodie, mais des sons discordants. Vous détourneriez la tête. Vous vous écrieriez : mensonges ! Vous sauteriez ces pages en me suppliant de vous conduire à des temps meilleurs.

Dois-je vous obliger à lire combien de fois, après les émeutes, Caroline Mortimer ordonna que July soit clouée au pilori pour la punir de sa conduite ? Dois-je écrire une scène pour dénombrer toutes les fois où la chaleur grésillante du soleil brûla la peau de July jusqu'à lui donner des cloques, et lui dessécha la bouche au point qu'elle n'avait plus de salive ou de souffle pour chasser tout être ou créature qui venait la tourmenter pendant ces longues nuits ?

Ou peut-être devrais-je trouver de jolis mots pour vous expliquer ce qu'il advint de Patience à cette époque-là ? Après l'enterrement du *massa*, elle quitta Amity à pied dans l'espoir de retrouver Godfrey en ville et de le ramener à sa vraie place — dans la cuisine, à calmer les inquiétudes et répartir les tâches. Sur la route, elle fut arrêtée par la milice, qui l'accusa d'être une rebelle en fuite. Elle reçut cinquante coups de fouet pour son crime. Voulez-vous que je vous décrive les lésions sur son dos et que je vous fasse entendre le hurlement de douleur qu'elle émit lorsqu'on retira le tissu puant collé à la plaie ? Peut-être aimeriez-vous la regarder mourir ? Ou voir l'angoisse qui obscurcit l'âme de miss Hannah au point qu'elle fut mise en terre deux jours après Patience ? Voulez-vous suivre la procession de ces deux enterrements ? Accompagner Florence et Lucy qui soutiennent Molly — déguenillée, enragée, et hurlant, paniquée, qu'elle va être vendue. Lecteur, voulez-vous entendre les pleurs de Byron ?

En ces jours sombres, notre July — cette fille espiègle dont vous avez fait la connaissance, qui menait sa *missus* par le bout du nez et savait faire pleurer Molly, cette fille souriante qui parcourait en glissade toute la longueur du hall sur son tablier sale, dressait gaiement la table avec un drap et subtilisait du vin par la fenêtre —, cette July-là fut abandonnée par son esprit ravagé, et bientôt disparut. Et une autre, fanée et triste, arriva, titubante, pour prendre sa place. Les yeux plus ternes que de l'eau sale, cette nouvelle July était une jeune femme craintive que l'aboiement d'un chien, le claquement d'une porte ou le tintement d'une cuillère tombée par terre faisaient tressaillir comme si la terre tremblait sous elle. Tous les matins, elle se demandait si elle était réveillée, car, comme dans ses rêves, chaque fois qu'elle posait les yeux sur un arbre, elle y voyait sa maman perdue, retrouvée puis de nouveau perdue, pendue au milieu des feuilles bruissantes et des fruits mûrs. Chaque bouchée de nourriture avait le goût du sang de Nimrod. Et toujours, sous ses pieds, un grondement sourd de chevaux au galop la menaçait.

Cette malheureuse July n'eut aucune hésitation. Elle inventa une histoire selon laquelle le bébé à la peau noire auquel elle avait donné naissance était mort, gris et raide, à son premier souffle.

Voilà pourquoi je ne peux pas aller plus loin. Voilà pourquoi mon récit touche à sa fin. Car je sais que mon lecteur ne veut pas qu'on lui raconte des histoires aussi affreuses que celle-là. Et croyez bien que votre conteuse n'a pas non plus envie de les coucher sur le papier. Seul mon fils le désire. Car il estime que sa maman devrait tout endurer à nouveau. Li veut que je souffre encore !

Chapitre 18

Lecteur, mon fils est calmé ! La bonté est revenue dans ses yeux. En dépit de ce que vous avez peut-être appris dans mes dernières pages, je vous prie de ne pas mal juger Thomas Kinsman. C'est un bon fils, qui est venu trouver sa mère, la tête basse, honteux et contrit.

Il tenait dans sa main un journal qui, m'expliqua-t-il avec une passion juvénile, était un exemplaire du magazine de la mission baptiste en Angleterre. Apparemment, cette publication était en sa possession depuis aussi longtemps que ses petites chaussures de cuir ; et il est évident qu'il avait pris grand soin de ce document aux pages tristement jaunies et cassantes. Il désirait que sa maman le lise attentivement, dit-il. Et j'obéis.

Oh, lecteur, imaginez ma surprise quand je tombai sur un article de cet auguste volume, signé par nul autre que la femme du pasteur baptiste — la sainte et très, très bonne Jane Kinsman ! Elle y parlait de l'époque où — vivant en Jamaïque avec son mari et ses deux fils — elle avait trouvé un enfant esclave abandonné devant la porte de leur maison. Après avoir recueilli et baptisé le bébé

Thomas, elle avait entrepris de découvrir qui l'avait mis au monde. Quelqu'un, dans la ville voisine (elle ne disait pas qui), pensait que le nourrisson était celui d'une esclave domestique appelée July. Rendez-vous compte, le nom de July imprimé là, lisible par toute l'Angleterre !

Ensuite, l'histoire raconte que Jane Kinsman approcha en secret cette esclave domestique dans les jardins d'Amity. Quand l'esclave comprit que la femme qui avait son petiot se tenait devant elle, elle se mit à trembler de peur. Puis elle supplia Jane Kinsman de garder son fils, sinon sa *missus* (l'article ne nomme pas Caroline Mortimer, mais ce serait facile à deviner puisqu'il n'y avait pas d'autre *missus* à Amity) allait le vendre. Notre auteur poursuit (très longuement et dans un style pesant qui aurait mérité un peu plus de légèreté) en disant qu'elle accepta — elle promit à cette jeune esclave d'élever son bébé afin qu'il ne soit pas vendu.

Oh, lecteur, comme cet article me fit rire quand cette femme de missionnaire ajouta qu'au moment où elle s'engagea à prendre bien soin du bébé l'esclave lui en fut si pitoyablement reconnaissante qu'elle tomba à genoux, pleurant, reniflant et lui baisant les mains. Et vous savez quoi ? C'est la pure vérité, lecteur ! C'est exactement ainsi que se comporta July ce jour-là ; au vrai, comment, sinon, aurait-elle convaincu cette Blanche d'élever son bébé noir ?

Mais ensuite, Jane Kinsman rapportait (dans cet article trop sentimental, et tout plein de cette suffisance dont raffolaient les femmes blanches à l'époque) qu'elle avait demandé à la jeune esclave (c'est-à-dire à notre July) : « Votre fils est-il né dans le mariage ? » Jane Kinsman affirme que cette jeune Noire candide, naïve et simple (ce sont ses mots, lecteur, pas les miens), répondit alors : « Non, *missus*, l'est né dans les bois. »

Lecteur, que les choses soient bien claires : July n'a jamais rien dit d'aussi bébête à cette *missus* blanche, ni ce jour-là ni aucun autre ! Tsst.

Mon fils est d'accord, je dois à présent retourner sans tarder à mon histoire, avant qu'une autre Blanche imbécile ne se l'accapare et ne me fasse dire des choses ridicules. Mais de crainte que mon fils ne m'accuse une fois encore de mensonge, laissez-moi faire une rectification mineure.

Vous souvenez-vous, lecteur, de cette nuit où l'esclavage prit fin ? Des pages où j'ai raconté la mise en terre du cercueil contenant symboliquement cette oppression ? Cette nuit mémorable où Molly avait affectueusement étreint July ? Eh bien, c'est là que je dois faire une correction. Pour autant que je le sache, Molly n'a jamais serré personne dans ses bras de toute sa vie. Et July n'était pas en ville cette nuit-là pour assister à ces festivités extraordinaires. Votre conteuse a trouvé la chronique de l'événement dans les pages d'un autre livre — dont j'ai oublié le titre.

Car je craignais que vous ne jugiez mon histoire fort terne si, quand les Noirs avaient enfin été débarrassés des chaînes de la servitude et que l'esclavage avait été aboli, notre July n'avait pas été en train de bondir de joie au milieu des réjouissances. Mais hélas, en cette glorieuse nuit de délivrance, July était, comme vous allez le lire à présent, confinée en l'assommante compagnie de sa *missus*.

Chapitre 19

Tic-tac, tic-tac, tic-tac. D'une oreille, July entendait la haute horloge du salon égrener le compte à rebours jusqu'à l'heure où la fausse liberté de l'apprentissage[1] prendrait fin et où elle ne serait véritablement plus considérée comme une esclave. Tic-tac, tic-tac, tic-tac. Son autre oreille, cependant, était obligée de prêter attention au bavardage de sa *missus*.

Caroline Mortimer était occupée à répondre avec retard aux arguments d'une querelle qui l'avait récemment opposée à son contremaître, John Lord — juste avant que celui-ci, en un violent affront, dévale les marches de la véranda, saute sur son cheval et quitte son emploi au galop.

« J'aurais dû lui dire, ce que j'aurais dû lui dire, oh, comme je regrette de ne pas l'avoir dit. J'aurais dû lui dire : "Pourquoi devrais-je payer un contremaître si je suis obligée de faire le travail moi-

1. L'abolition de l'esclavage (1833) fut suivie d'une période de transition, dite « d'apprentissage », durant laquelle les affranchis avaient l'obligation de travailler pour leurs anciens maîtres. Le système prit fin en 1838.

même ? Dois-je nourrir un chien et en plus aboyer ?" Oh, si seulement j'avais dit ça, Marguerite, il aurait tenu sa langue et ne nous aurait pas demandé de visiter le village des Noirs. Mais c'est tellement dur de trouver une repartie intelligente au bon moment. Et ce bon à rien qui me harcelait avec ses instructions. Il n'aurait jamais eu le courage de s'adresser à mon frère de cette manière. Si mon frère (que Dieu ait son âme) était en vie, il aurait insisté pour que le contremaître règle lui-même le problème avec les Noirs — puisque c'est son métier. Mon frère lui aurait dit d'aller se faire voir. Mais il s'imagine qu'il peut me demander n'importe quoi sous prétexte que je suis une femme. Eh bien, je ne le ferai pas — il n'en est pas question. C'est inutile. Je vais trouver un autre contremaître qui accomplira correctement sa tâche. Quant à John Lord, avec ses affreuses moustaches et ses sourcils en broussaille, bon débarras. Oh, Marguerite, j'aurais dû lui dire : "Dois-je aboyer moi-même ?" Si seulement j'avais pensé à être aussi cinglante... » Et là-dessus, sa *missus* se laissa tomber sur son divan, en continuant de pépier comme un oiseau en pleine détresse.

John Lord était le dixième — non, attendez, peut-être le onzième — contremaître employé à Amity depuis que Caroline Mortimer avait repris la gestion de la plantation de son défunt frère. Il était resté un petit peu plus longtemps que la plupart — plus d'un an.

Six ans avaient passé depuis que Caroline Mortimer avait enterré le corps de son frère dans la terre consacrée du cimetière, à gauche de sa femme Agnes et à la tête de son petiot à la vie éphémère. Après ces sombres obsèques, des Blancs de toute la paroisse — vêtus de la tête aux pieds de noir corbeau — étaient venus en un long défilé présenter leurs condoléances à notre *missus*. Et tous ces hôtes à la mine grave entrés dedans la grande maison d'Amity avaient eu droit au récit épouvantable de ce qui était arrivé à John Howarth au cours de cette nuit cruelle, lorsqu'il avait été brutalement et sauvagement assassiné. Au vrai, une visite guidée des pièces concernées accompagnait même l'histoire, dirigée par la *missus*.

Au début, son récit conservait une certaine sobriété : un nègre attendait sous le lit et avait tiré sur son frère en plein visage ; l'assassin avait ensuite été poursuivi jusqu'au village des esclaves, où le contremaître l'avait capturé ; mais au cours de l'abominable émeute qui avait éclaté, Dewar avait été attaqué par une redoutable esclave, avant de mourir un peu plus tard de ses blessures.

Mais la façon dont ses auditeurs retenaient leur souffle, portaient les mains à leur poitrine, se laissaient tomber sur des chaises, ouvraient grands la bouche et les yeux de surprise, et leur compassion — les « Oh, ma chère… Oh, pauvre, pauvre femme… Oh, Dieu du ciel, comme vous avez souffert… Oh, quelle femme courageuse, votre frère (que Dieu ait son âme) aurait été tellement fier de votre force de caractère… Vous faites honneur aux planteurs jamaïcains… » —, qui flattèrent l'amour-propre de Caroline Mortimer, transformèrent petit à petit l'histoire qui s'exhalait de ses lèvres en un récit digne de l'écrivain le plus romanesque.

Bientôt, voyant le nègre tuer son frère, Caroline Mortimer saisissait son pistolet à crosse de nacre et donnait la chasse. Bien que folle de chagrin, elle était résolue à traîner elle-même cet assassin à la potence. Et Tam Dewar, qui au début n'était que le contremaître, connu de tous comme un Écossais plutôt vulgaire, désagréable et rustre, se transforma petit à petit en son preux chevalier. Il la prenait dans ses bras et lui jurait qu'il remuerait ciel et terre pour traduire en justice le coupable de ce crime odieux. Le nègre, Nimrod, inutile de le dire, devint un barbare assoiffé de sang, rusé comme un chien sauvage et aussi vil qu'un ver de terre. July n'apparaissait dans aucun des récits, sauf une fois, pour renverser d'effroi une cruche d'eau, telle une bouffonne. Quant à l'esclave qui avait attaqué notre vaillant, courageux et franc Tam Dewar (c'est-à-dire miss Kitty), c'était une diablesse noire, qui, avec une sauvagerie impitoyable, des poings brutaux et des dents acérées, traquait les Blancs sur cette île pour les brûler.

Sans craindre qu'une personne digne de foi (comme July) ne s'avance pour donner un autre point de vue sur les événements, Caroline Mortimer devint, à la cinquième version de son récit, l'héroïne déterminée de l'histoire.

Caroline en vint à croire si fort à sa propre audace, elle s'amouracha tant de sa hardiesse et se persuada tellement de cette compétence imaginaire, que lorsque ces planteurs et toutes les mouches du coche de la paroisse commencèrent à lui donner des conseils à propos de ce qu'elle devait faire sur la plantation de son frère, la *missus* était si gonflée de suffisance qu'elle déclarait : « Dieu m'en est témoin, je vais développer et faire prospérer la plantation d'Amity afin qu'elle devienne un monument à la mémoire de feu mon très cher frère ! »

Même deux offres étonnamment généreuses faites par ses voisins à l'Ouest et au Sud — pour la terre, les esclaves, les installations sucrières, la maison de maître, et incluant même le coût probable de la reconstruction du village des esclaves et de l'hospice qui avaient brûlé — ne réussirent pas à la persuader qu'une retraite tranquille à Islington, en Angleterre, valait bien une entorse à sa résolution.

Elle n'approuvait pas non plus l'idée qu'un administrateur gère les affaires de son frère. Non. Poussée par ses souvenirs fabriqués, elle déclara que c'était mal connaître Caroline Mortimer que de la croire brisée par ces malheurs et ces tribulations. Seule, elle ferait d'Amity la propriété la plus florissante de toute la Jamaïque. Son frère n'en aurait pas attendu moins d'elle.

Cependant, la première morsure de la simple réalité ne mit pas longtemps à décourager la *missus*. Une fois entrée dans la pièce humide et froide, à l'odeur fétide, de l'économat, pour commencer à étudier sérieusement les livres de comptes de son défunt frère, elle s'aperçut vite que la fortune d'Amity n'était pas aussi abondante qu'elle l'avait toujours imaginé lorsqu'elle somnolait sur son divan.

Au cours de sa première année en tant que propriétaire, elle dut laisser les pièces de canne de Virgo et de Scarlett Ponds en jachère, car elle n'avait pas suffisamment d'esclaves pour les exploiter. Certains avaient péri pendant les émeutes, d'autres avaient été amputés ou rendus inaptes au travail une fois que la justice en avait eu fini avec eux. Même après que les sept esclaves prêtés à Unity Pen par son frère — des charpentiers pour la plupart — furent priés de rentrer, elle n'avait pas assez de main-d'œuvre pour faire tourner le moulin et bouillonner les chaudières à plein régime. Et elle ne put acquérir de corps noirs valides pour regarnir son cheptel ni avec des sourires amicaux ni à des prix aimablement négociés. Car tous les planteurs de son entourage arguaient qu'ils souffraient du même problème. Au cours de cette année où la propriété d'Amity passa du frère décédé à la sœur déçue, le nombre de barriques sorties de la sucrerie de la plantation fut divisé par dix.

Aussi la *missus* décida-t-elle avec son contremaître de l'époque (le troisième, je crois, après que le deuxième eut été ravagé par la vérole) qu'il informerait tous les esclaves oisifs, indolents et bons à rien que leurs cases seraient les dernières à être rebâties si leur rendement ne s'améliorait pas. Jusqu'à ce que la plantation appelée Amity retrouve une santé florissante, elle accepta que ses esclaves se passent de leur temps de repos. Au cours de la deuxième année, elle autorisa la construction d'un nouveau cachot près de l'hospice brûlé, pour châtier les Noirs qui se révéleraient d'incorrigibles fainéants. « Ça ne pourra pas faire de mal », dit-elle à propos de ces dispositions.

L'apprentissage fut ensuite imposé à notre *missus* et à tous les planteurs des Caraïbes. Aussi pleins d'espérance que les Hébreux fuyant l'Égypte, les nombreux esclaves travaillant à Amity quittèrent la plantation pour aller en ville écouter l'homme blanc, « le *massa* venu de l'Angleterre », qui leur expliqua, du balcon du tribunal, les détails des préparatifs en vue de la liberté.

Bien qu'ils fussent encore obligés de travailler pendant six ans pour la *missus* sans salaire, après avoir entendu leur Moïse en pantalon beige proclamer la fin de l'esclavage, les esclaves se crurent véritablement libres. Ils refusèrent de travailler plus que les quarante heures par semaine alors exigées d'eux par le roi William et la loi anglaise. Aucun appel à la discipline et à « l'obéissance à toute personne détenant l'autorité » n'eut d'effet sur les Noirs de Caroline Mortimer. Or quarante heures par semaine ne suffisaient pas à assurer une récolte sucrière. Et aucune récompense, aucun contremaître (et sûrement pas les deux brutes galloises et alcooliques qui supervisaient les champs à cette époque) ne parvint à faire travailler les Noirs plus longtemps.

Cependant, Caroline Mortimer avait l'obligation de les entretenir comme avant — les loger, les nourrir et les vêtir. La *missus* pleurnichait que même si les compensations accordées par l'État tinteraient peut-être bientôt dans sa bourse, ses récoltes n'en resteraient pas moins sur pied. Les becs sucrés en Angleterre ne se rendaient pas compte des tracas qu'elle supportait pour eux.

Puis, par un matin pluvieux et venteux, un groupe trempé de Noirs à l'aspect le plus négligé, abattu et misérable qui soit se présenta en une délégation épuisée dans le jardin de la grande maison. Ils avaient des plaintes à formuler à propos du cachot, s'écrièrent-ils, et étaient venus parlementer avec la *missus*.

Caroline refusa de laisser cette mauvaise troupe s'approcher plus près que la bordure de son jardin. Si faibles qu'ils avaient peine à résister à la force du vent violent, ces apprentis étaient obligés de hurler pour se faire entendre. Et ils lui crièrent une histoire de torture abominable et de conditions tellement abjectes dans ce cachot que la *missus* fut forcée de conclure que c'était sûrement le vent cinglant qui déformait leurs propos.

Si bien qu'avec un air de pitié, mais en levant les yeux au ciel, elle dit doucement : « Quelles bêtises. »

« Venez voir par vous-même », la supplia-t-on — pas une fois, ni deux, mais encore et encore, pendant que la *missus* secouait la tête et leur faisait signe de s'en aller en affirmant qu'elle n'avait pas le temps.

En désespoir de cause, l'un des plus décharnés et affamés de la bande (James Richards, un charpentier) rassembla suffisamment de souffle pour crier : « *Massa* li viendrait si l'était vivant. »

L'attention de Caroline fut saisie sur-le-champ. Elle se mit en selle l'après-midi même.

Le contremaître, Henry Reed, étant introuvable, ce fut son économe, un novice dégoulinant de sueur âcre, qui obéit à contrecœur à l'ordre de conduire la *missus* dans le cachot.

Le passage étroit et les deux cellules voûtées de cette prison étaient plongés dans le noir quand la *missus* y pénétra. Malgré la puanteur — on aurait dit celle d'un rat mort en décomposition — épaisse comme du gruau, elle crut ces petites salles de pierre vides. Mais, tout comme on sent d'abord la présence de chauves-souris dans une grotte, à mesure que ses yeux s'habituaient à l'obscurité, elle commença à voir les murs noirs bouger. Le tressaillement des ténèbres n'était cependant pas causé par des rongeurs volants, mais par les nombreux détenus qui se tordaient dans leurs chaînes. Sentant la présence de visiteurs, ils se mirent à s'agiter davantage. Le raclement du métal, le fracas des fers, la plainte des voix rauques l'assaillirent dans une cacophonie, tandis que des yeux languides et d'autres affolés s'efforçaient de la distinguer dans la pièce obscure. Un homme (Richard Young, de la première équipe) était attaché au mur par ses bras levés. Une femme nue (Catherine Wiggan, elle aussi de la première équipe) était enchaînée au sol par le cou. Une enfant (la plus jeune fille de Catherine, Liddy, je crois) était clouée au pilori par les chevilles. Et d'autres par ici. Et encore d'autres par là. Le cachot était bondé.

La *missus* s'enfuit.

De retour à la grande maison, Caroline Mortimer se mit directement au lit, avant de se plonger dans le réconfort d'une bouteille de son madère le plus sirupeux. July trouva sa *missus* en train de vomir sur ses draps ; d'une voix pâteuse, elle lui ordonna de lui préparer une malle puisqu'elle avait l'intention d'embarquer sur le premier navire en partance pour l'Angleterre. « Je n'en avais aucune idée, je n'en avais aucune idée… Je croyais que c'était une cellule de prison avec de l'eau, du pain et du mobilier rudimentaire… Je suis une chrétienne… Crois-moi quand je dis que je n'en avais aucune idée. »

Comment la *missus* avait pu ignorer les épouvantables conditions de vie dans ce cachot d'Amity, ça dépassait l'entendement de July. Car tous les Noirs de la plantation, même ceux qui travaillaient en cuisine, craignaient sa dureté. Au vrai, les enfants avaient même inventé une comptine là-dessus, qu'ils récitaient en jouant au jeu du gros caillou :

Ma mama dit au bakkra pas mi jeter au cachot
Ma sœur dit au bakkra pas mi jeter au cachot
La missus dit au bakkra pas mi jeter au cachot
Et le bakkra li jette tout le monde au cachot.

Tandis que la *missus* gémissait en protestant de son innocence, July haussa les épaules et lui dit : « Alors, faites fermer le cachot, *missus*. » Quand elle leva la tête pour regarder July, Caroline avait l'air perplexe d'une enfant candide. Ses yeux vitreux étaient bordés d'un rouge profond, ses joues étaient d'un gris terne, ses lèvres couvertes de vomi séché, et ses cheveux aussi décoiffés que le plumage d'un cacatoès mort. July ressentit un bref accès de pitié pour cette Blanche désespérée — sa *missus* au gros derrière —, mais il se dissipa très vite.

« Dites-le au contremaître, reprit July avec une prudente autorité. Dites à cet homme de fermer le cachot et de ne plus l'utiliser. »

*

Et c'est exactement ce que fit Caroline. « Fermez-le. Fermez-le, ordonna-t-elle au contremaître, et espérez que le juge n'en entende jamais parler. » Elle obligea Henry Reed non seulement à vider les cellules de tous leurs captifs mais aussi, sur la suggestion de July, à brûler le cachot pour faire disparaître en fumée sa barbarie. Et si Henry Reed démissionna peu de temps après en se plaignant de ne plus avoir de moyens pour faire marner les oisifs, les indolents et les bons à rien, du moins cet épouvantable cachot n'existait-il plus.

Notre *missus* fut tellement fière de cette splendide résolution qu'elle proclama qu'à partir de ce jour July, sa femme de chambre (ou Marguerite, comme elle continuait de l'appeler), l'assisterait également dans l'administration de la plantation. Car quand son frère était encore en vie, n'était-ce pas July qui se tenait à côté d'elle pour faire le tri entre les malades et les simulateurs du lundi matin ? « Non. Lui l'a seulement la gueule de bois d'avoir bu trop de rhum », lui disait July, ou : « Le noir dessus cette langue, là, c'est pas la maladie, ça s'en va si on frotte », ou : « Attention, *missus* — le pian ! » Si July pouvait l'assister à l'époque, alors qu'elle n'était encore qu'une enfant, elle n'en serait qu'une meilleure aide aujourd'hui. Il fallait tenir le registre des esclaves, réclamer les compensations, et, toujours, trouver des économes et des contremaîtres…

« Je peux pas, *missus*, lui dit July.

— Sornettes. J'ai dit que tu le ferais, alors tu le feras, gazouilla la *missus*. Nous allons ranger les Noirs en une file, ils donneront leur nom, et tu les noteras dans le registre. J'en aurai besoin pour l'inspection, afin d'obtenir le dédommagement.

— Mais je peux pas, *missus*, répéta July. Je sais pas lire et écrire. »

Sa *missus* faillit être abattue par la force de cette soudaine prise de conscience.

« Oh, Marguerite, dit-elle, exaspérée. Mais comment est-ce possible ? »

*

Nom, sexe, âge. Ce furent les premiers mots que July apprit à écrire — sa langue pointant entre ses lèvres pour suivre chaque trait de plume. Quand, d'une voix hésitante, elle réussit pour la première fois à lier le son des lettres pour former un mot, sa *missus* sauta sur ses pieds en applaudissant. « Oui, oui, oh oui, Marguerite. »

Caroline Mortimer se révéla un professeur très compétent — rendez-vous compte, elle fit venir un tableau noir, de la craie et une baguette de la ville. Elle prenait la main de July dans la sienne pour tracer toutes les lettres de l'alphabet. Elle écrivait des mots simples au tableau et ordonnait à July de les recopier de son écriture maladroite. Elle lisait même à haute et intelligible voix dans des livres — pendant que July suivait les mots avec son doigt — avant d'exiger de son élève : « Répète… répète… répète… »

Mais longtemps après que la *missus* se fut lassée de ces leçons — et que le tableau poussiéreux eut été retiré pour servir de plateau de table dans la cuisine —, July demeura très désireuse de poursuivre son apprentissage. Il y avait de nombreux livres et journaux dans la maison — des papiers couverts de lettres grises imprimées aussi serrées que des taches — que July commença, par esprit de contradiction, à étudier, un laborieux mot après l'autre, jusqu'à ce que leur fouillis prenne un sens. Tête, commerçant, inférieur, champ, domestique — bientôt, July lisait ces mots aussi vite qu'elle parlait, et les écrivait sans l'aide de sa langue.

*

July était devenue une grande jeune femme, mais n'avait pas la carrure impressionnante de Kitty, sa maman. Ses cheveux n'étaient plus la tignasse toute hérissée de son enfance : ils étaient toujours soigneusement nattés et ceints d'un foulard propre et coloré. Sa bouche charnue avait toujours cette expression malicieuse au coin des lèvres, d'où une remarque ironique ou quelque invraisemblable vérité semblait sur le point de s'échapper. Mais un observateur attentif aurait pu discerner dans ses yeux noirs et vifs l'angoisse qui l'habitait. Car ses rêves étaient si oppressants, hantés par tant d'épisodes douloureux, que July ne parvenait pas à se reposer plus de quatre heures par nuit. Lorsqu'elle n'y prenait pas garde, la lourdeur de ses paupières et l'affaissement de sa mâchoire pouvaient donner à ses traits un aspect morose, aussi brusquement qu'une poupée à deux faces change de visage.

Mais July était si importante pour Caroline que sa *missus* avait reçu trente et une livres en dédommagement pour sa liberté. Florence et Lucy valaient beaucoup moins — dix-neuf livres et dix shillings —, étant des esclaves inférieures seulement capables de faire la lessive et de réduire les robes de la *missus* en lambeaux. Byron — à présent le jeune palefrenier empressé d'Amity — ne rapporta que treize livres et quatre shillings pour sa maigre constitution.

July avait été contente de son prix. Trente et une livres ! Elle s'en vantait même. Puis un jour, en étudiant des papiers, elle découvrit que la *missus* avait également reçu trente et une livres en contrepartie de cette bonne à rien et borgne de Molly.

Tout de même ! July était une domestique sachant lire et écrire — mieux que de nombreux Blancs sur l'île ; elle était suffisamment intelligente pour négocier les meilleurs prix même avec les marchands noirs les plus malhonnêtes, et réussissait en conséquence à remplir les réserves avec une maigre bourse ; elle faisait taire les querelles entre les domestiques et travailler les boys ; elle montait à cheval à côté de sa *missus* et pouvait la conduire dans le cabriolet ; elle brossait les cheveux de sa *missus* et lui laçait ses vêtements ; et, sur les ordres de cette dernière, elle allait à la sucrerie — les pieds recouverts de craie quand elle entrait dans cet enfer — pour inspecter le sirop dans les chaudières et transmettre les instructions de sa *missus* au raffineur. Et tant d'autres choses — trop longues à énumérer compte tenu de mon misérable stock de papier.

Et Molly, lecteur ? Que faisait-elle ? Eh bien, Molly était devenue cuisinière. Elle aurait pu vous empoisonner avec sa crème anglaise et vous faire regretter Hannah, la cuisinière décédée, à chaque bouchée de sa nourriture dégoûtante. Trente et une livres pour Molly ! Tsst ! Mais là, on voit la rancune de l'esclavage, lecteur. Cet impitoyable document laissa notre July si abattue qu'à cet instant, elle regretta d'avoir appris à lire ; c'était un tel choc de découvrir qu'en Angleterre ces Blancs à moustaches très, très prétentieux estimaient que Molly et elle avaient la même valeur.

*

Tic-tac, tic-tac, tic-tac. Lorsque l'horloge sonna enfin minuit, cette nuit où l'esclavage prit fin, July compta doucement un, deux, trois, quatre... jusqu'à ce que le fatidique douzième coup tonne dans la pièce.

Et pourtant, sa *missus* continuait de jacasser : « Si je lui avais parlé du contremaître qui allait se précipiter pour prendre sa place, ça lui aurait fermé son clapet, à ce John Lord. Oh, voilà ce que j'aurais dû lui dire. J'aurais dû dire ça, Marguerite. »

Par la haute fenêtre, par-delà la stridulation des cigales et le gazouillis des créatures nocturnes, July percevait des cris et des exclamations siffler dans l'air. Des tambours battaient dans le lointain. Des conques pépiaient et vagissaient pour réveiller les affranchis. Et sa *missus* continuait : « J'aurais dû lui parler de la missive que j'ai reçue de M. Goodwin, de Somerset Pen. Ce contremaître dispose de plusieurs lettres de recommandation. Il sera là pas plus tard que demain. Même Mme Pemberton m'en a dit le plus grand bien. D'après elle, il comprendra cette affaire bien mieux que John Lord ne l'a jamais fait. J'aurais dû lui parler de ce nouveau contremaître. Oh, mais pourquoi je ne trouve jamais la chose à dire au bon moment... »

Dans sa tentative d'interrompre le babillage incessant de sa *missus*, July envisagea de se lever de sa chaise et de mettre ses pieds nus et noirs dans les pas bottés de tous ces contremaîtres blancs — de descendre les marches de la véranda et de démissionner. Au lieu de cela, toujours assise à côté de la fenêtre, elle bâilla bruyamment et s'étira de tout son long. Caroline Mortimer ne tarda pas à la dévisager.

« Tu ne m'écoutes plus, Marguerite ? dit-elle.

— Sûr que si, *missus*, répondit July. Mais je me disais que je suis libre maintenant. »

Sa *missus* en resta sans voix. Combien de temps dévisagea-t-elle July, ainsi réduite au silence ? Assez longtemps pour que le son lointain d'un violon et de cymbales, entré en sautillant par la fenêtre ouverte, ordonne petit à petit ses notes enchevêtrées en un couplet et un refrain distincts à leurs oreilles. Les joues rougies de Caroline et ses yeux troubles se tendirent alors en un sourire qu'elle espérait bienveillant. Et tout à coup, la *missus* dit, le souffle court : « Mais tu ne me laisserais pas, n'est-ce pas, Marguerite ? »

Chapitre 20

À onze heures le lendemain matin, on entendit un cheval approcher de la grande maison d'Amity. Le cavalier descendit de son coursier pour gravir les marches à son propre galop. Robert Goodwin ne pénétra pas sous la véranda en menaçant Byron du fouet s'il ne tenait pas fermement son cheval, comme tant d'autres contremaîtres l'avaient fait auparavant. Il ne s'écria pas : « Ohé, y'a quelqu'un ? » en frappant du poing sur le pilier de l'avant-toit, ce qui faisait trembler toute la maison. Sa voix n'était pas pâteuse, comme celle du contremaître irlandais, qui avait roté en exhalant dans l'air l'odeur âcre de la bière et du rhum. Et il ne donna pas une bonne claque sur les fesses de July, en mimant le mouvement de la fornication, avant de crier : « Dis à ta *missus* que c'est son jour de chance ! » Non. Robert Goodwin monta les marches de la véranda en levant haut les bras, comme un prédicateur en train de louer le Tout-Puissant.

« Une nouvelle ère commence », annonça-t-il. Puis, avec un grand sourire joyeux qui irradia jusqu'à July, Robert Goodwin ajouta, plein de ravissement : « Regardez, une aube neuve vient de pointer. L'esclavage — ce mal épouvantable — est aboli. »

*

Ce nouveau contremaître n'était ni une brute ni un alcoolique ; c'était un gentleman, fils d'un pasteur d'une paroisse voisine de Sheffield. Un homme de vingt-six ans aux mains douces, aux ongles propres, aux cheveux épais et noirs comme du limon de rivière. Bien qu'il fût de la même taille que la *missus*, son maintien droit et résolu le faisait paraître mesurer au moins cinq centimètres de plus. Et il n'avait pas d'affreuses moustaches ou des sourcils broussailleux pour déparer le rose juvénile qui lui colorait encore les joues. Robert Goodwin était quelqu'un à qui, en Angleterre, la *missus* aurait pu, en toute bienséance, serrer la main. Au vrai, la famille de sa mère comptait même un baronnet dans ses rangs.

Après une longue et interminable visite pour passer en revue les ouvriers agricoles d'Amity, Robert Goodwin rendit son verdict en ces termes : « Jamais je n'avais vu autant de pauvres et misérables Noirs, madame Mortimer. Leurs maisons et leurs jardins ont été négligés — certains ne sont ni plus ni moins que des ruines. »

Certes, ces mots étaient exactement les mêmes que ceux employés par le précédent contremaître (juste avant qu'il ne quitte sa place en un affront violent envers notre *missus*), mais Caroline Mortimer les accueillit avec une telle expression de stupéfaction incrédule, qu'on eût pu croire qu'elle les entendait pour la première fois. « Oh, comment y remédier ? s'exclama-t-elle. Dites-le-moi simplement, monsieur Goodwin, car tel sera mon désir à moi aussi.

— D'abord, madame, nous devons tenter de mieux les disposer à votre égard en les assurant de votre volonté de les traiter équitablement maintenant qu'ils sont libres, lui expliqua-t-il. Je vais m'adresser brièvement à tous les Noirs dans la cour du moulin. Et vous devez m'accompagner dans cette mission, madame Mortimer — ils ne doivent avoir aucun doute sur le fait que je parle sous votre autorité. »

Il ignorait alors que des mots identiques, préconisant des mesures similaires, avaient un jour tellement offensé la *missus* qu'elle avait failli dire — si seulement elle avait eu cette présence d'esprit — au dernier homme qui les avait prononcés d'aller se faire voir. Bien que Robert Goodwin eût la sagesse de froncer les sourcils, de crainte qu'une recommandation aussi directe ne froisse son employeuse, il n'aurait pas dû s'inquiéter, car elle lui répondit avec un enthousiasme débridé.

« Bien sûr ! Tout ce que vous voudrez. Mais croyez-vous que les Noirs nous écouteront ?

— Oh, oui, madame », répondit-il. Et quand, d'un simple haussement de sourcils, son expression passa de l'anxiété à la méditation pensive, la *missus* se pencha sur sa chaise pour l'écouter en une plus profonde communion.

« Les Noirs sont des gens simples et bons, reprit-il. Ils ont besoin de bienveillance, c'est tout. Si vous leur en témoignez, ils vous répondront par l'obéissance. »

Elle pencha la tête, et un sourire compréhensif apparut.

« Ils ne sont pas très différents des chiens, de ce point de vue, dit-il, ce qui donna à notre *missus* l'occasion d'émettre un séduisant petit gloussement. Je vous en prie, ne vous méprenez pas, madame Mortimer. »

Oh, non, non, non — notre *missus* secoua la tête.

« Les Africains appartiennent de plein droit à la famille humaine. Ce sont des âmes vivantes. Les enfants du bon Dieu au même titre que nous. »

Les lèvres de la *missus* formèrent un silencieux « bien sûr ».

Ce fut seulement lorsqu'il ajouta : « Mais maintenant qu'ils sont libres de travailler de leur plein gré, je crois sincèrement que, si on les traite avec sollicitude, ils travailleront encore plus dur pour leurs maîtres », que la *missus* s'autorisa à écarquiller les yeux en signe de léger doute.

« En êtes-vous sûr, monsieur Goodwin ? » lui demanda-t-elle.

Sa réponse : « J'en ai la certitude » permit à la *missus* de se détendre et de remettre en place la boucle qui ne cessait de lui retomber sur le front, malgré l'épingle à cheveux.

« C'est la raison pour laquelle je suis venu en Jamaïque. C'était le souhait de mon père, bien sûr. Celui-ci croit du fond du cœur que l'esclavage est une abomination. “Montre de la bonté aux Noirs, Robert, me disait-il. Témoigne-leur de la compassion. Promets solennellement, sur tout ce qu'il y a de plus sacré, de ne jamais trouver le repos tant que les Noirs n'auront pas leur place dans la société humaine."

— Vraiment ? laissa échapper notre *missus*, avant de porter les doigts à ses lèvres pour étouffer la raillerie.

— L'Angleterre, poursuivit-il, cette grande et noble nation chrétienne qui est la nôtre, doit être lavée de la souillure abominable de l'esclavage, ne croyez-vous pas, madame Mortimer ?

— Oh, si, monsieur Goodwin, acquiesça-t-elle de tout son cœur.

— Oh, comme je m'en réjouis, madame ! Si seulement tous les planteurs sur cette île ressentaient la même chose. L'administrateur d'Unity, où j'ai eu mon premier emploi, m'a tout simplement ri au nez. Et Mme Pemberton, à Somerset, bien que bonne chrétienne, s'est trouvée incapable de concilier travail et bonté. Aucun d'eux n'a voulu écouter le message simple de mon père.

— Mais moi, je le veux », dit la *missus* d'un ton modeste et paisible.

Ce compliment que lui avait adressé le contremaître — le fait d'avoir su percevoir, en si peu de temps, qu'elle était plus sensible que Mme Pemberton et plus raisonnable que ce balourd d'Unity — lui fut aussi doux que la délicate caresse dont elle commença à gratifier son propre cou. Et si le contremaître avait l'intention de repartir dans les chimères de son papa, c'est qu'il n'avait pas encore saisi à quel point notre *missus*, une fois lancée, était elle-même experte en matière de bla-bla.

« J'ai hérité cette plantation de feu mon cher frère, déclara-t-elle en le regardant avec de la ferveur dans les yeux. Et, bien qu'il ait été brutalement et sauvagement assassiné par une redoutable Noire assoiffée de sang — mais laissons cette tragique histoire pour plus tard —, je me suis toujours efforcée, depuis que je suis la maîtresse de cette plantation, de faire le bien. J'ai été, par le passé, contrariée dans ma mission par les agissements parfois irréfléchis de mes employés et contremaîtres. Maintenant que vous êtes avec nous, monsieur Goodwin, j'espère voir bientôt les améliorations que nous appelons tous les deux de nos vœux. » Puis elle lui adressa un grand sourire.

*

Lorsque Robert Goodwin prit congé de la *missus* ce jour-là, il la salua bien bas avec une gracieuse élégance. Le suivant dehors sous la véranda, elle agita le bras pour lui dire au revoir, comme s'il était un hôte de marque et non son employé. Puis, dès qu'il fut hors de vue, la *missus* s'empara brusquement du bras de July. Elle se pencha vers elle avec un gloussement espiègle, comme si July était une grande amie à qui elle devait confier son secret et dit : « Oh, Marguerite, n'a-t-il pas les yeux du bleu le plus extraordinaire ! »

*

Tous les Noirs ne s'étaient pas déplacés pour écouter le discours de Robert Goodwin, juché sur les barriques vides dans la cour du moulin. Beaucoup étaient encore couchés, la tête trop douloureuse pour entendre pérorer un *bakkra*. Certains se sentaient maintenant trop libres pour obéir aux ordres, tandis que d'autres avaient déjà plié bagage et fui ce village obscur. Cependant, presque une centaine de Noirs s'attardaient devant lui — s'éventant avec une feuille de bananier, mangeant une igname, appelant un enfant, chassant un chien, se grattant la tête, se curant les dents, bâillant, commentant le spectacle de ses bottes de cuir brun.

Tous étaient venus voir ce nouveau contremaître, arrivé de Somerset Pen dessus son grand, grand cheval, et le crâne tout farci de belles idées. Il y avait là Peggy Jump, de retour de la rivière, sa lessive trempée encore sur la tête, dans le panier d'osier dégoulinant d'eau. Elle et son mari, Cornet, le muletier qui conduisait la charrette aux champs, se disaient depuis longtemps que quand la liberté viendrait, ils quitteraient Amity pour aller chercher leur fille, vendue par le *massa* mort à une plantation très, très loin dans le Westmoreland.

Peggy expliquait à Mary Ellis que le dernier contremaître, John Lord, était un bon *bakkra*, et que tous les petiots le suivaient pour regarder à l'intérieur de ses trous de nez, parce qu'il en jaillissait plein de poils. Mary, tendant le cou pour jeter un petit coup d'œil au nouveau contremaître, déclara : « Mais l'est pas bien grand. Sans le chapeau sur la tête et le tonneau sous ses pieds, li va se perdre dans la sanguinette. »

Mary, qui comme Peggy travaillait dans la première équipe, partageait depuis trop longtemps une case avec Peggy et Cornet, car la sienne avait été anéantie sous les sabots et dans les flammes en cette terrible nuit d'émeute. Et jamais réparée jusqu'ici ! Il n'en restait que deux pieux — inutiles, sinon en tant que cruel souvenir et pour attacher la chèvre. La prière du dimanche de Mary, c'était de ne plus jamais planter, fumer ou couper cette satanée canne à sucre. Mais si elle pouvait profiter un peu de la maison de Peggy et Cornet une fois qu'ils seraient partis dans le Westmoreland, sans les ronflements de Cornet pour la priver du moindre sommeil, elle dormirait tranquille sous ce toit solide.

Et il y avait James Richards. Tout ce que dirait ce nouveau contremaître le mettrait en rogne, et le Blanc n'avait même pas encore ouvert la bouche. « Je suis plus jamais esclave. Je suis un homme libre, disait le charpentier à qui voulait l'entendre. J'ai plus à écouter aucun *bakkra*.

— Pour sûr », acquiesça Dublin Hilton, le raffineur. Dublin ne pensait pas à s'en aller. Au vrai, il était trop vieux, et maintenant qu'on avait fermé le cachot, tout n'allait pas si mal. Il y avait plein plein d'endroits pires. Et Elizabeth Millar, qui revenait de sa parcelle vivrière, sa houe à l'épaule, déclara tout fort à James que la reine avait ordonné aux Noirs de rester dedans leurs maisons et de cultiver leurs terres.

Samuel Lewis siffla pour la faire taire afin de pouvoir entendre. Lui gagnait tout plein d'argent avec sa pêche et son terrain. Il était maintenant un commerçant et il lui faudrait trouver un petit arrangement avec le *bakkra* pour pouvoir rester près de la rivière.

Assises par terre sous un trait d'ombre se tenaient Bessy et Tilly. Bessy faisait partie de l'équipe au travail allégé depuis qu'elle avait perdu deux doigts, écrasés au moulin. Elle pensait rester, mais avait entendu dire que le contremaître allait devoir faire venir une équipe de journaliers d'Unity, et il était pas question qu'elle travaille avec des nègres d'Unity. Sûrement pas. Ils étaient sales, sournois et feignants. Quant à Tilly, elle contemplait le nœud rouge écarlate sur le chapeau de paille de la *missus* en rêvant d'être blanche...

Tous ceux qui virent Robert Goodwin — vêtu de sa redingote marron et coiffé d'un superbe panama — surent tout de suite que ce nouveau contremaître était un fils de pasteur ; car son oraison possédait la ferveur d'un sermon divin. Il commença d'une voix claire et sonore : « Bonjour à vous tous. Votre maîtresse, Mme Mortimer, qui est assise à côté de moi, par la grâce de Dieu et la loi anglaise, vous a accordé votre liberté. Personne ne peut plus vous obliger à continuer de travailler pour elle. »

Un hourra tonitruant monta de la foule devant lui. Le contremaître dut lever les mains pour rétablir le silence. « Mais il est une chose que chacun d'entre vous doit se rappeler. Alors, écoutez-moi bien. Les maisons dans lesquelles vous vivez et les terres que vous cultivez ne vous appartiennent pas. Elles sont la propriété de votre maîtresse. Quels que soient le temps que vous avez passé dans une maison, les efforts déployés pour l'entretenir, ou le labeur que vous avez consacré à votre jardin et à vos parcelles vivrières, ils n'en appartiennent pas moins toujours à votre maîtresse. Que ce soit bien clair pour chacun d'entre vous. Si vous refusez de travailler pour votre maîtresse comme vous le faisiez auparavant, vous ne pouvez espérer demeurer dans votre maison. Si vous ne travaillez pas dur pour elle, vous ne pouvez espérer continuer à cultiver vos terres vivrières. Les bonnes âmes prêtes à travailler pour un salaire raisonnable et juste pourront rester dans leur maison en échange d'un faible loyer, et cultiver leur jardin comme elles l'ont toujours fait. Ceux d'entre vous qui sont courageux et bien disposés réussiront. Les paresseux, les débauchés, les indolents et les récalcitrants ne prospéreront pas et ne resteront pas. J'espère que vous choisirez tous de travailler dur — dans les champs de canne, à la sucrerie, dans les enclos à bestiaux et partout où vos supérieurs jugeront vos efforts nécessaires — afin que la plantation d'Amity se développe et prospère pour votre estimée maîtresse. »

Là, le contremaître leva les bras au ciel et poursuivit : « Maintenant, vous devez tous vous montrer reconnaissants à vos maîtres de vous avoir accordé la liberté. Vous devez humblement remercier Dieu pour cette bénédiction. Et vous devez prouver à votre reine, au peuple d'Angleterre et à votre maîtresse que vous êtes dignes de la bonté qu'ils vous ont témoignée. »

James Richards faillit avaler sa dernière dent à force de suçotement. Et il n'était pas le seul. Au vrai, tout le monde suçotait si fort ses dents que ça sifflait comme un puits qu'on assèche. Le bruit parvint vite aux oreilles du contremaître, qui en perçut parfaitement l'insolence. Il leva les paumes pour les implorer d'y mettre fin. Mais des murmures et des paroles de colère commencèrent à parcourir la foule. Certains s'en allèrent même. Robert Goodwin dut hurler comme un vendeur ambulant pour se faire entendre : « Mais sachez une chose. Quand un homme paie pour un travail, il n'emploie que ceux qui sont prêts à travailler avec application et entrain. Vous m'entendez ? Application et entrain. »

Caroline était restée assise sans bouger sur sa chaise pendant tout ce discours, contemplant le nouveau contremaître avec la fascination d'un gamin solitaire devant une étoile filante. Dès qu'il eut fini, elle applaudit, puis s'arrêta vite en sentant cent paires d'yeux se poser sur elle. Oh, ces Noirs la foudroyaient du regard. Tant d'yeux sauvages. Elle faillit s'évanouir à ce spectacle. Elle agita son mouchoir parfumé sous son nez avec une certaine vigueur et demanda au contremaître : « Croyez-vous qu'ils sont mieux disposés à mon égard, monsieur Goodwin ? Pensez-vous que tout va bien se passer maintenant ? »

Et son nouveau contremaître, lui adressant un large sourire tout en s'épongeant le front avec un mouchoir blanc, répondit avec assurance : « Oh, oui, madame. Absolument. Je n'ai aucun doute là-dessus. »

Chapitre 21

« Marguerite ! » July entendit la voix de sa *missus* au moment où des nuages noirs et menaçants recouvraient les terres d'Amity comme un couvercle se referme sur une boîte. Le vent fouettait les bambous jusqu'à ce qu'ils se couchent devant lui. Il dénuda les cotonniers pour n'y laisser que des lianes qu'il obligeait à danser. Des éclairs — ces rayons de soleil du diable — éclatèrent en nervures dentelées avant que la pluie se mette à tomber dru comme si elle se déversait d'un seau géant. Et sa *missus* s'écria de nouveau : « Marguerite, viens ici tout de suite. Je t'appelle ! » Des torrents s'étaient formés partout où July regardait — contournant un buisson, une pierre ou un arbre pour trouver le chemin le plus rapide. Des créatures rampantes à quatre, six, huit ou cent pattes sortirent se masser dans l'humidité ; des lézards, excités, surgirent de leurs trous pour profiter du festin, et les moustiques, réveillés, quittèrent les mares en nuées malfaisantes. « Marguerite, où es-tu ? Marguerite... » Après la chaleur étouffante, il faisait si frais que July frissonna. Elle se leva lentement du tabouret sous la véranda, après avoir fait patienter sa *missus* le temps nécessaire. Celle-ci la vit débouler de… quelque part ; les yeux écarquillés, soucieuse d'obéir aux ordres… bien sûr.

« Te voici, Marguerite, tu ne m'as pas entendue appeler ?

— Oh, j'ai couru tellement, *missus*, que je peux plus respirer, souffla July.

— Va chez M. Goodwin et demande-lui s'il voudrait dîner avec moi ce soir. On a abattu une génisse, et Molly a de la viande qui doit être mangée. Je suis sûre qu'il sera tenté par le bœuf. »

Caroline Mortimer s'était récemment découvert un tel intérêt pour sa plantation qu'elle en négligeait son divan — au vrai, la garniture en crin de cheval commençait enfin à reprendre sa forme. Car la *missus* passait à présent ses journées à scruter les champs, tendant le cou sous la véranda ou collée à la fenêtre, quand elle n'arpentait pas la galerie en cherchant des raisons d'envoyer July transmettre un message à Robert Goodwin — « Tout de suite, Marguerite, tout de suite ! » ; « Je devrais peut-être m'assurer que tout est au goût de M. Goodwin dans sa maison ? Oui, dis-lui de passer me voir… Je dois m'enquérir du nouvel économe que le contremaître a engagé. Dis-lui de s'arrêter ici en allant aux champs… Quelle maîtresse je ferais si je n'insistais pas pour que mon contremaître vienne m'informer du nombre de barriques parties au port aujourd'hui… Byron m'a dit que les cochons des Noirs avaient encore envahi les champs. Cours et va demander à M. Goodwin de me faire un rapport complet sur les pertes éventuelles pour les récoltes… ». Et ainsi de suite.

July connaissait chaque pierre, chaque buisson, chaque tournant dans le sentier qui serpentait vers la maison du contremaître. Par temps sec, il fallait compter huit cents pas pour aller du large tamarinier de la grande maison à l'oranger qui ombrageait les marches menant à sa porte. Mais les jours où elle était obligée de s'y rendre sous l'orage — quand le vent soufflait si fort qu'elle devait s'accrocher à un tronc d'arbre ou ramper se mettre à l'abri d'un rocher de peur d'être balayée jusqu'en Angleterre ; quand elle glissait et tombait dans la bouillasse puis pataugeait dans l'eau de pluie qui dévalait la colline et tourbillonnait autour de ses genoux comme le courant d'une rivière en crue — July perdait le compte de ses pas.

Son regard passa de la *missus* à la fenêtre, où le déluge obscurcissait la vue comme un rideau de mousseline. « Je peux aller chez le contremaître quand li pleut plus », dit-elle.

Mais sa *missus* répondit : « Oh, ce n'est qu'une petite averse, vas-y tout de suite. »

Libre. Tsst ! Quel changement la liberté avait-elle apporté à July ?

*

Lorsqu'elle atteignit la maison de Robert Goodwin ce jour-là, elle était trempée et pitoyable comme un tas de feuilles de canne pourries. Son corsage de coton blanc, celui avec la bordure de dentelle au cou, la collait telle une seconde peau. Elle dut essorer sa jupe bleue en montant les marches, car le poids de l'eau gênait son pas. Et même quand elle fut à l'abri de l'avant-toit, un filet de pluie continua de dégouliner de son foulard de tête rouge sur son visage, comme si un nuage sournois l'avait poursuivie jusque dans la maison.

Au moment d'entrer dans la pièce principale, July fut frappée par le chaos qui y régnait. Au centre, Robert Goodwin, la chemise ouverte et sortie du pantalon, trépignait, agitait les bras puis pointait le doigt ici, là, avant de taper dans ses mains à l'intention de quatre jeunes Noirs qui traversaient l'espace à quatre pattes. Ces garçons, tentant d'obéir aux ordres confus du contremaître, s'affairaient dans les coins, scrutaient la base des lambris, se précipitaient sur des fissures dans le plancher, renversaient des chaises, filaient sous la table et couraient de-ci, de-là alors que le contremaître leur criait : « Ici, regardez par ici ! Il y en avait dans ce coin, là ! En voilà un, en voilà un, Elias ! Horatio, regarde par là, mon garçon ! »

C'était la première fois que July trouvait le contremaître chez lui — elle laissait généralement les messages de la *missus* à son boy, Elias. Et elle devait toujours les répéter plusieurs fois, car pendant qu'elle parlait, ce garçon grossier se contentait de regarder, en extase, ses seins se soulever. D'autres fois, lorsque le boy était introuvable, elle était obligée de s'adresser à Joseph, le domestique, un homme maigre de trente-cinq ans qui, avant de dire quoi que ce soit, se mettait toujours à glousser comme s'il avait trente ans de moins.

July, observant ce nouveau contremaître, s'efforçait de comprendre à quoi il était occupé. Car ce jeune Blanc qui sautillait gracieusement, glissait, se retournait, sautillait, glissait, se retournait, aurait aussi bien pu être en train de danser le quadrille. Et il transpirait tant que ses cheveux humides lui collaient à la nuque en boucles noires et que sa chemise blanche était maculée de taches sombres aux aisselles.

Quand le contremaître finit par apercevoir July à la porte, il leva le doigt pour lui signifier d'attendre, avant de faire de nouveau volte-face. Mais presque aussitôt, il se retourna vers elle. Et il la contempla, aussi fasciné qu'Elias quand il lorgnait ses seins. Du mouchoir trempé sur sa tête au bas de sa robe couvert de boue, ses yeux l'étudièrent avec attention. Seul l'appel d'un des garçons — « Là, *massa*, venez voir » — détourna son attention. Il leva une fois encore la main vers July en disant : « Un instant. Je suis à toi tout de suite », avant de se retourner vers le gamin accroupi.

« J'en ai un, *massa* ! s'écria le garçon en tendant les mains vers le contremaître pour lui montrer ce qui s'y trouvait.

— Bien, bien, excellent… » répondit Goodwin en battant en retraite.

Mais le gamin le suivit, comme dans un pas de deux. Le *massa* faillit trébucher sur une chaise renversée en reculant pour éviter l'offrande du garçon. « Bien, oui, oui, continue, lui ordonna-t-il. Je dois juste… je dois m'occuper de… »

July était celle dont il devait s'occuper, et il lui dit alors : « Tu es trempée. » July ouvrit la bouche pour délivrer son message, mais il poursuivit, souriant : « J'ai l'impression de voir de la vapeur s'échapper de toi. » Puis son sourire laissa place à un froncement de sourcils sombre. « Ta maîtresse t'a-t-elle envoyée me transmettre un message dans cette tempête ? » Il avait un ton si scandalisé que July, habituée à nier tout ce qui était dit avec passion, faillit crier : « Non ! »

« Je ne peux quand même pas croire qu'elle oserait te demander de sortir par ce temps. »

Ce contremaître commença alors à pester contre le caractère de sa *missus*. Que pouvait-il y avoir de si important ? se demanda-t-il. Jamais il n'avait connu quiconque ayant autant d'exigences. Pourquoi avait-elle tant de messages à délivrer ? Il l'avait vue pas plus tard que ce matin, que pouvait-il y avoir de si urgent maintenant ?

L'air devint bientôt si lourd de ces reproches que July ressentit une curieuse inquiétude pour sa maîtresse. Au vrai, elle craignit d'en venir à défendre sa *missus* au gros derrière en déclarant que Caroline Mortimer n'était pas si méchante ! Heureusement, il parlait aussi vite qu'une pluie de grêle sur un toit et ne la laissa pas placer un mot.

« Mon père, poursuivit-il, m'a toujours enseigné que même les serviteurs méritaient le respect, et qu'on ne devait pas les commander au gré de nos caprices. Mais je crains qu'au fil des années les planteurs jamaïcains n'aient appris à se comporter différemment. »

Puis il s'interrompit et s'affala sur sa chaise. Bras croisés et lèvres serrées, il contemplait le bureau devant lui — le scrutant intensément, comme pour y trouver quelque force d'âme qui s'y serait égarée.

July avait enfin le loisir de délivrer son message, et elle l'aurait fait si deux gros chiens bruns n'avaient pas choisi ce moment pour se précipiter dans la pièce. Bondissant, glissant et raclant le parquet de bois, ils heurtèrent July qui alla se cogner contre le bureau du contremaître. Aussitôt, les garçons se relevèrent pour chasser ces chiens joueurs et jappeurs. Le contremaître cria : « Attendez, attendez ! », alors que les gamins s'élançaient joyeusement derrière eux. Il poussa un soupir las et se tassa davantage sur sa chaise. Seul Elias était resté.

Une fois encore, July s'apprêta à énoncer son message, quand le jeune garçon s'avança vers le bureau du contremaître et posa une boîte devant lui. Cette boîte en bois, pas plus grande qu'un plat de service, recelait une affreuse mêlée grouillante de cafards noirs. Certains étaient morts, d'autres écrasés ; certains tentaient de s'échapper tandis que d'autres se faisaient piétiner ; il y en avait sur le dos qui remuaient les pattes, et d'autres, avec leurs carapaces cuirassées et leurs antennes frétillantes, qui grattaient de désespoir les parois de bois. Elias avait décampé dès qu'il avait eu posé l'objet, sans se soucier du contremaître qui s'était levé d'un bond et criait : « Elias, ne laisse pas ça là ! » La voix de son boy était toute petite et lointaine quand elle répondit : « Je reviens, *massa.* »

Et aussitôt, July comprit la cause de cette pagaïe — le contremaître essayait de débarrasser sa maison des centaines de milliers de cafards qui y vivaient avec lui.

Lançant un bref regard à July, il toussa dans sa main puis écarta un encrier, une plume et une petite assiette décorée d'un motif bleu et blanc — dans laquelle se trouvaient des pépins d'orange desséchés — de la boîte à bestioles. Puis il déglutit un bon coup, se cala dessus sa chaise, croisa les bras, inspira pour se donner une contenance et demanda : « Tu as un message pour moi ? »

Enfin.

« Ma *missus*, commença July, elle veut savoir... » Mais les yeux de ce contremaître ne parvenaient pas à rester fixés sur elle, et retournaient subrepticement vers les créatures qui s'agitaient dans la boîte. « Elle a du bœuf, reprit July, espérant que l'appel du ventre lui gagnerait son attention.

— Du bœuf, répéta-t-il distraitement.

— Ma *missus* dit : vous voulez venir manger le bœuf pour dîner ? Une génisse a été tuée dans l'enclos et ma *missus*...

— Une génisse... »

July eut la tentation de crier : « Un tigre dévore la *missus* et un singe l'a enfilé son jupon ! » Tigre... Singe... répétés d'une voix douce : telle aurait sans doute été la réponse insouciante de cet homme, tant il était concentré dessus cette boîte. Quand un courageux cafard accrocha ses pattes rugueuses au rebord, en appelant tous ceux qui étaient encore vivants au-dessous à le suivre dans sa fuite, le contremaître repoussa lentement sa chaise du bureau.

« Alors, qu'est-ce que je dis à ma *missus* ? » demanda July.

Mais le contremaître s'écria seulement : « Elias, viens chercher cette maudite boîte ! »

Se levant vivement de son siège, il se précipita vers la porte pour hurler de plus belle : « Je te paie pour les attraper et les emporter. Reviens ici tout de suite ! Je t'ordonne de revenir immédiatement, mon garçon ! »

Elias ne tarda pas à apparaître devant lui, souriant comme seuls le font les petits nègres espiègles. « J'en trouve plein plein d'autres, *massa*. Vous voulez voir ? dit-il.

— Contente-toi d'emporter cette boîte. Débarrasse-toi d'eux. Et ne les laisse pas sous la véranda comme la dernière fois. Emporte-les très loin. Tu comprends ? Tue-les et emporte-les loin d'ici. »

Elias, saisissant la boîte, remarqua vite les seins de July et, l'espace d'un instant, s'arrêta pour les contempler avant de dire : « Je trouve plein plein d'autres cafards, vous voulez voir ? Je peux vous montrer, miss July. » July n'eut pas besoin de frapper Elias à la tête, ni de le menacer d'un « Emporte ça tout de suite ou je te cogne les oreilles jusqu'à ce qu'elles carillonnent toute la journée ». Elle ne lui lança qu'un seul regard, puis tapa une fois du pied bien fort — il n'en fallut pas plus. Elias emporta l'immonde boîte comme s'il traversait un marécage chargé d'un plateau de bijoux précieux, car aucune bestiole ne devait s'échapper et filer dans la maison devant son *massa* tout énervé.

Le contremaître se rassit à son bureau et dit : « Je suis vraiment désolé. Pourrais-tu me répéter le message de ta maîtresse, s'il te plaît ? »

Alors que July ouvrait la bouche — pour ressortir son couplet sur la génisse, la viande de bœuf et le dîner — le plus gros, le plus noir, le plus monstrueux insecte que vous ayez jamais vu tomba d'une poutre au plafond juste sous le nez du *massa*. Cette créature difforme, sans conteste le colosse de l'empire du cafard, était si énorme que l'assiette bleu et blanc sur laquelle elle atterrit parut se fendiller sous sa carapace dure, et que les petits pépins d'orange volèrent comme des pois sauteurs.

Bon, le fait que le contremaître ait sursauté puis se soit levé, effrayé, en voyant la bête, est avéré. Qu'il ait bondi de sa chaise, fait trois sauts périlleux arrière pour s'éloigner du bureau et gagner l'autre bout de la pièce, les jambes tremblotantes comme un veau nouveau-né, puis se soit arraché les cheveux en hurlant aussi fort que la *missus* en furie peut sembler difficile à croire à mes lecteurs, mais c'est ainsi que July se rappelle la scène. Le Blanc était terrifié — il avait le visage baigné de larmes de peur et battait des bras, affolé comme un papillon de nuit pris dans un filet.

July eut vite fait d'attraper l'horrible insecte dans l'assiette et de le jeter par terre. Mais la créature bien caparaçonnée heurta le sol tel un caillou, puis se retourna tout bonnement sur elle-même et se remit en marche. July dut l'écraser sous son talon. La carapace se brisa alors avec un crépitement, son contenu giclant partout comme une noix de coco pourrie qui éclate.

Le contremaître posa un regard émerveillé sur July — il était sans voix. Jusqu'à ce que, dans un souffle, il parvienne à bégayer : « Merci. » Puis il commença à recouvrer ses esprits. « Il y a tellement de cafards dans cette maison, soupira-t-il. Ils sont tout simplement partout. J'en ai trouvé un sur mon oreiller hier soir. Au moment de me coucher, j'ai ouvert les draps, et il était là.

— C'est rien que des bestioles, répondit July. Il y en a plein plein dessus cette île, *massa*, mais elles font pas de mal. Je l'ai pas peur.

— Non ? Eh bien, tu sais maintenant que moi, je l'ai très, très peur, dit-il. Et tu pourras te moquer de moi autant que tu voudras. Qui te le reprocherait ? Tu pourras raconter à tout le monde à quel point le nouveau contremaître est ridicule quand il y a des cafards à proximité. Je ne peux plus le cacher, maintenant, pas vrai ? »

Se rasseyant à son bureau, il ajouta : « Regarde-moi ça ! Il a fendillé l'assiette », en la tendant à July. Bon, July savait bien que ce n'était pas le cafard qui l'avait fendue, mais en la prenant elle observa le dessin bleu et blanc, car elle le reconnaissait. « Elle te plaît ? demanda-t-il.

— Oh, oui », répondit-elle. Et, sans réfléchir, elle lui expliqua : « Vous voyez, l'a une histoire dessus l'assiette. L'a des oiseaux qui volent et la rivière l'a un pitit pont qui... » Mais en sentant sur elle son regard intense, alors qu'il l'écoutait raconter sa rêverie bébête, July oublia ce qu'elle avait en tête et s'interrompit. Elle lui tendit l'assiette pour la lui rendre.

« Garde-la », dit-il.

July, persuadée d'avoir mal entendu, allongea encore plus le bras vers lui. Mais il secoua la tête. « Prends l'assiette si elle te plaît. Comme une récompense pour m'avoir sauvé la vie. »

Jamais July n'avait reçu d'un Blanc une chose aussi précieuse. Cette fois, c'est elle qui fut à court de mots. Mais quand il lui demanda : « Dis-moi, quel est ton nom ? Ta maîtresse t'appelle Marguerite, mais Elias t'a appelée... », July l'interrompit pour dire distinctement : « Miss July.

— Miss July ? Alors, pourquoi ta maîtresse t'appelle-t-elle Marguerite ?

— Elle trouve que c'est un joli nom pour une esclave. Maintenant, elle peut plus en dire un autre.

— Eh bien, fit le contremaître, puis-je t'appeler miss July ?

— Bien sûr, *massa*, puisque c'est mon vrai nom.

— Alors, miss July, quel est ton message ? »

July avait presque oublié la raison de sa présence devant cet homme. « Ah, oui. Ma *missus* veut que vous venez pour dîner, parce que l'a du bœuf qu'il faut manger.

— Du bœuf ! Ça fait bien longtemps que je n'ai pas mangé de bœuf. Du bœuf. Me voilà aux prises avec un dilemme. » Soudain, cet homme se pencha en arrière sur sa chaise pour lancer par-dessus son épaule : « Joseph, que me prépares-tu pour dîner ce soir ? »

Il y eut un petit gloussement en provenance de la cuisine avant que le domestique ne s'écrie : « Godammies, *massa*.

— Que diable a-t-il dit ? demanda le contremaître à July.

— Il dit godammies.

— Et qu'est-ce que c'est que ça ?

— Du poisson, *massa*.

— Du poisson ! Encore du poisson. Le bœuf m'a l'air bien meilleur — tu ne crois pas, miss July ? S'il te plaît, dis à ta maîtresse que j'accepte volontiers son invitation. J'apprécierais beaucoup de manger du bœuf… en sa compagnie, bien sûr. »

Et alors qu'un grand sourire s'épanouissait sur le visage du contremaître, July s'aperçut que, pour une fois, sa *missus* avait raison — il avait vraiment des yeux d'un bleu extraordinaire.

Chapitre 22

À l'entrée de la ville, dans une rue tranquille, aussi aride et poussiéreuse qu'un tonneau de farine, marche notre July. En cette journée très, très chaude et sèche, elle a pour mission d'aller acheter des gants de chevreau jaune vif pour sa *missus* — « Avec un pouce ricochet, Marguerite, si tu peux en trouver ». Car maintenant, Caroline Mortimer reçoit souvent un invité à sa table, et ses nombreuses paires de gants sont toutes trop sales pour être portées.

En descendant la rue, July passe devant un groupe de Noirs alanguis à l'ombre d'une véranda, en train de fumer la pipe. L'un d'eux l'interpelle par son nom d'un ton somnolent. Tendant le cou pour le reconnaître dans l'obscurité de l'avant-toit, elle lève la main pour le saluer ; il s'agit d'Ebo Cornwall, ce vaurien d'Africain qui la fournit souvent en chandelles et en poteries. Une vieille Noire déguenillée, bataillant avec un âne fatigué qui refuse de bouger, s'assoit par terre sur la route en s'éventant avec une feuille de bananier, avant de se tourner pour regarder July de ses yeux affamés. Deux cochons se chamaillent au coin de la rue et dérangent les corbeaux qui se mettent à croasser et à battre des ailes sur les toits au-dessus de sa tête. Un jeune Noir, assis à une fenêtre ouverte, se rafraîchit la nuque avec un linge mouillé en s'écriant : « Eh, miss, miss, jolie mam'zelle », mais July ne le remarque certainement pas. Car une carriole passe à ce moment-là, poussée imprudemment par un gamin pressé, et ses roues branlantes soulèvent un tel brouillard de poussière qu'elle est prise à la gorge.

Ce jour-là, alors que July s'essuyait les yeux pour en retirer la poussière brûlante, une apparition saisissante émergea de la brume sale. Une femme grande apparut au bout de la rue. Une femme grande et élégante. Une grande et élégante métisse entièrement vêtue de blanc. Elle marchait… non… elle glissait — car ni les talons ni les orteils de cette beauté rayonnante ne semblaient toucher terre — vers July. Sa tête s'ornait d'un turban blanc surmonté d'une longue plume pointant si haut, si haut qu'elle chatouillait le menton de Dieu. Les manches de sa robe de mousseline bouffaient, tels de doux nuages par une journée ensoleillée. La jupe généreuse s'évasait à partir de sa taille fine pour cascader comme de l'eau écumante jusqu'au sol. Et le bas de ce splendide vêtement était tellement festonné de fleurs brodées que cette sublime créature avait sûrement dû fouler le sol du jardin d'Éden, où elle avait récolté cette moisson de jolies choses. Même l'ombrelle à franges que faisait tournoyer cette jeune femme à la peau claire aurait pu rivaliser d'éclat avec le soleil.

July eut beau rajuster son mouchoir rouge sur sa tête, elle ne se sentit pas pour autant digne de s'attarder dans le sillage de cette apparition. Dans son affreuse jupe grise, dont l'accroc au genou avait été mal rapiécé de noir, son corsage jaunissant dont les poignets usés n'avaient plus aucun bouton, et avec sa peau, bien sûr, si horriblement sombre, July se sentit aussi honteuse qu'une négresse des champs. Mais alors que, tête baissée, elle avançait pour dépasser cette élégante demoiselle dans cette rue miteuse, elle entendit : « Ah, miss July, vous allez en ville aujourd'hui ? »

July comprit aussitôt, avec une certaine répugnance, que cette métisse qui l'avait tant impressionnée était miss Clara. Au vrai, si elle avait reconnu plus tôt cette silhouette altière, la rencontre n'aurait pas eu lieu. Car notre July aurait plongé dans un buisson ou se serait recroquevillée derrière la colonne d'une maison, afin que miss Clara ne puisse pas la trouver.

*

Lecteur, vous vous rappelez certainement miss Clara. Je vous ai déjà parlé d'elle. Miss Clara, qui était autrefois l'esclave domestique de Prosperity ? Celle qui faisait semblant de s'évanouir au moindre mot grossier ? La miss Clara du « c'est ma robe qui vous plaît tant ou mon beau visage clair que vous regardez comme ça ? ». La quarteronne dont le papa était un officier de marine venu d'Écosse. Oui, celle-là ! La redoutable miss Clara. Bon, que je vous raconte son histoire.

Miss Clara s'était emparée de sa liberté avant beaucoup d'autres. Pas parce qu'elle avait continué de brandir ces vieux documents d'affranchissement légués par son papa à la face de sa *missus*. Non. La maîtresse de miss Clara avait été ravie de la voir partir en remuant de son derrière hautain, car chaque fois qu'elle lui demandait quelque chose, l'autre ne trouvait qu'à répondre : « Mais je suis une quarteronne, *missus* ! » Elle n'avait bientôt plus daigné s'occuper que de choisir la toilette de sa patronne pour la journée ou le soir. Les trente et une livres d'indemnisation pour la perte de son esclave étaient beaucoup plus précieuses aux yeux de sa maîtresse.

Une fois libre, miss Clara s'était précipitée en ville pour monter une petite affaire. Comme tant d'autres femmes au teint allant du miel au lait, qui n'avaient que leur papa à la bouche — tous de beaux et distingués gentlemen venus d'Angleterre, d'Irlande, d'Écosse ou du pays de Galles —, elle s'employa à la fabrication et à la vente de confitures et de conserves.

Sa confiture de gingembre et ses citrons verts confits eurent du succès, mais sa gelée de goyave… « La gelée de goyave de miss Clara — oh, vous l'avez goûtée ? » devint bientôt le refrain de nombreux Blancs dans la paroisse. Caroline Mortimer envoyait souvent July à la petite échoppe de miss Clara à Trewlany Street. (Oh, je dois dire « la boutique », car miss Clara lira peut-être ce volume.) Et chaque fois que July pénétrait dans cette boutique, les yeux verts de miss Clara et sa bouche délicate s'associaient en une expression de pitié moqueuse. « Oh, miss July, disait-elle, votre *missus* vous fait faire tout ce chemin par cette chaude, chaude journée pour venir chercher ma gelée de goyave ? Mais vous devez être exténuée », avant de la charger d'un grand, grand pot presque impossible à soulever en disant : « Je sais que votre *missus* l'adore. Je la fais exprès pour elle. »

Elle, la faire ? Tsst ! Vous imaginez-vous voir un jour le joli visage pâle de miss Clara au-dessus d'une marmite fumante ? « Non, je suis une quarteronne, disait-elle. Mais je surveille toute la préparation. » Et, tenez-vous bien, la recette de la gelée de goyave de miss Clara était *son* secret, proclamait-elle — elle ne le révélerait à personne. Il la suivrait dedans la tombe.

Mais pourquoi mes lecteurs devraient-ils se languir aussi longtemps ? Voici donc cette recette mystérieuse, au cas où vous voudriez l'essayer : prenez un panier de goyaves, coupez-les et faites-les bouillir à la manière habituelle jusqu'à ce qu'elles aient ramolli ; mettez cette purée dans une toile à beurre et suspendez-la jusqu'au lendemain matin pour récupérer le sirop ; ajoutez au sirop la même quantité de sucre et le jus d'un citron vert ; puis (et c'est là le grand, grand secret de miss Clara) repêchez les mouches et parfumez avec de la cannelle et du rhum ; enfin faites bouillir, bouillir, bouillir jusqu'à ce que la gelée prenne.

Voilà — la tombe de miss Clara n'aura plus à accueillir que ses jolis os blancs.

Avec les importants bénéfices tirés de ses confitures, et un peu d'argent gagné de la vente d'herbes pour soulager les indigestions et les crises de foie, miss Clara avait décidé d'organiser une série de bals et de soirées dans les salles publiques en ville. On avait cruellement besoin de ces occasions de rencontre. Car une malheureuse connaissance de miss Clara (je tairai son nom, mais sachez qu'il s'agissait d'une mulâtresse dont le papa était un homme de loi du comté irlandais de Wexford) avait été convaincue par un métis de se mettre en ménage avec lui. L'homme lui avait affirmé que sa maman était une femme de chambre mulâtre du Westmoreland. Puis il avait juré que son papa était un économe de London Town. Ce qui aurait fait de lui un quarteron, et c'était précisément ce que cet individu à la peau couleur de miel prétendait être.

Mais l'enfant né de cette mulâtresse et de ce soi-disant quarteron était aussi noir qu'une fève de cacao ! Comment était-ce possible ? se lamentait l'amie de miss Clara. Loin de tirer la couleur de cette mulâtresse vers le blanc, son enfant l'avait ramenée en arrière. Pourtant, malgré la honte que représentait ce petit vaurien, la femme avait refusé de renoncer à lui et à l'homme qui l'avait dupée. Miss Clara n'avait pas pu rester son amie.

Miss Clara résolut de ne plus perdre personne de son cercle, après que sa couturière mulâtre, croyant s'unir avec un mulâtre (malgré les mises en garde de miss Clara, car il n'aurait pu en résulter qu'un autre mulâtre inutile), eut découvert que ce beau parleur n'était rien de plus qu'un nègre. Un câpre était venu au monde, et avec le nez épaté, qui plus est. Résultat : miss Clara n'avait plus personne pour lui faire sa couture.

Le pinceau à goudron, lecteur, est vite passé. Une mulâtresse et un Noir, ou un quarteron et une câpresse, auront l'infortune de produire un enfant rétrograde. Et cette sombre progéniture sera renvoyée souper avec les nègres dans les champs. Un mulâtre avec une mulâtresse, ou un quarteron avec une quarteronne, se retrouveront à allaiter un *tente en el aire* — un enfant en suspension. Ceux-là ne s'élèveront pas vers le blanc ni ne retomberont vers le noir.

Il n'y a qu'avec un Blanc que vous pourrez être sûre d'éclaircir la peau de votre petiot. Car une mulâtresse qui s'unit à un Blanc engendrera un quarteron ; et la quarteronne qui aura des relations avec un Blanc mettra au monde un octavon ; et l'octavonne... oh, l'enfant que l'octavonne aura avec un Blanc aura la vie beaucoup plus facile : le monde l'accueillera avec un sourire, car il y fera son chemin comme une bienheureuse personne blanche.

Assurer le développement de la peau blanche devint la mission de miss Clara.

Si bien que seuls des hommes blancs avaient le droit d'être présentés aux métisses lors de ses bals du vendredi. Ce pouvait être un administrateur roux de Galashiels ne parlant que de sa mère patrie, un marin alcoolique de Bristol au féroce visage écarlate, un séduisant contremaître irlandais n'ayant jamais appris à danser, un planteur lubrique de Liverpool à la main baladeuse ou un commerçant du Surrey aux allures de dandy mais à la bouche édentée : tant qu'ils savaient montrer la couleur de leur argent, tous ces hommes blancs étaient volontiers invités à danser le quadrille ou le *reel* avec les jeunes femmes de miss Clara. À aller leur chercher un verre de madère ou de punch. À leur offrir le bras pour faire une promenade dans l'air du soir. Tant que c'étaient des Blancs.

Ce fut un grand progrès pour tout le monde. « Es-tu allée aux bals de miss Clara ? Oh, il faut absolument aller chez miss Clara » devint le cri de ralliement de toutes les métisses de la paroisse. Et miss Clara gonfla, gonfla d'orgueil, encore plus que pour sa gelée de goyave.

Mais croyez-vous que miss Clara aurait laissé quelqu'un comme notre July se joindre à cette compagnie triée sur le volet ? Pour les métisses qui désiraient fréquenter ces Blancs, miss Clara avait dressé une liste de caractéristiques à posséder afin d'obtenir le droit d'entrée. July n'avait pas encore passé la porte d'une de ces soirées quand miss Clara lui était tombée dessus.

« Enfin, miss July, lui dit-elle, vous savez bien que mes bals sont que pour les métisses.

— Mais je suis une mulâtresse, miss Clara », l'informa July. Car elle l'était à tout le moins, puisque son papa était blanc.

« Vous espérez éclaircir votre couleur, miss July. Vous l'êtes pas une mulâtresse. Allez-vous-en, lui dit miss Clara.

— Je suis une mulâtresse ! s'écria July.

— Votre papa l'est un homme blanc ? railla miss Clara. Vous êtes trop noire pour avoir un papa blanc. » Car July devait avoir la peau claire. Du miel au lait : telle était la gamme de teintes admise par miss Clara. Aucune peau chocolat amer ou ébène n'avait jamais esquissé un pas de danse en sa présence.

« Je dis la vérité, miss Clara. Mon papa l'est un homme blanc.

— Non, c'est faux.

— Si, c'est vrai.

— Non, c'est faux, l'était un nègre.

— L'était le contremaître d'Amity.

— Non, l'était pas.

— L'était un Écossais.

— Un Écossais ! Vous dites pas la vérité. »

Elles se renvoyèrent ainsi la balle si longtemps — trop pour que j'en donne le détail ici — que Tam Dewar en personne finit par se joindre à la dispute. Oui, lecteur, Tam Dewar ! Car vous et moi savons qu'il était bel et bien le papa de July. Et par la bouche de sa petiote il se leva d'entre les morts. Face au dédain de miss Clara, il entra de plain-pied dans l'histoire de July ; ce n'était plus le contremaître brutal et sans pitié qu'elle avait connu et qui menaçait sa raison, la traquant dans tous ses cauchemars comme il l'avait autrefois pourchassée dans la vie. Non. Étant un homme blanc, il devenait à présent le papa chéri de July, qui lui avait promis de l'emmener un jour en Écosse, avant d'être terrassé par une redoutable négresse.

« Je suis une mulâtresse, une mulâtresse, une mulâtresse, vous m'entendez, miss Clara ! » affirma July jusqu'à ce que l'autre propose à contrecœur, et par lassitude, de l'examiner.

Miss Clara procéda à l'inspection dans une petite pièce, à la lumière déclinante pénétrant par la fenêtre. D'abord, elle mesura la largeur du nez de July avec son doigt, puis lui fit tourner le cou pour voir combien ce nez s'écartait du visage. Car elle ne tolérait nul nez épaté. Ensuite, elle scruta les yeux de July. Étaient-ils du vert suscitant l'admiration, du gris très convoité, du bleu tant désiré ou d'un marron ordinaire ? Retirant le foulard de tête de July, miss Clara lui palpa les cheveux. Elle les souleva pour voir s'ils retombaient ou s'ils restaient dressés en l'air comme un épouvantail. Les cheveux étaient très importants. Qu'ils soient blonds, bruns, roux ou noirs, ils se devaient d'être souples avec de légères ondulations. Car aucune tignasse crépue ne s'emmêlerait ni ne frisotterait jamais autour de ses blancs messieurs. Elle demanda à July d'ouvrir la bouche en sortant les lèvres. Miss Clara les pinça alors pour éprouver leur épaisseur, avant d'ordonner à July de refermer la bouche et de se mettre de profil. Aucunes lèvres épaisses ne sirotaient de la bière ou du punch à ses soirées. Puis, d'un regard lent, pénétrant et circonspect, qui parcourut July de la tête aux pieds deux, trois, quatre fois, miss Clara inspecta l'ensemble. Car sans la touche de blancheur anglaise quelque part en elle, July ne conviendrait tout simplement pas.

« Les lèvres sont pas trop mal, déclara enfin miss Clara. Et le nez l'est pas trop large. Mais les cheveux, ça va pas. Et la peau — votre peau l'est trop foncée. Oh non, non, non, vous allez pas. Vous avez trop du Noir. Mes messieurs aiment que les peaux claires et les jolis visages. Et votre robe, miss July, pourquoi vous mettez pas une robe de votre *missus* ? Ah, je sais, l'est trop grosse. Mais votre robe, c'est une robe de négresse domestique. Vous êtes pas jolie, miss July. Non, non, non. »

Miss Clara ne chassa pas July à coups de pied, car elle n'aurait pu tolérer un geste aussi déplacé. Et bien que July croisât les bras sous ce regard dédaigneux, levât son nez pas si épaté que ça et dît à miss Clara qu'elle n'avait aucune envie de se trémousser à son stupide bal, mais qu'elle irait un jour danser la gigue sur sa tombe, qu'elle savait que sa mystérieuse gelée de goyave contenait du rhum et de la cannelle et qu'elle pouvait faire la même n'importe quand — malgré tout, notre July n'en sentit pas moins l'impact puissant du joli pied pâle de miss Clara sur son derrière au moment où elle se faisait éconduire, faute d'être assez jolie pour être mise sur le marché.

July n'avait pas revu miss Clara depuis ce jour-là. Non, laissez-moi faire une correction ; miss Clara n'était jamais tombée sur July depuis ce jour-là.

*

Mais maintenant, en cette chaude, chaude journée, dans cette rue misérable et poussiéreuse, miss Clara baissa une fois encore son petit nez en trompette pour enfoncer son dédain dedans la tête de July, qui le sentit atterrir avec la force d'une main ferme. Bientôt, ces yeux verts et cette bouche délicate allaient s'associer en une expression de pitié moqueuse, jusqu'à ce que July se fasse l'effet d'être la chose la plus laide rencontrée par cette métisse en ce matin brûlant.

« Bonne journée à vous, miss Clara », dit-elle, avec l'espoir de continuer sa route au plus vite.

Mais miss Clara l'attrapa par le bras pour l'obliger à converser. July ne remarqua pas les quatre bagues en or aux doigts de miss Clara. Quatre ! Deux ornées de pierres vertes qui s'entrechoquaient — aussi grosses que des articulations enflées, et que pourtant July ne vit pas. Pas plus qu'elle ne regarda les délicates perles de rubis montées comme des gouttelettes de sang sur une chaîne d'or étincelant à son cou.

« Vous avez pas d'ombrelle aujourd'hui, miss July ? Vous allez devenir toute noire », lui fit remarquer miss Clara.

July en avait pourtant une — une vieille ombrelle ayant appartenu à sa *missus* —, mais Molly s'était récemment assise dessus et avait cassé deux baleines, si bien qu'elle pendouillait comme une aile d'oiseau cassée. À son retour à Amity, elle devrait penser à corriger de nouveau Molly pour sa bêtise.

« Alors, miss July, vous travaillez toujours à Amity pour cette grosse *missus* ? lui demanda miss Clara de très haut.

— En effet, miss Clara, même si ma *missus* l'est plus si grosse que ça.

— C'est pas ce que j'ai entendu dire, répliqua miss Clara, avant d'ajouter : je supporterais pas d'être encore sur une plantation. Moi, sur une plantation ! » Et miss Clara d'éclater de rire. Elle porta la main à sa bouche pour y déverser de petites bouffées d'hilarité. Puis, reprenant contenance, elle secoua gravement la tête. « La femme d'un Blanc dessus une plantation… » Elle laissa échapper un autre petit gloussement à la pensée de cet affront ridicule, puis : « Mon mari le permettrait jamais. »

Son mari ! Oh, oui, July avait entendu les papotages sur le mari de miss Clara. Au vrai, toute la paroisse était au courant que M. William Walker, l'administrateur de la plantation Friendship, avait payé pour aller à son bal puis acheté sa main. Son mari ! Cet affreux bonhomme, vieux, chauve et ventripotent avait une femme et cinq enfants en Angleterre. Il n'y avait jamais eu de cérémonie de mariage — du moins pas de cérémonie à laquelle une foule aurait pu assister dans une église. Miss Clara avait seulement saisi les parties ratatinées de ce riche Anglais et le menait maintenant par là.

« Li m'a acheté une pension, mon mari, continua miss Clara. Vous la connaissez ? La grande maison blanche au coin de Trelawny Street, à côté de ma boutique. » Elle agita une main légère dans la direction vague de ce croisement, avant de reporter ses diaboliques yeux verts sur July pour se délecter de sa jalousie.

Mais July n'aurait pas laissé un muscle ni un cheveu bouger pour révéler son envie. Au vrai, un poisson vidé sur un billot aurait plus aisément révélé ses pensées.

« Vous saviez pas, pour ma pension ? poursuivit miss Clara. Je croyais que tout le monde en avait entendu parler. Bon, attendez. » Elle fouilla dans la petite bourse de satin blanc qui pendait à son poignet et en sortit une carte de visite qu'elle tendit à July. Cependant, juste au moment où July se penchait pour la prendre, miss Clara replia le bras en disant : « Oh, j'oubliais que les esclaves des plantations savent pas lire. »

July la lui arracha aussitôt des mains en répliquant : « Nous sommes plus esclaves, miss Clara. Moi pas plus que vous. » Et, levant la carte devant ses yeux, July se mit à lire à haute et intelligible voix : « La pension de miss Clara ac-ac... » July buta sur le mot « accueille », qu'elle n'avait jamais vu. Tant de lettres, mais aucun son n'avait de sens dans sa tête.

« Oh, votre *missus* vous autorise à lire un pitit peu, à présent », dit miss Clara.

La carte évoquait une pension bien tenue et raffinée pour les militaires et les familles, les messieurs et les dames, ce que July déchiffra en un seul coup d'œil, mais, à son grand agacement, elle se battait encore avec le mot « accueille » quand une carriole pénétra dans la rue. Les deux femmes reculèrent pour laisser passer poney et voiture à une certaine distance, car elles n'avaient nul besoin de suffoquer dans un nouveau tourbillon de poussière. C'est alors qu'une voix d'homme, s'écriant : « Eh, bonjour ! », leur fit tourner la tête vers son propriétaire.

Et là, assis seul dans la carriole, vêtu d'une redingote marron et coiffé d'un chapeau de paille, se tenait Robert Goodwin. Le sourire qui illumina les yeux du contremaître quand il dit « Bonne journée » possédait la gaieté de celui qui s'adresse à un vieil ami très cher. July se tourna pour observer la réponse de miss Clara, sûre que c'était elle que saluait ce Blanc. Mais ensuite il demanda : « Tu es venue faire une course pour ta maîtresse, miss July ? » Et bien que miss Clara fît tournoyer son ombrelle afin que son éclat puisse attirer jusqu'au regard d'un aveugle, Robert Goodwin gardait les yeux fermement posés sur July.

« C'est ça, *massa*, répondit July.

— Dans ce cas, puis-je te raccompagner à Amity ? J'ai fini mes affaires et je rentre. »

Bon, July venait d'arriver en ville et n'avait pas encore cherché les gants jaunes en chevreau réclamés par sa *missus*. Mais elle était la seule à le savoir. Et en quoi sa maîtresse avait-elle besoin d'une nouvelle paire de gants ? Des pouces ricochets, tsst — où était-elle censée trouver des pouces ricochets ? Il n'y avait pas de gants jaunes en chevreau à pouces ricochets dans cette ville — July en eut bientôt la certitude. Car repartir dans une carriole en compagnie d'un Blanc, sous les yeux de miss Clara, était devenu son unique objectif pour la journée.

« Oui, avec mon merci », dit July à M. Goodwin. Puis, rendant sa carte de visite à miss Clara, elle ajouta : « Bonne journée à vous, miss Clara. »

Miss Clara lui dit qu'elle pouvait la garder pour la donner à ce Blanc. Et July lui répondit qu'il n'en avait pas l'utilité et qu'elle devait la reprendre. Tout ça exprimé sans qu'aucune parole eût été échangée. Ce message muet fut transmis par les mouvements légers et les tics minuscules d'une langue silencieuse apprise par peur de l'intrusion des Blancs — même miss Clara au teint clair la parlait encore.

Alors que Robert Goodwin sautait à bas de la carriole pour aider July à y monter — comme si elle était une délicate mam'zelle blanche — miss Clara fit un pas en avant pour donner elle-même sa carte à M. Goodwin. Mais, avec une rudesse grossière qu'aucune femme blanche n'aurait vue chez un gentleman, il écarta la carte d'un geste sans même adresser un regard à sa propriétaire.

Puis, tandis que la carriole s'éloignait dans la rue, July, juchée dessus, trouva dommage que miss Clara n'eût pas songé à ce poisson vidé sur un billot ; car elle avait pu lire tous les sentiments de cette pimbêche dans l'expression ébahie du visage.

Chapitre 23

La carriole se trouvait toujours dans la rue brûlante, au vu de miss Clara. Au vrai, elle n'avait pas encore dépassé Ebo Cornwall que July se demandait déjà — tout en répétant pour la troisième fois à ce jeune contremaître que « oui, oui, oui, l'était bien installée » — quel style de robe elle désirerait porter si, comme miss Clara, elle réussissait à attraper un « mari » blanc.

Si bien que quand Robert Goodwin, avec un léger froncement de sourcils hésitant, désigna de la tête l'endroit où se tenait miss Clara et demanda : « Miss July, cette femme est-elle ton amie ? », notre July, titillée par l'idée que ce tendre jeune homme pourrait se laisser attraper, voulut l'impressionner.

« Oh, oui, miss Clara l'est une très, très bonne amie, très, très bonne amie depuis longtemps. Nous papotons toujours sur la route quand nous nous rencontrons, parce que nous sommes si bonnes amies », répondit-elle. Car elle était sûre que ce Blanc serait séduit de voir qu'une simple domestique, une mulâtresse à la peau noire comme elle, fréquentait une quarteronne aussi belle, raffinée et claire de peau que miss Clara.

Mais quand elle se tourna pour jouir de son approbation, elle vit ses joues rougir légèrement, sa poitrine se soulever en un lourd soupir et ses lèvres se pincer en une fine ligne. Bon, les Anglais sont souvent difficiles à déchiffrer, car ils pensent qu'un visage impassible, dépourvu de sentiments, est une vertu. Mais July, experte dans toutes leurs ruses, sut sans hésitation qu'elle avait donné la mauvaise réponse. Pour quelle raison, il lui fallait encore le découvrir.

Quand il reprit : « Vraiment ? Vous êtes amies ? », July fut prompte à répondre : « Je suis moins amie depuis qu'elle est en ville, parce que je la vois presque plus. Non, nous sommes plus si amies que ça… » Mais elle fut très embêtée lorsqu'il la coupa pour demander : « Vas-tu à ses bals dans les salles publiques ? »

Un « oui » ou un « non » lui assurerait-il les bonnes grâces de cet homme ? July était perplexe. Un « oui » susciterait peut-être un joyeux « dans ce cas, je serais honoré de t'y accompagner la prochaine fois, miss July ». Car il aimait peut-être sautiller et tournoyer en cette compagnie ; des Blancs de toute la paroisse adoraient participer à ces bals, et il était blanc. Et la vérité révélée par un « non » la désignerait comme exclue — trop noire et laide pour ces festivités lumineuses. Pourtant, même si July avait toujours peur de dire la vérité à un Blanc (ses mensonges étaient souvent mieux compris), quelque chose dans les manières de cet homme — son front plissé ? sa main trop serrée sur les rênes ?

son pied qui martelait le plancher ? (elle n'aurait su dire quoi) — l'exhorta à répondre non.

Quel soupir de soulagement poussa July en l'entendant répondre : « Je suis si heureux de l'apprendre, miss July. » Et lorsque, avec un dédain maussade, il affirma : « Ces bals ne sont pas des endroits qu'un chrétien devrait fréquenter », July songea soudain qu'elle commençait à comprendre cet homme-là.

« Non, reprit-elle, je préfère mi reposer à la maison. » Puis, prise d'une douce inspiration, elle ajouta : « J'aime bien rester à la maison pour lire ma Bible. »

Le visage de Goodwin s'éclaira de joie, au point qu'en Angleterre certains auraient pu le juger traître à son pays d'afficher un plaisir aussi évident. « Ta Bible. Tu aimes lire la Bible, miss July ?

— Oh, oui.

— As-tu une histoire préférée dans ce livre ?

— Oui, répondit July sans hésitation. J'aime beaucoup l'histoire de comment le monde a été créé. »

En vérité, July n'eut pas à hésiter puisque c'était la seule histoire de ce livre saint qu'elle connaissait. Lorsque Caroline Mortimer lui avait appris les lettres, elle avait d'abord utilisé ce gros volume, lourd et poussiéreux, pour l'instruction de July. Mais celle-ci avait tant de mal à lire et à isoler les petits caractères que la *missus* s'était assoupie bien avant que Dieu se fût reposé de ses œuvres le septième jour. Puis la *missus* avait changé de livre, remplaçant la Bible par l'histoire de deux sœurs idiotes — des Blanches qui n'étaient pas obligées de travailler — qui passaient leurs journées à s'inquiéter et à pleurnicher à propos des maris qu'elles devaient se dénicher. La Bible de la *missus* servait désormais seulement à recevoir le serment des serviteurs désobéissants qui posaient la main dessus en jurant de dire la vérité (au vrai, Molly la frappait si souvent qu'elle la prenait pour un tambour), mais elle s'ouvrait rarement pour laisser échapper des histoires.

« Y a-t-il d'autres passages que tu aimes ? » poursuivit Robert Goodwin.

July leva les yeux, comme pour réfléchir à la question.

« L'histoire du bon Samaritain, par exemple ? suggéra-t-il.

— Oh, oui, je l'aime beaucoup, répondit July.

— Et que penses-tu de Moïse ouvrant la mer Rouge ?

— C'est une très bonne histoire.

— Ou peut-être celle des trois petits cochons ? demanda-t-il.

— Je les aime toutes, annonça July. Mais le repos du septième jour, c'est celle que je préfère. » Et, lui lançant un regard oblique, il lui adressa un sourire si grand qu'elle craignit de l'avoir amusé d'une façon ou d'une autre.

Aussi July décida-t-elle de ne plus rien dire, à moins qu'il ne continue à la questionner. Le claquement des sabots du poney clopinant sur la route et le rythme de la carriole en bois qui craquait et grinçait composaient une étrange musique. Et bien que July, les mains posées sur les genoux, souhaitât paraître aussi sage qu'une dame blanche se promenant en voiture, elle était parfaitement consciente de la jambe du contremaître collée contre la sienne. Elle la sentit se raidir alors qu'il s'arc-boutait pour conduire le poney et la charrette, puis les muscles puissants de sa cuisse se relâchèrent une fois qu'il eut effectué une manœuvre difficile. Il avait roulé les manches de sa redingote au-dessus des coudes, exposant les petits poils noirs de ses avant-bras qui frémissaient dans la brise créée par le mouvement ; tandis que ses mains, tenant les rênes, étaient aussi légères que s'il guidait une femme sur une piste de danse. Et July perçut un léger parfum de fumée de bois émaner de lui.

Mais alors qu'elle jetait des coups d'œil en douce à son visage et observait ses cils — si noirs et si fournis qu'on aurait dit une frange de soie sur ses paupières —, elle se dit soudain que si elle remarquait tout chez lui, peut-être l'examinait-il lui aussi en cachette : l'accroc grossièrement rapiécé dans son horrible jupe grise, le mouchoir rouge défraîchi sur sa tête, dissimulant ses cheveux d'épouvantail, son nez encore trop large, ses yeux d'un marron ordinaire, et bien sûr, sa peau noire. Mal à l'aise, July se tint toute raide pendant que la carriole cahotait sur la route et les poussait doucement l'un vers l'autre — parfois, c'était elle qui se cognait à lui, parfois lui à elle.

Quand la case en pierre du gardien, à l'entrée d'Amity, apparut au loin, July voulut persuader ce Blanc, avant qu'ils se séparent, qu'elle n'était pas une vulgaire négresse. Non. Elle était une mulâtresse. Même s'il trouvait à sa peau une teinte trop sombre, elle voulait lui offrir le réconfort de savoir qu'elle n'était pas la petiote d'un Noir, mais la fille d'un Blanc. Aussi rompit-elle ce silence qu'elle s'était résolue si fort à garder en disant : « *Massa*, vous êtes déjà allé en Écosse ?

— En Écosse ? répéta Robert Goodwin avec un certain étonnement. Non, mais j'ai entendu dire que c'est très beau. Pourquoi me demandes-tu ça ?

— Mon papa l'est d'Écosse, fut-elle ravie de lui apprendre.

— Ton père était écossais ?

— Oh oui, l'est venu d'Écosse.

— Ton père était blanc ?

— Oh, oui. Je suis une mulâtresse, pas une Noire.

— Une mulâtresse ?

— Oui, une mulâtresse. Faut pas croire que je suis noire, parce que je suis une mulâtresse. » July attendit ensuite de voir apparaître l'estime de Robert Goodwin. Elle était sûre qu'elle ne tarderait pas à se manifester. Mais l'expression du contremaître ne révéla pas la joie de la savoir ainsi sauvée. Au contraire, revoici les joues empourprées, la poitrine gonflée et les lèvres pincées. Mais pourquoi ? July était franchement déroutée.

« Ton père t'a-t-il reconnue ? »

Tam Dewar fut une fois encore convoqué pour jouer son rôle dans le récit de July.

« Oh, oui, dit-elle.

— Était-il bon avec toi ?

— Bon avec moi, *massa* ? répéta July, hésitante, car elle ne voulait pas bâtir un conte sur la bonté de cet homme diabolique pour que Robert Goodwin le balaie d'un froncement de sourcils.

— T'a-t-il donné son nom ? poursuivit le Blanc. S'est-il assuré que tu étais baptisée ? As-tu reçu de l'instruction ? »

July faillit lever les bras aux cieux — elle avait envie de hurler, tant cet homme la contrariait. Quelle fiction extravagante allait-elle devoir inventer pour lui plaire — car aucune vérité ne l'aiderait à gagner les faveurs de ce jeune homme. Aussi répondit-elle : « L'a dit qu'il m'emmènera un jour en Écosse. L'a dit qu'il m'emmènera... un jour », tout en examinant le visage du contremaître pour y chercher des signes d'émotion. Comme il se contentait d'écouter en hochant la tête, elle poursuivit : « Li me prenait dessus ses genoux et pinçait mes joues comme ça. » Et elle fit la démonstration en se pinçant elle-même les joues, les tirant largement pour illustrer l'espièglerie de son papa. « Et mon papa disait "un jour, ma petite chérie" — car il m'appelait "ma petite chérie" — je vais t'emmener en Écosse. »

Et le visage du contremaître s'adoucit en effet un petit peu... peut-être.

« Comment s'appelait ton père ?

— Mon papa s'appelait M. Tam Dewar.

— Tam Dewar, répéta le contremaître. Ce nom me dit quelque chose. Il n'a pas été contremaître à Amity autrefois ?

— Oui, confirma July. L'était un bon contremaître. L'était un gentil-gentil *massa* avec tout le monde.

— Tam Dewar était-il marié à ta mère, miss July ? »

Quel genre de question stupide était-ce là ? Dites-moi, lecteur, avez-vous jamais jusqu'ici entendu parler d'un contremaître sur une plantation sucrière songeant à épouser une esclave qu'il a souillée ? July apparaîtrait comme une menteuse sans cervelle si elle répondait oui. Mais un non verrait sûrement cet homme se détourner d'elle.

July abandonna soudain toute idée de séduire ce Blanc, parce que c'était trop compliqué. Et quelle entreprise idiote. Elle n'avait pas besoin de lunettes pour voir qu'elle était une domestique trop noire et de condition trop modeste pour qu'un homme aussi séduisant et aussi anglais que Robert Goodwin trouve la moindre beauté en elle. Alors, bien que July, en toute honnêteté, n'eût pas répondu que son papa avait seulement culbuté sa maman plusieurs fois pour faire ses petites affaires, et que sa maman l'avait tué plus tard à cause de ça, sa réponse contenait une certaine vérité en raccourci. « L'est mort, *massa*. Juste quand mon papa l'allait prendre ma maman, ils sont morts tous les deux dans les émeutes. » Au moment où ces mots sortaient de sa bouche, July leva les mains à ses yeux. Pour empêcher ses larmes de couler ? Non. C'était seulement de la comédie.

La croyant en train de pleurer, Robert Goodwin s'alarma. « Je suis désolé, dit-il. Je t'ai fait de la peine ? Pardonne-moi. » Puis, pendant un bref instant, il posa tendrement la main sur le bras de July. Et ce contact lui picota la peau.

Bien sûr, July tomba sur lui quand il l'aida à descendre de la carriole, car son pied trébucha sur le plancher — c'est facile à faire sur une charrette à poney. Et dans son étreinte pour la stabiliser, il la tint fermement dans ses bras pendant une longue minute. Leurs visages étaient si proches que July respira le même air que lui tandis que les yeux bleu pâle étaient rivés aux siens.

« Miss July, dit-il en la lâchant. J'ai un livre sur l'Écosse. » Il inspira pour pouvoir poursuivre mais n'y parvint pas et dut se passer la langue sur les lèvres afin de les humecter. « Je l'ai reçu en cadeau. » Il lança un rapide regard autour de lui avant d'ajouter d'un ton étouffé : « Peut-être m'autoriseras-tu à te le montrer un jour ? » Puis il s'écarta si vite de July que certains auraient pu dire qu'il avait fait un bond en arrière. Et son visage rosit comme une crevette cuite alors qu'il soulevait son chapeau en la quittant.

« Merci, *massa*, répondit July avec un grand sourire. Je le ferai. »

De la mousseline blanche, décida July, au moment où il s'éloignait en appelant Byron pour qu'il vienne s'occuper du poney. Une robe de mousseline blanche, voilà quel était son désir.

*

Robert Goodwin se reposait si paisiblement dans son hamac que, quand July monta sur la pointe des pieds les marches de la véranda, elle fit signe à deux oiseaux moqueurs de chanter moins fort. Mais elle ne réussit pas à obtenir le silence en agitant la main, ni en lançant vers eux un petit caillou dans le feuillage de l'oranger. Leur babillage insistant ne dérangeait pourtant pas le contremaître dans sa sieste de la mi-journée. July, qui ne l'avait pas croisé depuis une semaine, resta penchée sur lui un long moment.

Jamais elle n'avait vu quiconque sur cette île, hormis peut-être un nouveau-né, couché aussi sereinement. Les jambes du contremaître pendaient de part et d'autre du hamac. Il était pieds nus, et ses hautes bottes de cuir attendaient, au garde-à-vous, à côté. Sa chemise blanche, ouverte au col, révélait la timide toison noire sur son torse. Il avait un bras replié sous sa tête endormie, et l'autre flanqué en travers de son front en une posture théâtrale. Son nez était long et droit. Sa bouche fine et large. Et il était si immobile au repos que, s'il n'y avait pas eu son très léger ronflement, on aurait pu le croire mort.

Son boy aux yeux fureteurs, Elias, avait esquissé une moue boudeuse en révélant à July que Robert Goodwin dormait toujours sous sa véranda dans la chaleur de midi. Car le contremaître avait ordonné au gamin de ne parler à personne de son rituel intime, de peur que des Noirs, le sachant confiné là, n'aient l'idée de venir le harceler avec de nouvelles contestations à propos de leur loyer ou de leur salaire. Mais en imprimant un mouvement de torsion à l'oreille d'Elias jusqu'à ce qu'il ait l'impression qu'on la lui arrachait de la tête, July avait réussi à lui extorquer son secret — car elle avait besoin que le contremaître soit seul lorsqu'elle viendrait consulter son livre.

Étaient-ce ces bruyants oiseaux moqueurs ou l'intensité du regard que July posait sur Robert Goodwin qui lui fit lentement ouvrir un œil afin de voir ce qui avait dérangé son sommeil ? En découvrant July au-dessus de lui, il faillit basculer du hamac dans sa tentative pour se redresser. Bien sûr qu'il était surpris — car non seulement July l'observait avec un sourire charmant, mais elle était particulièrement jolie. Elle ne portait pas d'affreux mouchoir de tête, mais sa plus belle étoffe bleue. Et sa robe — héritée de sa *missus* —

avait été raccourcie et retaillée jusqu'à ce que les fleurs roses, bleues, vertes et mauves sur la jupe en coton, le bouffant des manches et le blanc du col cape tombent si joliment sur elle qu'elle lui présentait le spectacle d'une rare beauté exotique.

Il se leva et se dépêcha de rentrer sa chemise dans son pantalon. « Miss July, tu as un message pour moi ? » Il passa les mains dans ses cheveux en désordre, craignant à l'évidence que le sommeil ne les ait pas laissés à leur avantage — ce en quoi il avait raison, puisque plusieurs touffes étaient toutes hérissées.

« Non, *massa*, répondit July. Je viens voir le livre. »

Encore étourdi comme un petit garçon réveillé avant l'aube, il demanda : « Le livre ?

— Avec les images de l'Écosse, lui rappela July.

— Bien sûr, bien sûr. Excuse-moi. Les oiseaux moqueurs — il y en a deux dans cet arbre. Ils chantaient si joliment que je me suis assoupi un instant.

— Oui, pour sûr qui l'aiment chanter », dit July, pendant que lui, comme s'il prenait soudain conscience de sa présence, la parcourait d'un long regard — du bout de ses orteils nus jusqu'au sommet de sa tête bien coiffée. Puis il réussit à répéter les mots « le livre », avant que son souffle et sa raison l'abandonnent.

Aussitôt, ses yeux furetèrent de tous côtés comme s'il cherchait du secours. Il était soudain si mal à l'aise qu'il lui était impossible de regarder le visage de July et de parler. Alors que sa bouche s'ouvrait pour demander « Es-tu… ? Es-tu… ? » il examina ses pieds. Alors qu'il reprenait, un peu plus distinctement, « Miss July, es-tu… », il tenta d'apercevoir les oiseaux dans l'arbre. Et au moment où il déglutissait pour prononcer enfin : « Tu es seule ? », son attention se concentrait sur ses mains qu'il tordait. Quand July lui répondit d'un joyeux « oui », au vrai, l'homme faillit tourner de l'œil.

Soudain, il fit volte-face pour rentrer dans la maison en disant : « Je l'ai là, quelque part. Il va peut-être me falloir un peu de temps pour… » avant de se retourner pour contempler de nouveau July. Il ne se remit en marche qu'après s'être mordu la lèvre afin de rassembler son courage.

July entra derrière lui, le suivant de très près.

« Vous avez plein de livres sur l'Écosse, *massa* ? » demanda-t-elle en faisant le tour de son petit salon. Elle s'arrêta pour considérer un buffet bas sur lequel était posé un bouquet en fouillis de pervenches roses dans un vase bleu. À côté, il y avait un portrait miniature dans un cadre de métal, pas plus grand que ces médaillons que les *missus* portent autour du cou. Un Blanc à l'air sévère et à la moustache fournie lui renvoya son regard. July se pencha pour distinguer les détails — il portait une croix au cou et une bague au doigt, mais elle n'en vit pas davantage car elle se redressa en entendant le contremaître dire : « Non, je n'ai que celui-là. Mon dernier employeur m'en a fait cadeau. Je ne sais plus pourquoi. Mais il y a des images de ce pays. L'Écosse. Ah, le voici. »

Il sortit le livre de la bibliothèque avec une lenteur précautionneuse — le déplaçant centimètre par centimètre. July comprit bien vite qu'il craignait d'en voir tomber un cafard soudain réveillé. Elle porta la main à sa bouche afin qu'il ne soit pas témoin de son amusement. « Oui, c'est celui-ci », dit-il. Et il emporta le livre à son bureau, où il l'ouvrit.

« Sais-tu d'où était ton père ? s'enquit-il.

— Mon père ? demanda July en traversant la pièce pour aller se placer juste derrière lui.

— Oui, tu m'as dit que ton père était écossais.

— Oh, mon papa », dit July. Elle vit sa propre haleine agiter les boucles noires sur la nuque du contremaître alors qu'elle soufflait ces mots.

« Oui, ton papa.

— Oui, mon papa l'était écossais.

— Bon, voyons voir ce que nous trouvons là », dit-il.

Il feuilleta rapidement le livre, et, en se penchant plus près pour voir par-dessus son épaule, July pressa fortuitement sa poitrine contre le bras de Goodwin. L'espace d'un bref instant, il s'immobilisa puis recommença à parcourir l'ouvrage. Il s'arrêta sur le dessin d'un château.

July, se rapprochant encore, écrasa son corps contre celui du contremaître en montrant du doigt l'image. « C'est là que mon papa l'habitait ? »

Il bégaya : « Je... je... j'en doute, vu que c'est un château. »

Il accompagna ces mots d'un petit rire qui le fit se frotter encore davantage contre elle. « Il y a de nombreux châteaux en Écosse, mais je doute qu'aucun ait vu naître un contremaître des Antilles. » Et alors qu'il se tournait pour la regarder, ses lèvres faillirent lui caresser la joue.

Il se remit aussitôt à feuilleter les pages d'un air concentré. Le livre contenait peu d'images, mais beaucoup de texte dense et noir. Il tomba pourtant sur le dessin d'une petite maison avec des moutons autour. « C'est probablement plus dans ce genre-là », dit Robert, levant légèrement le livre pour permettre à July de mieux voir. Elle fit courir son doigt le long du toit et sur la cheminée en disant : « C'est la maison de mon papa ?

— Eh bien, pas véritablement sa maison... Mais... mais... » Robert regardait intensément July, qui étudiait l'image.

« Et ça, c'est quoi ? demanda-t-elle en montrant les moutons.

— Ce sont des moutons. »

Et July, qui ne connaissait pas ces créatures laineuses, tourna le visage vers le sien pour lui demander : « C'est quoi, des moutons ? »

Le livre retomba sur le bureau avec un bruit sourd. Les mains du contremaître, toutes flasques et tremblantes, ne pouvaient plus le tenir. Pareil à un vent puissant, il se mit à respirer plus vite et plus fort, et la saisit avec une férocité proche de la colère. Avant qu'elle ait pu réaliser ce qui se passait, il l'embrassait. Sa bouche humide et molle la léchait comme s'il dévorait un poulet plein de graisse.

July était au comble de la joie. Miss Clara, miss Clara, mettez de l'eau à chauffer, car miss July Goodwin va venir prendre le thé ! July sentait contre elle le renflement dur des parties intimes de Robert Goodwin et savait que c'était par là qu'elle devait maintenant mener ce tendre jeune Blanc.

Mais soudain, le contremaître s'écarta brusquement d'elle. « Je suis désolé. Je suis désolé. Pardonne-moi. Je suis désolé », dit-il en allant vite se réfugier à l'autre bout de la pièce. Certains jugeraient qu'il était parti en courant. Et July eut tout à fait l'impression de le pourchasser lorsqu'elle le suivit en plaidant : « Non, non, c'est bien, *massa.* » Mais chaque fois qu'elle approchait de lui, il reculait d'un pas. Quelle sorte de danse était-ce là ? Elle qui s'avançait et lui qui bondissait en arrière ? Ils firent ainsi plusieurs fois le tour de la pièce. Au vrai, c'était assez comique.

Mais July, habituée à attraper les rats, ne tarda pas à coincer cet homme dans un coin. Il tendit un bras pour la maintenir à distance, tout en répétant d'une voix essoufflée : « Mon père, mon père, mon père », avant de conclure sa prière par : « Mon père désapprouverait.

— Mais votre papa l'est pas là, lui dit doucement July.

— Mon père a le plus grand mépris pour les Blancs qui abusent de leur autorité sur les Noirs.

— Je suis une mulâtresse, pas une Noire. L'a pas de mal, *massa*.

— Mon père m'a envoyé ici pour faire le bien. C'est un homme droit.

— Li saura jamais », dit July presque gaiement. Mais quand il la regarda en face, July reconnut l'angoisse imprimée sur le visage du Blanc.

« Je vois mon père devant moi, et je ne dois pas agir de la sorte. » Il leva la tête pour supplier le ciel : « Je ne céderai pas à la tentation, père, non. »

Et July, tournant les yeux vers l'endroit où il voyait son papa, dit : « Mais l'a personne, là-haut.

— Je t'en prie, va-t'en, miss July.

— Votre papa, li veut que vous êtes bon avec les Noirs, *massa*, dit July en faisant un grand pas vers lui.

— Non, miss July. S'il te plaît, pars. S'il te plaît, s'il te plaît, je t'en prie. Tu es trop belle, tu es trop bonne... » Le reste de sa phrase fut étouffé et inaudible, parce qu'il avait enfoui le visage dans ses mains.

Ce fut au tour de July de sentir son souffle l'abandonner. Car ce Blanc la trouvait belle. Ce Blanc la trouvait bonne. Elle s'avança pour le prendre par les épaules, car ce trophée était trop près pour que July y renonce maintenant. Mais il la repoussa si violemment qu'elle faillit tomber.

« S'il te plaît, miss July, va-t'en tout de suite. » Puis, attrapant ses propres cheveux à pleines mains comme s'il voulait se les arracher de la tête, il gémit : « Aidez-moi, père, aidez-moi, père », avant de se laisser glisser dans le coin et de sangloter comme un enfant.

Chapitre 24

Lecteur, il me faut vous révéler tout bas une vérité. Venez, approchez l'oreille de cette page. Encore un peu plus près. Car je dois vous parler honnêtement à propos du chapitre que vous venez de lire. Vous m'écoutez, lecteur ? Eh bien, sachez que ce n'est pas ainsi que les Blancs se comportaient d'ordinaire dans cette île des Caraïbes.

Chapitre 25

À partir de ce jour, Robert Goodwin passa son temps à observer July. Elle le trouvait en bordure du jardin, monté sur sa jument grise — immobile, ensorcelé — alors qu'assise sur les marches de la véranda elle mangeait une orange et léchait ses doigts collants. Jamais il ne l'approcha quand le soleil était haut, et jamais il ne l'appela par son nom. Mais elle l'apercevait, perdu dans sa rêverie, béat devant le balancement de ses hanches pendant qu'elle parcourait le long sentier traversant les terres vivrières caillouteuses pour aller faire ses petits besoins là-bas, en privé, plutôt que d'utiliser la fosse d'aisance à côté de la cuisine. Et où qu'il la surprît — dans le jardin, sous la véranda, en route vers la cuisine, parcourant un sentier —, partout partout, chaque fois qu'il la voyait seule, July sentait le contremaître se languir d'elle. Et, oh ! quelle ferveur dans ces yeux bleus ! Seuls les ordres imaginaires de son tyrannique papa le secouaient, le frappaient et le réveillaient pour qu'il oublie ce désir ridicule et reprenne le cours de sa journée.

Le contremaître lui céda même son livre —

celui contenant les images de l'Écosse. July le découvrit, abandonné devant sa porte. Et entre les pages où il lui avait si gentiment montré la maison de son papa, elle trouva trois pervenches roses séchées, fines comme de la gaze.

*

Et puis un soir, après le coucher du soleil, alors que toutes les ombres avaient disparu, July revenait du jardin où elle avait ramassé des cosses du tamarinier arrachées par le vent quand elle entendit bruisser un palmier. « Miss July », appela-t-on d'une voix pressante. Se retournant, elle fut éblouie par une lanterne, qui se balançait à la hauteur de ses yeux. Elle savait que c'était lui, mais elle plissa le front pour voir son visage qui dansait, entrant tour à tour dans l'obscurité et dans la lumière. Il tendit la main devant lui, doigts écartés, en implorant : « Ne bouge pas, miss July, s'il te plaît, ne bouge pas. » July entrouvrit les lèvres pour parler, mais il lui ordonna : « Je t'en prie, ne dis rien. »

Alors qu'elle baissait lentement les bras le long du corps, la poignée de tamarins qu'elle avait ramassés se répandit par terre. Elle planta les pieds dans le sol pour rester aussi immobile que possible. Levant le menton, elle fixa la lumière de la lanterne. Il la serrait si fort que les jointures de ses doigts étaient aussi blanches que des œufs de poule. Et bien que son visage fût perdu dans le noir, son regard sur elle était si doux qu'il lui fit l'effet d'une caresse du bout du doigt.

Il traça une ligne qui effleurait son front, son nez, suivait le renflement de ses lèvres, descendait dans son cou avant de se poser en une pression fantomatique sur sa poitrine. Puis Robert Goodwin murmura : « C'est mal, je sais que c'est mal, mais je ne peux pas m'en empêcher. »

Balançant sa lanterne de côté, il fit soudain un pas en avant pour saisir July par la taille. Il était chaud comme un four à pain. July hésitait à l'écarter ou à refermer les bras sur lui, quand il la repoussa violemment. Elle chancela. Alors qu'elle reprenait son équilibre pour lui faire face, elle fut sur le point de s'écrier « Attention, j'ai failli tomber », mais le bruit des pleurs du contremaître l'arrêta. Elle chercha à tâtons son visage dans le noir. Il avait la joue humide. En sentant les doigts de July sur lui, le contremaître plaça sa main sur la sienne. « C'est contraire à tout, dit-il. Mais, miss July, tu dois savoir que je suis tombé amoureux de toi. Je t'aime. » Et il baisa doucement sa paume avant de s'écarter d'elle et de disparaître dans le noir.

*

Pourtant, July ne revit pas Robert Goodwin avant plusieurs semaines. Assise à l'extrémité de la véranda, où une brise rafraîchissait par moments l'air lourd et immobile, July rapiéçait les sous-vêtements de sa *missus* — ceux dont les rats avaient grignoté toutes les parties imprégnées de sueur — quand le contremaître sortit de la maison et l'aperçut.

Pensant qu'il se contenterait de la dévisager, puisque c'était le matin et qu'il faisait jour, elle leva les yeux vers lui, mais continua de recoudre l'affreux dessous. Quand l'expression narquoise du contremaître laissa place à un large sourire de reconnaissance et qu'il s'avança vers elle, July, d'étonnement, fit tomber son ouvrage par-dessus la balustrade de la véranda. Il fut bientôt sur elle. Il la hissa sur ses pieds puis chercha rapidement un endroit où la cacher, comme si elle était une espèce de butin volé, avant de l'entraîner en bas des marches et au coin de la maison pour trouver refuge dans l'intimité d'un grand massif de bambous.

Lorsqu'ils furent ainsi dissimulés, il lui prit les joues à deux mains pour qu'elle lève le visage vers lui. « Regarde-moi, miss July. Regarde-moi », dit-il. July voulut se dégager de son étreinte, car sa voix pressante l'effrayait, mais il la tenait fermement. « Écoute-moi, écoute-moi », insista-t-il, jusqu'au moment où il prit conscience de son expression choquée. Il la lâcha.

Clignant des paupières pour paraître plus doux, souriant pour paraître plus calme, il recula et leva les mains afin de lui montrer qu'il ne lui voulait aucun mal. Mais son excitation juvénile le submergea de nouveau quand il reprit : « J'ai élaboré un plan que je viens juste de mettre en application. » Et il lui compressa une fois encore le visage. « Oh, miss July, j'ai un plan qui nous permettra d'être ensemble. Un plan, poursuivit-il, pour que tu sois à moi. Un projet contre lequel mon père ne trouvera rien à redire. Il s'en réjouira même. Il remerciera Dieu. Je crois… Je crois sincèrement que mon père remerciera le Tout-Puissant d'avoir délivré son fils de la tentation. »

Les yeux bleus de Robert étaient grands comme des lunes. Pendant un long moment, ils contemplèrent July — jusqu'à ce qu'il se penche pour l'embrasser. Ses lèvres caressèrent si délicatement la bouche de July qu'elle fut enivrée par sa soudaine tendresse. Aucune réponse ne lui vint à l'esprit. Mais la voix toute proche de la *missus* qui l'appelait — « Marguerite, Marguerite ! » — mit un terme à son embarras. Tous deux s'écartèrent d'un bond, tels des haricots sur le feu. Et le contremaître, plongeant pour se tapir comme un voleur, murmura : « Bientôt, miss July, bientôt. »

Il s'éloigna furtivement et disparut à l'instant où la *missus* tournait au coin de la maison et découvrait July seule. « Ah, te voici, Marguerite », dit-elle. July, qui cherchait l'ouvrage de couture qu'elle avait jeté dans le buisson, se lança dans un babil à propos du sous-vêtement que la brise lui avait arraché des mains et qui avait battu comme les ailes d'un oiseau monstrueux en volant à travers le jardin.

Mais Caroline Mortimer agita les bras devant la figure de July pour la faire taire. « Pas maintenant, pas maintenant, pas maintenant. Non, non, non, non, non, il y a trop de choses à préparer, s'écria la *missus* d'une voix aiguë. Oh, Marguerite, il y a tellement de choses à préparer. » Puis, s'aidant de ses doigts potelés ouverts en éventail qu'elle frappa à tour de rôle, la *missus* énuméra la liste des tâches à accomplir. Trouver de la soie de satin rose, commander de la dentelle blonde, ganser des mules de ruban, confectionner une robe avec ces manches gigot à la mode. « Et où sont ces gants jaunes en chevreau ? » Il fallait tuer le cochon, et toutes les poules, faire un gâteau « mais pas Molly », imprimer des faire-part, acheter des bougies...

La *missus* ne s'interrompit entre deux inspirations qu'en découvrant l'air perplexe de July. « Quoi, tu n'as pas encore compris ? » demanda-t-elle. Puis, poussant un profond soupir, car elle était hors d'haleine avec toute cette activité pour une journée aussi chaude, elle ajouta : « Oh, je ne t'ai pas dit. » Elle gloussa. « Je ne te l'ai pas dit. » Elle posa la main sur le bras de July. « J'ai une nouvelle magnifique à t'annoncer, Marguerite. Je viens juste de lui dire oui. » Et elle sourit largement en ajoutant : « Je vais me marier. Je vais épouser Robert Goodwin. »

QUATRIÈME PARTIE

Chapitre 26

Quelque part, lecteur, il y a un tableau, un portrait à l'huile sur une toile ovale (large d'un bras environ), intitulé *M. et Mme Goodwin*. Cette peinture fut commandée par Caroline Goodwin, quelque temps après son mariage, à un artiste de renom résidant dans la ville de Falmouth. Le peintre — un certain M. Francis Bear — exécuta dans sa courte vie de nombreux portraits de planteurs jamaïcains et de leur famille ; à une époque, il était en effet de bon ton d'avoir un Bear dans sa maison de maître.

Les modèles de ce portrait posèrent pendant plusieurs semaines dans la galerie d'Amity, sans faire un mouvement ou un bruit, comme l'exigeait l'artiste, tout en transpirant abondamment dans leurs plus beaux vêtements assombris par la sueur. J'ignore cependant ce qu'il advint de ce tableau. Peut-être s'est-il perdu, a-t-il été volé, voire grignoté par certaines des créatures voraces pullulant sur cette île des Caraïbes. Néanmoins, si vous tombez par hasard sur cette toile intitulée *M. et Mme Goodwin*, prenez soin, je vous prie, de l'étudier attentivement — car le prochain épisode de mon histoire est caché dans cette œuvre d'art.

Debout au premier plan de ce splendide tableau, vous verrez Robert Goodwin. L'allure décontractée, une jambe croisée devant l'autre, il a le coude posé sur le dossier de la chaise devant lui. Il porte une veste de lin légère sur un gilet de soie grège orné d'une broderie verte à motif floral. Il n'a pas de chapeau, et bien que ses cheveux bouclés et ses longues moustaches lui confèrent une distinction de gentleman, ils le font aussi paraître plus vieux que son âge.

Marié depuis moins d'un an, il affiche une attitude assez sereine. Mais venez, regardez de plus près, car l'éclat dans ses yeux bleus est de pur soulagement, et son sourire humble reflète la satisfaction ; car Robert Goodwin a enfin été libéré de cet état longtemps préservé que, par égard pour son bon père et malgré la souffrance, il avait gardé intact jusqu'à sa nuit de noce : sa virginité !

Pourtant, il ne fut pas dépucelé par Caroline. Car pendant que la mariée était couchée sur son lit — les rubans au col de sa chemise de nuit défaits et le vêtement décolleté bas pour révéler l'ampleur de ses seins pomponnés et parfumés, attendant impatiemment que son nouvel époux ait fini ses affaires dans le village noir —, Robert se trouvait dans la pièce sous la maison, à dépouiller notre July de ses vêtements.

Il la fit tourner sur elle-même, à la faible lueur d'une bougie de suif, tel un cadeau d'anniversaire longtemps attendu qu'il déballait enfin. Et, comme pour confirmer que chaque parcelle d'elle était aussi délectable que dans son imagination possédée, il l'examina sous toutes les coutures. Puis il l'allongea et la caressa partout. Et là où s'aventuraient ses mains, ses lèvres et sa langue suivaient. Quand il la pénétra, il respirait si vite et cria si fort que July lui plaqua la main sur la bouche, de peur que sa *missus* n'entende le bruit obscène de leur intimité à travers les lattes du parquet. Ensuite, il tint July serrée contre lui — son dos à elle contre son ventre à lui. Il avait épousé « cette femme », dit-il tout bas à July dans le noir, uniquement pour pouvoir être avec elle comme ça — exactement comme ça. Et puis il lui murmura, encore et encore, qu'il l'aimait, oh, comme il l'aimait.

Lorsque Robert Goodwin arriva enfin dans la chambre de sa nouvelle épouse, il était épuisé. Il promit à Caroline que leur union serait bientôt consommée, mais elle ne devait pas l'ennuyer maintenant car il était très fatigué, les Noirs l'avaient éreinté avec leurs exigences... et, oh, si elle voulait bien cesser d'en parler... évidemment qu'il l'aimait, mais pouvait-elle arrêter de gémir en permanence parce que ça lui donnait mal à la tête... et bien sûr, bien sûr qu'il la désirait, mais ne l'avait-elle pas entendu ?... bientôt, promit-il, bientôt. Puis il s'endormit paisiblement comme un bébé après sa tétée et son rot.

Qui suggéra d'utiliser le paysage de la plantation et non la galerie d'Amity comme arrière-plan de ce portrait — *M. et Mme Goodwin* ? La question fait débat. L'artiste — qui prit plusieurs mois pour représenter les lieux sous l'aspect d'un paradis tropical — affirmait que l'idée venait de lui. Cependant, Robert Goodwin soutenait qu'il avait vu un fond similaire dans un portrait de la noblesse anglaise et que la suggestion était sienne. Quoi qu'il en soit, Robert Goodwin se tient devant le tronc de ce qui ressemble à un baobab assez malingre. Il n'est plus un simple contremaître mais a tout du maître de cette vue magnifique créée par l'artiste. Voyez comme il lève le menton. Et pourquoi en serait-il autrement ?

*

Robert Goodwin avait reçu pas moins de huit lettres de son père, l'exhortant avec une ferveur grandissante à songer au mariage. Son père parlait de son âge — disant qu'il n'était plus un gamin ; de sa situation financière, qui serait grandement améliorée si une femme partageait ses obligations ; des tentations, qu'on dominait plus facilement une fois marié ; et de Lucinda Partridge, une jeune fille de son village en Angleterre qui avait toujours un mot affectueux à l'égard de Robert, ainsi que l'ambition de voyager.

Robert Goodwin était désireux de satisfaire cette requête paternelle, en apparence assez ordinaire. Mais il aimait une Noire. Il aimait July. Et épouser une Noire… épouser une Noire ! Oh, qui pourrait accepter un projet aussi indécent ? Sûrement pas son père. Témoigner de la bienveillance aux Noirs, s'occuper des Noirs, avoir pitié des Noirs, voilà ce que son père attendait de lui. Mais que son fils épouse une Noire — il en mourrait sûrement.

Pourtant, dans une de ses lettres, il écrivait : « N'oublie pas, Robert, qu'un homme marié peut faire ce qu'il lui plaît. » Alors, bien que Robert

Goodwin n'eût jamais osé la moindre allusion, dans ses missives à son géniteur, à sa troublante attirance pour la domestique de couleur, il en vint à se persuader que ces mots édifiants avaient valeur de suggestion. Un homme marié peut faire ce qu'il lui plaît.

Si, songeait Robert Goodwin, il était marié, n'aurait-il pas la possibilité de garder July hors les liens de son mariage, mais dans les nœuds de sa solide affection ? Ne pourrait-il pas tenir les promesses faites à une épouse devant Dieu, tout en traitant tendrement la femme qui avait ravi son cœur ? Qui le saurait ? Qui le soupçonnerait ? Et quand bien même, les gens ne détourneraient-ils pas le regard des agissements d'un homme marié ? Bien sûr que si — son père l'avait fait bien des fois, il le savait. Et il y avait une telle pudeur sur cette île.

De plus, en épousant Caroline Mortimer, il l'aiderait encore bien davantage. Robert Goodwin était parvenu à la conclusion qu'elle profiterait grandement de cet arrangement. Une fois devenu non plus le contremaître, mais le maître d'Amity, sa position vis-à-vis des employés de la plantation serait renforcée. Les Noirs, à l'esprit simple, feraient sûrement tout ce qu'on attendait d'eux s'il le leur demandait — lui, leur nouveau et bien-aimé *massa*.

Robert Goodwin n'avait pas tardé à se persuader que ce n'était pas seulement son père, mais Dieu tout-puissant, qui lui avait soufflé ce projet — car personne n'aurait à en souffrir, et tout le monde y gagnerait. De sorte que, sur le tableau, sa poitrine est gonflée d'orgueil — grâce à son mariage, deux femmes sont à présent comblées, et surtout, son père est plus qu'heureux de la bonne fortune de son fils. La lettre de félicitations qu'il reçut de ce dernier disait en effet :

Mon très cher fils Robert,

Comme ton mariage me remplit de fierté ! Nous accueillons Caroline, ton épouse, dans l'étreinte de nos bras ouverts, et prions pour avoir un jour l'honneur de la recevoir ici dans notre maison en Angleterre comme nous l'avons reçue dans notre cœur. En apprenant sous ta plume qu'elle désire sincèrement que les Noirs — qu'elle considérait autrefois comme sa propriété — soient à présent traités aussi bien que possible, quelle preuve de sagesse et de contrition nous avons reçue de sa part ! Maintenant que tu es le maître de la plantation appelée Amity, je suis sûr que l'injustice de cet abominable état d'esclavage ne sera bientôt plus qu'un lointain souvenir pour les Noirs sous ta responsabilité. Alors qu'ils étaient autrefois accablés comme des bêtes, ils pourront dorénavant accomplir joyeusement et avec bonheur leurs tâches sous ta gouverne pleine de compassion. Mon cher fils Robert, tu es l'honneur de ta famille et la fierté de mon cœur.

Ton père aimant.

Dans le tableau, Caroline Goodwin est assise sur une chaise — celle à laquelle est accoudé si nonchalamment son second mari. Sa posture aristocratique permet d'apprécier la courbe de ses épaules et l'arrangement complexe de ses nattes entrelacées et de ses boucles. Ses mains, posées sagement sur ses genoux, soulignent le bouffant des jupes de la robe de mariée qu'elle a revêtue et réussissent aussi à mettre en valeur les poignets resserrés de ses manches gigot à la mode. Pour sûr, l'artiste a veillé à rendre si fidèlement le détail de cette robe que la soie rose scintille comme si le tissu était collé sur la toile.

Cependant, peu désireux d'offenser la femme qui le payait généreusement pour exécuter ce portrait, M. Francis Bear a représenté une Caroline Goodwin un tantinet plus mince que se la rappellent peut-être ceux qui l'ont connue. Par exemple, ce qui, sur le tableau, ressemble à un rat s'échappant de sous ses jupes est en réalité l'idée que se fait l'artiste d'un pied fin chaussé d'une mule couleur crème.

Dans l'intention, Caroline Goodwin devait regarder le spectateur avec un sourire si séduisant que quiconque le verrait contemplerait avec envie cette scène parfaite. Mais aucun enseignement reçu par l'artiste ne lui avait donné la technique nécessaire pour faire rayonner ce sourire jusqu'à ses yeux. Malgré les efforts de M. Bear (et il en fit beaucoup — retravaillant les traits de la *missus* pendant trois jours entiers), son sourire n'allait pas plus loin que sa bouche. En conséquence, tous ceux qui contemplèrent le tableau se demandèrent comment une femme qui semblait sourire de tout son cœur pouvait en même temps avoir l'air aussi abattue.

*

Caroline Goodwin était mariée depuis presque un an, et pendant tout ce temps, son mari ne l'avait honorée qu'une fois — non, deux. En cette seconde occasion, il avait bu tant de madère que son sexe était aussi flasque que la langue d'un chien assoiffé. Et Caroline avait un désir secret (peut-être n'était-il pas trop tard pour elle, avec un mari de douze ans son cadet) : des enfants. Elle ferait une très bonne mère — quiconque la connaissait n'en doutait pas. Pourtant, la seule fois où elle avait failli avoir un enfant, c'était avec... Mais non, elle ne pouvait se résoudre à y penser — à cette petite chose à laquelle elle avait donné naissance tant d'années plus tôt à Londres. La sage-femme l'avait emportée, emballée comme une portion de poisson, dans un exemplaire de l'*Evening Mail*. Et son premier mari, Edmund, s'était plaint de ne pas avoir encore lu ces pages-là du journal. Après ça, il ne l'avait plus jamais approchée à la manière d'un époux. Et même si tous les matins, en enfilant son pantalon, il se demandait s'il valait mieux le remonter au-dessus ou le baisser au-dessous de son énorme bedaine, il avait déclaré à Caroline qu'elle était trop grasse pour lui paraître désirable.

Mais son nouveau mari, Robert, n'était pas de cet avis — il la trouvait belle, il le disait tout le temps. Seulement, parfois, quand il la regardait, elle avait l'impression... mais non, elle devait se tromper... elle avait l'impression... non, non, c'est elle qu'il aimait... elle avait parfois l'impression de voir une ombre de mépris jouer à la commissure de ses lèvres.

C'étaient ces satanés Noirs qui le retenaient si longtemps loin d'elle. Ils étaient tellement déterminés à profiter des premiers fruits de leur liberté qu'ils se montraient plus indolents, maussades et exigeants encore qu'auparavant. Tous les soirs, son mari rentrait à la maison à une heure si tardive et dans un tel état d'épuisement qu'il n'avait qu'une envie : dormir. Il faisait trop de sentiment avec cette pénible race de gens. Rendez-vous compte, il traitait Marguerite presque comme si elle était son égale.

Il exigea que Caroline l'appelle « miss July ». Et se montra même insistant sur le sujet. Il lui avait un jour crié : « Arrête ! Arrête ! » parce qu'elle avait oublié. Elle désirait le contenter, bien sûr qu'elle désirait le contenter — il était son mari. Mais elle avait beaucoup de difficulté à se rappeler le changement. Et Marguerite était un nom si charmant à appeler dans la maison.

Elle bavardait, c'est tout — assise sur les genoux de son mari et jouant amoureusement avec ses cheveux —, lorsqu'elle lui avait demandé, très gentiment, si, au lieu de l'obliger à se remémorer le nouveau nom de la domestique, il ne pourrait pas envisager d'appeler lui aussi sa négresse Marguerite. Quel besoin avait-il eu de se mettre dans cet état-là ? De la faire tomber par terre et de taper du poing en disant : « Mais ce n'est pas son nom, Caroline. Elle s'appelle miss July. » C'était juste une idée comme ça !

Son mari lui demandait-il maintenant de traiter « miss July » comme une femme du monde ? De prendre des nouvelles de la famille de « miss July » chaque fois qu'elle se trouvait en sa présence ? Devait-elle inviter « miss July » à venir siroter du porto ou du madère avec eux ? Désirait-il qu'elle papote avec « miss July » du temps attendu pour Noël cette année, ou qu'elle lui propose de se joindre aux autres invités de la paroisse pour une soirée de whist ? Exigeait-il qu'elle serre la main de sa négresse ? Il n'avait pas besoin de grimacer de la sorte, comme si le seul son de sa voix le faisait souffrir, ni de s'écrier : « Oh, pour l'amour du ciel, Caroline, tais-toi. » Comment s'attendait-il à ce qu'elle réagisse, après qu'il eut prié Marguerite de s'asseoir à table avec eux ?

Ayant demandé à Marguerite, au cours d'un dîner, s'il y avait des pickles pour accompagner sa viande, son mari se lança dans ce qui ressemblait fort à une conversation avec la domestique noire. D'abord, il rit — pour une raison qui échappait à Caroline — quand Marguerite l'informa qu'elle serait ravie d'aller en ville lui en acheter. Et alors que Caroline attendait encore qu'on serve le jambon et qu'on lui ramasse sa serviette tombée par terre, elle dut ronger son frein pendant que son mari, après avoir expliqué qu'il préférait ses pickles très pimentés, souriait joyeusement à la Noire, qui lui répondait qu'à son avis les doux seraient plus à son goût. Et ils papotèrent ainsi, comme on s'échange des ragots, à propos des meilleurs fabricants de pickles de la ville, jusqu'au moment où son mari, rayonnant de joie, déclara : « Oh, viens donc t'asseoir, miss July. »

Caroline en eut le souffle coupé. Et cependant, son mari fut surpris qu'elle soit ainsi choquée. Quel mal y aurait-il, voulut-il savoir, à laisser miss July s'asseoir avec eux de temps en temps ? Quel mal pourrait-il bien y avoir ? Caroline pensa qu'il plaisantait, ou peut-être qu'il se moquait de sa susceptibilité dépassée de planteuse antillaise — après tout, ça n'aurait pas été la première fois. Aussi, pour ne pas paraître imperméable à son humour, se crut-elle obligée de rire. Car inviter une domestique noire à sa table aurait suffi à lui attirer les railleries de ses amis de l'île, qui se seraient ouvertement demandé si elle avait perdu sa moralité en même temps que sa tête ; pensez donc, Mme Pemberton en aurait fait une crise d'apoplexie. Mais Robert se contenta de répéter cette bêtise inique — quel mal y aurait-il ? Tandis que Marguerite regardait alternativement son maître et sa maîtresse avec un sourire si impertinent qu'il lui aurait, en d'autres temps, valu le fouet.

Et ce ne furent pas les protestations de Caroline qui réussirent à le faire changer d'avis à propos du suicide social qu'il exigeait d'elle. Le fait qu'elle s'écriât « Non ! non ! non ! non ! non ! non ! non ! » d'une manière que quiconque aurait jugée hystérique parut susciter peu de réaction chez lui, hormis un : « Oh, Caroline, je t'en prie, baisse d'un ton. » Non. Ce fut Marguerite, le remerciant pour l'invitation mais ajoutant qu'elle devait retourner à la cuisine, qui épargna à Caroline la perspective d'une pareille humiliation. Et maintenant, Marguerite la regardait d'un air de pitié — Caroline en était sûre.

*

Les spécialistes de Francis Bear ont souvent affirmé que son utilisation des Noirs dans ses portraits ajoutait une note d'authenticité exotique à ce qui aurait pu être sinon une œuvre médiocre. Donc, avant même que l'artiste et Caroline soient tombés d'accord sur le prix du portrait, ils avaient décidé qu'un négrillon devrait apparaître sur la peinture, tenant une ombrelle et un éventail.

Cependant, dans la chambre sous la maison, un autre plan fut concocté. Car en apprenant que les propriétaires d'Amity allaient faire peindre leur portrait, July se trémoussa avec excitation sur les genoux de Robert Goodwin et demanda : « Je peux être dessus ? Oh, dites-moi que je peux être dessus. J'ai envie qu'on fasse mon portrait. Oh, je peux être dessus ? »

Ayant promis à July : « Bien sûr, bien sûr que ma petite miss July pourra être dessus » (en adoptant le babillage enfantin qu'il aimait tant à cette époque-là), Robert Goodwin entreprit de convaincre d'abord sa femme puis l'artiste de renoncer à leur idée de jeune garçon, au prétexte qu'aucun petit Noir à Amity, ni même dans toute l'île, ne serait capable de rester immobile le temps nécessaire.

De sorte que, sur le tableau, vous trouverez July vêtue d'une robe de mousseline blanche et coiffée d'un turban de soie rouge. Très inspiré par le plaisant contraste que formait l'écarlate du turban avec les cheveux blonds de la femme assise et la tête brune de l'homme debout, l'artiste ne demanda pas mieux que de faire poser July de profil à côté de Robert Goodwin.

Caroline, pourtant, protesta haut et fort : « Elle ne peut pas se mettre là !

— Et pourquoi pas ? » demanda son mari.

Caroline, qui ne trouvait aucun argument raisonné à lui opposer — car l'arrangement lui inspirait seulement un sentiment de malaise au creux du ventre —, implora du regard l'aide de l'artiste. Ce dernier décida alors que pour mettre en valeur la composition et préserver l'équilibre du tableau, il valait mieux que la Noire s'agenouille devant Caroline en lui offrant un plateau garni d'un assortiment de sucreries. Et oh, comme Caroline Goodwin applaudit à cette suggestion. « Oui, oui, oui ! » dit-elle.

Si bien que sur le tableau, July, un genou à terre, se tourne vers sa maîtresse en lui présentant le contenu du plateau qu'elle tient. Et bien que l'artiste lui ait demandé de lever vers sa *missus* des yeux pleins d'une admiration soumise, l'expression de July réussit savamment à attirer l'œil du spectateur avec un air de dire : « Alors, que pensez-vous de ça ? Ne suis-je pas la plus jolie négresse que vous avez jamais vue ? »

La pose, cependant, causa tout un tas de tracas, parce que July ne réussissait pas à garder cette attitude servile très longtemps. D'abord, son genou commençait à la picoter. Puis très vite, toute sensation quittait ses deux jambes. Après quelques minutes de ce bienheureux engourdissement, elle était saisie d'une vive douleur, comme si un chien plantait ses crocs dans la chair de ses cuisses. Il lui fallait alors se lever et taper du pied pour se soulager. Pourtant, chaque fois que July était obligée d'effectuer cette danse curative, l'artiste, la regardant de derrière sa toile, laissait échapper un profond soupir plaintif. Et Caroline la réprimandait : « Tiens-toi tranquille ! Tiens-toi tranquille ! Arrête de bouger ! »

Et bien que July fût parfaitement capable de faire taire sa *missus* d'un regard qui lui criait : « Essaie donc de courber ton gros derrière blanc comme ça pendant des heures et des heures, et tu verras, tsst ! », elle n'avait plus besoin d'y recourir. Car il lui suffisait de lancer un coup d'œil ennuyé — ou même son esquisse — à son Monsieur Goodwin… son Monsieur grands-grands yeux bleus… son Monsieur gentil-gentil *massa*, pour que, dans un éclat de franche autorité, il prenne sa défense en répondant : « Tu ne te rends pas compte que cette pose est pénible, Caroline ?

— Mais elle prolonge l'épreuve en remuant sans cesse. Moi, je réussis à rester tranquille.

— Tu es assise confortablement. Si miss July était confortablement assise, je ne doute pas qu'elle puisse rester aussi immobile que toi.

— Suggères-tu maintenant que la Noire soit assise, sur ce tableau ?

— Tout ce que je dis, Caroline, c'est que si on avait laissé miss July se tenir à côté de moi, au lieu de lui imposer cette posture ridicule, elle aurait pu garder la pose plus longtemps sans devoir subir ces crampes douloureuses.

— Mais enfin, Robert, c'est l'idée de M. Bear de la peindre comme ça — pas la mienne... »

Et ainsi de suite. Ces querelles n'éclataient pas chaque fois que July bougeait, mais suffisamment souvent néanmoins pour que l'artiste lève les yeux au ciel et se prenne la tête dans les mains pendant la durée de ces désagréables scènes, et pour que notre July, dès qu'elle se retrouvait seule avec son M. Goodwin, s'accroche à son cou et couvre ses joues de cent baisers pour avoir interdit à la *missus* de l'insolencer.

*

« Mari » était le terme préféré de July pour désigner Robert Goodwin — car chaque fois qu'elle disait : « Venez vous asseoir, mon mari... commencez à manger, mon mari... oh, chut, mon mari », il répondait obligeamment en l'appelant « ma femme ». « C'est toi, ma véritable femme », affirmait-il. « C'est ma vraie maison », disait-il de leur petite chambre humide au sous-sol. Qu'arriverait-il s'il ne la trouvait pas en train de l'attendre tous les après-midi après le coup de conque ? lui avait demandé July. La chercherait-il ? « Sans aucun doute », lui avait-il répondu. Pleurerait-il ? « Ouin, ouin, ouin », avait-il gémi.

Aussi, un jour, July se cacha-t-elle. Elle n'alluma aucune bougie et s'accroupit dans le coin sombre le plus reculé, derrière une chaise. C'est alors qu'il entra dans la pièce, avec l'ardeur d'un chercheur d'or en quête d'un filon. Il l'appela, mais elle ne bougea pas. « Ma femme ? » demanda-t-il en allumant une bougie pour percer l'obscurité. « Miss July, où es-tu ? » Il devint si inquiet que son visage prit l'air paniqué d'un petiot perdu loin de chez lui. July ne put plus supporter de le taquiner ainsi, car elle se languissait de passer les bras autour de lui, d'enfouir le visage dans son cou chaud. Elle avait envie de faire crisser ses ongles le long de ce ruban de poils noirs qui descendait de sa poitrine jusqu'à son nombril et de regarder rosir sa peau blanche. Elle voulait l'entendre gémir quand ses mains la pinceraient et la fesseraient.

Elle abandonna son jeu de cache-cache idiot et renversa la chaise dans sa hâte de le posséder. Quand elle l'enlaça fermement par-derrière, il poussa un petit cri de surprise. Puis il la renversa sur le matelas. Sentir tout son poids sur elle, voilà ce qu'elle préférait. Se retrouver immobilisée sous sa carrure, voilà ce qu'elle adorait. Écrasée sous lui, incapable de respirer, tandis que son sexe se dressait, ferme et robuste entre eux, voilà ce dont elle avait besoin.

Mais son mari se plaignit que son lit était piquant. « Pas question que ma femme dorme sur une paillasse aussi grossière », déclara-t-il, et il ordonna à son boy, Elias, de descendre un épais matelas de crin de cheval des pièces du dessus. Le matelas fut vite suivi par un cadre de lit en bois, avec une tête élégamment ornée de deux oiseaux sculptés.

Bien que Molly eût commencé à lancer à July des regards noirs de son œil vert — et à se répandre à voix basse en papotages jaloux à propos de ce qui se passait sous la maison —, July ne prêtait pas attention à cette femme idiote. Car en tant qu'épouse véritable et bien-aimée d'un Anglais blanc, elle éclipsait même une arrogante quarteronne comme miss Clara.

Au vrai, Robert ne voulait pas que les petits pieds de July marchent sur le sol de terre sale — « Ils devraient fouler de la soie », dit-il. Le tapis à motifs rouge et bleu qu'il lui offrit provenait de son propre bureau. Et il baisa d'abord ses orteils gauches, puis les droits, alors qu'elle enfonçait ses pieds nus dans la douce épaisseur du tapis. Oh, et comme Elias avait juré, croulant sous le poids de la table et de deux chaises dépareillées qu'il avait dû descendre dans leur petite chambre. Mais son mari souhaitait qu'elle s'asseye à table avec lui afin qu'ils puissent parler de l'Angleterre, de son papa, des malheureux Noirs et des problèmes qu'il avait rencontrés au cours de sa journée. Son mari présidait à table, et elle installait sa chaise tout près de lui afin de pouvoir lui éplucher une mangue et le nourrir, un morceau collant après l'autre, de ses lèvres aux siennes.

Car quelques heures plus tard seulement, la *missus* s'attendrait à voir rentrer son mari à la maison. Et July aurait l'ordre de dresser la table pour le dîner. « Tout doit être prêt avant son retour, dépêche-toi, Marguerite, il sera bientôt là », dirait la *missus* en s'agitant autour de July. Celle-ci devrait alors commander aux boys de mettre la table (et les taper sur la tête pour qu'ils recommencent, mais correctement cette fois), tandis qu'elle sortirait le vin du placard. Il lui faudrait ensuite aller à la cuisine inspecter le repas. Après avoir demandé à Molly ce qu'était censé être ce plat dégoûtant, et insisté pour que la cuisinière boudeuse ajoute un peu de sel, elle devrait ordonner aux boys d'emporter le dîner à la table de leur *massa,* puis les suivre dans la salle à manger. Et, encore alanguie et en sueur après l'amour, elle devrait caracoler autour de la table pour servir son mari et sa *missus* si avide de complaire à ce dernier.

*

Ainsi que je l'ai précédemment révélé, Francis Bear avait dû faire appel à son imagination en exécutant ce portrait, *M. et Mme Goodwin*. J'ai donné l'exemple de la *missus* pas aussi grosse qu'elle aurait dû l'être et de son pied trop mince. Le plateau contenant les sucreries cache une autre liberté prise par l'artiste. Il est exact que July tend un plateau vers sa *missus*, mais les nombreuses friandises colorées avaient, en réalité, été ajoutées après. Car chaque fois que July se fatiguait de sa pose, le plateau penchait, les bonbons glissaient et se répandaient par terre.

La cinquième fois, l'artiste hurla : « Assez ! » Il fit alors poser July avec un plateau vide et installa une nature morte de friandises dans son atelier afin de pouvoir les peindre plus tard, à sa guise. Cependant, cette décision allait devenir l'excuse du peintre quand une querelle éclata après l'achèvement du travail.

Caroline Goodwin était si satisfaite du tableau que, non seulement elle le fit accrocher dans la galerie à la place du portrait d'Agnes, mais elle envoya aussi à l'artiste deux bouteilles du meilleur rhum d'Amity. Puis elle invita tous ses amis de la paroisse à venir le voir. Et elle avait bien l'intention de se repaître de leur jalousie.

Mais après avoir noté l'expression étrangement triste de Caroline sur la toile, tous ses visiteurs firent remarquer que son mari, Robert, semblait braquer les yeux sur la négresse. Et bien que Caroline protestât : « Non, non, il regarde les friandises » (et que ses hôtes, désireux d'acquiescer, penchassent la tête à gauche puis à droite), tous durent conclure : « Non, non, il contemple la négresse. »

Robert Goodwin n'avait en effet pas quitté July des yeux pendant toute la réalisation du portrait. Car elle portait son enfant, et il ne voulait regarder nulle part ailleurs. Et quelques mois après que l'œuvre fut achevée, July lui donna une fille. Une petite fille à la peau claire et aux yeux gris qu'ils prénommèrent Emily.

Caroline était tellement furieuse que l'artiste ait saisi la folie de son mari qu'elle insista pour qu'il remporte le tableau dans son atelier afin de corriger cette erreur. Mais Francis Bear eut beau consacrer plusieurs semaines à retoucher le portrait, ses coups de pinceau ne réussirent pas à faire dévier le regard de Robert Goodwin. Caroline déversa alors toute sa colère sur le peintre. Elle était enragée — car n'était-ce pas lui qui avait si astucieusement capturé cette scène que tous ses amis découvraient ? Au vrai, Caroline fut contrainte d'accrocher le tableau dans une pièce rarement visitée. Et obligée d'enjoindre à l'artiste de lui rendre le rhum qu'elle lui avait offert !

Chapitre 27

Lecteur, après toutes les histoires que mon fils Thomas avait faites à propos du précédent petiot de July, je m'attendais à devoir de nouveau endurer ses reproches. Une fois qu'il aurait appris que July avait donné la vie à un autre enfant, la veine palpitante sur sa tête se remettrait à frétiller et à enfler. Et, sans rien montrer de la colère ressentie, il demanderait à sa maman : « Ce bébé sera-t-il bientôt abandonné sur une pierre devant la maison d'un pasteur, comme l'affreux petit Noir auquel July a donné naissance ? Ou, sous prétexte que la petite Emily est métisse, une quarteronne à la peau claire, ayant pour père un Blanc, July a-t-elle pris soin de la chérir ? »

Mais une vieille, vieille femme ne devrait pas se faire disputer par son propre fils ! Aussi, pour lui échapper, me cachai-je plusieurs heures dans la cabane de notre jardin, le temps qu'il ait lu ces pages. Miss May, sa fille, ne tarda pas à me rejoindre. Elle s'amusa beaucoup de voir sa vieille mamie recroquevillée sur un siège minuscule dans ce petit cabanon de bois, au milieu de tous les objets cassés oubliés là. Nous jouâmes au pouilleux toutes les deux pour passer le temps, et je la battis à chaque partie. Oh, si vous l'aviez entendue geindre ! Je devrais la laisser gagner, qu'elle me dit. Et pourquoi donc ? Parce qu'elle est petite, voilà son seul argument. Donc, elle a le temps d'apprendre à me battre : telle fut ma réponse.

Mais j'avais mal aux genoux à force de rester pliée en deux dans cet endroit misérable — je fus bientôt obligée de rentrer à la maison en traînant les pieds. Et là, mon fils m'accueillit comme si de rien n'était. En me rendant ces pages, il me dit d'un ton pensif : « Une chose, maman... » Mon cœur se mit alors à battre la chamade — au vrai, il faillit traverser le tissu de ma robe. Jusqu'à ce qu'il ajoute : « Je crois avoir vu un tableau de M. Bear », et se mette à me décrire, dans tous les détails fastidieux, un autre tableau de cet idiot d'artiste.

Lecteur, les humeurs de mon fils doivent à présent vous dérouter autant qu'elles déroutent sa propre maman.

Tandis que j'écris, miss May se tient devant moi et bat son jeu de cartes. Elle m'ordonne d'arrêter de gratter ma plume sur ce papier et de faire une nouvelle partie de pouilleux avec elle. Eh bien, je crains d'être obligée de la laisser gagner si je veux avoir la paix pour continuer mon récit. Tsst !

Chapitre 28

Le vieux raffineur de la sucrerie, Dublin Hilton, se promenait un jour près de la grande maison quand il aperçut un Blanc coiffé d'un beau chapeau à plume. L'homme, qui se tenait aussi droit et immobile qu'un montant de porte, passait un petit pinceau sur une grande planche posée solidement sur un chevalet. Dublin Hilton, s'approchant par-derrière, tendit le cou pour voir ce que l'homme fabriquait. Il peignait un tableau, comprit vite Dublin. Car sur cette planche, il y avait un portrait assez ressemblant de miss July (tendant quelque chose), une copie pas trop mauvaise du nouveau *massa* et une femme blanche assise dessus une chaise qui avait un faux air de la *missus* — mais nan, elle était trop mince.

Après avoir observé l'homme pendant un long moment, Dublin Hilton en arriva bientôt à la conclusion que ce devait être cet artiste qui alimentait les papotages. Appuyé sur un bâton, Dublin s'attarda encore un peu, le regardant peindre les terres d'Amity à l'arrière-plan de son tableau. Un tableau bizarre, devait-il ensuite dire à tout le monde. Car le peintre avait une vue plongeante sur le bas de la colline et les misérables toits de chaume des maisons du village noir.

Or Dublin ne se tenait qu'à quelques pas derrière lui, mais ce Blanc tout absorbé par le paysage devant lui peignait un buisson, puis encore un buisson, là où Dublin voyait distinctement le pêle-mêle du village noir.

Le vieux raffineur s'avança et s'enquit : « Excusez-moi, *massa*, mais vous voyez pas les cases des Noirs ?

— Je ne les vois que trop bien. Maintenant, le nègre, déguerpis. » Telle fut la réponse reçue.

Pourtant, n'étant plus un esclave mais un homme libre (qui par-dessus le marché n'avait pas besoin de plonger une écumoire dans les cuves pour savoir si le vesou allait cristalliser), Dublin estimait être en droit de demander ce qu'il voulait à ce Blanc. Si bien qu'il répéta sa question. L'artiste, avec un profond soupir, répondit qu'il admirait le paysage vu d'ici, mais qu'il n'avait pas l'intention d'inclure les répugnants taudis des Noirs.

« Mais ils sont là, juste devant vous », insista Dublin Hilton. À quoi l'artiste rétorqua que personne n'avait envie de contempler d'ignobles Noirs dans la représentation d'un paradis tropical, avant de promettre à Dublin de lâcher son chien s'il ne lui fichait pas la paix.

« Mais vous peignez un mensonge », dit Dublin Hilton.

Et le peintre tapa du pied et cria au vieil homme : « Qu'est-ce que ça peut bien te faire ? Du balai, le nègre ! »

*

Bon, selon Dublin Hilton, ce fut juste après cette rencontre avec l'artiste que les problèmes avec le nouveau *massa*, Robert Goodwin, débutèrent. Peggy Jump, elle, n'était pas de cet avis. À l'en croire, le *massa* Goodwin avait fait irruption dans le village, à cheval, pour sortir Ezra de chez lui en le tirant par les cheveux, avant qu'elle ait entendu l'histoire du peintre. Cornet, le mari de Peggy, se souvenait bien de cette journée. Le jour où le *massa*, dans une rage de tous les diables, avait secoué Ezra comme un chien secoue un rat dans sa gueule, parce qu'il n'avait pas travaillé au champ ni payé son loyer. En vérité, comment Cornet aurait-il pu oublier, puisqu'il avait lui-même menacé le *massa* d'un bâton pour qu'il lâche Ezra ? Et même si le *massa* n'avait pas tardé à se calmer et à remettre Ezra sur ses pieds, les yeux bleu clair de ce Blanc, qui le regardait avec colère, hantaient encore l'esprit de Cornet pendant son sommeil.

Or Cornet se rappelait avoir discuté avec Dublin Hilton bien avant ce jour-là, à propos du changement qui s'était opéré chez le contremaître depuis que, par mariage, il était devenu le *massa*, et il était sûr que c'était à ce moment-là que Dublin lui avait parlé du tableau, de l'artiste et du village noir manquant. Car Cornet avait trouvé que l'artiste était un fourbe de refuser de voir ces cases délabrées.

*

Non, les problèmes avaient commencé à Noël, quand Robert Goodwin avait envoyé le commandeur, Mason Jackson, chercher tous les Noirs résidant encore sur la plantation pour les rassembler dans la cour du moulin. Cornet se souvenait que pour accélérer le mouvement, Jackson avait fait claquer son fouet. Et une révolte avait éclaté quand Giles Millar et Betsy lui avaient arraché des mains cet instrument d'oppression. Ils n'étaient plus des esclaves, lui crièrent-ils, et ne danseraient pas au rythme du fouet ! Ils avaient jeté la lanière de cuir dans la rivière, et auraient aussi noyé le commandeur si le *massa* Goodwin n'avait pas déjà commencé à parler.

Il y avait trois champs de canne à couper, déclara le *massa*, perché sur ses barriques. Ceux qui assureraient la récolte recevraient le salaire journalier pour une journée de labeur. Au vrai, il souriait en les exhortant tous à travailler dur pendant les jours suivants afin que la canne puisse être rentrée.

Mais c'était Noël. La plupart de ceux qui se tenaient face à lui portaient leurs beaux habits du dimanche. Miss Sarah, de la première équipe, avait passé un an à confectionner son costume pour le festival Junkanoo en ville. Sous les traits de Britannia, elle défilerait dans King's Street avec un trident à la main et un casque en soie bleue et en argent sur la tête. Elle avait attendu très longtemps d'avoir cet honneur. Si bien que non, elle ne travaillerait pas pendant les deux jours de congé de Noël.

Quant à Peggy et Cornet, ils recevaient la visite de leur fille (celle qui avait été vendue). Ils n'avaient pas vu son beau visage depuis nombre d'années. Elle était venue de très, très loin, à pied, avec son petiot, et était arrivée juste au moment où Peggy et Cornet s'apprêtaient à partir à sa recherche. Eux non plus ne travailleraient donc pas à Noël ; ils avaient déjà tué et plumé trois poulets en prévision de ces joyeuses vacances. Et Mary Ellis, qui vivait toujours chez eux, n'avait pas du tout l'intention de manquer le festin. Ezra, lui, n'avait pas envie de s'éloigner de sa parcelle vivrière pendant ces deux jours de repos, alors que sa vache était sur le point de mettre bas.

Bientôt, le *massa* Goodwin ne contemplait rien d'autre que des Noirs qui secouaient la tête. Et qui lui criaient : « Non, *massa*... Non, *massa*... Non, *massa*... Non, m'sieur... Non. » Plusieurs fois, le *massa* Goodwin parut sur le point de supplier ou d'ajouter quelque chose. Mais aucun mot ne lui vint — il était bouche bée.

Après que la plupart eurent quitté la cour du moulin pour aller vaquer à leurs occupations, le *massa* s'approcha de Benjamin Brown, qui détachait sa mule de la barrière. Le *massa* Goodwin lui sourit en disant : « Ah, mon vieux et fidèle Benjamin. Je savais que toi, tu voudrais bien travailler. Je savais que tu ne me laisserais pas tomber. »

Benjamin commença à expliquer que non, il ne pouvait pas travailler à Noël, car il devait assister le pasteur à la chapelle... Mais le *massa* ne le laissa pas terminer. D'après Benjamin, le Blanc se détourna brusquement de lui, furieux, en marmonnant « Misérables fainéants, ingrats ! » ou autre fulmination, avant de monter en selle et de s'éloigner.

*

Fanny, qui travaillait dans la deuxième équipe, affirma que Robert Goodwin, en revenant les voir après Noël, avait recouvré une expression bienveillante. Lorsqu'il se présenta à sa porte, elle lui demanda des nouvelles de sa petiote. Elle s'en souvient bien parce que, dès qu'elle s'enquit de sa fille Emily, il rougit. Fanny pensa alors que ce Blanc ne voulait peut-être pas qu'on sache que l'enfant de miss July était sienne. Pourtant, cette humeur amicale s'assombrit quand le *massa* lui ordonna de travailler pour lui et d'être payée à la tâche.

Une fois toute la canne de Virgo récoltée, elle recevrait son salaire, lui dit le *massa*. Sauf que Fanny avait entendu trop de Noirs se plaindre d'avoir coupé la canne pendant une semaine pour ne recevoir ensuite qu'un jour de salaire. Quel employé de la plantation Friendship, d'Unity, de Montpelier, de Windsor Hall ou de n'importe quelle autre propriété cultivée sur cette île acceptait de travailler à la tâche ? Aucun ! Elle refusait ces conditions car, comme un chien qui sera nourri quand il aura attrapé sa queue, la tâche en question pouvait durer toujours. Et c'est ce qu'elle expliqua au *massa*. Tout comme le firent Anne, Elizabeth, Betsy et Nancy. Bientôt, tous ceux d'Amity à qui le *massa* ordonna de travailler à la tâche lui répondirent non. Non ! Ils ne travailleraient qu'à la journée, à la journée seulement comme ils le faisaient auparavant.

« Alors, je vous demande à tous de travailler six jours par semaine. La canne sur ces parcelles peut être coupée, tronçonnée, le sirop cristallisé, refroidi, prêt à être mis en barriques si tout le monde travaille six jours », déclara le *massa* Goodwin.

Six jours par semaine ! James Richards fut chargé d'aller parler au *massa* au nom de tous.

« Je vais vous dire, *massa*, commença James en le regardant droit dans les yeux, nous travaillons pour vous quatre jours et travaillons dur.

— Quatre jours ? Quatre jours par semaine, ce n'est pas suffisant. Ainsi, on gâchera une bonne partie de la canne. Six jours sont nécessaires. »

À ce moment de la discussion, James vit des étincelles de colère danser dans les yeux du *massa*. « Vous ne vous rendez pas compte que ça doit être six jours ? reprit-il. Comme il en a toujours été quand la canne est prête à être coupée ? »

James, craignant de mécontenter le *massa* encore davantage, cessa de le regarder en face.

« Tu le sais bien, mon garçon, poursuivit Robert Goodwin, tu as toujours été un bon Noir. Vous avez travaillé six jours lors de la dernière récolte, quand j'étais encore votre contremaître. Vous devez travailler six jours pour celle-ci. Il vous reste toujours un jour de repos le dimanche pour aller à l'église ou au marché. Mais vous devez travailler six jours. Va le leur dire, mon garçon — vous devez tous travailler six jours. »

James, peu désireux de laisser voir l'irritation qu'il commençait à ressentir en entendant le *massa* lui parler — à lui, un charpentier qualifié et un homme libre ! — comme s'il était un esclave qu'il pouvait encore commander, se mit à taper sa pipe sur un rocher pour en extraire le tabac fumé.

« Est-ce que tu m'écoutes ? hurla soudain le *massa*.

— Oui, *massa*, pour sûr, répondit doucement James, mais je l'ai dit quatre jours. Pour cette coupe, ce sera quatre jours.

— Six, bon sang, six ! Tu comprends ? Vous travaillerez six jours, tous autant que vous êtes ! »

À ce moment-là, James décida de parler franc, car n'avait-il pas la liberté d'être aussi contrarié que n'importe quel *bakkra* blanc ? « Nous sommes plus des esclaves et nous travaillons ce qu'on veut, dit-il. Nous travaillons ce qu'on veut. »

Maugréer et souffler tout en tournant en rond comme une bête de moulin : telle fut la réponse du *massa* à ces mots bienheureux qui avaient mis si longtemps à sortir — « Nous travaillons ce qu'on veut ». Pendant une heure, le *massa* avait fait les cent pas dans cet état troublé, affirma James Richards. Jusqu'au moment où le *massa* Goodwin s'était arrêté devant lui, avait poussé un soupir à faire ployer les arbres et demandé : « Alors, dis-moi, comment comptez-vous payer votre loyer ou votre nourriture si vous ne travaillez que quatre jours pour moi ? »

Eh bien, James avait trois arpents de terre regorgeant de bananes plantains, de noix de coco, d'ignames et de maïs. Sur une petite parcelle, il avait quelques pois d'Angole et des patates douces. Il élevait deux vaches et avait récemment vendu son bouvillon au contremaître de Somerset Pen pour dix-huit livres, le prix du marché.

Elizabeth Millar avait cinq arpents de pomelos, d'épinards, de piments et de calebasses.

Mary Ellis faisait plein de bénéfices avec son demi-arpent de tabac. Et pas plus tard que la semaine précédente, Fanny et Anne Roberts avaient vendu la viande d'une de leurs génisses à Molly, pour la cuisine de la grande maison, afin qu'elle puisse la servir au *massa* avec des piments et des pois.

Betsy faisait pousser dans son jardin le meilleur arrow-root de l'île. Et Giles avait de l'argent à perdre aux jeux, grâce à ses trois arpents de citrons verts, de papayes, de caïmites et de melons. Quant à Samuel, son commerce de tortues d'eau et de poisson salé avait fait de lui un homme important en ville.

Tous exploitaient leur parcelle vivrière et leur jardin ; car ces terres qu'ils étaient autrefois obligés de cultiver pour avoir assez à manger prospéraient maintenant qu'ils étaient libres, leur offrant produits et profits. Même Wilfred Park gagnait sa vie en vendant ses œufs à la ronde. Et Peggy et Cornet se débrouillaient bien avec leur mule et leur charrette, cahotant lentement sous le chargement de denrées qu'ils transportaient au marché.

James ne se rappelait plus s'il avait prononcé tout haut ces mots à propos du labeur effectué par les Noirs sur leurs terres vivrières, ou si son discours était resté coincé dans sa bouche. En revanche, il se souvenait que quand le *massa* avait dit : « Quelle bande de nègres fainéants vous faites », il avait été saisi d'un pressentiment qui avait manqué l'étouffer.

« Vous vous imaginez, je suppose, que vos maîtres vont continuer à vous entretenir, poursuivit le *massa*, même si vous refusez de travailler quand c'est nécessaire. Eh bien, vous vous trompez. Si vous ne payez pas votre loyer, vous devrez quitter vos maisons et vos jardins. Réfléchissez-y. Réfléchissez-y très attentivement. Je vous demande à tous de travailler six jours par semaine. Six jours. »

Lorsque James, recouvrant l'usage de sa voix, répondit : « Non. Nous travaillons quatre jours. Je dis quatre jours », le *massa* se tourna brusquement vers lui, brandit le bras et balaya la pipe que tenait James. Puis il piétina les morceaux cassés du foyer jusqu'à le réduire en poussière.

*

Tilly pleura lorsqu'elle apprit que le gentil Robert Goodwin était dérangé. Jamais ce *massa* n'avait levé la main, ni même élevé la voix, sur elle. Chaque fois qu'il la saluait d'un sourire, il lui demandait toujours si sa vieille maman était encore en vie. Et un jour, il lui avait offert un mouchoir vert uniquement parce qu'elle était heureuse d'être son employée.

Tilly voulait proposer de travailler six jours, comme il le réclamait, mais miss Nancy lui attrapa le poignet et le tordit, en disant que le *massa* avait frappé le charpentier, James Richards, et qu'en conséquence tout le monde ne travaillerait que quatre jours, y compris miss Tilly.

Si bien que quand une pièce entière de canne fut saccagée par du bétail échappé de l'enclos, il n'y avait personne pour faire sortir les bêtes, car presque tous les Noirs étaient partis travailler sur leurs terres. Seuls Wilfred et Fanny étaient présents. Ils battirent des bras, braillèrent et pourchassèrent les animaux dans le champ de canne, mais le mal était fait.

Tilly pleura de nouveau en voyant la menace dans les yeux du *massa* lorsqu'il vint les réprimander au village. Il retira son chapeau et le jeta violemment par terre. Puis il se mit à fulminer : « Où étaient les préposés aux bêtes ? Pourquoi n'étaient-ils pas avec le bétail ? Où étaient les gardiens, les sentinelles du feu ? Et pourquoi n'a-t-on pas soufflé dans les conques pour appeler à l'aide ? Une de mes meilleures pièces de canne a été détruite, proprement piétinée, pendant que vous tous vous occupiez de vos affaires. Est-ce là votre reconnaissance envers vos maîtres ? Vous vous fichez pas mal de mes intérêts — vous ne pensez qu'à vous-mêmes ! »

Et Tilly lui aurait crié qu'elle voulait bien travailler plus longtemps, ne serait-ce que pour le consoler, si miss Nancy ne lui avait pas plaqué la main sur la bouche et ne l'avait pas traînée dans sa case, où elle l'avait enfermée.

*

Ezra fut si surpris, quelques semaines plus tard, de trouver le *massa* Goodwin, souriant, devant sa porte, qu'il laissa tomber sa calebasse, répandant l'eau sale qu'elle contenait sur la botte du visiteur.

« Ezra, Ezra, ne t'en fais pas pour ça, car j'ai une chose importante à te demander, commença le *massa*. Es-tu heureux, mon garçon ? »

Une ruse — c'est une ruse, songea Ezra, alors que le *massa* attendait sa réponse. Heureux ? Au vrai, c'était la première fois de sa vie qu'on lui posait la question, et il n'avait aucune idée de ce qu'il devait répondre.

Mais le *massa* poursuivit : « Ezra, écoute-moi attentivement », en se penchant plus près, comme s'il avait un secret à révéler. « Pourquoi n'abandonnerais-tu pas tes terres vivrières pour travailler uniquement pour moi ? Je te donnerais un bon salaire, le meilleur de toute la paroisse. Assez pour payer ton loyer, ta nourriture et de beaux vêtements à la femme que tu voudras prendre. Tu ne manquerais de rien. Réfléchis : avec tout cet argent, tu n'aurais plus besoin de faire le trajet à pied jusqu'à tes terres, parce que tu aurais les poches pleines. Imagine, tu n'aurais plus à aller au marché toutes les semaines — tu pourrais dormir dans un hamac ou aller à l'église le dimanche. Et le soir, tu aurais le loisir de faire ce que tu aimes faire le soir. Qu'en dis-tu, Ezra ? »

Ezra se rappelait avoir seulement eu le temps de répondre : « Mais ma terre, elle m'a toujours nourri », avant que le *massa* Goodwin ne l'interrompe en levant la main. Il recula alors d'un pas pour appeler miss July.

Et voilà la preuve qu'Ezra attendait ! Car il avait toujours eu la certitude que le *massa* ne comprenait pas le parler des Noirs. Miss July s'avança, affichant la moue des domestiques, comme si elle était gênée par une mauvaise odeur. Et le *massa* reprit : « S'il te plaît, répète ce que tu étais en train de dire. »

Ezra expliqua alors qu'il préférait cultiver ses propres terres, parce que le travail dans les champs de canne était long et difficile, et qu'il ne touchait aucun bénéfice sur ce qu'il plantait, paillait et coupait. Tandis qu'en récompense de son labeur sur sa parcelle la production lui appartenait. Le *massa* se tourna ensuite vers miss July, qui lui répéta la réponse d'Ezra, quoique avec une exactitude de *bakkra*. Et les yeux du *massa* s'obscurcirent pendant qu'il écoutait.

Puis le *massa* répéta ce qu'il avait déjà dit — à propos du hamac, de l'église, des poches pleines et des beaux vêtements pour une femme — mais en élevant la voix. Au vrai, il finit même en s'exclamant : « L'as compris, mon garçon ? », si fort qu'il réveilla sa petiote, que miss July portait sur la poitrine. Et alors que le bébé se mettait à brailler, le *massa* se fit caressant : « Alors, mon garçon, vas-tu accepter ce que je te propose ? Hein ? Dis oui, et on n'en parle plus. Allez, Ezra, dis-moi que tu vas travailler pour moi uniquement. »

Et Ezra, coincé dans sa propre case par une domestique « haut, haut montée », son bébé braillard et l'insistance du *massa*, s'aperçut bientôt que non, il n'était pas heureux, pas heureux du tout !

Nancy, Benjamin, Anne, Peggy, Cornet et Mary reçurent ensuite chacun son tour la visite du *massa* qui les approcha avec son beau discours souriant. « Si vous travailliez pour moi seul, dit-il, vous recevriez un bon salaire. Vous n'auriez plus besoin de vous escrimer autant sur vos parcelles puisque je vous fournirais assez d'argent pour acheter de la nourriture au marché et d'autres choses. »

Mais Samuel ne se rappelait aucun sourire sur le visage du *massa* quand il finit par arriver devant lui. Au vrai, il avait les bras croisés, la bouche pincée comme s'il avait avalé du piment et le front ridé par son froncement de sourcils.

Samuel s'apprêtait à répondre à la requête du *massa* — comme les autres, il voulait bien travailler un peu en échange d'un salaire, mais n'abandonnerait jamais sa pêche — quand le *massa* lui demanda de se taire et d'attendre. Il fit alors signe à miss July de répéter à Samuel tout ce qu'il venait de dire. Et bien que miss July hésitât à obtempérer quand Samuel dit : « Oui, je compris, *massa,* mais... oui, je sais, mais... Miss July, je compris, mais... », le *massa* Goodwin ordonna à cette dernière de poursuivre.

Une fois que miss July eut répété chaque mot jusqu'au dernier, Samuel eut enfin le droit de parler. Pourtant, il eut à peine le temps d'inspirer pour dire « Voyez... » que le *massa* criait : « Pourquoi refuses-tu de faire ce que je dis ? Ce serait pour le bien de tout le monde. Fais ce que je te dis, bon sang ! »

Fanny, de son côté, se souvint que chez elle le *massa* était furieux. Mais pas contre elle — même après qu'elle lui eut expliqué que le travail sur sa parcelle vivrière lui permettait de connaître la liberté. Non. Il était énervé contre miss July. Car lorsqu'elle avait commencé à lui répéter les mots de Fanny, il l'avait rabrouée : « J'ai compris ce qu'elle a dit ! Je ne suis pas idiot ! », puis il était sorti en trombe de la case. L'arrogante domestique avait dû courir pour le suivre. Mais le *massa* s'éloignait déjà à bord de sa charrette. Miss July eut beau lui crier de l'attendre, ce fut seulement quand la petiote se mit à brailler — un hurlement qui fit s'effriter le torchis des murs de Fanny — qu'il arrêta la carriole pour permettre à miss July de le rattraper et de monter à bord.

*

À la suite de ces visites, le *massa* Goodwin fit savoir qu'il avait passé nombre de jours à prier et à délibérer. Il les convoqua tous dans la cour du moulin pour les faire profiter du fruit de ses réflexions. Debout sur ses barriques, il annonça à son public de Noirs méfiants que désormais les loyers de leurs maisons seraient dissociés des loyers des parcelles vivrières.

De plus, dit-il, il croyait maintenant qu'il était juste et chrétien d'autoriser ceux qui ne voulaient pas travailler sur la plantation sucrière appelée Amity à conserver à la fois leur maison et leurs terres, sous réserve qu'ils s'acquittent, en temps voulu et de bonne grâce, de leur loyer.

Au vrai, les Noirs, qui ces derniers temps le surnommaient « *massa* prurit », car il était plus pénible que cette maudite affection, baissèrent la tête. Non. Le *massa* Goodwin était un homme bon, un homme bienveillant, un homme beau, un homme intelligent, un homme juste, un homme grand, et la fierté de son père. Seul Benjamin Brown ne prit pas part à ce mouvement d'humilité car, prétendait-il toujours, il avait tout de suite senti que ces jolis mots cachaient une ruse. Un Blanc est un Blanc, même s'il se croit le grand ami de Dieu : telle était l'opinion de Benjamin.

Mais Fanny se souvenait que Benjamin, comme tout le monde, était resté coi quand James Richards avait lu tout haut le montant des loyers des cases et des parcelles vivrières qu'on avait accroché à la porte du moulin.

Un mois de loyer dedans une maison coûtait une journée de salaire, comme précédemment. On pouvait donc l'acquitter en travaillant une journée. Mais les loyers des parcelles vivrières ! Relis ! ordonna-t-on à James Richards, tellement on était sûr qu'il s'était trompé. Allez chercher Dublin Hilton, il sait mieux lire les chiffres, cria-t-on quand James Richards répéta les montants. Mais lorsque Dublin Hilton s'avança pour examiner le papier puis annonça exactement les mêmes loyers, la suffocation qui saisit la foule troubla l'atmosphère au point qu'en ville on sentit comme un courant d'air froid.

Car le *massa* réclamait désormais l'équivalent d'une semaine de salaire pour le loyer de chaque arpent de terre cultivée ! Qui pourrait gagner assez pour le payer ? Personne. Dans un coin de cette note cruelle, une main avait griffonné à la hâte : « Il n'est plus permis de pêcher dans la rivière. »

*

Elizabeth Millar raconta plus tard que la délégation qui s'était rendue à la grande maison pour réclamer une entrevue avec le *massa* Goodwin à propos de ces loyers avait été surprise de découvrir qu'il les attendait. Il se tenait campé sous la véranda, bras croisés et jambes arquées, comme s'il était là depuis un bon moment. « Je sais pourquoi vous êtes venus, et je compte vous expliquer précisément les mesures que j'ai prises », déclara-t-il en guise d'accueil.

Alors, bien qu'il eût répété un discours — marmonnant pour lui-même des phrases en appelant à la justice et à la pitié —, James Richards n'eut que le temps d'inspirer, avant que le *massa* le réduise au silence en levant la main. « Écoutez-moi tous très attentivement, dit-il. J'ai pris la décision d'augmenter les loyers de vos terres vivrières pour votre bien. Vous avez tous trop longtemps vécu en esclavage. Vous êtes tous restés trop longtemps dans les fers pour véritablement comprendre où est votre intérêt.

» Je ne vous reproche pas de vouloir vous nourrir des premiers fruits de votre liberté, mais étant votre maître et le maître de cette plantation, je suis le mieux placé pour savoir ce qui vous sera le plus profitable. Certains d'entre vous croient que la reine d'Angleterre vous a octroyé vos terres pour que vous en fassiez ce que vous voulez, mais c'est faux. Vos parcelles vivrières m'appartiennent, et j'ai le droit de les louer à qui je veux. La reine, ainsi que tout le peuple anglais, est d'accord avec mes interventions. À long terme, travailler pour le bien commun se révélera à l'avantage de chacun d'entre vous.

» Je sais que vous êtes attachés à vos terres, et je sais que vous y avez travaillé dur depuis que vous vivez à Amity. Mais vous devez maintenant les abandonner pour vous consacrer aux tâches qui doivent être accomplies sur une plantation sucrière. Vous allez tous accepter de travailler à Amity en échange de bons salaires.

» Certes, il s'agit du même travail que vous effectuiez auparavant sous l'abominable tyrannie de l'esclavage. Mais vous n'êtes plus des esclaves, vous êtes des hommes libres, et tous les hommes libres en Angleterre — oui, des Blancs — travaillent pour des salaires. Le monde fonctionne ainsi. Et, par la grâce de Dieu, vous êtes libres aujourd'hui de prendre votre place dans ce monde. Vous devez travailler pour un salaire à Amity avec le même enthousiasme que vous mettiez à cultiver vos terres.

» J'ai été amené à cette décision par votre refus d'écouter mon raisonnement et de travailler comme je vous le demandais. Mais oublions tout ça. Et œuvrons ensemble pour faire de nouveau de la plantation appelée Amity la fierté de la Jamaïque, de l'Angleterre et de l'Empire. »

Là-dessus, le *massa* rentra à grands pas dans la demeure, avant que James Richards ait pu placer un mot du discours qu'il avait répété. Et tous ceux qui étaient venus pour parlementer se retrouvèrent, dans un silence abasourdi, face à la porte close.

Seul Dublin, suçotant ses dents, puis disant : « L'esclavage. L'esclavage est de retour à Amity », rompit leur songerie muette. Cornet courut chercher les fers qui un jour l'avaient maintenu au mur du terrible cachot. Il avait l'intention, annonça-t-il, de s'attacher les poignets devant ce Blanc, dont les exigences le privaient une fois encore de sa liberté. Mais Dublin et Giles l'en empêchèrent. Il y avait un autre moyen, lui dirent-ils, un meilleur moyen.

*

Si bien que par une nuit lourde et sombre, les Noirs du village organisèrent un palabre. Ils se rassemblèrent devant la case de Peggy et Cornet, mais vinrent en si grand nombre que la foule déborda bientôt dans le jardin de Betsy. James Richards commença par répéter le discours du *massa*, du mieux que sa mémoire le lui permettait. Mais l'incrédulité suscitée par les mots de Robert Goodwin fit vite réagir sa congrégation : « Qu'est-ce qui dit ?... Non !... Li ment... non, m'sieur... je veux pas... Tsst... je suis plus un esclave... je travaille ce que je veux. »

Tandis que Benjamin, debout sur le tabouret à trois pieds de Peggy Jump, suppliait tout le monde de l'écouter. Le pasteur de sa chapelle baptiste avait l'intention d'acheter des terres que les Noirs pourraient cultiver, leur dit-il. Fanny, suçotant ses dents, déclara que le pasteur aussi était un homme blanc. Mais un homme de Dieu, précisa Benjamin, avant de basculer du tabouret.

Giles parla alors longuement de certaines terres, juste à la lisière d'Amity, qu'ils pourraient occuper — des terres à la disposition de qui voudrait les prendre. Et alors qu'il décrivait les arbres, les herbages, les pentes et les creux du terrain, Elizabeth Millar répétait, couvrant ce sermon monotone : « *Massa* l'a pas dit la vérité. *Massa* l'a raconté des mensonges et des histoires. » Car, expliqua-t-elle, elle restait persuadée que la bonne reine d'Angleterre leur avait fait cadeau de leurs parcelles vivrières.

Dublin réclama alors le silence, mais ne l'obtint pas. Il fallut que James Richards exhorte Ezra à souffler dans la conque pour que l'ordre revienne dans l'assemblée. Et une fois les chamailleries apaisées, ce groupe excité se mit à parler d'une seule voix.

Ils décidèrent d'un commun accord que ceux qui étaient restés dans le village noir continueraient d'y vivre comme avant. Ils cultiveraient leurs parcelles vivrières, ils cultiveraient leurs jardins et vendraient leur production au marché. Mais aucun ne donnerait ne serait-ce qu'un penny au *massa* pour le loyer de leurs terres, pas même une fausse pièce. Aucun ne paierait le loyer de sa maison. Et, en vertu d'un serment solennel qu'ils prêtèrent tous en se tenant les mains, ils décidèrent qu'aucun d'entre eux ne travaillerait plus, ne serait-ce qu'une journée, pour Robert Goodwin.

Chapitre 29

« Cette journée doit servir d'avertissement à tous les Noirs du village, commença Robert Goodwin. Je ne vous demande pas de les expulser tous de leurs maisons et de leurs parcelles, mais juste assez pour leur faire comprendre que j'ai l'intention, moi, le maître de cette plantation, de tenir parole ; ceux qui n'ont pas payé leur loyer doivent à présent travailler pour moi, sous peine d'être chassés de leurs logements et de leurs terres. »

Un jour, July avait mis en garde Robert Goodwin : les Noirs n'étaient peut-être pas aussi dociles que son père et lui le croyaient. Elle le lui avait chuchoté dans l'intimité de leur lit. Il avait ri et répondu qu'à voir son insolence vis-à-vis de lui il en était très conscient. Mais alors qu'il se tenait là, décidé, sous la véranda, face à cette troupe disparate de Blancs qu'il avait fait venir de toute la paroisse pour l'aider à déloger des Noirs d'Amity, July regrettait de ne pas avoir su se montrer plus persuasive. Car pendant qu'il parlait, sa main droite, cachée derrière son dos, tremblait de manière incontrôlable.

« Est-ce qu'on doit mettre le feu ? » s'écria un homme grossier qui se curait les dents de devant avec une brindille taillée en pointe.

Le poing de Robert Goodwin atterrit sur la balustrade de la véranda comme une grosse pierre qui tombe.

« Non, répondit-il, ne brûlez pas les cases, car elles seront nécessaires quand les Noirs auront accepté de retourner travailler. »

La déception suscitée par cet ordre mou apparut sur tous les visages, tandis qu'un éclat de panique s'allumait dans les yeux de Robert Goodwin à l'idée de passer pour un faible devant cette assemblée. July, voyant son malaise, songea à fondre sur cette bande d'impudents et à en saisir certains par le col pour les obliger à écouter — car Robert Goodwin, son mari, valait mieux que tous ceux qui le regardaient d'un air méprisant — afin qu'ils lui prêtent attention et obéissent.

Mais elle n'eut pas besoin de s'en mêler, car il ne trahit pas son inquiétude devant eux, se contentant d'essuyer la sueur sur son front pour la leur dissimuler. Il tint ensuite sa main tremblante dans l'autre, derrière son dos, et se balança sur ses orteils en proclamant : « Mais vous pouvez jeter tous leurs biens dans les allées. Et renverser les feux de cuisine. Disperser les animaux. Et garder tous les poulets que vous trouverez. »

Son regard croisa brièvement celui de July avant qu'il poursuive, avec une plus grande assurance : « Veillez à tuer tous les cochons et les chèvres. Je ne veux pas que les bêtes en profitent pour se sauver dans les champs. Vous pouvez saccager toutes les cultures dans les jardins, mais ne les brûlez pas. »

Dans la foule, la plupart se mirent à sourire à la perspective de ces réjouissances. Mais quand Robert Goodwin ajouta : « Utilisez vos armes avec précaution — personne ne doit être tué ou mutilé par accident », les yeux posés sur lui se levèrent au ciel. « Beaucoup d'entre vous ont l'habitude et n'ont pas besoin de mes instructions. Faites autant de bruit que possible. Il y aura surtout des femmes, des vieux, des enfants, des invalides, puisque je m'attends à ce que les hommes en bonne santé soient partis éteindre les incendies sur leurs terres. »

Et les cris d'approbation qui montèrent du groupe raffermirent suffisamment la main de Robert Goodwin pour qu'il la lève, réclamant le silence, le temps d'expliquer son plan.

« Car c'est par là qu'il faut commencer, dit-il. J'ai ici une carte que j'ai dessinée moi-même. »

Et il fit signe à July d'effectuer la mission dont il l'avait chargée avant l'arrivée du groupe. July attrapa Elias pour le pousser en avant avec la carte qu'il lui avait demandé, à elle, de montrer. Alors que Robert Goodwin pointait le doigt vers le dessin, sa main se remit à trembler au point qu'il dut une fois encore la cacher.

« Vous pourrez tous approcher pour la consulter lorsque j'aurai terminé. D'abord, vous devrez vous rendre à cheval jusqu'à ces parcelles vivrières — je vous préciserai qui doit aller où — et une fois là-bas vous assurer qu'elles sont réduites en cendres. Si les cultures sont trop humides pour brûler, détruisez-les par n'importe quel moyen. Vous pouvez tirer sur le bétail ou le disperser. Mais que les bêtes ne s'enfuient pas dans les champs de canne. Pendant que les Noirs seront occupés à sauver leurs récoltes et leurs animaux, nous entrerons dans le village et expulserons assez de gens pour ramener ces ingrats obstinés sur la voie de l'obéissance. »

Ayant donné ses instructions, Robert Goodwin enjoignit à sa troupe excitée de baisser la tête pour se joindre à sa prière. « Dieu tout-puissant, qui ne désirez pas la mort du pécheur, mais plutôt qu'il se détourne du mal et vive — accordez-nous aujourd'hui la grâce de détourner les Noirs d'Amity du péché pour les conduire dans le droit chemin, afin qu'ils se remettent à travailler sur cette plantation, selon Votre volonté divine. Amen. »

Débarqué d'Angleterre il y a peu… encore un peu vert… fils d'un pasteur là-bas au pays… pense qu'on doit être gentil avec les nègres… beau mariage : telle était la maigre réputation de Robert Goodwin pour les hommes qui se tenaient devant lui. Mais quand, après avoir fini sa prière, il leva la tête et dit : « N'ayez aucun doute là-dessus : j'attends de vous que vous terrorisiez tous ces Noirs sans exception et détruisiez leurs moyens de subsistance jusqu'à ce qu'ils me supplient de les reprendre », tous ceux qui le regardaient plissèrent la bouche et le front avec respect.

Chapitre 30

Lorsque July entendit « Marguerite », chuchoté à sa porte, elle crut d'abord que c'était le vent qui soufflait à travers une fissure. « Marguerite. » Ou peut-être le cri d'une chauve-souris. « Marguerite, tu es là ? » Ou même un fantôme rôdant dans le jardin. Elle ne pensa pas une seconde à la *missus*. Car, depuis que cette dernière avait épousé Robert Goodwin, elle aurait préféré traverser la maison entière plutôt que de s'approcher du logement de July. Elle aurait plus volontiers fait tout le tour du jardin plutôt que de monter les marches au-dessus du foyer de July. Au vrai, si la *missus* avait été contrainte par les circonstances de passer devant chez July, elle aurait approché la porte en bois chaulée de cette chambre secrète sous la maison en fermant les yeux et en se bouchant les oreilles.

Si bien que quand July ouvrit la porte, elle fut contrariée de découvrir sa *missus* devant elle. Le clair de lune avait éteint toute couleur, et pourtant July savait que derrière la pâleur grise de sa *missus*, il y avait ses joues rosies et ses yeux bordés de rouge. En découvrant ce visage gras et malvenu dans l'embrasure de sa porte — si inquiet et agité que même les boucles blondes tremblaient —, July dit : « Tsst, qu'est-ce que vous me voulez ? Je suis plus obligée de vous servir, maintenant.

— Viens t'asseoir avec moi », lui dit sa *missus*.

July suçota ses dents pendant un long moment ; ajouter à l'insulte de l'appeler Marguerite l'ordre de s'asseoir avec elle, comme si elle était encore son esclave ! S'asseoir avec elle ! Tsst. La dernière fois que la *missus* avait réclamé la compagnie de July, elle en était encore à pouffer en s'extasiant sur le bleu des yeux du contremaître.

Au vrai, elle n'avait plus posé les yeux sur le visage de July depuis... eh bien, depuis que le ventre de celle-ci s'était arrondi au point qu'on ne pouvait pas manquer de le remarquer. La *missus* avait été tellement atterrée de découvrir que July portait un enfant qu'elle l'avait regardée avec l'air malheureux d'un chiot sur le point d'être noyé. July avait presque eu pitié d'elle quand la *missus* s'était écartée en titubant de cette protubérance, pressée d'échapper à son amère signification. Depuis ce jour, la *missus* avait même cessé d'adresser la parole à July — elle tapait des mains, battait des pieds, claquait la langue ou les doigts, frappait la table, agitait les bras, mais toujours en un ordre muet.

« S'il te plaît, Marguerite, s'il te plaît, viens t'asseoir avec moi. » La *missus* la suppliait sans aucun doute possible, et c'était un son très troublant aux oreilles de July. Elle n'avait qu'un désir : éloigner cette Blanche de sa porte. Si bien que, la dévisageant soigneusement, elle répondit : « Mais je dois m'occuper de ma petiote », avant d'ajouter : « Je dois allaiter Emily, mon pitit bébé. »

Car à en croire la *missus*, July n'avait pas d'enfant. À en croire la *missus*, elle n'avait jamais, jamais, jamais vu July avec un enfant. Elle n'avait pas entendu arriver la charrette, amenant la sage-femme du village. Aucune paire de pieds ne s'était précipitée sous la véranda, avant de dévaler les marches vers le sous-sol de la maison. Caroline Goodwin n'avait pas vu son mari faire les cent pas dans le jardin pendant des heures et des heures en se rongeant les ongles. Ni entendu le faible cri déchirer l'air ou le soupir de soulagement sortir de la poitrine de Robert Goodwin. Jamais elle n'avait entendu un bébé pleurer ou gémir dans la maison. Et aucun gazouillis n'avait filtré de sous le plancher. Pour autant qu'elle s'en souvenait, la *missus* n'avait même jamais entendu parler d'un enfant. Son mari n'avait jamais prononcé le prénom de l'enfant à table, ni réclamé qu'on la lui amène après le repas. Elle n'avait jamais surpris Robert en train de bercer l'enfant sur ses genoux sous la véranda. Pas plus qu'elle n'avait trouvé de vêtements de baptême blancs ou une poupée au visage en bois tendre parmi les affaires de son mari. Personne en ville, de mémoire de *missus*, n'avait jamais évoqué à voix basse le déshonneur qu'était le mari de Caroline Goodwin, qui entretenait une femme noire et un enfant bâtard... et dans la même maison, pardessus le marché ! Personne n'avait jamais répandu ce ragot derrière sa main au moment où la *missus* approchait. Enfin, quelle idée ! Non, il n'y avait pas d'enfant.

Si bien que, quand la *missus* répondit, la lèvre tremblante : « Tu peux amener ton bébé, Marguerite », ce fut July, une fois encore contrainte de se plier aux désirs de cette femme, qui fit alors grise mine sous le clair de lune.

*

Dès qu'elle entra dans le salon, July comprit pourquoi sa *missus* avait été amenée à abandonner ses illusions pour chercher de la compagnie. Des éclats de voix, des beuglements, des hurlements, du tapage et des cris s'échappaient du village des Noirs en une bourrasque furieuse qui secouait la fine vitre de la fenêtre. Ce vacarme avait pris possession de la pièce. Le buffet tressautait et vibrait, les flammes des bougies crépitaient, et le divan, où la *missus* commanda à July de coucher son bébé, semblait branler. Après s'être installée sur le siège devant la fenêtre, July dut supporter le bavardage incessant de sa *missus* qui déambulait dans le salon.

« Les Noirs l'ont obligé à en arriver là — enfin, quel autre choix avait-il ?… Personne ne fait davantage pour le bien-être des Noirs. Il prend tout ça trop à cœur… »

Soudain, l'attention de July fut arrachée à l'agitation de sa *missus* quand un halo rose sombre encadra l'horizon, comme si le soleil était sur le point de se lever. L'odeur de brûlé devint si âcre qu'elle irrita ses narines, et la noirceur de la fumée embruma la pièce.

« Mais on ne peut pas raisonner avec les nègres. Si ces abolitionnistes en Angleterre avaient vraiment vécu au milieu des Noirs, ils auraient su que c'était folie de leur donner la liberté... »

Une nuée sombre d'oiseaux affolés s'envola de la cime des arbres quand des détonations d'armes à feu retentirent. Étaient-ce les oiseaux qui piaillaient tant en tournoyant dans le ciel ?

« Son père a complètement tort. Les Noirs ne seront jamais civilisés et ils ne feront jamais ce qu'on leur ordonne. »

Des flammes, aussi visibles que la bougie à côté de July, miroitaient dans le lointain.

« Mais à présent il est trop tard. Ils ont été déclarés libres. Libres de ne pas travailler. Pis, ces nègres ne s'arrêteront pas tant que tous les planteurs n'iront pas marner à la sucrerie. »

Et les déambulations de la *missus* commencèrent à vibrer sous les pieds de July comme le grondement sourd de chevaux au galop.

Les Noirs couraient maintenant sur les chemins, July le savait. Car en pensée, elle se trouvait une fois encore au milieu d'eux. Tout n'était qu'affolement. Dans les champs, dans les arbres. On saisissait ce qu'on possédait, on poussait les poules à coups de pieds, on bataillait avec les chèvres. On brandissait des bâtons et des machettes. On maudissait les Blancs qui avaient osé entrer dans les maisons. On criait pour retrouver des enfants égarés. Où vous êtes ? Où vous êtes ? Chaos, fumée, feu. Cours, July, cours. Arrache ce Blanc de dessus son cheval et piétine-lui la main. Et celui-là, vite, fais-lui peur avec ta torche. Écrase-le, cogne-le. Et ensuite cours. Cours !

Soudain, sans prévenir, July dut plaquer la main sur sa bouche pour recueillir le vomi qui s'en échappait.

« Marguerite, où vas-tu ? » s'écria sa *missus* alors que July quittait la pièce en courant.

July vomit sous la véranda. Elle eut un haut-le-cœur. Sa gorge en fut récurée. Un autre haut-le-cœur. Son ventre lui fit mal.

Mais le chahut terrifiant en provenance du village des Noirs était plus sonore sans vitres pour l'atténuer. Il ramena July à l'intérieur. Elle essuya la morve de son nez, les larmes de ses yeux, et inspira aussi profondément que le lui permettait un funeste pressentiment.

Lorsqu'elle rentra dans le salon, elle trouva la *missus* penchée sur Emily — chatouillant tendrement la gorge du bébé couché sur le divan. La *missus*, le visage crispé par un froncement de sourcils, plissa la bouche. Et elle murmura : « Quelle toute petite tu es. » Elle écarquilla les yeux et, lentement, ouvrit et referma les lèvres. Puis elle sourit et tapa doucement dans ses mains. Alors qu'elle tendait son petit doigt vers la bouche du bébé, elle sentit le regard de July peser sur elle. Sans bouger et sans détourner le regard, elle dit : « Elle lui ressemble tellement. Elle a la peau si claire. Pas du tout comme un enfant de nègre. » Puis, levant la tête vers July, elle ajouta : « Mais elle est adorable », avant de se remettre à gazouiller. « Comment elle s'appelle, déjà ? »

July traversa la pièce d'un bond pour ravir son enfant aux attentions de la *missus*. « Marguerite, je ne faisais rien de mal », protesta la Blanche pendant que July arrachait son bébé du divan. En entendant le bruit de pas lourds montant vivement les marches de la véranda, les deux femmes se tournèrent, surprises, vers la porte.

Robert Goodwin fit irruption dans le salon.

Il avait perdu son chapeau. Il avait les cheveux mouillés. Le visage noirci de suie et zébré de traînées de sueur. Sa chemise, sortie du pantalon — d'une saleté repoussante —, était tachée de sang au col. Sa veste marron était déchirée — à la manche, à l'épaule. Ses bottes étaient couvertes de boue putride. Un ragamuffin, pas un gentleman anglais. Pourtant, il affichait un air de totale jubilation en disant : « Ç'a été un grand succès ! »

July n'aurait su dire à qui il s'adressait, car il ne regarda ni l'une ni l'autre tandis qu'elles étaient toutes deux bouche bée devant lui.

« Les Noirs ont enfin compris à qui ils devaient obéissance. Et c'est à leurs maîtres et à Dieu. »

Il hésita en s'avançant dans la pièce, pour savoir où il devait poser son regard. « Je les ai ramenés à leur travail légitime, dit-il en s'adressant d'abord à la *missus*, qui devint écarlate. Les Noirs commenceront la coupe dans quatre pièces de canne demain matin au son de la conque, ils me l'ont assuré, poursuivit-il à l'intention de July. Tout est rentré dans l'ordre, conclut-il en riant, avant de lever le visage vers le ciel. Si mon père était là, je crois qu'il me serrerait la main. Oui. Oui. Je crois que mon père serait très fier de son fils. »

Mais, à cet instant, Robert Goodwin s'agrippa le bras — celui dont la manche était déchirée — et fit un pas de plus en titubant. La *missus* couina comme un porc qui a reçu un coup — on aurait dit que c'était elle qui avait mal — et entraîna son gros derrière à travers la pièce pour aller le soutenir. July ne l'avait jamais vue se déplacer aussi vite, ni se trémousser autant.

« Oh, Robert, Robert, jacassa la Blanche. Que se passe-t-il ? Robert, Robert », comme s'il ne se rappelait plus son propre nom.

Quand il posa le bras autour de l'épaule de la *missus*, la faible femme faillit s'écrouler. Car rien de plus lourd que de la dentelle de Nottingham ne s'était jamais appuyé sur cette nuque molle. Au vrai, sous son poids, elle chancela, sans grâce, comme un *bakkra* ivre de rhum. Pourtant, alors qu'elle se heurtait et se tamponnait contre lui en le conduisant vers une chaise, la *missus* indisposa fortement July en lui commandant : « Va vite chercher de l'eau, Marguerite. »

Tsst ! July n'était pas là pour la servir. July avait seulement accepté de s'asseoir avec elle. Car n'était-ce pas July qui allaitait l'enfant du maître de cette maison ? N'était-ce pas July qui portait sa chaîne et sa croix en or autour de son cou ? N'était-ce pas July qui, enroulée serrée dans le cœur de Robert Goodwin, ne se déployait que sur son ordre ?

July s'attarda, le temps que Robert Goodwin repousse la *missus* pour lui tendre la main. July lambina, songeant qu'il allait bientôt lui demander de l'aider à retirer ses bottes. Il voudrait vite voir son enfant — pour caresser d'un doigt sa joue ou gazouiller devant sa douceur. Si bien que July attendait qu'il grommelle : « Oh, pour l'amour du ciel, Caroline, laisse-moi tranquille », pour pouvoir lancer une grimace à travers la pièce qui frapperait la *missus* au visage. Mais quand Robert Goodwin, avec si peu d'égard, s'exclama : « Tu as entendu ta maîtresse, Marguerite. Va chercher de l'eau », ce fut July qui reçut un coup.

*

Le lendemain matin, July ne trouva pas son Monsieur grands-grands yeux bleus, son Monsieur gentil-gentil *massa* endormi tout contre elle dans leur lit, sa mauvaise haleine du matin lui réchauffant l'oreille, son genou coquin enfoncé au creux de ses reins. Non. July trouva Robert Goodwin endormi dans son hamac sous la véranda.

Et alors qu'autrefois il reposait allongé de tout son long et paisible comme un nouveau-né, cette fois il bougeait dans son sommeil. Ses lèvres remuaient, en plein discours silencieux. Ses yeux, prisonniers de paupières assombries, palpitaient sans répit. Ses bras, repliés sur un pistolet, le serraient fort. Alors qu'elle s'approchait de lui, il se réveilla soudain dans un sursaut, telle une proie effrayée.

« Tu as entendu la conque ? » lui demanda-t-il.

Et July, se rendant soudain compte que ce lumineux matin bleu était le plus silencieux qu'elle avait jamais connu, répondit : « Non. »

Chapitre 31

Oh, comme le sol trembla quand la *missus* fit une entrée galopante dans la galerie. « Marguerite ! » La Blanche fonça sur elle à une telle vitesse que July faillit se retrouver aplatie par terre. « Marguerite, il faut vite envoyer Byron », fut tout ce qu'elle réussit à dire avant de s'étrangler par manque de souffle. July leva les yeux au ciel, attendant que sa convulsion passe. Après avoir repris sa respiration, la *missus* déclara : « Nous devons envoyer Byron ou Elias à Virgo. »

Comme July suçotait tranquillement ses dents — autant d'histoires pour une si petite requête —, la *missus* la fixa de ses yeux bleu pâle. « Non, tu ne comprends pas. Je viens d'apprendre par un affreux bonhomme parti aux champs avec Robert ce matin qu'il s'est mis à agir bizarrement. Quand je lui ai demandé si Robert était malade, il m'a seulement répondu : "Eh bien, on peut dire ça." Puis il s'est curé les dents avec une brindille juste devant moi. Quand j'ai voulu savoir pourquoi mon mari n'était pas revenu avec lui, il m'a dit que Robert refusait de quitter le champ de canne. Mais qu'est-ce que ça signifie, Marguerite ? »

July se précipita aux écuries pour ordonner à Byron d'atteler le poney à la carriole. Elle irait au champ elle-même. Elle n'enverrait pas un boy idiot qui, s'il trouvait le *massa* mal en point ou en sang, ne penserait qu'à lui cirer ses chaussures. Si Robert Goodwin gisait, victime d'une insolation, il ne voudrait qu'elle pour le relever, le soigner et lui rafraîchir le front. S'il était blessé, personne d'autre ne devait remettre ses os fracturés, car elle seule était capable de lui prodiguer ces soins avec assez de tendresse. S'il avait été mordu par un serpent, qui d'autre qu'elle pouvait aspirer le venin ?

Mais la *missus* courut derrière July en hurlant : « Je dois venir avec toi ! » July ne put empêcher cette idiote de rassembler ses jolies jupes, d'attacher son bonnet et de s'affairer avec son ombrelle avant de hisser tant bien que mal son derrière dans la carriole.

July prit soin de conduire n'importe comment sur les chemins caillouteux afin que la *missus* soit ballottée comme un ballon de cuir. « Est-on obligées d'aller si vite ? » ne cessait-elle de demander d'un ton implorant. July ne ralentit le poney qu'aux abords du village des Noirs.

À cet endroit du chemin, elle aurait dû voir la maison de miss Peggy. Mais la cabane de planches avec la rangée de calebasses accrochée au-dessus de l'entrée n'était plus là. À la place, il ne restait qu'un montant de porte tordu, et un cochon gisait, mort, sous un voile de mouches noires devant un tas d'éclats de bois. Un peu plus loin, la case de miss Fanny — là où July avait couru après Robert Goodwin il n'y avait pas si longtemps — avait encore ses murs de pierre, mais plus de chaume sur le toit. Devant la porte ouverte, une chaise cassée reposait, à l'envers, à côté d'une marmite presque complètement aplatie.

Alors que la carriole avançait, July s'aperçut que le village n'était plus que désolation. Le sol noirci était jonché de débris de tables, de tabourets, de matelas, de casseroles, de morceaux de tasses et d'assiettes, de branches d'arbres, de fruits pourris et écrasés. Des volutes de fumée montaient ici et là, dégageant une sinistre odeur de brûlé. Et si la plupart des cases se trouvaient à l'endroit où July les avait toujours connues, elles étaient maintenant irrémédiablement endommagées après avoir perdu des murs, des fenêtres ou un toit. À l'exception d'un chien — gémissant et traînant ses pattes arrière ensanglantées et inutiles — et de quelques poules qui picoraient, il n'y avait personne.

Où étaient passées les femmes qui cuisinaient d'ordinaire devant leurs maisons ou pilaient leur grain en mouvements réguliers ? Où étaient les petiots pourchassant leurs chèvres ? Les hommes ? Pourquoi n'y avait-il aucun homme aux yeux fatigués fumant sa pipe à l'ombre ? Des visages avides venaient toujours observer le passage de la carriole du *massa*. Où étaient-ils, ces curieux, désireux de commenter ce que portait la *missus* ce jour-là ? Tandis que July et sa passagère poursuivaient leur route et traversaient le silence étrange d'une sucrerie déserte, le visage de sa *missus* commença à se chiffonner. Car elle s'apercevait enfin que quelque chose allait suffisamment de travers pour demander : « Mais... mais... où sont tous les Noirs ? »

Lorsqu'elles atteignirent l'extrémité de la pièce de canne, la *missus* se redressa soudain. « Regarde, Marguerite, il y en a un, là. Va lui demander où est son maître. » July approcha la carriole.

Il ressemblait à un Noir, tout petit devant un mur menaçant et hérissé de canne jaunie et desséchée. Sale, déguenillé, noir. Nu jusqu'à la taille, il serrait dans sa main une machette qu'il brandissait au-dessus de son épaule. Mais ce fut seulement quand il l'abattit et fendit la tige par le milieu que July comprit qu'elle ne voyait pas un Noir — qui aurait adroitement coupé cette canne à la base et serait maintenant en train de la lancer de côté — mais la silhouette de Robert Goodwin.

Avec force grognements, il se mit à fouetter la canne comme s'il fauchait du panicum et jurait sous l'effort à chaque impact. July sauta à bas de la carriole, ignorant la *missus* qui implorait son aide. Et elle saisit le bras de Robert alors qu'il le levait une fois encore dans sa pitoyable tentative pour couper la canne. Il pivota pour la regarder. S'ébrouant sauvagement comme une bête épuisée, il ouvrit la bouche pour avoir de l'air. Ses yeux, d'abord fous d'angoisse, se remplirent bientôt de rancœur. Jusqu'au moment où il regarda July avec une telle haine qu'elle recula.

« Qu'est-ce que vous faites ? » demanda-t-elle, d'une voix plus effarouchée qu'elle n'aurait jamais cru l'être.

Il s'arracha à son étreinte. « Ne me touche pas. Éloigne-toi de moi », dit-il. Puis il parut s'adoucir. Il soupira et s'essuya le front de son avant-bras en ajoutant faiblement : « Les Noirs sont tous partis. » Ses yeux bleus étaient rouges. « Ils ont pris tout ce qu'ils possédaient et ils sont partis. Il n'y a plus personne à Amity. Plus personne. Il n'y a plus personne pour s'occuper de la canne. Ou faire tourner le moulin. Personne devant les cuves à la sucrerie. Personne pour remplir les barriques ou les livrer au port. Ils m'ont tous abandonné. Alors... Alors... j'ai décidé de rentrer la canne moi-même.

— Allons, vous savez pas couper la canne ! » s'exclama July.

Il se mit à crier plus fort qu'elle : « Je n'ai pas besoin des nègres, je ferai tout moi-même. » Il se détourna pour frapper les tiges — aussi faible qu'un petit garçon jouant avec un bâton. La poussière abrasive sur les feuilles s'envola et piqua les yeux de July. Elle lui attrapa encore une fois le bras, mais il hurla : « Éloigne-toi de moi, négresse, éloigne-toi ! »

Elle refusa de le lâcher. Elle résista — s'accrochant à son bras pendant qu'il remuait pour se libérer, refusant de le quitter. C'est alors qu'il la prit à la gorge et serra si fort qu'elle tira la langue. July se débattit pour échapper à son étreinte au moment où il brandit la machette au-dessus d'elle. Et, tout à coup, elle s'entendit sangloter « Pitié, *massa*, pitié » en se recroquevillant sur elle-même.

Ce fut l'intervention de la *missus*, prenant la machette des mains de Goodwin, qui épargna à July ce terrible coup. « Robert, qu'est-ce que tu fais ? » s'écria-t-elle.

Son bras était toujours brandi, prêt à frapper, ses yeux toujours haineux, quand Robert Goodwin repoussa brutalement July. Il observa la *missus* — la détailla —, du haut de sa tête blonde à ses pieds chaussés de mules. Jusqu'à ce que son regard se pose, apaisé, sur la machette confisquée qu'elle serrait contre elle. Bientôt, il se laissa tomber, posant un genou puis l'autre sur la paille de canne. Ensuite il baissa la tête, se prit le visage dans les mains et pleura.

Chapitre 32

Venez, commençons par retrouver les ouvriers des champs qui avaient vécu et travaillé sur la plantation appelée Amity. Nous devons chevaucher un bon moment pour suivre le chemin qu'ils empruntèrent après avoir abandonné le domaine. Cette piste qu'ils parcoururent — emportant ce qu'ils avaient pu sauver, matelas, chaises, pots en argile, casseroles en fer-blanc — avait été foulée au fil des années par des centaines de pieds nus semblables aux leurs. Ceux des Noirs qui ne voulaient pas être dérangés par les Blancs. Ceux d'esclaves excités pourchassant des cochons sauvages. Ceux des fugitifs qui l'avaient dévalée et des nécessiteux qui s'étaient cachés dans ses buissons.

Dans leur fuite, les Noirs d'Amity l'arpentèrent avec des poulets affolés accrochés à leurs épaules, avec une file de chèvres bêlantes, avec les gamins qui traînaient les pieds, avec les vieux, appuyés sur des bâtons ou embarqués dans les charrettes pesantes dont les roues craquaient et se coinçaient dans la boue, avec des ânes têtus, lourdement chargés, qu'on faisait avancer à coups de trique, et avec le bétail récalcitrant qui se débattait sous le joug.

Le chemin qu'ils prirent serpente au milieu d'une épaisse forêt de fougères, dont la sombre voûte de frondes pelucheuses bloque presque toute la lumière. Puis il quitte ce vallon humide et froid et grimpe au milieu des bambous et des campêches. Ce sont maintenant des cotonniers qui bordent notre route — dénudés de leurs feuilles, mais aux branches abondamment drapées de clusia et de lianes.

Alors que le sol commence à s'aplanir, des pierres apparaissent, et la progression est entravée par des rochers irréguliers qui percent la terre. Une fois dépassés les arbres abattus et l'étendue désolée de bananiers jaunissants, on aperçoit la clairière où nos Noirs s'arrêtèrent pour se reposer — le campement de fortune, dressé sur ces terres reculées juste à l'extérieur des frontières floues d'Amity.

Peggy et Cornet jetèrent un regard à ce triste endroit, chargèrent leur charrette, firent leurs adieux et se mirent en route pour le Westmoreland. Benjamin partit rejoindre son pasteur pour cultiver son propre lopin de terre dans un endroit appelé Sligoville. Samuel ne put rester, car il avait besoin d'une rivière profonde pour ses casiers à crevettes, et le ruisseau qui passait ici pouvait être traversé en une enjambée. Tilly pleura et supplia les autres de retourner à la plantation jusqu'à ce que miss Nancy la gifle. Tandis que Mary Ellis, silencieuse, regardait autour d'elle, doutant qu'il y ait assez de terre pour les nourrir tous.

Mais Giles, écartant les bras, montra la beauté de ce lieu sans hommes blancs pour les harceler. Il désigna l'étendue de terrain plat envahie par la végétation juste derrière le bois. Au vrai, les arbres là-bas croulaient déjà sous les fruits. Bientôt, ces terres seraient défrichées et on y planterait des plantains, des cocotiers, des ignames et du maïs. Ils avaient des chèvres, des poules, plein plein de verrats, et Ezra n'avait-il pas réussi à voler cinq des vaches du *massa* ?

James Richards mena l'abattage et le débitage des arbres puis la construction des huttes. Tandis que le défrichage, auquel même les vieux et les enfants participèrent, fut dirigé par Elizabeth Millar, bientôt surnommée, quand elle n'était pas à portée de voix, « la *bakkra* noire ».

Et, lecteur, peut-être ne voyez-vous qu'une misérable clairière dans une nature sauvage où des hommes, des femmes, des enfants noirs débraillés, affamés et fatigués, se sont échinés pendant des heures, mais où ne se dresse même pas le premier mur d'une cabane. Mais sur cette terre rude qu'ils occupaient, « c'est la liberté », tonitruait tous les matins Dublin Hilton. Après avoir soufflé dans la conque pour que le travail commence, l'ancien et vieux raffineur élevait la voix pour crier à tous ceux qui vivaient là : « Réveillez-vous, tous, car c'est la liberté. »

*

Nous devons maintenant retourner à l'endroit qu'ils ont quitté et retraverser les terres d'Amity. Sur les arpents cultivés, les mauvaises herbes entourent et étranglent déjà la canne. Une partie des cultures gît, piétinée, comme de la bagasse. Sans les Noirs, beaucoup de terres sont déjà réduites à l'état de friches inutiles.

Regardez, la porte de la case à bagasse est ouverte, et les résidus de canne broyée volent au vent. Des lianes bloquent la roue, qui ne pourrait plus tourner même s'il y avait encore des ouvriers ou des bêtes acceptant d'en actionner le mécanisme. Et il y a un trou dans la gouttière à vesou. Si le précieux liquide coulait maintenant du moulin vers la sucrerie, il n'y arriverait jamais mais se répandrait à mi-chemin dans la rivière pour offrir son sucre aux poissons. Et la raffinerie — où autrefois les énormes chaudières fumaient, écumaient et bouillonnaient à grand bruit alors que le sirop en fusion se cristallisait en sucre — est silencieuse, à l'exception des grattements et des couinements des créatures qui ont fait leur nid dans les cuves des chaudières vides. Et les rats ! Sans petits garçons pour les prendre au piège, voyez avec quelle audace ils souillent le sol jadis propre de cette sucrerie.

Remarquez au passage la pierre grise du four à chaux — craquelée et à moitié cachée sous la végétation. Mais bouchez-vous le nez pour échapper à la puanteur, agitez les mains pour chasser les mouches et prenez garde à détourner les yeux quand nous longerons le village noir pétrifié.

Le portail qui garde l'entrée de l'allée menant à la grande maison est cassé et pend sur ses gonds. La case du gardien est vide. Mais en approchant des écuries, on entend des rires. Byron est assis devant la porte et joue aux billes avec Joseph. Accroupis sur de minuscules tabourets à trois pieds, ces deux hommes de grande taille, les genoux à hauteur des oreilles, regardent rouler les billes.

Mais passons vite pour aller trouver Molly qui sommeille dessus sa chaise à la porte de la cuisine, les bras croisés sur son ventre, son mouchoir de tête gris tout de travers. Inutile de marcher sur la pointe des pieds, car rien ne pourrait maintenant la réveiller alors que nous parcourons en six petits pas cette vaste brèche séparant la cuisine de la grande maison.

*

À l'intérieur, dans la salle à manger, Robert Goodwin examine distraitement la ternissure de son couteau en argent, le coude négligemment posé sur la table. Assise à l'autre extrémité, sa femme Caroline se tient aussi droite que le dossier de sa chaise l'exige. Il lui récite les instructions qu'il a reçues dans la dernière lettre de son papa à propos de leur arrivée en Angleterre. Son père leur conseille de louer un équipage à deux chevaux pour les emmener à Chesterfield plutôt que d'emprunter une diligence ou une voiture postale. À l'autre extrémité, Caroline, elle, lui raconte avec force mouvements de mains et rires aigus les détails du dernier voyage en mer qu'elle a entrepris bien des années plus tôt.

Et votre conteuse doit signaler — car on ne peut le rendre autrement sur papier — que Robert et Caroline Goodwin parlent tous les deux en même temps.

Robert Goodwin est à présent tout à fait remis de sa maladie. Après qu'on l'eut ramené du champ de canne, un mal l'avait cloué au lit. Recroquevillé comme une fronde de fougère, il était resté couché pendant des semaines. Il ne parlait à personne et refusait d'ouvrir les yeux pour regarder autour de lui. Il ne s'alimentait plus et ne buvait pas une goutte d'eau. Le médecin ne diagnostiqua aucune maladie mortelle — ni fièvre jaune, ni dengue, ni malaria, et pas de morsure de serpent. Néanmoins, il prévint Caroline que, si son mari continuait de se déshydrater, il finirait tout aussi promptement dans la tombe.

Mais Caroline eut beau le cajoler, agiter l'index en l'avertissant qu'il fallait « boire ou mourir », taper du pied, pousser des cris, brandir le poing devant son manque de bon sens ou lui caresser le front pour le supplier « Robert, dis-moi à l'oreille ce qui ne va pas afin que je puisse m'occuper de toi », il ne réagit pas. Elle veilla nuit et jour à son chevet, lui tamponnant et lui pressant les lèvres avec une éponge humide. Et pourtant les yeux bleus de Robert s'enfonçaient toujours plus dans l'ombre de leurs orbites, et les os de son visage soulignaient de plus en plus le crâne en dessous. Elle gémissait sur lui, tombait à genoux pour le persuader de vivre, elle alla même jusqu'à le secouer — et faillit s'évanouir en sentant la maigreur de son torse décharné.

Puis, un après-midi, des pleurs de bébé résonnèrent dehors ; Robert Goodwin se réveilla soudain et tourna le regard vers le bruit. Dans l'heure, Caroline lui avait amené sa petite fille, Emily. Elle plaça le bébé tout nu sur son oreiller. Au début, il ne fit aucun mouvement, mais quand la fillette se pencha vers lui pour attraper une poignée de ses cheveux, il sourit presque. Il leva la main pour lui prendre délicatement les doigts dans les siens, mais elle refusa de lui lâcher les cheveux. Caroline dut la soulever de l'oreiller. Et le bébé battit si fort des pieds et remua tant comme on l'éloignait de lui qu'il porta la main à ses lèvres pour l'inciter à se taire puis l'agita faiblement vers elle quand on l'emmena.

Après ça, il accepta de boire un peu d'eau. Après ça, il accepta de sucer une mangue. Quand il mâchonna un minuscule morceau de pintade, Caroline acquit la certitude qu'elle allait réussir à lui redonner la santé. Il lui rappelait le chaton qu'elle avait trouvé un jour à Londres, bien des années plus tôt. « Il était maigre comme un clou après avoir failli être noyé par un malotru, lui raconta-t-elle en lui faisant ingurgiter délicatement une cuillerée de bouillon de bœuf. Edmund avait dit qu'il allait sûrement mourir. Mais il a grandi et grandi grâce à mes soins. » Elle ne lui révéla pas qu'elle avait tant gavé le chaton qu'il était mort quelques mois plus tard, grosse boule de poils devant une soucoupe intacte de crème rance.

Au vrai, Caroline ne laissait personne d'autre qu'elle approcher son patient ! Elle seule devait le nourrir, elle seule devait le laver, elle seule devait supporter son poids sur son épaule pour lui faire faire quelques pas dans la chambre. Alors qu'il recouvrait des forces, des visiteurs se présentèrent, que Caroline retenait devant la porte du malade pour leur donner ses instructions. Une seule personne à la fois ; n'approchez pas plus près que le bout du lit ; ne lui posez pas trop de questions, mais extasiez-vous sur sa guérison. Et ne parlez jamais, jamais, jamais, sous aucun prétexte, des Noirs — car il ne fallait surtout pas qu'il s'agite.

Que de progrès il fit grâce à ces soins prodigieux — il devint chaque jour plus fort et plus satisfait. Du moins jusqu'à la visite de George Sadler, de Windsor Hall. À la seconde où Caroline quitta la pièce, George Sadler, au mépris de toute instruction, avança une chaise pour s'asseoir tout près de Robert Goodwin. Il voulait lui parler à l'oreille, pour mieux l'informer de la nouvelle idée caressée par les planteurs de la paroisse — une idée qui résoudrait tous les problèmes avec ces fainéants, ces incapables, ces fauteurs de troubles de Noirs, et qui ramènerait la prospérité dans leurs plantations. Quand George Sadler quitta la chambre, Robert Goodwin était déjà assis dans son lit, à parler avec excitation des coolies.

« Bien sûr. Quelle excellente idée. C'est la seule réponse à nos problèmes. L'immigration. Nous devons amener des paysans d'un autre pays pour cultiver la terre. Les Indiens ont déjà fait leurs preuves à l'île Maurice. Oui, il faut importer des coolies. George Sadler en a commandé une centaine en Inde, pour un contrat de sept ans. J'ai l'intention de faire la même chose », dit Robert Goodwin à Caroline. Puis il annonça son intention de bientôt quitter le lit pour aller en ville organiser tout ça. « Tous les planteurs de cette île sont d'accord. Des cargaisons d'hommes sont déjà en route. Et George Sadler assure que ceux qui sont arrivés travaillent bien mieux que n'importe quel Noir. Vois-tu, ils n'ont jamais été esclaves et n'ont pas d'animosité contre les Blancs. Ils viennent uniquement pour trouver du travail. Des coolies ! Voilà la solution que je cherchais. Les coolies vont bientôt remettre cette plantation en état de marche. »

Caroline fit de nouveau venir le médecin. Elle voulait lui demander si, eu égard à la gravité de la maladie de son mari, à son besoin de repos, son besoin de calme pour éviter la rechute, il ne faudrait pas peut-être, pour son bien, l'attacher à son lit ?

« Madame, votre mari est un gentleman, pas un aliéné ! » lui répondit le médecin. Il prescrivit néanmoins un long séjour chez lui en Angleterre, afin qu'il puisse jouir d'une meilleure convalescence, loin de la source de son inconfort.

Oh, comme Caroline piailla de joie ! « Bien sûr, pourquoi n'y ai-je pas pensé ? Je dois le ramener en Angleterre. L'éloigner d'ici. Robert, Robert, le docteur a décidé que tu devais aller à Youlgreave sur-le-champ pour rendre visite à ta famille. »

Voici donc Caroline Goodwin, le visage empourpré par la bonne humeur à l'idée qu'il s'agit de leur dernière soirée sur cette île pour au moins… pour au moins… pour au moins, nous verrons. Elle se languissait de revoir l'Angleterre, maintenant que son Robert était remis — maintenant qu'il avait si bien récupéré. Et elle n'avait pas encore eu l'occasion d'en parler avec lui, mais un homme à Londres — l'agent d'un gentleman titré vivant à Bristol — désirait les entretenir de la possibilité d'acheter les terres et la maison de maître de la plantation appelée Amity.

Pourtant, elle n'en fait pas mention au cours de cet ultime dîner précédant leur retour en Angleterre. Car elle est trop occupée à lui raconter l'histoire de sa dernière traversée. « Robert, t'ai-je déjà dit que le navire sur lequel je suis venue en Jamaïque m'a si durement secouée et ballottée à travers cet océan que le périple n'aurait pas été plus pénible si j'avais été arrimée au dos d'une baleine ? »

*

Mais nous devons, l'espace d'un moment, laisser M. et Mme Goodwin à table — au vrai, nous avons déjà entendu cette histoire et attendez... attendez... je crois qu'elle s'apprête à la répéter encore ! Quittons vite cette salle à manger pour aller dans le hall. Car derrière la porte se trouve notre July, tenant un plat de service en argent ovale surmonté d'une cloche. Tandis qu'elle donne des instructions à Elias — qui se tient face à elle, s'essuyant le nez d'une main et gigotant pour rajuster, de l'autre, son pantalon qui gratte —, elle se penche aussi près de son oreille que le lui permet l'étrange plat qu'elle a dans les mains. Elle lui ordonne de le poser « devant le *massa*, tu m'entends, hein ? Qu'est-ce que je viens de dire ? ».

Comme Elias haussait les épaules, elle lui donna un coup de pied maladroit. « Devant le *massa*, pas la *missus*. Qu'est-ce que je viens de dire ? » Et alors qu'Elias répétait « le *massa*, le *massa*, le *massa* », elle posa le plat sur ses bras tendus en l'avertissant : « Et attention qu'il tombe pas. »

Elias parcourut les vingt pas séparant la porte de la table à la vitesse d'un lézard fuyant un serpent. July, l'observant par l'entrebâillement, prit une inspiration apeurée, qu'elle ne relâcha pas avant que l'empoté ait déposé le plat devant Robert Goodwin. Quand son *massa* tourna la tête pour lui demander : « Qu'est-ce que c'est, mon garçon ? » Elias déguerpit sans répondre.

Alors que Robert Goodwin disait : « Oui, oui, Caroline, je t'ai entendue la dernière fois que tu m'as raconté ce voyage », il posa la main sur l'anse de la cloche. Puis il la souleva. Un millier de cafards noirs, soudain libérés dans la lumière, jaillirent du plat. Comme un ruisselet d'eau sale, ils traversèrent la table en une masse grouillante avant de tomber en crépitant sur le parquet. Si certains atterrirent sur ses genoux, Robert Goodwin était trop stupéfait pour sentir le contact de leurs pattes. Il restait assis, tétanisé, les yeux fixés sur le tas hideux de cafards morts ou écrasés amoncelé sur le plat. Il lui fallut un moment avant de se mettre à hurler. Mais alors, il sauta sur ses pieds — bondissant et s'époussetant les cuisses, la poitrine, se frappant les bras et le visage, tandis qu'un pitoyable braiment d'âne à l'agonie sortait de sa bouche. Caroline grimpa sur sa chaise pour crier.

Par l'entrebâillement de la porte, July regardait en silence cette scène de folie, espérant qu'elle allait la faire sourire, croyant qu'elle la ferait rire, et fut très contrariée de découvrir qu'il n'en était rien.

Chapitre 33

Lecteur, dois-je à présent décrire la pagaïe qui accompagna le départ du *massa* et de la *missus* de la plantation appelée Amity ? Désirez-vous vraiment entendre une dernière fois les piaillements aigus de Caroline Goodwin, qui supervise le chargement de leurs bagages dans la voiture ? « Byron, fais attention, fais très attention, mon garçon, c'est très précieux… Pas si vite, Elias, ne cours pas… Robert, où es-tu ? Elias, où est ton maître ? »

Et si nous allions plutôt dans un endroit tranquille ? Retrouver notre July, assise à quelque distance du jardin, dans l'ombre fraîche d'un arbre, qui regarde toute cette agitation d'un œil joyeux. Car ce n'était pas « Marguerite ! Marguerite ! » qu'on appelait.

*

July avait d'abord demandé gentiment l'autorisation de s'occuper de Robert Goodwin durant sa maladie. Elle en avait appelé humblement à la *missus*. Ensuite, elle l'avait suppliée. À la fin, elle avait dû tomber à genoux pour baiser les orteils chaussés de mules en l'implorant. Par sept fois, July avait présenté sa requête (ou à chaque minute du jour et de la nuit pendant des semaines, à en croire la version de Caroline Goodwin).

« Il ne doit pas voir de Noirs, lui avait répondu la *missus*.

— Mais je suis pas noire, je suis une mulâtresse », l'informa July.

Sa *missus* — fronçant les sourcils dans sa grande perplexité — se contenta de rétorquer : « Oh, mais qui se soucie de ce genre de bêtises, grand Dieu ? Tu restes une Noire, et ce sont les Noirs qui l'ont mis dans cet état-là. Il n'est pas question que tu t'approches de lui, Marguerite. Il ne veut pas te voir. Il veut que tu restes loin de lui. Tu m'entends ? »

La *missus* avait ensuite chargé Joseph de monter la garde devant la seule porte sans verrou de la grande maison. Son unique mission était d'éloigner July — de la chasser, de vociférer et de lui crier que le *massa* ne voulait pas la voir.

C'était seulement quand elle se reposait, au calme, dans la pièce sous la maison, que July pouvait être à proximité de Robert Goodwin. Car elle l'entendait dans sa chambre au-dessus. Si elle retenait son souffle, elle le sentait s'agiter dans son lit. Si elle se dressait sur la pointe des pieds, elle percevait son soupir tandis qu'il regardait, las, par la fenêtre. Sa voix étouffée flottait souvent jusqu'à elle, mais trop indistincte pour que July fasse l'effort de tendre l'oreille afin d'en comprendre le sens. Et parfois, la nuit, ses ronflements sonores cascadaient pour venir reposer à côté d'elle.

Quand, un soir, alors qu'elle allaitait Emily et lui chantait doucement « Maman ti berce, maman ti tient, pitite fille à moi », le rire de Robert Goodwin dégringola par le plafond. « Papa », dit July à Emily, qui tétait avec l'unique dent qui avait percé. Les pas de la *missus* qui glissaient lourdement à travers la pièce au-dessus d'elle n'étaient pas inhabituels. Pas plus que ses éclats de rire. July ne s'appesantit pas sur le silence qui suivit.

Elle posa Emily dans son berceau, s'assit sur son lit et souffla la bougie pour l'économiser. Ce fut dans cette obscurité que son plafond se mit à grincer. De doux gémissements, des soupirs voilés et des halètements commencèrent à bruiner sur sa tête. Le lit cogna au-dessus d'elle, avec force et en rythme. Bang, bang, bang. Au vrai, July avait senti un filet de poussière tomber doucement. Puis, clac ! Il aimait bien fesser la chair nue. Aïe ! Il adorait pincer. Oh ! et mordre. Le lit s'agitait de plus en plus vite. Et bien que July se bouchât les oreilles, la *missus* ne songea pas à couvrir la bouche de Robert Goodwin lorsque, enfin, il lâcha son ultime cri.

July passa plusieurs jours à rassembler ces cafards pour le dîner d'adieu de Robert Goodwin. Ce ne furent pourtant pas des milliers de cafards qui menaçaient le *massa*, car ils étaient devenus assez difficiles à trouver. July réussit à en capturer autour d'une centaine. La plupart étaient écrasés, vu qu'il était diablement compliqué de les conserver en un même endroit. Et il n'y avait pas que des cafards : il y avait aussi des scarabées, des mille-pattes, des bousiers et ces drôles de choses noires et visqueuses qui grouillent dans les trous d'aisance. Tous n'en furent pas moins diligemment amassés par July, car elle venait de se faire congédier beaucoup trop facilement.

*

July entendit Goodwin commander non seulement à Joseph, mais aussi à Byron et à Elias de « bloquer à miss July l'accès à la maison et au jardin. Ne la laissez pas retourner dans sa chambre avant qu'on soit partis. Elle doit rester à l'écart de la cuisine. Et qu'elle ne s'approche pas de la *missus* ou de moi-même, sous aucun prétexte. Vous devez l'avertir que si je l'aperçois, Dieu m'en préserve, je ferai venir la police de la ville pour qu'on la jette en prison. Compris ? Et ni votre *missus* ni moi-même ne voulons lui dire adieu ».

Leur voiture disparut ce jour-là, ondulant et oscillant dans une brume de chaleur. July la regarda s'éloigner jusqu'à ce que le petit point noir semble simplement s'évanouir à l'horizon.

Elle se retourna vers Emily qui chantonnait, assise à ses pieds — une chanson sans rime ni raison, puisque la petiote ne parlait pas encore. En chantant, elle jouait avec un morceau de dentelle qu'elle tourna et retourna entre ses doigts, avant de le porter à sa bouche pour le sucer avec enthousiasme.

La dentelle était un cadeau de Robert Goodwin à Emily. Il avait espéré que July la coudrait à une robe de baptême pour sa fille. Il n'y aurait plus de baptême, mais July se pencha vers sa petiote et promit : « Je vais quand même te faire la robe », en récupérant la dentelle mouillée des doigts collants d'Emily.

Molly arriva sur ces entrefaites. Elle se planta devant July sans rien dire, la dardant de son bon œil. Miss Molly resta si longtemps silencieuse que July faillit lui demander où elle comptait aller maintenant qu'il n'y avait plus de Blancs dedans la grande maison auxquels servir sa cuisine immonde.

Molly leva le regard vers les nuages au moment de prendre enfin la parole. Elle commença par dire qu'elle avait du lait. Tout chaud, tout frais, tout droit sorti du pis de la vache. Et proposa d'emmener miss Emily pour lui en donner. Puis elle sourit à July.

July n'y vit pas malice quand elle lui tendit sa petiote, car Molly la nourrissait souvent. Si elle avait remarqué que Molly portait un chapeau — un vieux chapeau de la *missus* orné d'un nœud de satin bleu à moitié décousu qui retombait comiquement —, peut-être l'aurait-elle éconduite. Oh, lecteur, si seulement July s'était souvenue que, de toute sa vie, Molly n'avait jamais souri que de méchanceté, peut-être aurait-elle gardé sa petiote serrée contre elle.

Mais elle ne le fit pas.

July remonta le sentier jusqu'à la grande maison, dont chaque fenêtre et chaque porte lui était barrée et interdite. Seule la véranda demeurait accessible. Elle se hissa dans le hamac de Robert Goodwin. En se balançant, elle observa une colonne de fourmis rouges monter résolument les marches de la véranda. Elles cheminaient en une fine ligne qui passait tout droit sous la porte cadenassée de la maison. Alors qu'en d'autres temps July les aurait chassées à coup de balai ou en les menaçant avec une brindille enflammée, elle les laissa aller. Et il n'y avait plus aucune *missus* pour brailler : « Marguerite, Marguerite ! Viens vite, il y a des fourmis ! » Au vrai, le silence était tel que July percevait le crissement des pattes des fourmis sur le sol de bois. Et elle s'endormit là, bercée par un hamac qui conservait l'odeur légère d'un Anglais.

Lorsqu'elle ouvrit les yeux, il faisait presque nuit. Elle avait été réveillée par le remue-ménage de Byron et d'Elias, de retour de la ville. Ils dételèrent le cheval de la voiture en se chamaillant si fort que July sut que Byron s'était encore soûlé au rhum. Elle appela Molly. N'obtenant aucune réponse, elle se dirigea vers la cuisine.

Mais la pièce était vide. Le four éteint. Les jalousies fermées. Quand Elias monta les marches de la véranda, July se jeta sur lui et l'attrapa par les épaules. « Tu as vu miss Molly ?

— Oui.

— Alors, où elle est ? »

Elias, se dégageant de l'emprise de July, la contempla d'un air étonné.

« L'est partie en Angleterre avec la *missus.* »

July dut attendre un instant que son souffle lui revienne pour pouvoir demander : « Avec la petiote ?

— Oh oui, lui répondit Elias. L'a emporté la petiote du *massa.* »

Et July se mit à rugir, ordonnant à Elias de courir chercher Byron — il fallait préparer la charrette, atteler un poney. On devait l'emmener en ville sur-le-champ, parce qu'elle devait retrouver sa petiote. Tout de suite. Vite. Qu'est-ce qu'il attendait ? Maintenant !

Elias se contentant de la regarder de son air abruti, elle le frappa sur l'oreille, manquant l'assommer. « Mais le bateau, l'est déjà parti, lui dit-il. Je l'ai regardé s'en aller. Cinq bateaux, ils sont partis avec la marée. Un beau, beau spectacle, avec les voiles qui battaient et eux qui criaient et... » Elias s'interrompit dans sa réflexion, tandis que July restait bouche bée. « Faut pas avoir peur, miss July, reprit-il avec une fierté destinée à la calmer, c'est le *massa* et la *missus* qui l'ont emmené la petiote en Angleterre. » Et comme July se laissait tomber par terre devant lui, il lui demanda doucement : « Mais pourquoi que vous voulez garder cette petiote pour vous toute seule ? »

CINQUIÈME PARTIE

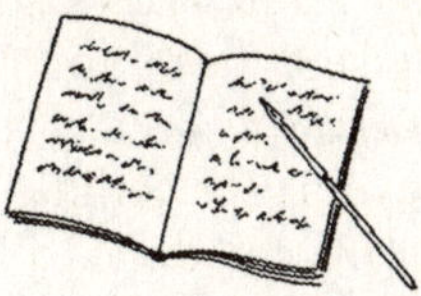

Chapitre 34

Seule sa maman est capable de faire sortir mon fils Thomas de ses gonds. Pour vous en donner la preuve, je vous invite à notre table du dimanche. Imaginez une nappe de coton blanc sur laquelle sont posées, entre fourchettes et couteaux, les assiettes en porcelaine décorées de délicates roses jaunes et roses, que Lillian ne laisse sortir de son vaisselier que les dimanches après-midi.

Miss May, la plus jeune des filles de mon fils, est assise à votre gauche. Soyez sûr qu'elle s'agite — tripote sa natte, repousse sa chaise pour admirer ses nouvelles chaussures à boutons et bout vernis, tape sur la table avec sa main en regardant par la fenêtre. À côté d'elle, sa sœur, miss Corinne, les bras croisés et la bouche tombante, boude. De l'autre côté de la table, miss Louise, la cadette et la plus noire des trois, fait d'affreuses grimaces à ses sœurs — écarquillant ses yeux sombres et tirant la langue quand Lillian, leur mère, assise à l'autre extrémité de la table, est occupée à regarder ailleurs.

Mon fils, Thomas, préside la tablée — tout en lisant sans doute encore quelque pamphlet, à moins qu'il ne sourie à sa femme. Tandis que votre conteuse, assise à côté de miss Louise, rêve d'avoir la paix, pour une fois, en attendant le début du repas. Mais comme toujours, elle est obligée de réprimander ces trois gamines mal élevées en disant : « Reste tranquille — arrête — tiens-toi correctement à table. » Des remontrances que leurs père et mère devraient leur adresser, mais hélas, ne leur font jamais.

Regardez maintenant miss Essie, notre gouvernante, cuisinière et bonne à tout faire, apporter la nourriture de la cuisine sur un plateau de bois. Vous pouvez être sûr qu'elle va servir du porc — encore, mais ce n'est pas à elle qu'il faut le reprocher. Combien de fois votre conteuse n'a-t-elle pas dit à Lillian que le cochon qu'elle avait décidé de sacrifier était trop gros pour cette seule famille ?

Lecteur, vous devez savoir aussi bien que moi que, quand on tue un cochon sur cette île tropicale, il faut vite le manger, avant que la viande n'empeste et ne grouille de tant de minuscules êtres vivants qu'elle pourrait faire le trajet de la cuisine à votre assiette sans l'aide de personne. « Attendez une occasion d'avoir plus de bouches à nourrir avec cette énorme truie », dis-je à Lillian. Croyez-vous qu'elle m'écouterait — moi, une vieille femme ? Son mari doit sucer des pieds de cochon, qu'elle me dit. Son mari désire mâcher des joues de cochon. Elle doit faire bouillir les os de ce cochon afin que son mari puisse boire son bouillon préféré. Même si une partie a été salée et une autre placée dans le vinaigre pour se conserver, ça fait tout de même cinq jours que nous mangeons du porc à tous les repas.

Bien, écoutons maintenant mon fils ordonner gentiment à sa famille de commencer à manger. Regardons-le porter un morceau de viande à sa bouche. Puis attendons que le piment lampion, utilisé par miss Essie pour dissimuler tout goût de rance, lui coupe le souffle. Vous voyez sa poitrine qui tressaute sous l'effet du hoquet ? Prêtez ensuite l'oreille à ses trois filles qui se mettent à geindre et se plaignent de ne pas pouvoir avaler un plat aussi épicé. Même sa propre maman se met à pleurer ; parce que je n'ai plus assez de dents pour mâcher de la viande et que je dois faire passer l'aliment en feu autour de ma langue avant de réussir à le planter dans une des molaires qui me restent. Et malgré ça, mon fils ne songe pas à réprimander sa femme pour les tourments que nous souffrons tous. Il se contente de lever les mains en affirmant que c'est à Lillian de décider de ces choses.

Mais venons-en à la raison de cette digression, parce qu'il me reste bien peu de papier. Au vrai, mon fils m'a promis par deux fois de me réapprovisionner d'un quart de rame de « vélin blanc ultrafin » ou équivalent. Du papier, c'est du papier, que je lui dis. Et par deux fois, il se tape le front et me répond qu'il a oublié ! Mais là n'est pas le propos.

Mon histoire, lecteur, était enfin terminée. J'avais reposé ma plume après avoir mis le point final. Je somnolai dedans mon fauteuil tout l'après-midi, jusqu'à ce que le soleil couchant saupoudre ma chambre d'un rose profond, sans plus me soucier de notre July. J'autorisai même ma poitrine fatiguée à palpiter un peu d'excitation, parce que mon fils allait bientôt imprimer ce récit, et que j'aurais un livre à tenir à la place de mes pauvres souvenirs.

Je tendis les dernières pages de mon histoire à mon fils, Thomas, alors que nous étions tranquillement installés sous la véranda, à l'endroit où les branches des orangers offrent leurs fruits, tels des présents, à quiconque est assis là. Bien entendu, miss May choisit cet instant pour courir vers son père, grimper sur ses genoux et lui tirer gentiment les oreilles jusqu'à ce qu'il promette — (soyez vigilant, lecteur, car je vais écrire des mots que je ne comprends pas vraiment) — que le décor du portrait photographique que les trois filles allaient se faire faire dans un studio en ville les montrerait devant le château en ruine et non devant la table avec un vase de fleurs.

Mon fils s'efforça d'abord de garder son sérieux, puis pouffa comme un bébé qu'on chatouille, avant de s'écrier : « D'accord. » Une fois que miss May fut repartie embêter quelqu'un d'autre, et que tout fut redevenu aussi paisible que possible dans cette bruyante maisonnée, mon fils fut enfin libre de découvrir la fin de mon histoire. Voici, lecteur, ce qu'il lut ce jour-là :

> Et ainsi notre July dut quitter la grande maison d'Amity, qui était cadenassée et barricadée dans l'attente du nouveau propriétaire. Elle fourra ses possessions dans un sac en toile et prit la direction de la ville. Là, elle se loua une jolie boutique. Eh oui. Pas un étal branlant au bord de la route comme celui d'où miss Clara vantait autrefois ses produits. La porte du magasin de July fermait à clé. Et derrière, notre July concoctait des confi-

tures et des conserves qui comptaient parmi les meilleures de toute l'île. Elles ne faisaient pas concurrence à celles de miss Clara, car ces dernières étaient complètement oubliées. « La gelée de goyave de miss Clara ? Non. Va me chercher de la confiture de sapotilles de miss July, et n'oublie pas de remplir un pot de ses piments au vinaigre », ordonnaient les Blancs, les Noirs et les métis de l'île — car tous les adoraient.

Et notre July devint si riche, vieille et heureuse grâce à son intelligence, qu'elle finit par acheter une petite pension de famille. L'établissement de miss Clara fut presque conduit à la ruine une fois que miss July eut ouvert le sien. Des officiers de marine avec leur famille et des voyageurs de marque logeaient chez elle quand ils étaient de passage en ville. Ces bons clients revenaient si souvent que sa réputation parcourut le monde et au-delà à son insu. Un gentleman anglais, qui écrivait plein de beaux livres en Angleterre, mentionna la pension confortable et bien tenue de miss July dans un petit volume. Ce monsieur (dont le nom m'échappe présentement) incitait ses lecteurs à visiter la maison de miss July, si d'aventure ils se trouvaient dans les environs.

Donc, lecteur, inutile de vous apitoyer sur le sort de notre July, car cette histoire ne la montre pas si blessée. Et même si d'autres livres et volumes (reliés de cuir et estampillés d'or) voudraient vous faire croire que sa vie ne vaut rien, j'ai bon espoir qu'ayant cheminé si longtemps et si loin en sa compagnie, vous ne prêtiez pas attention à ces idioties dont on tente de vous farcir la tête. Non. L'histoire de July a une fin heureuse — et vous pouvez me croire sur parole.

Une fois que mon fils eut pris connaissance du style raffiné et des opinions éclairées que vous avez découverts également, il me regarda d'un air ébahi, comme si sa maman venait de s'envoler par la fenêtre sur la queue du diable, puis il se mit à rire. Je dus supporter son hilarité pendant si longtemps que j'eus le loisir de remarquer qu'en effet il perdait ses cheveux, si fins et gris sur sa tête qu'on aurait dit une légère couche de poussière sur une table.

Maintenant, lecteur, c'est le moment de vous souvenir de ces trois gamines mal élevées et de la façon dont a été ignoré l'abominable porc au piment de Lillian. Peut-être alors aurez-vous assez de cœur pour comprendre l'injure ressentie par votre conteuse quand mon fils — retrouvant finalement une humeur querelleuse — dit à sa vieille, vieille maman : « Mais ce n'est pas bon. Ça ne va pas. Non, non, tu dois recommencer. » Car comme je l'ai mentionné plus tôt, je suis la seule à pouvoir le faire sortir de ses gonds.

« Qu'est-ce qui va pas ? demandai-je.

— Maman, ça ne correspond pas à la vérité, dit-il.

— Si, c'est vrai.

— Non, c'est faux. »

Je ne vais pas rapporter intégralement cet échange de « Si, c'est vrai », « Non, c'est faux » qui s'ensuivit. Mais sachez que si votre conteuse avait disposé de suffisamment de papier, vous, lecteur, seriez en train de tourner une, deux, trois, quatre pages uniquement couvertes des insolentes reparties de mon fils. Il n'y a pas un seul écrivain en Angleterre qui doive endurer ces pénibles interventions… pas un seul !

« Maman, dit enfin mon fils, tu veux faire croire à tes lecteurs que, après que Robert et Caroline Goodwin lui eurent arraché son bébé de manière aussi cruelle pour l'emmener en Angleterre, miss July est allée tranquillement ouvrir une boutique en ville, faisant d'abord des confitures et des conserves, puis dirigeant une pension de famille, jusqu'à ce qu'elle devienne une vieille femme ?

— Vieille et heureuse, oui, lui dis-je.

— Dans ce cas, maman », et là, il me sourit — pas avec bonté mais d'un air rusé, comme s'il s'apprêtait à me donner le coup de grâce — et demanda : « Dans ce cas, maman, peux-tu me dire qui était cette femme, à demi affamée, avec la poule volée cachée sous ses vêtements ? »

J'avais toujours prié pour que mon fils ne l'évoque plus jamais. Stupéfiée par l'insolence de son franc-parler, je ne réussis qu'à le dévisager, sans voix, pendant qu'il me regardait en silence. Et nous aurions pu rester dans cette contemplation muette et maussade pendant encore trois pages sans l'intervention de miss Louise. Car soudain elle se précipita dedans le jardin, braillant comme une fugitive sous le fouet : « Papa, dis-lui… Papa, dis-lui d'arrêter… Papa, dis-lui… » tandis que miss Corinne la pourchassait en agitant une énorme phalène poilue qui battait des ailes.

L'un de nous, mon fils ou moi, allait devoir avertir ces deux filles que, si elles déchiraient leurs jupes au cours de leur jeu stupide, elles seraient obligées de les recoudre elles-mêmes. L'un de nous deux allait devoir leur ordonner de ne pas mettre de terre sur leurs jupons du dimanche. Je laisserai mes lecteurs deviner lequel, de mon fils ou de moi, fut finalement contraint de rompre ce terrible silence.

*

Me voici donc de retour à mon bureau, le coude posé sur une petite pile de « vélin blanc ultrafin » que mon fils s'est enfin souvenu de me fournir. Ma plume — dégoulinante d'encre — est suspendue au-dessus de ces feuilles vierges, prête à retrouver July. Ma lampe a été mouchée et ne fume plus. Et mon thé est servi. Tant que le vent ne me perturbe pas avec ses mugissements — car la moindre brise pénètre en grinçant par mes jalousies comme dans une flûte en bambou —, je vais essayer de réécrire le dernier chapitre de mon histoire. Mais je dois une précision à mon lecteur : puisque vous entendrez parler d'une volaille battant des ailes dans le prochain chapitre, votre conteuse doit partager un secret avec vous — il s'agissait en réalité de deux volailles volées. Et vous pouvez me croire sur parole.

Chapitre 35

Le juge, le visage rose et dégoulinant de transpiration, profitait de quelques minutes volées pour s'essuyer le front avec un linge devenu tiède et humide n'ayant plus rien de rafraîchissant. Il faisait si chaud dans le palais de justice de la ville ce jour-là que l'un de ses magistrats, récemment arrivé d'Angleterre et entièrement vêtu du noir épais de la justice, avait glissé de sa chaise pour s'évanouir par terre, avant qu'on le ranime en l'aspergeant d'eau et en l'éventant avec des documents juridiques. Quand le juge finit par lever les yeux pour découvrir notre July au banc des accusés, attendant qu'on annonce son affaire de « vol d'une volaille domestique », il se pencha lentement vers le clerc à côté de lui et demanda dans un murmure sonore : « C'est une femme ? »

Car ce juge croyait ne contempler rien de plus qu'un tas de hardes crasseuses. Au vrai, s'il avait été suffisamment près pour sentir sa puanteur ou remarquer les mouches qui l'entouraient pour se nourrir de sa crasse, il aurait pu simplement la qualifier de merde ambulante.

Lecteur, vous reconnaissez peut-être une salle

de tribunal éclairée de soleil à ses murs bleu pâle ornés de plaques et de drapeaux officiels, à ses boiseries, à ses bancs et ses tables, à ses Blancs perruqués, tout de noir vêtus, et à ses jurés importants, assis comme au garde-à-vous, mais vous ne reconnaîtrez pas la July qui se tient devant eux dans cette salle étouffante. Car nous avons voyagé vite pour nous retrouver ici — trente ans ont passé, ou même plus, depuis notre dernière rencontre avec July.

Alors, oubliez s'il vous plaît la jeune femme aux cheveux soigneusement tressés, toujours ceints d'un mouchoir propre et coloré. Ne pensez plus à sa bouche, à l'expression malicieuse au coin des lèvres, d'où une remarque ironique ou quelque invraisemblable vérité semblait toujours sur le point de s'échapper. Et ne cherchez pas ses yeux noirs et vifs. Il est temps d'oublier cette jeune femme, car une nouvelle July vient d'entrer en scène. Son visage, s'il avait été débarbouillé ou si on lui avait ordonné de lever la tête, apparaîtrait émacié au point de laisser deviner le crâne osseux de la mort en dessous ; sa peau est aussi tannée, ridée et usée que du cuir négligé ; ses cheveux si emmêlés qu'ils se dressent en touffes raides ; et sa démarche si voûtée que les pauvres haillons déchirés qu'est sa robe semblent un poids qu'elle porte.

Comme on ne lui propose pas de s'asseoir, elle serre les doigts sur la barre en bois afin de pouvoir s'y reposer. On lui fourre une Bible sous le nez. Que doit-elle faire ? La prendre ? Non, elle doit placer la main dessus en donnant son nom. Car cet homme — le Blanc dedans son grand fauteuil moelleux — doit connaître son nom.

Plus fort. Il lui ordonne de parler plus fort. Et alors même qu'elle utilise tout son souffle pour le prononcer, il ne l'entend toujours pas.

L'homme chargé de l'approcher pour écouter sa réponse penche la tête si près de la sienne qu'elle distingue des pellicules blanches au milieu de ses cheveux. Quand il se redresse, il relâche sa respiration, qu'il retenait pour ne pas être submergé par la puanteur, et prononce le nom. July, dit-il. Mais July comment ? July comment ? Le gros-gros homme exige de le savoir. Une fois encore, la tête desquamée se penche en retenant son souffle, mais n'entend pas de nom de famille. Son visage devient rouge comme un testicule de bouc en attendant que July réponde. Mais ça fait trop longtemps qu'elle n'a pas prononcé le nom Goodwin, et elle s'y refuse maintenant. « L'accusée ne se connaît pas d'autre nom », doit annoncer l'homme suffocant en expirant.

Ensuite, un Blanc à moustaches et gros ventre se lève et se tient tout droit derrière un bureau, à l'autre bout de la salle. Il déclare qu'elle, cette négresse — et son doigt gras se pointe droit sur July —, s'est installée sans permission sur les terres d'Amity.

« Vivez-vous illégalement sur cette propriété ?

— Quoi ? » Elle n'entend pas.

« Vivez-vous à l'intérieur des frontières de cette propriété ? »

Quoi ? Comment lui répondre si elle ne perçoit pas ce qu'il dit ?

« Oh, qu'importe, poursuivez. »

Elle vit sur cette terre depuis que le titre de propriété est passé d'Amity à Unity et que les limites ont été redéfinies, commence le gros homme. Elle a été l'esclave de John Howarth, propriétaire d'Amity, puis de sa sœur Caroline Mortimer. Mme Mortimer a épousé un certain Robert Goodwin, à la suite de quoi le domaine a été vendu. Les Goodwin résident maintenant en Angleterre, monsieur le Juge, en Angleterre.

L'accusée vit depuis de très, très nombreuses années sur ces terres reculées. Elle cohabite avec plusieurs autres Noirs qui travaillaient autrefois sur la plantation Amity. Jamais elle n'a payé de loyer, d'après l'homme de loi. Certes, il s'agit d'une terre pauvre, rocailleuse et accidentée, impropre à la culture, mais elle n'en fait pas moins partie de la propriété. Et ces Noirs refusent de la quitter.

Celle-ci (et le doigt gras se tend de nouveau) déclare qu'elle n'a pas d'autre foyer. Qu'elle n'a jamais vécu ailleurs qu'à Amity. Qu'elle y est née, que ses proches y reposent, etc. etc. Elle croit, comme beaucoup de Noirs à leur manière infantile, monsieur le Juge, qu'il n'existe pas d'autre monde.

Combien de Noirs vivaient là ? Au début, ils étaient assez nombreux. Tout le village noir de la plantation Amity. Une vraie plaie ! Et, oui, plusieurs tentatives ont été faites pour les déloger. L'administrateur d'Unity — un certain M. Fielding, monsieur le Juge ; il gère plusieurs domaines de la paroisse pour le compte de sir Salisbury Edwards, de Bristol, en Angleterre, qui a acheté Amity et réuni les deux domaines — a déclaré que de grands efforts avaient été déployés pour récupérer ce terrain. Mais jamais il n'a eu recours à une violence injustifiée, souhaite-t-il faire savoir à cette cour, contrairement à ce que certains pasteurs baptistes ont insinué dans la presse. Jamais.

À l'époque, l'administrateur avait le sentiment d'être dans son bon droit en voulant déplacer ces Noirs au-delà des limites de la propriété. Mais il n'a pas donné l'ordre de libérer les terres par le feu. Les incendies ont été déclenchés par les Noirs, qui n'ont pas mesuré à quel point le sol était devenu inflammable pendant la sécheresse qui sévissait alors. Et la milice n'a été envoyée sur place que pour appréhender ceux qui avaient pris part aux incidents de la prison en ville.

Si la cour s'en souvient, plusieurs centaines de Noirs avaient encerclé la prison pour exiger la libération de cinq ou six occupants illégaux, ou « pionniers », comme ils tenaient à être appelés, accusés de violation de propriété et arrêtés quand la police avait tenté de les expulser. Les Noirs chantaient, menaçaient de faire de la Jamaïque une nouvelle Saint-Domingue et de chasser tous les Blancs de l'île. À la fin, pour libérer les prisonniers, la foule avait attaqué la geôle et l'avait incendiée.

Une sale affaire, vraiment. Mais la plupart des Noirs avaient été arrêtés, et justice avait été rendue d'une main ferme, comme la cour se le rappelle, j'en suis sûr. Cette femme-là a prétendu n'avoir rien à faire dans tout ça, mais l'administrateur a toujours eu des doutes — d'après lui, elle est plus maligne que la plupart.

Combien d'entre eux vivent toujours là-bas ? Eh bien, moins maintenant, me semble-t-il. Beaucoup sont morts de maladie — essentiellement la fièvre jaune. Ils sont restés assez isolés pendant plusieurs années. Et la terre y est maintenant très pauvre, à l'évidence. Elle ne donne presque plus rien — à part peut-être quelques bananes pourrissantes ; c'est pourquoi certains sont récemment morts de faim. Il y a encore du travail pour eux à la plantation s'ils l'acceptent, dit l'administrateur. Mais ces Noirs, comme toujours, paraissent craindre le retour de l'esclavage ; ils ont peur que l'île soit vendue aux Amériques, craignent de redevenir des esclaves... et ainsi de suite ; des arguments que cette cour n'a déjà que trop entendus pour justifier des délits. Et celle-ci, l'accusée, qui se fait appeler July, n'a absolument jamais accepté de travailler.

« Acceptez-vous de travailler ? »

Quoi, quoi ? Elle ne réussit toujours pas à l'entendre.

« Vous entendez ce que je vous dis ? Elle entend ce que je dis ?

— Vous entendez ce qu'il vous dit ? »

Quoi ?

« Oh, peu importe. Continuez. Venons-en aux charges retenues contre elle. Il fait tellement chaud. »

Le policier Campbell est appelé devant la cour. Maigre comme un coucou, et la peau grêlée comme un fruit à pain. L'accusée — cette fois, c'est un doigt blanc osseux qui se pointe sur July à travers la salle — était couchée sur le bas-côté du sentier qui va de la ville à Unity Pen. Comme elle ne bougeait pas, il l'avait crue morte. Elle était couverte d'un vieux châle sale. Il lui avait donc donné un coup de pied. Et avait été très étonné de la voir remuer. Elle lui avait hurlé quelques jurons impossibles à répéter. Il lui avait demandé ce qu'elle fabriquait. Elle lui avait dit de se mêler de ses affaires. Il avait répété sa question et, cette fois, elle lui avait répondu qu'elle allait au marché. Mais il était bien tard pour se rendre au marché, comme il le lui avait fait remarquer.

Lui trouvant l'air louche, le policier lui avait demandé de se lever. Et au moment où elle lui disait en des termes bien sentis de s'en aller, il avait entendu une volaille glousser sous son châle. Le policier, remarquant aussitôt le volatile prisonnier, battant des ailes sous le vêtement, lui avait demandé où elle avait trouvé cette poule. La Noire avait répondu qu'elle l'avait élevée. Quand il lui avait demandé de sortir la volaille pour qu'il puisse l'inspecter, l'accusée s'était enfuie. Et quand le policier avait fini par la rattraper, elle n'avait plus de poule sous ses vêtements. Et elle s'était alors mise à l'enguirlander — dans le langage le plus grossier qu'il avait jamais eu à subir — pour lui avoir fait perdre sa seule poule. Elle avait alors été arrêtée pour vol.

« Avez-vous volé la poule ?

— Non, *massa,* c'est mi poule.

— Qu'est-ce qu'elle a dit ? Était-ce votre poule ?

— Oui, *massa,* je l'ai élevée pis perdue.

— Qu'est-ce qu'elle a dit ?

— Elle a dit, monsieur le Juge, qu'elle avait élevé la poule.

— Mais où l'a-t-elle eue ?

— Quelqu'un d'Allen Pen mi l'a baillée.

— Qu'est-ce qu'elle raconte ?

— Elle parle d'Allen Pen. Je crois qu'elle dit que quelqu'un la lui a donnée.

— Oui, mais est-ce la vérité ? Demandez-lui si elle dit la vérité.

— Je pose ma main dessus le Livre, et le Seigneur mi foudroie si je dis pas la vérité.

— Qu'est-ce qu'elle dit ?

— Elle veut placer sa main sur la Bible pour prouver qu'elle dit la vérité.

— A-t-on retrouvé la poule ?

— Non, monsieur le Juge.

— Quelqu'un a-t-il déclaré la disparition d'une poule ?

— Pas jusqu'ici, monsieur le Juge.

— Est-elle déjà passée devant nous ?

— Hum, non, non, il semble que non. Je crois que c'est sa première comparution devant la cour, monsieur le Juge.

— Oh, alors, laissez-la partir. C'est une affaire trop pitoyable pour ce tribunal. Continuons — il fait beaucoup trop chaud. »

Une fois que le juge eut laissé tomber son marteau pour qu'on emmène notre July et qu'on fasse entrer le prévenu suivant, cette salle d'audience très, très chaude connut une petite agitation. Un homme s'était levé des sièges réservés aux jurés. Mais ce n'était pas un Blanc. Non. Ni un mulâtre. Ni un quarteron, et encore moins un octavon. C'était un noiraud ; un nègre ; un Noir. Un Noir se levait parmi les jurés. Et la voix qui parcourut la salle, quand il demanda l'autorisation d'approcher le banc des juges, était délicate et raffinée comme celle d'un Anglais.

« Tout à fait irrégulier », entendit-on sur les lèvres de tous les Blancs présents.

Au vrai, July refusa de se laisser emmener — elle se colla au mur car elle ne voulait pas rater le spectacle ; un nègre expulsé du tribunal pour s'être fait passer pour un gentleman ! Pour s'être dissimulé sournoisement parmi les jurés ! Le vol d'une poule… Quel délit dérisoire, alors que cet usurpateur respirait au milieu d'eux. Elle voulait le voir se faire pourchasser dans la salle. Regarder le gros bonhomme perruqué se cogner partout en haletant dans sa tentative d'attraper ce vaurien de nègre par les orteils. Le maigre Campbell enjamber table et chaise pour saisir ce Noir prétentieux, en criant « Arrête-toi, arrête-toi », comme il le lui avait ordonné piteusement le jour où il lui avait couru après. Le juge se lever en s'exclamant : « Un nègre s'est échappé dans ma salle d'audience. Attrapez-le, attrapez-le ! Je le ferai pendre ! » Quelqu'un allait sûrement arriver pour infliger le fouet au dos de ce Noir perfide. Oh, quelle pagaïe en perspective !

Mais l'individu ne fut ni pourchassé ni arrêté ; aucune table ou chaise ne fut renversée et aucun fouet ne claqua. S'approchant des magistrats d'une démarche assurée, cet homme noir, agitant les mains avec grâce pour argumenter sa requête, s'adressa au juge dans un murmure. Certes, ce dernier se recula bien un peu, le front plissé, au moment où le Noir lui parlait. Mais il n'ordonna pas qu'il soit arrêté et pendu. Non. Bientôt, il se penchait pour consulter son clerc à propos de l'embarras causé par l'individu. Et le juge finit par hausser les épaules, un geste signifiant « vous avez ma permission de faire ce que vous voulez » à l'intention du Noir, qui inclina courtoisement la tête.

Il n'y eut pas la moindre pagaïe.

« Et ma poule, dans tout ça ? Le policier mi l'a fait perdre », déclara très fort July alors que l'homme à la tête desquamée l'escortait hors de la salle. Au vrai, elle avait répété ce mensonge si souvent qu'elle s'était persuadée que c'était la vérité. Mais une fois dehors, sous le chaud, chaud soleil, l'homme se contenta de la chasser en lui disant : « Déguerpis, et estime-toi heureuse de ne pas être dans les fers. Allez, du balai. »

Une fois que July eut amassé assez de salive pour cracher sur le dos tourné du bonhomme, elle se laissa tomber par terre, épuisée. Combien de temps la laisserait-on se reposer, avant que quelque policier ou autre mouche du coche s'avise de la déloger ? Trouverait-elle le courage de parcourir tous ces kilomètres sur le chemin caillouteux pour rentrer chez elle ? Et d'où partait ce maudit sentier menant à ces terres pauvres, rocailleuses et accidentées à côté de la plantation autrefois appelée Amity ? Alors qu'elle se demandait s'il fallait commencer par remonter cette rue ou bien la descendre, une paire de chaussures en cuir noir luisant se planta devant elle.

« Êtes-vous July d'Amity ? » demanda une voix anglaise.

July n'émit d'autre réponse qu'un soupir. Car elle songeait à l'effort qu'elle allait devoir faire pour se relever.

« Je sais qui vous êtes — je sors du palais de justice », poursuivit la voix distinguée.

Elle n'eut pas la volonté de rétorquer : « Alors, pourquoi vous donner la peine de poser la question, hein ? Tsst ! » car le simple fait de le penser la fatiguait. Elle gardait les yeux fixés sur les chaussures bien cirées, puis les leva vers le pantalon gris, la veste redingote assortie, le col empesé de la chemise blanche avec sa cravate de soie rouge écarlate, et eut soudain le souffle coupé. Car tout soudain, elle contemplait le visage de ce Noir.

« Êtes-vous July ? répéta-t-il. L'ancienne esclave domestique d'Amity ? Votre maîtresse était-elle Caroline Mortimer ?

— Non, répondit-elle. C'est pas moi. » Car le ton de ses questions était si assuré qu'elle jugea que cette réponse lui causerait moins d'ennuis.

Mais l'homme inclina la tête vers elle et dit : « Moi, je crois que si. » C'est tout. Il le répéta deux fois, avant de se pencher pour l'aider à se remettre debout. « Moi, je crois que si. » Lorsqu'il effleura le bras de July, elle l'écarta. Mais, sans montrer d'appréhension, il leva son chapeau vers elle et déclara : « Mon nom est Thomas Kinsman. Me reconnaissez-vous ? »

*

Si son visage s'était plissé pour hurler comme un bébé couineur, peut-être l'aurait-elle reconnu. S'il lui avait parlé d'une nuit sans lune, d'un sentier pierreux et d'un mouchoir rouge noué sur la tête d'un petiot, peut-être aurait-elle eu un sentiment de familiarité. S'il avait évoqué un négrillon illégitime abandonné sur une pierre, mentionné un presbytère baptiste, James Kinsman et sa très bonne et sainte épouse Jane, sa mémoire lui serait revenue. Et puis, s'il s'était assis à côté d'elle pour lui raconter l'histoire d'un petit enfant trouvé, quittant la Jamaïque sur un navire baptisé *Apol-*

line, pour commencer une nouvelle vie en Angleterre, July aurait peut-être reconnu en Thomas Kinsman son fils.

Il aurait pu débuter son récit par une longue description animée d'une traversée en mer ; d'hommes se balançant tout en haut des mâts du bateau ; d'un océan déchaîné, bleu profond, qui asperge d'eau écumante tous ceux qui sont à bord ; de son corps tremblant recouvert d'une fine couche de sel. Mais non ; Thomas Kinsman voudrait sûrement d'abord vous faire connaître le nom de la paroisse où la famille Kinsman s'installa à son arrivée en Angleterre. Il commencerait donc son histoire par le mot Hornsey (la paroisse en question), avant de vous donner le nom et la localisation précise (peut-être avec l'aide d'une carte) du village de Crouch End.

Puis viendrait la description d'une petite maison dans une rue du nom de Maynard. (Parfois, il dit Mayfield et fronce les sourcils à l'intention de son interlocuteur qui pourrait avoir cru qu'elle s'appelait autrement — tout ça pour redire Maynard dans son récit suivant.) Il voudra vous faire savoir que cette maison était beaucoup plus petite que celle que les Kinsman occupaient en Jamaïque, et que la cuisine était installée sous le même toit. Mais aucun domestique ne s'y affairait ; car Jane Kinsman, cette femme très bonne et très sainte, se chargeait presque sans aide de toutes les tâches requises dans un foyer de pasteur.

On laissait un fourneau allumé toute la journée, sur lequel bouillaient et bouillonnaient en permanence casseroles et marmites. Tandis que dans ce qu'on appelait « la pièce de devant » il y avait un feu de charbon. Oui, un feu ouvert dans une pièce où toute la famille mangeait, s'asseyait, discutait ou lisait. Parfois, les flammes prenaient une teinte bleutée, à cause du gaz dégagé par le minerai. Mais je vous conseille de détourner Thomas Kinsman de ce précieux détail, car vous risqueriez sinon de vous lasser de son savoir en matière de charbon avant qu'il vous ait parlé du coucher dans cette petite maison. Des trois garçons — James, Henry et Tom le Noir — qui tous les soirs montaient l'escalier en courant pour sauter dans un lit clos glacé, où trois paires de pieds, de coudes et de genoux agités se disputaient la chaleur avant de s'emmêler dans le sommeil.

« Jim, Henry, Tom le Noir, vous venez ? », voudra vous faire entendre Thomas Kinsman — car c'est ce que criait tous les matins la petite bande d'enfants déguenillés qui vivaient dans les maisons décrépies, aux fenêtres noires de suie, de l'autre côté de la rue. Vous gravirez ensuite avec eux la haute colline jusqu'à la route de Mount Pleasant, d'où vous observerez les garçons de ferme labourer les champs en contrebas et suivrez la ligne des arbres qui semble s'étirer à travers la noirceur terne de Londres jusqu'à la cathédrale Saint-Paul.

Il vous emmènera vous promener dans le parc de Crouch Hall ; voir les oiseaux sauvages qui nichent sur l'île du vaste lac et vous asseoir sous les branches tombantes d'un saule pleureur, là où l'eau coulant sous le pont tombe de dix mètres en écumant ; ou vous faire rompre la glace de la rivière Cholmeley pour permettre aux canards de patauger à la surface.

Vous le regarderez se bagarrer avec John Smith, et le sentirez plaquer le visage grimaçant de cette petite brute dans la neige glacée pour avoir traité Thomas Kinsman de sauvage ; et le sang dégoulinant du nez de ce John Smith transformera une fois encore cette neige blanche en une gadoue rouge.

Et puis Thomas Kinsman vous verra ébahi quand Jacob Walker, marchant d'un pas nonchalant, appuyé sur un bâton fraîchement taillé, apparaîtra à l'angle du cimetière St Mary. Car voici un autre Noir dans ce petit village anglais. Vous regarderez cet homme maigre venu des Amériques, aux cheveux grisonnants, à la voix profonde et traînante, qui servait chez une *missus* d'Highgate, offrir un présent à un Thomas enthousiaste et reconnaissant : le premier des nombreux *Penny Magazine* qu'il donnerait à son « petit frère nègre » chaque fois qu'il le croiserait.

Et, n'en doutez pas, Thomas Kinsman se réjouira de vous faire profiter de chaque page de tous les numéros du *Penny Magazine* qu'il lut, afin que vous puissiez vous extasier sur les gravures de Goodrich Castle ou de Highgate Church, ou vous plonger dans l'étude de la fertilisation de la lave ou de l'utilisation de la chèvre comme nourrice.

Mais reposez-vous un peu, car une fois lancé avec vous dans le voyage à travers sa scolarité à Crouch End Academy, Thomas Kinsman exigera votre attention pleine et entière lorsqu'il vous parlera de ses cours d'histoire, de géographie, d'arithmétique, de grec, de français et de latin. Il proposera peut-être même de conjuguer pour vous quelques verbes latins, mais je vous recommande, par prudence, de décliner poliment sa proposition ; et estimez-vous heureux que ses manuels de classe se soient perdus pendant son voyage de retour à la Jamaïque, sinon il vous les aurait fait étudier, tous sans exception.

Thomas Kinsman raconterait volontiers ces événements à qui voudrait les entendre ; mais l'histoire de sa vie en Angleterre ne commence véritablement que lorsque ce jeune Noir aux yeux vifs — âgé de quatorze ans, doté d'épaules n'en finissant pas de s'élargir, de cheveux qui veulent jaillir dans toutes les directions imaginables et d'une voix qui se languit de muer — fut mis en apprentissage chez un imprimeur près de Fleet Street. James Kinsman signa un contrat liant Thomas à M. Linus Gray pour une durée de sept ans — pas seulement pour apprendre le métier d'imprimeur, mais aussi pour loger chez lui pendant tout ce temps.

Car Thomas ne pouvait plus demeurer à la charge des Kinsman, l'alcool les ayant tous chassés de Crouch End. James Kinsman avait déclaré qu'il refusait de servir dans un village où le débit de bière et les pubs étaient plus fréquentés que tous les lieux de culte le dimanche. Et où les familles les plus en vue de la paroisse devaient leur richesse à la distillation du gin.

Quand James Kinsman avait essayé de faire fermer tous les repaires de beuverie à Hornsey, afin que les classes laborieuses puissent aller travailler l'esprit plus clair, une foule grossière et houleuse s'était rassemblée devant sa maison de Maynard Street, tapant sur des poêles à frire, des casseroles, des bouilloires, des planches, des tisonniers et des pelles, pour exiger le départ de la famille. Et bien que James Kinsman eût quitté Hornsey pour aller s'occuper de la paroisse de Lewes, dans le Sussex, le pamphlet très long, détaillé et argumenté qu'il consacra aux ravages de l'alcoolisme à Crouch End n'a pas été publié à ce jour.

*

Les yeux noirs de Thomas Kinsman ne se troubleront pas quand il racontera le moment des adieux. Non. Il joindra les mains et les portera à ses lèvres, pensif, en déclarant lentement, afin d'exalter le sens de ses paroles, que pour un garçon comme lui — un enfant trouvé — il y avait deux façons d'améliorer sa condition, travailler comme domestique ou comme apprenti ; et devenir imprimeur, dira-t-il avec une surprenante délectation, eh bien, depuis qu'il avait dévoré ces *Penny Magazine*, devenir imprimeur était son plus cher désir.

Et avant peu, vous vous retrouverez dans une imprimerie poussiéreuse et encombrée de Water Lane, au sud de Fleet Street, où la faible lumière pénétrant par la fenêtre révèle les moutons de poussière gros comme des pièces qui flottent dans l'air. Linus Gray — un homme grand et maigre d'environ trente-deux ans, au nez si pointu qu'il aurait pu embrocher un poisson avec, et à la mâchoire carrée comme la justice — était assis à un bureau, la tête penchée, en train d'étudier plusieurs grandes feuilles de papier avec le soin d'un chirurgien examinant une plaie béante, lorsque son nouvel apprenti entra.

L'expression de Linus, d'abord lasse et maussade, se modifia dès qu'il aperçut Thomas. Il se leva d'un bond et se mit à rire en tapant des mains. « Oh, attends qu'ils te voient ! » chanta-t-il en contournant son bureau puis en faisant pivoter Thomas pour l'examiner sous toutes les coutures dans la lumière sale. Linus Gray était tellement excité d'avoir comme apprenti un jeune Noir — né esclave aux Antilles et cependant capable de conjuguer n'importe quel verbe latin qui vînt à l'esprit de l'imprimeur — qu'il en fit, de ce jour, son préféré.

Pourtant, quand Susan, la femme de Linus Gray, découvrit le nouvel apprenti qui allait loger dans leur mansarde, elle poussa un cri. Et supplia son mari de ne pas installer un Hottentot sous son toit ; elle croyait que ça portait malheur. Mais Linus ignora ses inquiétudes et les balaya d'un seul mot : « Fadaises. »

Thomas écrivit à James Kinsman pour lui dire que Susan Gray l'aimait si peu et le craignait tant qu'elle s'armait d'un balai quand il était à la maison, afin de pouvoir le maintenir à distance si jamais il s'approchait d'elle. En réponse, James Kinsman promit de prier pour que Thomas en vienne bientôt à considérer Susan Gray comme sa mère.

Seul tout en haut de l'étroite maison des Gray, mitoyenne de l'imprimerie, dans une pièce que le toit pentu rendait exiguë comme un placard, assis à la lumière lugubre et à la faible chaleur des deux morceaux de charbon qui brûlaient dans l'âtre, emmitouflé dans une couverture et essuyant sur sa manche la morve noire qui lui coulait du nez, Thomas pleurait.

Et vous verrez peut-être les yeux de Thomas Kinsman se voiler lorsqu'il vous racontera ces premiers temps à Londres. Il vous récitera peut-être la prière qu'il inventa — celle aux Kinsman, à la famille au complet, les suppliant, s'il vous plaît, je vous en prie, de venir le chercher. Peut-être admettra-t-il avoir envisagé de s'enfuir. Mais probablement pas. Thomas Kinsman préférera sans doute agiter la main pour balayer vos inquiétudes. Il prononcera peut-être même le mot « fadaises ». Car il ne laissera pas son auditeur s'apitoyer sur ses malheurs, alors que l'imprimerie l'attend et qu'il peut vous montrer quel bon petit apprenti il devint.

L'imprimerie de MM. Gray & Cie — une maison de brique qui paraissait s'appuyer, épuisée, sur sa voisine au milieu de Water Lane — devint le vrai foyer de Thomas Kinsman. Il courait de haut en bas du sombre escalier en colimaçon, allait et venait à toute vitesse dans les pièces surchauffées et étouffantes, filait dans les petits bureaux poussiéreux, fouillait dans les placards débordants, alors qu'on l'appelait « Tom le Noir ! » de sept heures du matin à sept heures du soir. Les gens, le papier, le métal, l'encre et les presses : tous semblaient avoir besoin des soins de l'apprenti. Les quatre étages de cette bâtisse engorgée étaient tellement emplis de brouhaha que, au plus fort de l'activité, les poumons des hommes et les flammes des chandelles se disputaient l'air — et quand la soirée s'éternisait, aucun n'avait la couleur souhaitée.

C'était le Parlement qui fournissait son travail à Gray & Cie. Des commissionnaires envoyés par cette institution distinguée se présentaient tous les jours avec des documents ayant trait aux colonies, des rapports de comités, des résultats, statistiques et comptes rendus électoraux. Des rames et des rames de discours manuscrits pompeux passaient sous les yeux de Linus Gray, lequel collationnait et foliotait, évaluait puis définissait un prix, avant que les quatre ouvriers compositeurs se voient ordonner de monter leur châssis pour préparer la copie.

Caslon, Garamond ou Baskerville, crient les compositeurs en cherchant autant de caractères de la police choisie que possible. Mais il n'y a jamais assez de ces lettres de métal. L'apprenti est chargé de nettoyer celles qui viennent d'être utilisées pour alimenter sans répit les compositeurs, sous peine de les contraindre à une orthographe fantaisiste par manque de *e*. Debout devant la casse, et tenant son composteur comme un artiste sa palette, le typographe regarde d'abord la copie manuscrite avant d'insérer, clic-clic, les lettres de métal dans la réglette. Puis, ligne par ligne, chaque page est montée sur une forme et les mots métalliques sont logés à leur place à coups de marteau, serrés et espacés avec des lingots de bois puis enfermés dans la forme. Et quand la page est prête, on crie « Épreuve ! » à la porte.

Un pressier arrive alors du sous-sol. Tout taché d'encre et suant autant que le papier qu'il transporte. Grognant et ahanant, il emporte la forme quatre étages plus bas. Là, il l'insère dans la presse — l'Albion ou la Stanhope (jamais la Columbian pour de simples épreuves). La forme est encrée, le papier fixé au tympan, la frisquette rabattue, puis la platine s'abaisse et l'épreuve est imprimée.

Dans les mains du malheureux apprenti, notre page remonte alors l'escalier jusqu'en haut de la maison, car les correcteurs sont installés dans le bureau du grenier, sous le toit pentu. Ils sont en général au nombre de trois, et les seuls dans cette enfilade de grottes sombres qui ont les mains et les doigts couverts d'encre mais n'ont pas été transformés en ramoneurs. Ces hommes lisent attentivement l'épreuve imprimée pour traquer les fautes, les bourdes et les coquilles, à la faible lueur du jour, d'une lampe ou d'une bougie.

Le papier redescend ensuite, et le compositeur soupire en découvrant les erreurs qu'il lui faut à présent corriger. Cela fait, on crie de nouveau : « Épreuve ! » Et cette ronde de l'imprimeur est dansée trois fois avant qu'une forme puisse être envoyée à la presse pour y être imprimée.

Le processus d'impression débute alors au sous-sol. Sur quatre robustes presses — fixées au sol aussi solidement que les dents à une mâchoire de lion — les ouvriers, torse nu, se mettent à l'ouvrage. Lorsque le pressier manipule le papier, son toucher peut être aussi doux que celui d'une dame avec ses jupes. Mais une fois que ces hommes impriment, une fois pris dans le rythme qui les voit encrer, glisser, abaisser, on dirait des Goliath aiguillonnant une bête de métal. Et, là-haut, les correcteurs agrippent leurs encriers qui vibrent, les compositeurs stabilisent leurs lettres qui s'entrechoquent, Linus Gray cale ses papiers qui frémissent, et l'apprenti, dans l'escalier, dans un bureau ou dans un placard, se cramponne à ce qu'il peut tandis que la maison tout entière se met à trembler.

*

Thomas Kinsman maîtrisait tous les procédés de cette imprimerie ; il était précis devant la casse, fort à la presse et fiable pour le travail de bureau ; mais la tâche dans laquelle il excellait par-dessus tout, c'était la correction. Personne ne contestait Linus Gray lorsqu'il se vantait que son Tom le Noir était le meilleur correcteur sur la place de Londres. Personne, hormis un homme.

Cet homme cultivé, cet « érudit distingué », apprenant que le correcteur réputé de chez Gray & Cie était un nègre, jugea plus prudent de corriger lui-même son livret.

« Votre jeune Noir, déclara-t-il à Linus en souriant, aurait tôt fait de plonger la tête dans les citrouilles jusqu'aux oreilles, et il n'y travaillerait qu'une demi-heure par jour. » Il rit joyeusement puis poursuivit : « Ce n'est pas moi qui le dis, ce sont les mots pleins de sagesse de Thomas Carlyle, l'homme de lettres écossais, dans son discours sur la question noire. »

Et ce personnage si intelligent releva quatorze fautes dans son livret ; quatorze fautes dans le premier jeu d'épreuves ; quatorze, et il n'avait mis que trois jours à les trouver. Linus confia les épreuves à relire à « son jeune Noir » et, en moins d'une demi-heure, Thomas en avait découvert soixante-neuf de plus.

Quand « l'érudit distingué » passa chercher son livret imprimé, Linus fit appeler Thomas, alors âgé de dix-huit ans. Et Thomas Kinsman, se tenant bien droit devant ce gentleman savant, déclara : « Monsieur, comme l'a si justement déduit le philosophe John Stuart Mill, si les Noirs n'avaient pas travaillé plus d'une demi-heure par jour, les récoltes de canne à sucre auraient-elles été aussi abondantes ? »

Au cours de son apprentissage, Thomas Kinsman acquit une connaissance du monde et de ses usages qu'en dépit de son éducation il ignorait jusqu'alors. Car Linus Gray était un libre-penseur, et la plupart de ceux qui avaient travaillé pour lui le savaient. Un club d'entraide et de perfectionnement — auquel Linus Gray fournissait son stock de livres, de papier et de matériel d'écriture —, se réunissant dans la cave d'une maison des environs, accueillait tous les ouvriers qui le souhaitaient. Le droit d'entrée s'élevait à six pence (et trois pennies supplémentaires en hiver pour pouvoir allumer un feu de charbon) et il en coûtait deux pence d'amende pour les absences injustifiées.

Comme le groupe de sept hommes se retrouvait trois cents jours par an de huit à onze heures du soir, Thomas les rejoignit. Il n'avait en effet aucune envie de rester assis tout seul dans sa chambre, ou de passer son temps à éviter Susan Gray, armée de son balai, dans l'escalier. Et Thomas Kinsman s'empressera de vous dire que, dans le confinement de cette lugubre cave sombre et humide, son esprit s'ouvrit progressivement, tel un oisillon tout juste sorti de sa coquille qui découvre le vaste monde dans lequel, un jour, il devra avoir la force de voler.

Dans ce nid, Thomas lut *Don Quichotte, Robinson Crusoé*, les œuvres de Dickens — *Les Aventu-*

res de M. Pickwick et *Oliver Twist* —, celles de Wordsworth, de Shakespeare, de Shelley, et bien d'autres. Et on y discutait âprement des qualités et défauts de cette littérature. On y disséquait et malmenait la Bible, pour y chercher des preuves que les histoires de l'Ancien et du Nouveau Testament étaient fondées sur la réalité et n'étaient pas des inventions.

Suivant Thomas Paine et ses *Droits de l'homme,* tous les ouvriers présents, Anglais ou Noirs, se déclaraient victimes de l'injustice du monde moderne : car pourquoi n'existait-il pas de réductions d'impôts pour les pauvres, et de subventions pour l'éducation scolaire ? Dans un essai applaudi par tous, Thomas Kinsman écrivit que John Locke, le philosophe, soutenait qu'il y avait beaucoup de choses impossibles à connaître, des choses auxquelles on pouvait seulement croire — cependant, les libres-penseurs devaient fonder leur croyance sur des faits, des recherches scientifiques et des principes logiques ; mais alors comment, par exemple, un libre-penseur pourrait-il prouver, en regardant un arbre par la fenêtre, que l'arbre en question sera toujours là une fois qu'il aura le dos tourné ? Un essai totalement absurde, vous serez d'accord avec moi là-dessus, lecteur, mais dont Thomas Kinsman voudra vous faire savoir qu'il avait été récompensé d'un prix de un shilling !

À l'âge de vingt et un ans — la chevelure abondante, la voix de basse profonde, et les épaules d'une largeur impressionnante — Thomas fut fier d'écrire à James Kinsman pour lui annoncer qu'il n'était plus lié à Linus Gray par un contrat d'apprentissage, mais employé chez lui en tant que compagnon imprimeur. Et, ajouta-t-il comme un simple addenda, il était maintenant de croyance déiste.

En réponse, James Kinsman lui envoya une lettre de vingt pages dont le message faisait la part belle aux mots « païen », « idolâtre », « sauvage » et « ingrat ». Le terme « athée » y revenait si souvent que Thomas se fendit d'une longue réponse expliquant que, s'il avait abandonné la foi baptiste, il n'était pas non-croyant, pas athée, mais croyait en la religion naturelle et en un Dieu créateur. James Kinsman lui renvoya une unique feuille, sur laquelle il avait écrit en gros le mot « blasphémateur ».

Et nous avons maintenant atteint le point de l'histoire de Thomas Kinsman où vous détecterez une certaine tristesse dans ses yeux — mais observez-le bien lorsqu'il vous annoncera que, hélas, Susan Gray décéda, car ce pourrait bien être de la comédie. Susan Gray mourut à l'âge de quarante ans, accusant le Hottentot résidant sous son toit d'avoir condamné son mariage à la stérilité et d'être responsable de la consomption qui l'affaiblit jusqu'à ce qu'elle ne pèse pas plus lourd qu'un oiseau. Au chevet de la défunte, Linus Gray s'abandonna aux sanglots avec l'hystérie d'un enfant ; il ne s'arrêta que pour aboyer au prêtre présent de réduire au minimum ses formules toutes faites et ses billevesées, et de déguerpir.

En vérité, Linus Gray pleura tant son épouse qu'il ne fut plus jamais le même. Il était si affecté par sa mort qu'il chercha dans la boisson un moyen de ne plus sentir la douleur. Tous les soirs, mais aussi le matin et l'après-midi, Thomas Kinsman était chargé de parcourir les allées sombres et les rues étroites dans un périmètre situé entre l'ouest du Strand et Saint-Paul pour chercher Linus. Parfois, dans les salles minuscules de la taverne Cheshire Cheese, il le trouvait, à la lueur d'une petite lampe à gaz, assis devant une assiette de tête de mouton au four ou s'agrippant à sa bière en faisant griller dans le feu un petit pain au bout d'une fourchette. Il accueillait Thomas en le prenant par l'épaule et le suppliait de ne pas en vouloir à Susan. Ou, avec des mots aussi mal articulés que ceux d'un poissonnier, il tentait de persuader Thomas que, en dépit de la façon dont elle traitait son pensionnaire noir et brandissait son balai vers lui, Susan Gray n'était pas une mauvaise femme.

D'autres fois, Thomas découvrait Linus couché dans un passage au milieu du dédale de venelles, trempé et tremblant comme un clochard malade, en train de pleurnicher qu'il avait déçu sa femme.

Pendant ce temps, à l'imprimerie de MM. Gray & Cie, c'était Thomas qui recevait les documents, rapports et comptes rendus des commissionnaires du Parlement — lui qui les étudiait, les collationnait et les foliotait, avant de décider du prix. Et c'était Thomas qui ordonnait aux compositeurs de monter les formes pour préparer la copie, tandis que Linus Gray, s'il était présent, demeurait avachi, les yeux vitreux et la tête ailleurs, dans son fauteuil.

Susan Gray, défunte, ne fut bientôt plus une mortelle dans l'esprit de son mari éploré, mais une sainte. Pourtant, pendant toutes ces années où Thomas avait vécu chez les Gray, il avait vu si peu d'affection entre Linus, cet homme dur à la tâche et à l'intelligence acérée, et son épouse guindée, dévote et mélancolique, qu'il en avait conclu qu'ils s'étaient mariés par erreur. Mais sa mort allait finir par tuer Linus à son tour. Car il mourut moins d'un an plus tard, étendu tel un cadavre sur la tombe de sa femme — agité de tremblements convulsifs et gémissant à l'intention des étoiles là-haut : « Pardonne-moi, Susan, pardonne-moi. »

Dans le testament contenant ses dernières volontés, Linus exprimait son désir d'être enterré au côté de sa femme dans le cimetière Saint-Bride de Fleet Street ; car c'était un bel endroit paisible où se promener pour un fantôme. Il déclarait aussi qu'aucun prêtre ne devait assister à ses obsèques car, poursuivait-il, il n'avait pas de temps à perdre avec ces frivolités.

Et, de l'au-delà, on entendit Linus Gray rire et battre des mains : « Oh, attendez qu'ils entendent ça, attendez qu'ils entendent ça », lorsque son testament spécifia ensuite que, en l'honneur de sa loyauté et de son amitié, et en redressement de tous les torts causés par sa naissance et son destin, tous les biens fonciers et personnels de Linus, quels et où qu'ils soient, reviendraient à Thomas Kinsman, afin qu'il puisse marcher en ce monde comme il le méritait — comme un gentleman.

Vous voudrez donc ensuite savoir comment Thomas Kinsman — devenu soudain un homme haut placé à Londres, un gentleman noir aux moyens considérables, le propriétaire de l'imprimerie et de la maison de Water Lane — prospéra. Vous vous pencherez en avant, avide de curiosité, pour connaître tous les détails de cette vie au sein de la bonne société anglaise. Et vos yeux s'élargiront dans l'attente de découvrir la glorieuse histoire de cette fortune faite. Et par un Noir, qui plus est !

Mais hélas, vous avez atteint la partie du récit de Thomas Kinsman où toutes ces descriptions scrupuleuses, tous ces détails fastidieux qui vous ont été donnés de bonne grâce, cessent curieusement. Pour des raisons qu'on peut seulement deviner à la veine palpitante qui frétille et enfle sur sa tête, Thomas Kinsman ne souhaite pas évoquer cette période. Il se peut qu'il sorte sa montre de son gousset et déclare être déjà en retard. Ou qu'il veuille remplir sa pipe et vous demande de l'excuser, car il doit aller chercher son tabac ou une allumette. Ou qu'il agite simplement la main devant son visage comme pour éloigner ce souvenir puis, levant les yeux au ciel et poussant de profonds soupirs, réclame l'autorisation de passer à autre chose. Et il arrivera à bout de sa considérable patience si vous avez la bêtise d'insister. Non. Aucune protestation ne le convaincra de poursuivre sa narration tant qu'il n'aura pas quitté les rives de l'Angleterre. Vous aurez beau supplier ou vous plaindre, l'histoire ne recommencera qu'après trois années de silence, quand Thomas Kinsman sera de retour sur l'île de la Jamaïque.

Son récit reprendra dans sa nouvelle imprimerie de Water Street, à Falmouth — où, tout fier, il surveille ses trois précieuses presses Columbian et sa Platen solidement boulonnées au sol ; et tant pis pour les regards perplexes ou déçus de son interlocuteur.

Donc, longtemps avant que vous l'ayez désiré, vous vous retrouverez devant une bâtisse de bois de deux étages, blanchie à la chaux, entouré par la clameur d'une foule curieuse composée de Noirs suants, d'un chien marron et galeux et de deux chèvres agitées, à admirer l'enseigne peinte de MM. Kinsman & Cie que l'on accroche au-dessus des quatre piliers de cette nouvelle imprimerie.

Cependant, le vacarme est bien plus fort à l'extérieur qu'à l'intérieur de l'atelier. Les quatre presses, les trois formes, les cabinets des relecteurs et le bureau administratif sont tous au repos, car aucun homme d'affaires blanc sur l'île ne condescendrait à employer MM. Kinsman & Cie. Comment un jeune Noir en est-il venu à s'habiller et à s'exprimer comme un gentleman blanc ? se demandaient ces marchands et ces planteurs anglais en sirotant leur café dans leurs clubs. Comment un Hottentot sans une goutte de sang blanc dans les veines se retrouve-t-il propriétaire d'une imprimerie ? Un nègre pourrait peut-être faire la composition, travailler aux presses, voire, après avoir reçu une solide instruction, devenir correcteur, mais aucun fils d'esclave ne serait capable de diriger un établissement de quelque valeur. Ce démon au nez épaté et aux lèvres épaisses se prend trop au sérieux, en conclurent-ils.

Bien que la Platen fût parfois utilisée quand des Noirs du magasin d'alimentation, de la pension de famille, ou des maçons tenaient à faire imprimer leurs petits prospectus par nul autre que M. Kinsman, c'était le gros volume de travail de ces riches Blancs propriétaires des quais, des entrepôts, des navires et des plantations que les dents de ces presses avaient envie de croquer.

De sorte que Thomas Kinsman se mit à fréquenter l'église Saint-Peter le dimanche. Là, ces Blancs indignés, à regret et sous la contrainte, étaient bien obligés de l'accueillir dans une communion chrétienne forcée. Et pendant les longs, longs sermons, Thomas caricaturait leurs visages et écrivait leurs noms en secret dans un petit cahier, tout en adressant une prière à son Dieu créateur : « Un seul », commençait cette prière, « qu'un seul de ces Blancs vienne me proposer un bon travail, et les autres suivront, j'en fais mon affaire ».

Et Thomas sourira en remarquant que les voies du Seigneur sont décidément impénétrables. Car cinq semaines plus tard, par un vendredi matin pluvieux, Isaac Cecil Levy, un Juif qui n'avait jamais mis les pieds à l'église, entra dans son bureau. Il avait besoin d'un imprimeur pour la première édition d'un journal qu'il s'apprêtait à lancer et qui s'appellerait le *Trelawney Mercury*.

Les compositeurs composèrent, les correcteurs corrigèrent, les presses se mirent en mouvement. Pour le numéro suivant, Thomas Kinsman proposa à Isaac Levy d'imprimer un supplément de huit pages, où les gens paieraient pour placer leurs publicités. Le *Trelawney Mercury and Advertiser* était né. Et Thomas se fera une joie de vous révéler — une colonne de chiffres soignés à l'appui, peut-être — qu'il se révéla très profitable.

Bientôt, des journaux, des annuaires, des documents juridiques, des catalogues de vente aux enchères, des prospectus — des imprimés administratifs de toute sorte — entraient et sortaient en quantité de l'imprimerie de MM. Kinsman & Cie, de Water Street. Ses ouvriers fondèrent même un club d'entraide et de perfectionnement, auquel Thomas fournit les livres, les fournitures pour écrire, le papier et les bougies. Il se réunissait au coucher du soleil, la cotisation était d'un demi-penny, et il en coûtait une amende d'un quart de penny pour quiconque arrivait si tard que « Tsst, l'ont encore tout raté ».

Avec six hommes à la composition, deux apprentis, huit aux presses, cinq correcteurs, un contremaître et un employé au bureau, Thomas dut, au bout de deux ans, trouver des locaux plus grands où accrocher son enseigne !

Tel était donc Thomas Kinsman — un gentleman, un imprimeur de haute réputation, un riche entrepreneur noir qui porte des chaussures cirées et une cravate écarlate. Lorsqu'il fut appelé à faire son devoir de juré au tribunal, comme il sied à quelqu'un de son statut, il fut saisi d'une fureur silencieuse en entendant une affaire des plus minables, injustes et indignes — dans laquelle une personne affamée allait être punie pour avoir voulu se nourrir d'une nourriture qui abondait autour d'elle — tout en observant la Noire la plus pitoyable, la plus sale et la plus misérable qu'il lui avait été donné de voir. Quand soudain, il se rappela un vieil essai écrit par Jane Kinsman à propos d'une July. Une July d'Amity. July, jadis domestique sur la plantation sucrière d'Amity. July, une jeune esclave. July, une jeune esclave qui avait abandonné son bébé sur une pierre, devant un presbytère baptiste. July ! July ! Et ce fut alors que Thomas Kinsman se leva lentement de son siège.

Mais bien sûr, Thomas Kinsman ne dit rien de tout cela ce jour où il se tint pour la première fois devant sa maman. Il se contenta de soulever son chapeau et insista pour emmener July chez lui afin de lui donner à manger.

Et, lecteur, c'est exactement ce qu'il fit.

*

Quand July posa les yeux sur la maison de King Street où résidait Thomas Kinsman, elle voulut d'abord fuir cet homme noir à la cravate écarlate. Elle s'imaginait que sa charité était une ruse. Il voulait une domestique à faire courir et marner. Un seul morceau de viande dans la bouche et un balai à tout jamais entre les mains. Non, non, non, elle ne servirait plus personne. Cependant, il ne la fit pas entrer dans la cuisine, ni dans les cabinets, mais dans un salon envahi par les livres ; du plafond jusqu'au sol, les teintes austères des volumes reliés de cuir et estampillés d'or cascadaient le long de tous les murs. Il ne lui proposa pas de s'asseoir sur une chaise en bois cassé et branlante, mais dans un beau fauteuil rembourré avec un doux coussin rouge dessus. Le lait qu'il demanda à sa domestique d'apporter lui fut servi dans un verre ; et ce fut le plus doux et le plus crémeux des laits qui passa entre les lèvres de July le jour où Thomas Kinsman prit place devant elle.

Il avait la respiration saccadée, les doigts agités — qui tripotaient ses ongles, son alliance, sa manchette — et la tête penchée lorsqu'il dit doucement à July qu'il croyait être son fils. Il avait attendu ce jour et craint qu'il n'arrive jamais, ajouta-t-il. Il l'avait crue morte. Mais maintenant, il se demandait s'il n'était pas enfin assis devant la femme qui lui avait donné naissance. Et puis, d'un regard nerveux et avide, il scruta le visage de July au moment où il lui demanda si elle avait abandonné son petiot sur une pierre devant un presbytère baptiste. Ce fut alors que July se pencha d'un côté du fauteuil et, pour toute réponse, vomit, répandant une mare de lait caillé et de petit-lait sur le parquet ciré.

Et malgré ça, mon bien-aimé fils, Thomas, me regardait avec bienveillance. Pourquoi, je ne l'ai jamais vraiment compris.

Quoi qu'il en soit, j'ai vécu chez mon fils à partir de ce jour et jusqu'à maintenant. Nous avons d'abord habité dans cette maison de Falmouth où Lillian, la très jeune femme de mon fils, s'est occupée de son mari et de moi avec l'empressement d'une enquiquineuse. C'est là que ces trois coquines, Louise, Corinne et May, sont nées — et soudain, les jours paisibles de nos vies se sont transformés en un chaos bruyant.

Mais la ville de Falmouth commençait à décliner. Car le sucre qui nourrissait et engraissait le port devenait moins abondant d'année en année. Elle s'affama lentement. Si bien que Thomas Kinsman nous emmena — nous, sa famille chérie — à Kingston, où il ouvrit une autre imprimerie. Qui se révéla tout aussi rentable. Si vous ne me croyez pas sur parole, allez demander à mon fils — il se fera un plaisir de vous offrir une visite guidée de ses beaux ateliers, si vous le souhaitez.

En ce qui me concerne, lecteur, mon récit touche à sa fin. Cette si longue histoire a été déroulée jusqu'au bout. Elle est enfin terminée. Il ne me reste plus qu'à poser ce point final.

*

Hélas, lecteur, mon fils n'en a pas encore fini avec moi. Une vieille femme est-elle obligée d'endurer ça ? Thomas Kinsman secoue la tête une fois encore. Non, dit-il, mon récit ne peut certainement pas s'achever ici. Qu'en est-il de la vie de July sur ces terres reculées d'Amity ? Il veut savoir ce qui s'est passé durant toutes ces années, entre le vol de la petiote et l'apparition de July, affamée et épuisée, dans cette salle d'audience du tribunal.

Alors, je viens de lui demander : veux-tu que je décrive le périple de July pour aller retrouver les Noirs sur ces terres isolées ? Comment elle s'est effondrée devant eux puis comment ils l'ont soignée tendrement pour la ramener à la vie ? Dois-je te montrer les tracas que ces Noirs libres durent endurer ? Faire sentir à mon lecteur leur peur des planteurs, qui venaient les harceler sur ces terres presque tous les jours ? Devons-nous éteindre les incendies, rebâtir les cases, chasser les Blancs à cheval des champs cultivés ? Tiens-tu à affronter un pistolet chargé avec une machette ou une houe ? Ou devrais-je peut-être expliquer à mes lecteurs combien de temps on peut cultiver une petite parcelle de terre jusqu'à ce que, épuisée et morte, elle ne produise plus rien que des chardons ? Dois-je faire crépiter les tremblements de terre et tomber le déluge ? Ou devons-nous rester assis en attendant que passe la sécheresse — poussiéreux et assoiffés comme la terre desséchée ? Ou sentir le poing se presser contre un ventre affamé pour lui faire croire qu'il est plein ? Suis-je obligée de trouver de jolis mots pour décrire la fièvre jaune à laquelle tant succombèrent ? À moins que tu ne souhaites simplement regarder le grand trou que l'on creuse pour les tombes ?

Je posai ces questions à mon fils, et savez-vous ce que Thomas Kinsman me répondit ? « Oui, maman, oui. Nous devons savoir tout ça. »

Mais pourquoi devrais-je m'appesantir sur le malheur ? L'histoire de July aura une fin des plus heureuses, croyez-moi. Un jour peut-être, dis-je à mon fils, quelqu'un voudra faire la chronique de cette époque. Mais je suis une vieille, vieille femme. En plus, lecteur, je n'ai plus assez d'encre.

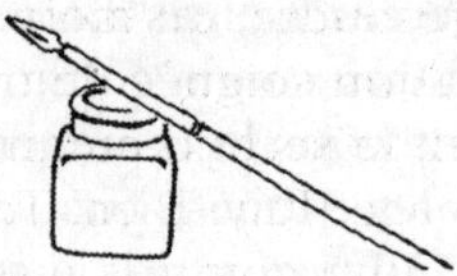

ÉPILOGUE

Je pense que vous me pardonnerez cette nouvelle intrusion dans l'histoire de ma maman. Bien que le récit de cette chère femme soit arrivé à son terme, je me trouve, moi, son fils, face à un dilemme que les lecteurs de ce livre pourront peut-être m'aider à résoudre, du moins je l'espère.

Dans la narration soignée de ma maman, vous vous rappellerez le second enfant mis au monde par son personnage, July. Bien. Tout lecteur attentif de ces pages aura compris que le conte de ma maman, s'il se prétend une simple fiction, suit de près les événements réels de sa propre vie. De sorte que ma très chère maman a bel et bien donné naissance à une fille — Emily. Emily Goodwin est ma demi-sœur.

Cependant, toute trace d'Emily Goodwin s'est perdue. Il est arrivé à ma maman d'exprimer de la curiosité à propos de ce qu'était devenue sa fille. Elle m'a demandé, par exemple, si Emily vivait la vie d'une femme blanche en Angleterre. Habite-t-elle dans une belle maison ou sert-elle comme domestique ? Et en plusieurs occasions, ma maman s'est inquiétée, voulant savoir si, à mon avis, sa fille, Emily, connaissait les véritables circonstances de sa naissance ou se souvenait de sa maman. Puis la douleur de cette séparation était telle que cette chère vieille dame chassait de son esprit toute idée d'Emily et feignait l'indifférence quand on la mentionnait ensuite.

Mais je me suis récemment interrogé sur l'endroit où vivait Emily Goodwin et sur sa situation actuelle. Peut-être est-elle en Angleterre, ignorante des forts liens familiaux qui l'unissent à cette île de la Jamaïque. Elle a peut-être elle-même des enfants, qui ignorent que leur grand-mère est née esclave.

C'est ici qu'intervient ma requête. Si des lecteurs détiennent des informations à propos d'Emily Goodwin — sa situation, l'endroit où elle vit —, je leur serais très obligé de me le faire savoir. Une lettre envoyée à mon imprimerie, ici à Kingston, et adressée à Thomas Kinsman, m'y trouvera toujours. Et toute nouvelle me permettant de savoir ce qu'il est advenu de ma sœur sera reçue avec reconnaissance. Mais je voudrais aussi inciter à la prudence quiconque voudrait m'aider dans cette recherche. En Angleterre, la découverte de sang noir dans une famille n'est pas toujours accueillie avec joie. Alors, je vous en prie, ne songez pas à aborder trop vite cette histoire en détail avec Emily Goodwin, car son contenu risquerait de la perturber.

THOMAS KINSMAN.

REMERCIEMENTS

Je dois un grand merci à beaucoup de gens qui m'ont aidée, conseillée et soutenue pendant la rédaction de ce roman : Olivia Amiel, Maya Mayblin, Albyn Hall, Catherine Hall, Judy Bastyra, Dorothy Kew, Ele Rickham, Marilyn Delevante, Gad Heuman, Jill Russell, Charles Sweeney, Lola Young, Kate Pullinger, Olive Senior, Patricia Duncker et Sheila Duncker. Je remercie aussi chaleureusement ma famille et tous mes amis (ils se reconnaîtront) pour avoir été si merveilleux dans les périodes difficiles.

Cette histoire se passant à la Jamaïque au XIXe siècle, j'ai eu besoin des connaissances de nombreuses autres personnes pour m'aider à me transporter à cet endroit, à cette époque :

Rassemblé et édité par Peter Barbar, *Gin and Hell-Fire : Henry Batchelor's Memoirs of a Working Class Childhood in Crouch End 1823-1837*.

Henry Bleby, *Death Struggles of Slavery*.

Mrs Carmichael, *Domestic Manners and Social Customs of the White, Coloured and Negro Populations of the West Indies*.

Édité par F. G. Cassidy et R. B. Le Page, *Dictionary of Jamaican English*.

Roderick Cave, *Printing and the Book Trade in the West Indies.*

Bryan Edward, *The History, Civil and Commercial of the British Colonies in the West Indies.*

Catherine Hall, *Civilising Subjects ; Metropole and Colony in the English Imagination 1830-1867.*

Fernando Henriques, *Family and Colour in Jamaica.*

Gad Heuman, *Between Black and White : Race Politics and the Free Coloured in Jamaica 1670-1970.*

B. W. Higman, *Montpelier Jamaica ; A Plantation Community in Slavery and Freedom 1739-1912.*

Matthew Gregory Lewis, *Journal de voyage à la Jamaïque* (traduit de l'anglais et préfacé par Lilian Abensour), éditions José Corti, 1991.

Édité par Roderick A. MacDonald, *Between Slavery and Freedom : Special Magistrate John Anderson's Journal of St Vincent during Apprenticeship.*

Charles Manby Smith, *The Working Man's Way in the World.*

Montgomery Ward & Co catalogue n° 57 1895 (facsimile).

Lady Nugent, *Lady Nugent's Journal.*

Mary Prince, *La véritable histoire de Mary Prince, esclave antillaise, racontée par elle-même* (récit commenté par Daniel Maragnès et traduit de l'anglais par Monique Baile), éditions Albin Michel, 2000.

Mary J. G. Seacole, *Je suis une mal-blanchie : la vie aventureuse d'une cousine de l'Oncle Tom, 1805-1881* (traduit de l'anglais et préfacé par Christel Mouchard), éditions Phébus, 1994.

Olive Senior, *Encyclopedia of Jamaican Heritage.*

Raymond T. Smith, *Kinship and Class in the West Indies ; A Genealogical Study of Jamaica and Guyana.*

Anthony Trollope, *The West Indies and the Spanish Main.*

James Walvin, *Black Ivory ; A History of British Slavery*.

James Walvin, *The Life and Times of Henry Clarke of Jamaica, 1828-1907*.

... et, bien sûr, de l'Internet.

Je voudrais également remercier mon agent, David Grossman, pour son attention et ses soins constants, et mon éditrice britannique, Jane Morpeth, pour sa sagesse. Enfin, je dois énormément à mon mari, Bill Mayblin, non seulement parce qu'il est un lecteur sensible et plein de tact, mais aussi pour tout le reste.

DU MÊME AUTEUR

Aux Éditions Quai Voltaire

HORTENSE ET QUEENIE, 2006 (Folio n° 4754).

UNE SI LONGUE HISTOIRE, 2011 (Folio n° 5434).

COLLECTION FOLIO

Dernières parutions

5056. Jean Rouaud	*La femme promise*
5057. Philippe Le Guillou	*Stèles à de Gaulle* suivi de *Je regarde passer les chimères*
5058. Sempé-Goscinny	*Les bêtises du Petit Nicolas. Histoires inédites - 1*
5059. Érasme	*Éloge de la Folie*
5060. Anonyme	*L'œil du serpent. Contes folkloriques japonais*
5061. Federico García Lorca	*Romancero gitan*
5062. Ray Bradbury	*Le meilleur des mondes possibles* et autres nouvelles
5063. Honoré de Balzac	*La Fausse Maîtresse*
5064. Madame Roland	*Enfance*
5065. Jean-Jacques Rousseau	*« En méditant sur les dispositions de mon âme... »*
5066. Comtesse de Ségur	*Ourson*
5067. Marguerite de Valois	*Mémoires*
5068. Madame de Villeneuve	*La Belle et la Bête*
5069. Louise de Vilmorin	*Sainte-Unefois*
5070. Julian Barnes	*Rien à craindre*
5071. Rick Bass	*Winter*
5072. Alan Bennett	*La Reine des lectrices*
5073. Blaise Cendrars	*Le Brésil. Des hommes sont venus*
5074. Laurence Cossé	*Au Bon Roman*
5075. Philippe Djian	*Impardonnables*
5076. Tarquin Hall	*Salaam London*
5077. Katherine Mosby	*Sous le charme de Lillian Dawes Rauno Rämekorpi*
5078. Arto Paasilinna	*Les dix femmes de l'industriel*
5079. Charles Baudelaire	*Le Spleen de Paris*
5080. Jean Rolin	*Un chien mort après lui*

5081. Colin Thubron — *L'ombre de la route de la Soie*
5082. Stendhal — *Journal*
5083. Victor Hugo — *Les Contemplations*
5084. Paul Verlaine — *Poèmes saturniens*
5085. Pierre Assouline — *Les invités*
5086. Tahar Ben Jelloun — *Lettre à Delacroix*
5087. Olivier Bleys — *Le colonel désaccordé*
5088. John Cheever — *Le ver dans la pomme*
5089. Frédéric Ciriez — *Des néons sous la mer*
5090. Pietro Citati — *La mort du papillon. Zelda et Francis Scott Fitzgerald*
5091. Bob Dylan — *Chroniques*
5092. Philippe Labro — *Les gens*
5093. Chimamanda Ngozi Adichie — *L'autre moitié du soleil*
5094. Salman Rushdie — *Haroun et la mer des histoires*
5095. Julie Wolkenstein — *L'Excuse*
5096. Antonio Tabucchi — *Pereira prétend*
5097. Nadine Gordimer — *Beethoven avait un seizième de sang noir*
5098. Alfred Döblin — *Berlin Alexanderplatz*
5099. Jules Verne — *L'Île mystérieuse*
5100. Jean Daniel — *Les miens*
5101. Shakespeare — *Macbeth*
5102. Anne Bragance — *Passe un ange noir*
5103. Raphaël Confiant — *L'Allée des Soupirs*
5104. Abdellatif Laâbi — *Le fond de la jarre*
5105. Lucien Suel — *Mort d'un jardinier*
5106. Antoine Bello — *Les éclaireurs*
5107. Didier Daeninckx — *Histoire et faux-semblants*
5108. Marc Dugain — *En bas, les nuages*
5109. Tristan Egolf — *Kornwolf. Le Démon de Blue Ball*
5110. Mathias Énard — *Bréviaire des artificiers*
5111. Carlos Fuentes — *Le bonheur des familles*
5112. Denis Grozdanovitch — *L'art difficile de ne presque rien faire*
5113. Claude Lanzmann — *Le lièvre de Patagonie*
5114. Michèle Lesbre — *Sur le sable*

5115. Sempé	*Multiples intentions*
5116. R. Goscinny/Sempé	*Le Petit Nicolas voyage*
5117. Hunter S. Thompson	*Las Vegas parano*
5118. Hunter S. Thompson	*Rhum express*
5119. Chantal Thomas	*La vie réelle des petites filles*
5120. Hans Christian Andersen	*La Vierge des glaces*
5121. Paul Bowles	*L'éducation de Malika*
5122. Collectif	*Au pied du sapin*
5123. Vincent Delecroix	*Petit éloge de l'ironie*
5124. Philip K. Dick	*Petit déjeuner au crépuscule*
5125. Jean-Baptiste Gendarme	*Petit éloge des voisins*
5126. Bertrand Leclair	*Petit éloge de la paternité*
5127. Musset-Sand	*« Ô mon George, ma belle maîtresse... »*
5128. Grégoire Polet	*Petit éloge de la gourmandise*
5129. Paul Verlaine	*Histoires comme ça*
5130. Collectif	*Nouvelles du Moyen Âge*
5131. Emmanuel Carrère	*D'autres vies que la mienne*
5132. Raphaël Confiant	*L'Hôtel du Bon Plaisir*
5133. Éric Fottorino	*L'homme qui m'aimait tout bas*
5134. Jérôme Garcin	*Les livres ont un visage*
5135. Jean Genet	*L'ennemi déclaré*
5136. Curzio Malaparte	*Le compagnon de voyage*
5137. Mona Ozouf	*Composition française*
5138. Orhan Pamuk	*La maison du silence*
5139. J.-B. Pontalis	*Le songe de Monomotapa*
5140. Shûsaku Endô	*Silence*
5141. Alexandra Strauss	*Les démons de Jérôme Bosch*
5142. Sylvain Tesson	*Une vie à coucher dehors*
5143. Zoé Valdés	*Danse avec la vie*
5144. François Begaudeau	*Vers la douceur*
5145. Tahar Ben Jelloun	*Au pays*
5146. Dario Franceschini	*Dans les veines ce fleuve d'argent*
5147. Diego Gary	*S. ou L'espérance de vie*
5148. Régis Jauffret	*Lacrimosa*
5149. Jean-Marie Laclavetine	*Nous voilà*
5150. Richard Millet	*La confession négative*

5151. Vladimir Nabokov *Brisure à senestre*
5152. Irène Némirovsky *Les vierges* et autres nouvelles
5153. Michel Quint *Les joyeuses*
5154. Antonio Tabucchi *Le temps vieillit vite*
5155. John Cheever *On dirait vraiment le paradis*
5156. Alain Finkielkraut *Un cœur intelligent*
5157. Cervantès *Don Quichotte I*
5158. Cervantès *Don Quichotte II*
5159. Baltasar Gracian *L'Homme de cour*
5160. Patrick Chamoiseau *Les neuf consciences du Malfini*
5161. François Nourissier *Eau de feu*
5162. Salman Rushdie *Furie*
5163. Ryûnosuke Akutagawa *La vie d'un idiot*
5164. Anonyme *Saga d'Eirikr le Rouge*
5165. Antoine Bello *Go Ganymède !*
5166. Adelbert von Chamisso *L'étrange histoire de Peter Schlemihl*
5167. Collectif *L'art du baiser*
5168. Guy Goffette *Les derniers planteurs de fumée*
5169. H.P. Lovecraft *L'horreur de Dunwich*
5170. Léon Tolstoï *Le Diable*
5171. J.G. Ballard *La vie et rien d'autre*
5172. Sebastian Barry *Le testament caché*
5173. Blaise Cendrars *Dan Yack*
5174. Philippe Delerm *Quelque chose en lui de Bartleby*
5175. Dave Eggers *Le grand Quoi*
5176. Jean-Louis Ezine *Les taiseux*
5177. David Foenkinos *La délicatesse*
5178. Yannick Haenel *Jan Karski*
5179. Carol Ann Lee *La rafale des tambours*
5180. Grégoire Polet *Chucho*
5181. J.-H. Rosny Aîné *La guerre du feu*
5182. Philippe Sollers *Les Voyageurs du Temps*
5183. Stendhal *Aux âmes sensibles* (à paraître)
5184. Alexandre Dumas *La main droite du sire de Giac* et autres nouvelles

5185. Edith Wharton — *Le miroir* suivi de *Miss Mary Pask*
5186. Antoine Audouard — *L'Arabe*
5187. Gerbrand Bakker — *Là-haut, tout est calme*
5188. David Boratav — *Murmures à Beyoğlu*
5189. Bernard Chapuis — *Le rêve entouré d'eau*
5190. Robert Cohen — *Ici et maintenant*
5191. Ananda Devi — *Le sari vert*
5192. Pierre Dubois — *Comptines assassines*
5193. Pierre Michon — *Les Onze*
5194. Orhan Pamuk — *D'autres couleurs*
5195. Noëlle Revaz — *Efina*
5196. Salman Rushdie — *La terre sous ses pieds*
5197. Anne Wiazemsky — *Mon enfant de Berlin*
5198. Martin Winckler — *Le Chœur des femmes*
5199. Marie NDiaye — *Trois femmes puissantes*
5200. Gwenaëlle Aubry — *Personne*
5201. Gwenaëlle Aubry — *L'isolée* suivi de *L'isolement*
5202. Karen Blixen — *Les fils de rois* et autres contes
5203. Alain Blottière — *Le tombeau de Tommy*
5204. Christian Bobin — *Les ruines du ciel*
5205. Roberto Bolaño — *2666*
5206. Daniel Cordier — *Alias Caracalla*
5207. Erri De Luca — *Tu, mio*
5208. Jens Christian Grøndahl — *Les mains rouges*
5209. Hédi Kaddour — *Savoir-vivre*
5210. Laurence Plazenet — *La blessure et la soif*
5211. Charles Ferdinand Ramuz — *La beauté sur la terre*
5212. Jón Kalman Stefánsson — *Entre ciel et terre*
5213. Mikhaïl Boulgakov — *Le Maître et Marguerite*
5214. Jane Austen — *Persuasion*
5215. François Beaune — *Un homme louche*
5216. Sophie Chauveau — *Diderot, le génie débraillé*
5217. Marie Darrieussecq — *Rapport de police*
5218. Michel Déon — *Lettres de château*
5219. Michel Déon — *Nouvelles complètes*

5220. Paula Fox	*Les enfants de la veuve*
5221. Franz-Olivier Giesbert	*Un très grand amour*
5222. Marie-Hélène Lafon	*L'Annonce*
5223. Philippe Le Guillou	*Le bateau Brume*
5224. Patrick Rambaud	*Comment se tuer sans en avoir l'air*
5225. Meir Shalev	*Ma Bible est une autre Bible*
5226. Meir Shalev	*Le pigeon voyageur*
5227. Antonio Tabucchi	*La tête perdue de Damasceno Monteiro*
5228. Sempé-Goscinny	*Le Petit Nicolas et ses voisins*
5229. Alphonse de Lamartine	*Raphaël*
5230. Alphonse de Lamartine	*Voyage en Orient*
5231. Théophile Gautier	*La cafetière* et autres contes fantastiques
5232. Claire Messud	*Les Chasseurs*
5233. Dave Eggers	*Du haut de la montagne, une longue descente*
5234. Gustave Flaubert	*Un parfum à sentir ou Les Baladins* suivi de *Passion et vertu*
5235. Carlos Fuentes	*En bonne compagnie* suivi de *La chatte de ma mère*
5236. Ernest Hemingway	*Une drôle de traversée*
5237. Alona Kimhi	*Journal de Berlin*
5238. Lucrèce	*«L'esprit et l'âme se tiennent étroitement unis»*
5239. Kenzaburô Ôé	*Seventeen*
5240. P.G. Wodehouse	*Une partie mixte à trois* et autres nouvelles du green
5241. Melvin Burgess	*Lady*
5242. Anne Cherian	*Une bonne épouse indienne*
5244. Nicolas Fargues	*Le roman de l'été*
5245. Olivier Germain-Thomas	*La tentation des Indes*
5246. Joseph Kessel	*Hong-Kong et Macao*
5247. Albert Memmi	*La libération du Juif*

5248. Dan O'Brien — *Rites d'automne*
5249. Redmond O'Hanlon — *Atlantique Nord*
5250. Arto Paasilinna — *Sang chaud, nerfs d'acier*
5251. Pierre Péju — *La Diagonale du vide*
5252. Philip Roth — *Exit le fantôme*
5253. Hunter S. Thompson — *Hell's Angels*
5254. Raymond Queneau — *Connaissez-vous Paris ?*
5255. Antoni Casas Ros — *Enigma*
5256. Louis-Ferdinand Céline — *Lettres à la N.R.F.*
5257. Marlena de Blasi — *Mille jours à Venise*
5258. Éric Fottorino — *Je pars demain*
5259. Ernest Hemingway — *Îles à la dérive*
5260. Gilles Leroy — *Zola Jackson*
5261. Amos Oz — *La boîte noire*
5262. Pascal Quignard — *La barque silencieuse (Dernier royaume, VI)*
5263. Salman Rushdie — *Est, Ouest*
5264. Alix de Saint-André — *En avant, route !*
5265. Gilbert Sinoué — *Le dernier pharaon*
5266. Tom Wolfe — *Sam et Charlie vont en bateau*
5267. Tracy Chevalier — *Prodigieuses créatures*
5268. Yasushi Inoué — *Kôsaku*
5269. Théophile Gautier — *Histoire du Romantisme*
5270. Pierre Charras — *Le requiem de Franz*
5271. Serge Mestre — *La Lumière et l'Oubli*
5272. Emmanuelle Pagano — *L'absence d'oiseaux d'eau*
5273. Lucien Suel — *La patience de Mauricette*
5274. Jean-Noël Pancrazi — *Montecristi*
5275. Mohammed Aïssaoui — *L'affaire de l'esclave Furcy*
5276. Thomas Bernhard — *Mes prix littéraires*
5277. Arnaud Cathrine — *Le journal intime de Benjamin Lorca*
5278. Herman Melville — *Mardi*
5279. Catherine Cusset — *New York, journal d'un cycle*
5280. Didier Daeninckx — *Galadio*
5281. Valentine Goby — *Des corps en silence*
5282. Sempé-Goscinny — *La rentrée du Petit Nicolas*
5283. Jens Christian Grøndahl — *Silence en octobre*
5284. Alain Jaubert — *D'Alice à Frankenstein (Lumière de l'image, 2)*

5285.	Jean Molla	*Sobibor*
5286.	Irène Némirovsky	*Le malentendu*
5287.	Chuck Palahniuk	*Pygmy* (à paraître)
5288.	J.-B. Pontalis	*En marge des nuits*
5289.	Jean-Christophe Rufin	*Katiba*
5290.	Jean-Jacques Bernard	*Petit éloge du cinéma d'aujourd'hui*
5291.	Jean-Michel Delacomptée	*Petit éloge des amoureux du silence*
5292.	Mathieu Terence	*Petit éloge de la joie*
5293.	Vincent Wackenheim	*Petit éloge de la première fois*
5294.	Richard Bausch	*Téléphone rose* et autres nouvelles
5295.	Collectif	*Ne nous fâchons pas! Ou L'art de se disputer au théâtre*
5296.	Collectif	*Fiasco! Des écrivains en scène*
5297.	Miguel de Unamuno	*Des yeux pour voir*
5298.	Jules Verne	*Une fantaisie du docteur Ox*
5299.	Robert Charles Wilson	*YFL-500*
5300.	Nelly Alard	*Le crieur de nuit*
5301.	Alan Bennett	*La mise à nu des époux Ransome*
5302.	Erri De Luca	*Acide, Arc-en-ciel*
5303.	Philippe Djian	*Incidences*
5304.	Annie Ernaux	*L'écriture comme un couteau*
5305.	Élisabeth Filhol	*La Centrale*
5306.	Tristan Garcia	*Mémoires de la Jungle*
5307.	Kazuo Ishiguro	*Nocturnes. Cinq nouvelles de musique au crépuscule*
5308.	Camille Laurens	*Romance nerveuse*
5309.	Michèle Lesbre	*Nina par hasard*
5310.	Claudio Magris	*Une autre mer*
5311.	Amos Oz	*Scènes de vie villageoise*
5312.	Louis-Bernard Robitaille	*Ces impossibles Français*
5313.	Collectif	*Dans les archives secrètes de la police*